人鱼陷落 IV

Preference of Poseidon

麟潜 著

上海文化出版社

积伤累月，
痛楚经年。

这是我要教给你的最后一件事，
永怀敬畏之心。

Preference of Poseidon

他无法倒下，他与海洋生命相连，

与生俱来的责任注定他直到骸骨粉碎也得护着这涌动的蓝色世界。

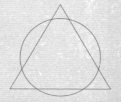

第一卷

衰败天堂：欲妄之家

第一章

义工活动

红狸市培育基地废墟附近。

一辆蓝色法拉利停在废墟附近拐角的生活垃圾桶边，车门缓缓打开，一截踩着蓝色蟒蛇皮面蕾丝边高跟鞋的雪白小腿伸出来。

奇生骨提起裙摆下车，举起缝着蕾丝的阳伞，缓缓走到脏污的垃圾桶前，鞋跟不小心踩到了让人讨厌的污秽。

垃圾桶边沿挂着一双腿，裤子破破烂烂的，好像有个流浪汉躺在里面。

奇生骨用毛绒小扇子遮住口鼻，咳嗽了两声，向垃圾桶里面看了一眼："可怜的孩子，人偶师问你什么时候回家。"

厄里斯僵硬地躺在垃圾桶里，他的右眼眶空荡荡的，耳朵也被刺碎了，衣衫褴褛，手脚的球形关节都露了出来，和一个被扔在垃圾桶里的破布娃娃没什么两样。

"我，不知道，你转告他，我自生自灭了。"厄里斯用垃圾把自己的脸埋起来，闷闷地说，"还有，你这个孔雀女，不准叫他人偶师，他是艺术家，艺术家欧丹·尼克斯。虽然他一生最大的败笔就是寄希望于我这个倒霉蛋。我希望一辈子都不要再见到神使和他那个生鱼片。"

"好吧，小倒霉东西。尼克斯说，他烧制了一对新眼球，还刻上了自己的名字。"

厄里斯猛地从垃圾桶里支棱起来："什么？是送给我的吗？"

奇生骨用蕾丝伞挡住溅过来的垃圾："是给你的。如果你不能在一天之内回人偶店的话，他就会把眼球给新烧制的娃娃安上。"

"我回去！"厄里斯从垃圾桶中一跃而起，发射到路边的法拉利上，带着满身垃圾。

奇生骨又咳嗽了几声，感觉自己的病情又加重了。

蚜虫市 IOA（国际亚体联盟）总部大楼医学会病房区。

见萧驯盯着自己的衣摆看，韩行谦笑笑："新买的洗衣液太香了，不适合洗工作服。"

"是……是吗？"萧驯凑近嗅了嗅，好像只是普通的消毒液的气味，却还是习惯性地顺着韩医生说，"中午我拿回去洗吧。"

"你认真点闻。"韩行谦淡笑。萧驯毫无准备地一头栽倒。

两人之间忽然冒出一颗头来。

萧驯猛地一惊，倒退两步，与韩医生分开，才看清楚原来是白楚年挤了进来。

"工作时间挨那么近，扣工资。"白楚年托着下巴打量着他们。

"搜查科从没给我发过工资，你也从来没给过我出诊费。"韩行谦推了推眼镜框，挽起袖口，双手插进兜里，向白楚年示意对面手足无措的萧驯，"他很喜欢闻消毒水的味道。"

在萧驯快要羞愧到挤进下水道缝里时，白楚年向他摆手："你在这儿看着实验体，也注意自己的安全，我找韩哥有点事。"

白楚年拉着韩行谦找了个空病房，关上门转身轻声说："你还记得渡墨吗？"

"记得，国际监狱的狱警。"

"嗯，前典狱长下台之后，那乌鸦顶了一个已释放犯人的名字，用对付甜点师殉职的铃铛鸟作为自己的替身，就这么消失了很长时间。

"但昨天他突然出现在了总部大楼外的咖啡店里。他向我检举了一件事。"白楚年将兜里折得皱皱巴巴的一份文件拿出来打开给韩行谦看，"他说艾莲放弃与红喉鸟商谈运输的订单了，换了一家虽然酬劳高但更靠谱的。"

"哪家？"

"灵猩世家。"

"……"韩行谦考虑了一下，"他是怎么知道的？"

"他本来准备偷渡出境，上了灵猩世家的货船，正好水手和经理交接时提了一句这件事。

"所以呢，我现在有一个计划，需要借萧驯帮忙。但是他和灵猩世家的关系那么僵，我要是直说他可能会很抗拒。不如你来说？"

韩行谦："你除了会借别人家亚体[1]还会干什么？"

白楚年："借别人家亚体。毕揽星我也有安排。"

"这事靠谱吗？渡墨……他能想出金蝉脱壳的办法从国际监狱离开，肯定是个心思重的，不能信任。"

1.亚体：文中设定世界中的人类统称。

"他这么做无非就是身靠的大树倒了，与其偷渡出境，不如直接到IOA碰碰运气。他是个弱亚体，联盟对弱亚体的包容心向来是非常强的。你说得对，所以我给渡墨找了个好工作……锦叔有个新品牌正缺运营策划，我把他介绍过去了……总之先想个正当理由把他扣下再说。"

"没关系，就算是假消息也不会对我们不利。"

"对了，他还给了我一个好东西。"白楚年从兜里拿出一个胶囊外形，但有拳头大小的东西。

这东西韩行谦看着很眼熟，拿在手里也挺重的，摇一摇还能听到水声。

"液氮。"韩行谦微微挑眉，"实验体液氮捕捉网。"

"不错吧！你拿去研究一下。"白楚年得意道。

"说起来，你去红狸市培育基地搅弄风云的那天，应该有不少机会能拿到液氮捕捉网来着。"

"嗯……"白楚年看了看鞋尖，"我以为会长一定容不下我了，我就没拿。"

韩行谦嗤了一声。

"抱歉……以后不会了，我保证。"

"这个给你。"韩行谦把一本只用了一半的记事本递给他，"我没给别人看过，烧了或者吃了，都行。"

白楚年感到意外地接过那本平整的巴掌大的记事本。韩医生随时随地都会带这么一本小的记事本，方便记录观察到的情况。

他翻了翻，在记事本写有字迹的最后一页，写着日期，以及一句话："白楚年因目睹白狮幼崽大量死亡而失控，泯灭范围扩大至周围一切生命体，并且无须得知对方姓名。"

白楚年抬起眼皮，没说话。

他的 M2 亚化能力[1]"泯灭"，只要将人压缩成玻璃球再捏碎，关于这个人的记忆就会在这个世界上消失。而这种机制唯一的弱点就是，一旦被写下来，看到字条的人就会想起事情原委。

韩行谦挪了挪颈上的听诊器："从你来到 IOA 开始，我就是你的观察医生，我对你足够了解，也知道你的本性。"

"我的本性……"白楚年抓住自己的衣襟，用力拽起来，有点呼吸困难，"我是个极度危险的实验体，对吗？"

"不，你是成熟期实验体里共情倾向最明显的，这意味着敏感和人性。"韩行谦拍了拍他的肩膀，"你确实造成了一个悲剧，但对医学会而言，实验体因'心疼'的情绪产生报复心理，与因生存环境畸形产生报复心理是不同的。你也许不懂其中的区别，但这对我们很重要。"

韩行谦话音未落，被白楚年扑过来了一个大大的拥抱。

"走开。"韩行谦把他从身上撕下去，白大褂上蹭了鼻涕。

白楚年忽然竖起一只耳朵，听见门外有动静，一双眼睛从门玻璃外露出来，偷瞄他们。

白楚年一把拉开门，外面是个扒着门框踮着脚的小矮子，身上穿着不合身的病号服，衣袖和裤子都显得太长了，看起来他的年纪仅在十到十三岁之间。

他手里拿着一本书，实际上是一本空白词典。

"你是谁？"白楚年拿起他手上的空白词典，但发现书的封底和他的左

---

1. 亚化能力：指亚体每次升级，必然获得一种与自身亚化特征相关的主动性能力。

手是生长在一起的。

"我是 6117 号实验体图灵博物馆。"小矮子用下垂的眼角冷静地注视着他们，"白楚年先生，韩行谦先生，我需要跟你们谈谈。"

白楚年弓下身："你想吃点什么，小家伙？"

他推开白楚年的脸，转身关上门，平静道："不要用看待人类幼崽的眼光看我，神使。我已经是成熟期了，而你看起来就像一只刚断奶的大猫。"

韩行谦给他倒了杯水，那小鬼礼貌地接过来，点头道谢，随后道："我和我的朋友们商讨过，我们不希望再回到培育基地。我知道暂留在此处给你们带来了不少麻烦，但我需要某些途径来脱离研究所，你们有什么建议吗？"

白楚年想了想："我们可没那么多钱，IOA 又不是慈善机构。你们现在还属于研究所，是商品呢。"

韩行谦说："试着找律师辩护，表明自己拥有独立自主的人格，拥有清晰的目标和认知。"

图灵博物馆点了点头："你确定行得通吗？"

韩行谦摇头："但值得一试。不过首先你们必须向社会证明你们完全无害。金缕虫未来每周都会带你们去不同的地方做义工，不过人数有限，一次只能带一个成熟期实验体或者两个培育期实验体。"

图灵博物馆稍做考虑："好，我会传达给其他实验体的。希望能得到你们的帮助，如果能脱离研究所，我们会尽力回报 IOA。"

义工活动进行得十分顺利。

金缕虫每天都会背着木乃伊，领着一两位实验体去总部安排的地方打卡工作，有时候是帮助码头工人打扫仓库，有时候是扫马路，帮教堂粉刷墙壁、绘制壁画，协助民警解决居民纠纷，在幼儿园师生出游时负责交通安全保护，修补渔网，以及维护海滨清洁。

韩行谦也动用自己的人脉帮他们联系了几位愿意尝试辩护的律师。

白楚年一直没抱什么希望，坐在韩行谦的诊室里听他一个一个给认识的律师打电话。

"说实在的，法律现在不承认实验体的独立人格，这官司必输。韩哥，这几个律师愿意接完全是看你的面子呢，怕是以后朋友都不好做了。"白楚年趴在椅背上支着头叹气。

"总得试试看。"韩行谦放下电话，轻轻搓了搓手，放低手机给萧驯发了个消息："最近辛苦了，晚上来我家吃饭，你想看什么电影？"

备注下面一直显示着"对方正在输入"，却好一会儿才收到回复。

我的小狗狗[爱心]："我去买鱼给您做汤。"

白楚年凑过去看："你干吗呢？"

他还没看见内容，自己的手机就振了一下，是兰波打来的。

"我看见了那个破布娃娃，当时没杀了他是我的疏忽，我只顾着关心你了。"兰波侧坐在公寓窗台上，懒懒垂眸注视着窗外不远处的芭蕾舞剧院。

一枚醒目的炸弹粘在剧院最高处的铜铸芭蕾舞者雕像上，倒计时还剩五秒。

砰！

芭蕾舞剧院顶上升起一团爆炸的浓烟，芭蕾舞者雕像被炸得支离破碎，剧院顶端被炸出了一个巨大的缺口。

兰波拉开窗户，顺着公寓大楼外墙爬了出去，在高压电线上一路滑行，最终在靠近剧院的位置跳了下去，以电磁悬浮缓冲，嗡鸣落地。

剧院里的观众和舞者纷纷顶着浓烟向外跑，兰波找了个窗口爬了进去。

手中的电话还没挂断，白楚年在电话中告诉他："我马上就到，你进去看看，拆掉其他炸弹，把人们疏散出来。"

兰波爬进剧院后，看见舞台侧面粘着一枚倒计时马上归零的炸弹，立刻爬过去，张开长着利齿的巨嘴连着舞台一起咬下来，吞到肚子里。

炸弹在兰波肚子里发出噗的一声闷响，兰波打了个嗝，继续寻找其他炸弹，看见活人就用鱼尾缠住从窗户扔出去。

"破布娃娃不在这儿，"兰波懒懒地道，"也没有别人。"

白楚年听到消息后立刻拿了装备，和韩行谦一起开车往芭蕾舞剧院赶过去。韩行谦开车，白楚年在副驾驶座上给搜查科其他特工发布协助警署救援疏散的命令。

毕揽星接到命令后飞快地拿上装备，带萧驯往地下车库去。

由于 IOA 总部设立在蚜虫市，恐怖袭击很少出现在市区中，乍然受袭，引起了总部的高度戒备。

他们刚离开，寂静的医学会病房区走廊的挂钟下就闪过一个影子。

魍魉沙漏怀抱玻璃沙漏出现在挂钟下。他的伴生能力[1]"时之旅行"可以让他按指针数字顺序在钟表之间瞬间移动。

他缓缓走在病房区走廊中，倒置沙漏，使用 J1 亚化能力"两极逆转"，

---

1. 伴生能力：有可能伴随亚化能力一起产生的被动性能力，一般为没有攻击性的辅助能力。

使所有报警器失效。

一瞬间，整个走廊的红外检测器和报警器全部损毁，失去了作用。

魍魉打开窗户，奇生骨缓缓落进走廊，收起了身后的孔雀尾羽，抬起毛绒小扇遮住唇角，忍不住咳嗽。

他们缓缓向病房走去，迎面遇上一位挂 IOA 医学会胸牌的护士，护士严厉质问他们是从哪儿来的。

奇生骨合起小扇，眉心呈倒三角形排列的六个金绿蓝圆点缓缓亮起暗光，金绿蓝三色圆点变成了白色，面前的护士便血肉消逝，骨骼脆化，化成一捧白色齑粉，随风消散。

魍魉打开了一扇病房门，里面有三个实验体，两位护士小姐在拿着识字书陪他们做游戏。

奇生骨咳嗽了一声，两位护士小姐随即骷髅化，然后湮灭成白色粉末。

三个正玩得高兴的实验体都傻了，呆呆地抬头望向两位不速之客。

奇生骨轻声说："跟姐姐回家吧，你们不属于这里。"

三个实验体大眼瞪小眼，疑惑地打量了他们一会儿，其中一个花栗鼠实验体吃力地从床上爬下来，两只小手捧着被奇生骨杀死的护士小姐化成的粉末，难过地哭了起来。其他两个实验体见同伴哭，也跟着哇哇哭起来，房间里变得异常吵闹。

"直接，带走。"魍魉手忙脚乱地抱起其中一个，但那个实验体很用力地打他的头，魍魉只好把他重新放下，揉了揉被打痛的头。

"……算了，换一间病房。"奇生骨揉了揉额角，"我早就和人偶师说了，我不喜欢小孩子。"

到了第二间病房，里面有位成熟期实验体，奇生骨放松了些，终于能顺利交流了。

奇生骨说："跟我们走，否则你们扣留时间一到就会被送回研究所。"

那位成熟期实验体是一位女性亚体，她把受到惊吓的培育期实验体抱在怀里，缓缓回头望她："去哪儿？"

"一个能不论对错地保护我们的地方。"奇生骨说，"一位强大的人偶师在不求回报地做着这些，你不喜欢彻底的自由吗？"

亚体露出淡淡的笑意："我要留下来。"

奇生骨皱眉掩面咳嗽几声："为什么？"

"为了见证一些连我也不相信的真相。姑娘，我们想要的并不是特权。你走吧，趁着巡逻队还没来。"

奇生骨不再与她纠缠。他们的时间不多，病房区有巡逻队每隔十分钟巡视一圈，每个队员都装备了防暴武器。

巡逻队一来，立刻觉察出空气中微弱的带有敌意的亚化因子[1]，然后召集来大量保安人员，奇生骨和魍魉不敢真的在 IOA 的地盘上与他们正面冲突，赶在与巡逻队交锋之前离开了大楼。

韩行谦开车行驶到闹市区时，白楚年忽然竖起耳朵："等等，有计时声！"

这时已经来不及了，近旁的购物大楼玻璃突然炸裂，撼动大地的爆炸冲击波使整条街的玻璃都爆炸碎裂开来，街上的行人纷纷驻足仰头看热闹、拍照、录视频，等到街边小铺的第二声爆炸巨响来时，人们都发觉了事态

---

1. 亚化因子：物种与相关的基因讯息，带有气味。

严重，开始喊叫，满街狂奔。

"这些炸弹只是在迷惑我们，分散我们的注意力。"白楚年查看了一下今天搜查科的日程表，"今天的义工活动在教堂，他们可能是奔着实验体去的，我们去教堂，这里交给警署和揽星、萧驯。"

韩行谦点头，一脚油门冲了出去。

但被炸毁的大楼已经开始坍塌，街上的行人秩序混乱，街道一下子堵塞起来。

大楼上的玻璃和碎石块簌簌掉落，白楚年不经意一瞥，看见掉落的大块玻璃正下方有个正在追小猫的孩子。

"停停停，那死孩子干吗呢！"白楚年没等车减速就推开了车门，过高的车速使他失去平衡在地上滚了几圈，他爬起来就往那孩子身边狂奔过去，一个飞扑把他按倒，然后整个人将那小孩严严实实裹到怀里。

白楚年的后脊瞬间钢化，高空坠落的玻璃猛砍在他后背上。

玻璃在与白楚年后脊接触的一瞬炸出裂纹，随即碎片四溅。

这种大玻璃在高空坠落时能产生数十吨的冲击力，白楚年四肢都没进了水泥地面中，地面炸开裂纹，尽管他可以骨骼钢化，内脏却被狠狠震了一下，喉头一热，又忍着咽了回去。

他有点艰难地爬起来，把身下的孩子拽出来推走："瞅你这熊孩子，滚远点，大人也不看好。"

韩行谦也下了车快步过来，用天骑之翼的羽毛给白楚年缓解内脏的震伤。

"一会儿就自愈了，韩哥，我自己开车过去，你就在这儿帮忙疏散、准备急救吧，等医学会的车来了，你再找我去。"白楚年撑着地面爬起来，跟跟跄跄地向停在路边的车走去。

韩行谦目送他还有点歪歪斜斜的背影离开。

作为白楚年的观察医生，他无时无刻不关注着白楚年的行为。上次他观测白楚年时，看见他在地铁上无视了厄里斯的杀人行为。

那一次监听人员在目睹白楚年对陌生无辜人类的冷漠后发生了争执，但韩行谦以观察医生的身份禁止任何监听人员去干扰他。因为从接手白楚年开始，他就相信他会改变。

巍峨宁静的教堂坐落在静谧的城市一角，礼拜日许多信徒都停留在这儿，仰头看见重新绘制的穹顶壁画，纷纷露出和蔼的笑容，听说是一个名叫图灵博物馆的实验体画的，虽然只是个小孩，但他什么都会。

穿着整洁白袍的唱诗班孩子们正在教堂内吟唱，年轻的牧师穿着牧师服，手中托着一本《圣经》，等待他们的到来，一切都显得神圣而安详。

金缕虫和木乃伊坐在台下，注视着唱诗班队伍里的蒲公英和刚玉，今天他负责带这两个培育期实验体来教堂做义工。

那两个小家伙认真地跟着其他看起来同龄的小孩子一起吟唱，蒲公英很擅长歌唱，声音甜美，生有一头浅灰色的柔软卷发，唱诗班老师非常喜爱她。

而面前用平和无波的嗓音为信徒讲经的牧师，正是从联盟警署中得到释放的撒旦，他用黑袍兜帽严严实实地遮住了头上的羊角。

金缕虫端坐在台下，木乃伊坐在他右边，双手搭在膝头，忽然，金缕虫转头望向高处的彩色玻璃窗，眨了眨金属光泽的黑眼睛，木乃伊随着他也望了过去。

一道黑影越发靠近，金缕虫猛地站了起来，从背后抽出用蛛丝缠绕的AK-74步枪，木乃伊也进入了戒备状态，将金缕虫挡在身后。

教堂内祈祷的众人一见枪械顿时惊叫起来，伴着人们刺耳的惊叫声，彩色玻璃被撞出一个大洞，厄里斯翻越进来，手中举着他枪托雕刻着哥特花纹的短管霰弹枪，朝四散乱跑的人们开了一枪。

"哈哈，接受审判吧！一群只会闭着眼睛要这要那的蠢货。"厄里斯在空中狞笑，脸上的黑红十字线因为他夸张的笑容而扭曲。

霰弹枪的伤害范围很大，金缕虫把步枪扔给木乃伊，并单手操纵木乃伊去空中截住厄里斯，自己则立刻放出蛛丝，使用 J1 亚化能力"法老的茧"将射程范围内的人们包裹住，蛛丝极度坚韧，足以抵挡一发霰弹的伤害。

帮人们躲过子弹后，金缕虫立即将蛛茧召回，以免这些普通人被法老的茧融化。

木乃伊则端着步枪向用诅咒金线将自己吊在空中的厄里斯扫射。金缕虫的伴生能力"分心控制"足够在自己解决危机的同时，操纵木乃伊去攻击拦截厄里斯。

厄里斯灵活地在空中飞跃躲避，时不时对着金缕虫吐舌头："叛徒，居然开始当起人类的狗了？"

金缕虫歪头："我是邵文池，本来就是人类，但我也开始喜欢现在的样子了，可以保护家人。"

震耳的枪声在教堂中回响，令人恐惧。

金缕虫打开随身携带的通信器联络总部："教堂受到咒使袭击，需要支援。"

木乃伊拿着步枪追着厄里斯扫射，但厄里斯毕竟是高他一阶的 A3 级，虽然有丝爆弹匣的加成，金缕虫仍然无法对抗咒使。

厄里斯抢先一步落地，霰弹枪抵住了金缕虫的额头，而他身后的木乃伊也单手举步枪，枪口对准了厄里斯。

厄里斯笑起来："你敢开枪吗？你的子弹能把我们打个对穿，同归于尽的死法你喜欢吗？"

金缕虫抿住唇。

厄里斯面向躲在翻倒的桌椅后瑟瑟发抖的人们，大声笑道："你们不知道吧，他，还有他们——"厄里斯指向唱诗班和牧师，"他们都是实验体，随时随地能杀死你们，IOA 骗了你们，这些实验体想渗透进人类中间，你们不能容忍，对吧？"

无人敢回答，厄里斯更大声地质问一个男人："我问对吗？"

他臆想中人们得知真相后的后怕和尖叫并未出现，那瑟瑟发抖的男人双手举过头顶，声音发颤地说："我们知道他们是实验体……他们都戴着胸牌的……而且第一天来就告知我们了。"

厄里斯转头看向金缕虫，果然，金缕虫胸前挂着一个精致的工作牌。厄里斯摸着下巴打量，一字一句读出来："嗯……实验体 211，金缕虫……很高兴参加蚜虫市志愿者服务……IOA。"

厄里斯挠了挠头。

他跳下来时带起的一阵劲风吹秃了蒲公英刚长出来的头发，蒲公英坐在地上难过地哭起来。

金缕虫停止与厄里斯对峙，跑过去安慰她。

厄里斯再一次提起气势，这一次指向了穿黑袍的牧师，对众人大声说："哈哈，你们想不到吧，他是撒旦，其实是个山羊角的魔鬼化身，看看你们牧师的真面目吧！"他越过一地狼藉，一把拽下了撒旦的兜帽。

然而兜帽底下还是一个兜帽。

厄里斯一愣，又拽下一个兜帽，结果兜帽底下又是一个兜帽。

撒旦的能力可以重现过去，只要他想，兜帽会永远保持着刚戴上的样子，厄里斯还想继续拽，被撒旦抓住了手。

撒旦托着《圣经》，淡淡地对他说："这是一个宽容而慈爱的地方，人们怀着虔诚而来。"

厄里斯瞪大眼睛，用手指着撒旦托在手里的《圣经》："你看过这本书吗？里面写的都是骂你、杀死你，哪儿宽容慈爱了？"

撒旦将他沾满火药气味的手从《圣经》上挪开，冷冷地注视他："不，撒旦在神面前控诉人。撒旦是人类强行赋予我的名字，他们用心中的污秽来捏造我的体态，而我已经脱离了这种低级趣味，我享受这样圣洁的地方，倾听愿望和忏悔，用我的能力为他们指引未来。"

厄里斯张了张嘴，转头翻越阶梯，落在唱诗班面前，其他孩子已经吓得缩进角落中，蒲公英在金缕虫怀里抽噎，刚玉则呆呆地迷惑地看着厄里斯。

厄里斯摊开手，话音也激昂起来："快，跟我走，你们就自由了。没有人再管制我们，或者把他们变成奴隶，帮我们做事，我们想做什么就能做什么。小东西，想想，自由之后你想做什么？"

刚玉把手指放到嘴里："和唱诗班的……朋友们……一起……唱诗。"

"还有呢？"厄里斯垮下脸。

刚玉努力想："听……老师……讲故事，学……折纸。"

厄里斯弓下身子，双手在面前比画："我的天哪，IOA 都把你们洗脑成什么样了！他们其实就是想……呃……想……对，想让你们给人类干活，关起来，时不时给你们注射药剂来满足他们的实验欲望。医学会难道比研究所做得好吗？我不相信。你们没有自由，对，还没有饭吃。"

刚玉发了会儿呆："我刚刚……吃了……两碗……大米饭和……炸小黄鱼。"

"收买你的代价也太小了，这就是传销。你这个笨蛋。"厄里斯彻底放弃说服刚玉，走到还在抽噎的蒲公英身边，"喂，你想要多少头发尼克斯都能给你，快跟我离开这个鬼地方，这城市的空气都已经被人类的呼吸污染了。"

可怜的小女孩头上只剩下一根种子样的头发了，被厄里斯随手揪掉。

蒲公英最后一根头发被揪掉，大眼睛里噙满了泪，深吸了一口气，哇的一声哭出来。

厄里斯来不及反应，蒲公英猛然爆发出一股强劲空气迎面向他冲来。蒲公英特种作战实验体 J1 亚化能力"飘摇"，能够不造成任何直接伤害，无视等级地吹走近点扇形范围内的敌人，针对直升机、无人机等空中作战武器有奇效。

一阵狂风吹来，厄里斯被迎面吹飞，后背结结实实撞在了教堂墙壁上，厚实的砖墙被撞出一个窟窿，砖墙坍塌下来，把厄里斯埋在底下。

最先赶到教堂支援的是白楚年，警署警车也在飞速赶来的路上。

白楚年猛地踹开教堂大门，胸口起伏剧烈地喘气，身穿 IOA 防弹背心，左手持枪，右手持证件，沉声道："特工组搜查科执行任务，所有人趴下，不准跑动！"

白楚年锐利的目光扫过教堂内每一寸空间和每个人，实际上教堂内的局面看起来还不算太糟，除了桌椅翻倒，彩色玻璃碎了两扇，墙上多了一些弹孔之外，只有靠右的一面墙塌了。

堆积的砖头松动，厄里斯从里面爬出来，虽然并未受伤，但浑身是土，前额的头发都被狂风吹得向后背了过去，十分狼狈。

白楚年将枪口转向他，咒使一旦使用人偶师的驱使物"神圣发条"，实力就会成倍增长，到时候缠斗起来很可能伤到周围的无辜群众，得想个办法疏散人群。

他低声用通信器对与自己身处对角线的金缕虫说："你去疏散无关人员。"

同时，白楚年紧盯着向自己一步步靠近的厄里斯，肌肉绷紧，做好随时拦截他突然袭击的准备，轻声联络兰波："我在教堂。"

不过厄里斯现在似乎没什么攻击性，低着头与白楚年擦肩而过。

白楚年疑惑地回头："不打吗？"

厄里斯头也不抬："我是什么臭鱼烂虾？我自己爬。"

第二章

玻璃球

金缕虫找到机会，自己指挥教堂里的人们从侧面离开，同时操纵木乃伊去保护唱诗班的小孩子们逃走。等确定教堂中再没有其他人后，木乃伊回到金缕虫背后，将蛛丝原样缠回金缕虫腋下和腰间，恢复成被金缕虫背着的状态。

操纵人形蛛茧木乃伊行动的是金缕虫的 M2 亚化能力"双想丝"，持续一段时间后木乃伊需要回到他身上，给金缕虫留出喘息的时间。

兰波从芭蕾舞剧院附近入海，走水路赶来，从海滨登陆，所以速度很快。

他从教堂顶上降落到白楚年身边。

白楚年问："怎么这么快？"

兰波将金发掖到耳后："在剧院遇到帝鳄耽搁了一点时间。"

"你杀了他？"

"还没，你叫我快过来，我吐了他的头就来了。"

"倒也没这么急……"

"只有他吗？"兰波看向无心恋战、打算逃走的厄里斯。

厄里斯听见兰波说话，逃跑的速度更快了些，悬挂在诅咒金线上向远处荡去，捂着眼睛喊道："走开。尼克斯亲手给我安上的，全新的，镌刻了名字的，你们别想再挖走，你这个全身腥气兮兮的狗不理猫不闻的鲱鱼罐头。"

兰波眼睛瞪圆了，不远处就是码头，一股愤怒的海浪涌来，在兰波掌心形成一架透明水化钢四联火箭筒，兰波拎起来一把扛到肩上，刚想冲出去就被白楚年抓住手腕拉回来。

"别在城市里制造混乱，他和帝鳄一定是来四处破坏，混淆我们的视线的。人偶师的目标是医学会的实验体，跟我去IOA。"

"我要弄死他，把他两只眼睛都挖出来。"兰波后槽牙咬得咯咯响。

"别管他了，我们走。"白楚年把兰波拽上副驾驶座，开车往IOA赶去，用通信器联络总部驻留人员，"可能有入侵者侵入医学会，加派人手到医学会病房区，保护医生。检验科、技术部注意信息安全。"

"收到。"

"收到。"

"医生报告群众伤亡。"

韩行谦回答："急救小组已到位，轻伤五十二人，重伤两人，无人死亡。"

钟医生的声音忽然插入通信中，气喘得很厉害，看来情况紧急，他才会特意跑到监听室来传达消息："实验体奇生骨、魍魉沙漏潜入病房区盗窃实验体，现在病房里有八个实验体被他们带走，三名护士死亡，负责拦截的巡逻队伤亡过半，他们已经逃进市区了。"

白楚年听罢，立刻道："收到。特工组搜查科注意，我正返回总部，萧驯、揽星就地寻找狙击点，准备伏击奇生骨、魍魉沙漏。"

"这帮家伙，"白楚年关了麦，用力砸了一把方向盘，"铤而走险进市区想干什么？抢实验体干什么？我们接手的都是些没什么攻击力的，不然就是培育期的小孩，他们抢走有什么用？要真被抢走了，麻烦可就大了。"

这些实验体都不属于IOA，IOA只是暂时扣留下来做检查，扣留时间一到就得尽数还给研究所。一旦在扣留期间有实验体被窃走，IOA不光会被研究所找到借口拿捏住，在看管实验体的能力评估上也会因此大打折扣。这关系到IOA的公信力，绝不能出纰漏。

"揽星，告诉我奇生骨的情况。"

毕揽星很快从爬虫给的查询手表上找到了相应词条："实验体723奇生骨，M2级成熟期亚体，J1亚化能力'霓为衣'：可以以自身为中心形成防护罩，吸收对方70%的攻击伤害，并化作爆炸碎片反弹回去。

"M2亚化能力'雪骸骨'：腐蚀周身辐射状范围内所有人的血肉，直到敌方化作骸髅。

"伴生能力'翠黎明'：使被辐射到的目标发生突变，分为正向突变和负向突变，目标受到辐射后眉心将出现与奇生骨眉心相同的金绿蓝三色圆点。"

"好麻烦……"白楚年皱起眉，"怪不得需要藏到伯纳制药工厂去培育，也难怪人偶师不惜耗费心力亲自出动也要从伯纳制药工厂把奇生骨夺走。虽然只有M2级，但每个亚化能力都很强。人偶师说她是世界上最美丽的实验体，除此之外，在M2级的所有实验体里，她的实力也名列前茅。"

兰波支着头看了眼窗外："是，当然了，花毛鸡一样，长得像个逗猫棒。你喜欢吗？"

白楚年紧绷的神经被他逗得松懈了些，歪头看见兰波在副驾驶坐着，闷闷不乐地闻了闻自己手指间的蹼，自言自语道："不臭。我是猫，喜欢闻罐头。"

"哎呀，厄里斯的话你往心里去干什么？他在放屁呢，你是猫薄荷，特别香。"

"找到了。"兰波忽然急促地敲了敲车窗玻璃，白楚年降下车窗后，发现了在两三百米远的建筑之间飞跃的蓝绿色人影。

奇生骨虽然没有翅膀，但似乎可以靠身后金蓝相间的孔雀尾羽在空中滑翔，身后拖出一道灿星闪烁的金蓝色光带。街上不明所以的市民还在仰头用手机拍照。

他们弄出这么大的阵仗，就是为了给 IOA 制造麻烦罢了。

兰波从座椅下拿出一把射手步枪，上半身探出窗外，鱼尾紧紧卷住座椅固定身体，轻声说："给我四倍镜。"

白楚年左手控制方向盘，右手拿起一瓶矿泉水，用牙咬开瓶盖，往窗外一扔。

矿泉水瓶飞出窗外时，瓶身立刻被一股无形的气压挤扁了，水顿时被挤了出来，像被操控着一般汇聚到兰波面前，在兰波正单眼瞄准的射手步枪上形成一个透明水化钢四倍镜，蓝色准星移动到了高速滑行的奇生骨身上。

"她有反伤能力，你别打她，把她赶到人少的地方去。"对向来车，白楚年一个甩尾飘移掉头从窄道里穿了过去。

兰波改从天窗探出上身，趴在车顶瞄准，轻扣扳机，一发子弹便循着奇生骨的飞行轨迹飞去。

奇生骨展开孔雀尾羽凌空滑翔，魍魉沙漏伏在她背上。

"姐姐，有枪。"魍魉注视着远处地上高速行驶的轿车，兰波正趴在车顶瞄准他们。

奇生骨微微调整方向："你挡一些，我们该走了，人偶师让我们回去，说监听人偶发现了一些关于研究所的新消息。"

子弹快要接触到他们时，魍魉忽然掉转沙漏，接近他们的子弹顷刻间沿着原来的轨道飞了回去。

接近钟楼时，奇生骨正打算斜向下降落，但寂静无人的钟楼表盘中央忽然打开了窗，一把狙击枪伸了出来，毫不犹豫地向她开了一枪。

奇生骨急促转弯，同时在面前形成了一面流光溢彩的防护罩，狙击弹打在防护罩上就无法再前进，吸收了这发狙击弹70%威力的防护罩骤然破碎，如玻璃般尖锐的碎片向四周迸散。

黑色的藤蔓在钟楼上快速生长，形成一堵坚韧的藤蔓围墙，将负责狙击的萧驯保护起来。

藤蔓随着毕揽星的操纵肆意生长，扎根在钟楼上，尖端则像绳索般追击上去。

毕揽星望着改变滑行方向的奇生骨，按住耳麦低声说："楚哥，魍魉的玻璃沙漏里塞满了实验体，有七八个，看样子被盗走的几个都在里面。"

白楚年："我们把奇生骨赶回来，萧驯狙沙漏。"

萧驯犹豫道："我的子弹打不穿沙漏。"

毕揽星说："金缕虫已经在赶来的路上了，他的丝爆弹匣可以打穿沙漏。"

"来不及，你狙定位弹，剩下的交给我。"白楚年正开车从地面追赶奇生骨，眼看她已接近城市边缘，白楚年把兰波从天窗拽了回来。兰波心领神会，在一个转弯后，白楚年双手攀住车顶从驾驶位退了出来，兰波滑进驾驶座控制方向盘，白楚年则半身探出天窗，用兰波的水化钢四倍镜寻找奇生骨的位置。

一发狙击弹准确无误地击中了魍魉怀里抱的沙漏，沙漏坚韧无比，并未出现一丝裂纹，但沙漏表面形成了一个红色定位标志。

萧驯的 M2 亚化能力"猎回锁定"，只要目标被他的狙击弹锁定，友方所有射击类武器的命中率将会大幅度提高。

白楚年摊开左手，脖颈上的项圈熔化成死海心岩，黑色晶石在掌心重铸，形成一把十字弩，他将兰波的水化钢四倍镜卡进十字弩中，瞄准定位弹留下的痕迹，默算了一下距离和子弹的下坠量。

晶石弩箭离弦而去，奇生骨看见了地面上的白楚年，骤然转了方向，而定位弹是能够修正方向的，弩箭仍然一箭击穿了沙漏。

魍魉惊叫了一声，沙漏炸开时巨大的冲击力将他从奇生骨身上掀了下去。

一起掉下去的还有从沙漏里散落出来的实验体们。

一缕金色丝线蜿蜒飞来，缠绕在了魍魉的四肢上，厄里斯从城市边缘赶来，用力一拽诅咒金线，在魍魉坠地之前把他扯走了。

奇生骨狠狠注视着白楚年，额头的金绿蓝圆点亮起来："想要吗？还给你们。"

与此同时，坠落在地上的实验体眉心纷纷亮起与奇生骨相同的圆点，每个实验体都发生了诡异的变化。

最靠近钟楼的几个实验体皮肤变青，眼白消失，獠牙生长，像失去神志一样顺着钟楼迅速向上攀爬，口中发出细碎的狞笑。

萧驯向下看了一眼，这些实验体的移动速度极快，三五步就能爬上来，他不敢硬扛，爬回钟楼的表盘里，将门锁起来用力抵着，急促地说："我被围了，三秒都撑不住了。揽星，我能烧你的藤蔓吗？"

"等我。"白楚年这边正站在车顶上往下踹绊住车辘辘的突变实验体，又不能下杀手弄死他们，奇生骨这一招真是恶心。好在突变有时间限制，也能被韩医生的能力消除。

"不行，兰波，把车扔了，我们走过去。"

"噢。"兰波把手扣里的零食扫走，跟着白楚年跳车往钟楼跑去。

城市中警车和救护车的鸣笛声此起彼伏，联盟警员和 IOA 行动组已经将各条街道封死，但目标已经逃之夭夭。

奇生骨消耗了太多体力，咳嗽得更厉害了。

"我们……没带……实验体。尼克斯，生气吗？"魍魉抱着临时用胶带粘起来的沙漏，小心翼翼地问。

"生气便生气了，他也不会拿我们怎么样。喀喀……厄里斯失败一百次了，人偶师还不是一句重话都没说……喀……这里的空气雾霾好重，人类在某些程度上生命力还真顽强，让我很讨厌。"奇生骨掸了掸尾羽上的灰尘。

厄里斯枕着手大步向前走："大姐，我只失败了六次。再说了，这也不能算失败，他们根本都不想跟我们走呢。你猜那些被 IOA 传销洗脑的笨蛋说什么？撒旦居然开始讲经了，刚玉要学折纸，蒲公英哭个没完，金缕虫每天背着他的木乃伊哥哥在菜园子里浇花，甘心当人类的狗。他们不配让我们付出这么多，这简直是对尼克斯的侮辱。"

"不想……他失望。但又……打不过。"魍魉默默揉了揉自己卷翘柔软的头发，喃喃嘀咕，"对不起，尼克斯，没能救他们，太弱小了，我们。"

"他们会……怎样？"魍魉微微仰头问。

"IOA的扣留时间一到就只能还回研究所了，都不是什么强实验体，大概会被当成饲料吧。"奇生骨掩住嘴，"人类组织不应该多管异类的闲事，这对双方都没什么好处……喀……如果神使也站在我们这边，事情会简单得多。"

厄里斯翻了个白眼。

言逸从医学会回到办公室，把外套随手放到桌上，翻开电脑，连接到技术部监听系统的实时画面，一一检查蚜虫市各个角落受到的创伤。

画面跳转到联盟警署附近的钟楼，四五个发生突变的实验体正飞速向上爬，厚厚的漆黑的藤蔓将钟楼上的表盘窗口紧紧缠绕住，用坚韧的外皮来抵御突变实验体的手爪挖掘。

不过藤蔓已经被挖得千疮百孔，毕揽星也在拼命拦着实验体的过程中被抓伤了手臂和大腿。钟表表盘在一次次猛烈的撞击下发生了变形，从缝隙里能看见被困在里面的萧驯正在用力地撑着门。

白楚年和兰波弃了车，正从三百米外跑过来，兰波首先接触到了钟楼，强烈的高压电流通过钟楼外的金属装饰花纹传输，趴在钟楼外的实验体像被电落的蚊子一样噼噼啪啪掉下来，为白楚年清出了一条道路。

白楚年紧随其后，双手攀住钟楼外的凸起花纹，猫似的毫无停顿地爬了上去，双手攀住钟楼外沿一翻就翻进了红砖围墙中，把上面的实验体一个一个掀下来。

等到把钟楼清理干净，钟表表盘已经破烂不堪，上面全是疯狂的爪印，白楚年一把拉开已经变形的铁门，把萧驯拉了出来，扛到肩上轻盈地跃下钟楼，毕揽星在用藤网抓捕被兰波电击休克的实验体。

看来几人都没事。言逸给他们拨去了一辆车，给特工组组长苍小耳打了个电话。

"怎么样了？"

苍小耳回答："伤员已经没有生命危险了。巡逻队五人牺牲，我还在病房区查看打斗痕迹，战士家属的安抚工作已经安排下去了。"

"我的意思是，等小白回来，听听他怎么说，你明白吗？"

苍小耳那边沉思了一会儿："明白。但如果他……"

"关起来，数罪并罚。我会看着你们。"

特工组搜查科科员回到总部复命，只有萧驯没一起回来。韩医生还在市区抢救伤员，萧驯对助手工作已经很熟悉了，于是半路下车去给急救小组帮忙。

白楚年是带着已经被韩行谦净化消除了突变的实验体回来的，一回来就先把实验体交给医学会，然后自己快步跑上了楼，兰波紧跟着他。

到了病房区，白楚年分开聚集在病房区的特工组干员走了进去。

走廊地上和病房地上用红色胶带圈出了红圈，代表护士遇害的位置。

病房里的一部分实验体被转移出来，去别的房间挤一挤，免得破坏现场。

兰波凑到红圈附近嗅了嗅，地上留下了一些白色粉末。

"奇生骨杀的。"兰波舔了舔嘴唇，"骨骼的味道。"

"组长。"白楚年见到苍小耳，微微颔首打了个招呼。

"这里已经调查完毕了。"苍组长给了他一份名单，"你把护士的尸体收集一下，这是她们的名字。"

"好。"白楚年蹲下身，手指轻沾地上的骨粉，默念护士小姐的名字，随风飘散的骨粉在他指尖的召唤下慢慢凝聚，聚集成了一颗雪白洁净的玻璃球。

三颗泯灭成的玻璃球落在手中，白楚年毕恭毕敬地捧着它们。

"跟我过来，我有话跟你说。"

苍组长看起来正压着火。

白楚年在兰波耳边悄声交代："我自己去，你去病房里帮着照顾一下小孩吧。"

兰波不大信任地扫了一眼苍组长离开时的背影："en。（嗯。）"

白楚年匆匆跟苍组长上了楼。

拐了几个弯，就看见了医学会太平间的门，苍组长径直走进去，把门前的保安暂时遣走了。

白楚年跟着走进去，太平间里温度很低，灯也不算明亮，几张并排的床上停放着牺牲战士的遗体。

见还有空床，白楚年把手里捧的雪白玻璃球也放了上去，一张床上轻放上一颗，再覆上白被单。

"已经通知家属了吗？等会儿我去接吧。"白楚年说，"怪我防备不严，没想到他们会袭击市区。"

"的确是你应该负的责任，当上搜查科科长没多久就出了这种乱子。"苍组长背着手，神情严厉地站在白楚年面前，虽然只是个身材娇小的仓鼠亚体，却压迫感十足。

"总部大楼里发生这样的事情已经算是丑闻了。"

白楚年垂手站着，微微低头："是，我会反省，接受处理。"

"来不及了，事情已经发生了，想想怎么挽救吧。"苍小耳轻声叹气。

"您的意思是……"

"你的 M2 亚化能力'泯灭'，在说出对方认可的姓名后可以将对方压缩成玻璃球，而碾碎玻璃球就会让所有人忘记他的存在，是吗？"

"是。"白楚年应了，忽然意识到问题，"您是想泯灭牺牲者，然后碾碎……当这件事从未发生过吗？"

"没错。伤亡情况一旦被公布，实验体的处境会更加严峻。听说法律部已经在考虑为实验体辩护了，发生这样的事，一点胜诉的可能都没了。你不希望他们拥有自由和应有的权利吗？"苍小耳靠近他，轻声说，"这是最好的办法，战士的亲人也会免除痛苦。"

白楚年缓步走到床边，掀开白色被单，掌心轻轻触碰在牺牲战士的额头上。

这人应该是医学会巡逻队的战士，和他的工作区域几乎没有交集，白楚年也不认识他，虽然在同一个屋檐下工作，却也只能说是陌生人罢了。

苍小耳也走过来，告诉他："他叫张攸之。你有心理负担的话，你来泯灭，我来捏碎。"

白楚年沉默了许久。

"对人类来说，心跳停止就是死亡吗？"

"当然，否则呢？"

"我不确定泯灭珠破碎后关于死者的记忆还存不存在，我也没做过什么伟大的事，但如果我死了，我还是很想有人记得我。"

白楚年收回手："我有位很棒的学员叫程驰，很年轻也很勇敢，但你们都已经不记得他了，同样的事我绝对不会再做第二次，就算是家属要求，我也不接受。我不信这是会长的意思。组长，今天的话我没听过，您也没说过。家属的安抚工作我会去做的。告辞。"

白楚年像风一样离开了太平间。

苍组长立在门前，等白楚年的背影消失在走廊尽头，才走了出去，到有信号的地方给会长回拨了一个电话。

"他通过了。就是估计以后会讨厌我了，这么得罪人的事为什么要交给我干啊？"苍小耳说，"对了，程驰是谁，蚜虫岛学员里有这么个人吗？"

"一位优秀的战士。上楼，我告诉你。"

白楚年回到病房区，这里已经恢复了秩序，他问了两位护士才在一间病房里找到了兰波。

病房里挤了五个幼年期和培育期实验体，兰波怀里抱着一个双眸异瞳的波斯猫实验体，剩下的四个哇哇大哭他也不管。

"你也太偏心了。"白楚年把剩下的四个都拢到怀里，抱到腿上。嗅到同类强者的气味，几个小家伙都乖巧起来，咿咿呀呀地往白楚年身上抱。

"要是你有宝宝了，会被你溺爱成什么样？"白楚年垂着眼睫，声音疲惫。

"嗯，什么都给他，"兰波托起波斯猫的腋窝将他举起来，"天赋、美貌、健康，一切。"

"那如果是条小鱼呢？"

"就凑合给点。他应该自己去大海里锻炼出坚硬的鳞片，而不是等我喂他。"

白楚年没回答，低着头，摸了摸自己腿上毛茸茸挤着的四个小脑袋。

"randi……（小猫咪……）"兰波放下波斯猫，坐到白楚年身边，"我们回去吧。"

"还不行，我得趁着天还亮去通知牺牲的战士和护士的家属。"

"我也去。"

"你别了，我带揽星去。他也应该提前适应一下。"

傍晚，蚜虫市各大新闻台已经在报道今天的恐怖袭击事件，各家各户都在紧张关注着新闻。

白楚年站在一户贴着春联的人家门口，毕揽星就站在他旁边，半抬着手迟疑着不敢按门铃。

"楚哥……"毕揽星忍不住回头用求助的目光望着他。

"算了，你到我身后来。"白楚年拨开他，按响了门铃。

是位三十多岁的亚体来开的门，身上还系着围裙。一见白楚年胸前的徽章和严肃的表情，亚体的脸色倏然变了，僵硬地瞪着他们。

白楚年说完情况，那亚体在门前恍惚地站了好一会儿，没关门就往屋里跑了。

没过多久，他端来桌上的一盆西红柿鸡蛋汤，劈头盖脸地泼向白楚年，拖着哭腔骂了声"滚"，然后重重关上了门，门里传出呜呜的哭声。

毕揽星没见过这种场面，都吓呆了，自己身上也被波及溅上了一点汤汁，半天才想起摸纸巾："楚哥，楚哥你烫着没？"

"走吧，下一家。"白楚年转身离开。

出了单元门，兰波卷在外边空调罩子上，一见白楚年，伸出舌头哧溜几下把他的脸嗦干净了。

"有点淡。"兰波吧唧了两下，"你们还留下吃了饭吗？那我也回公寓吃饭了。"

"走吧。"白楚年看了一下手机里的地址簿，"没时间了，等通知完再洗吧。"

一连走访了五家，天彻底黑了，白楚年走出一个单元门，手臂和脸上留了两块淤青，不过出了门就自愈了，年迈人类的两拳而已，对他造不成任何实质性伤害。

走出单元门，毕揽星已经像失了魂一般，脚步虚浮地走出两步，忽然跌坐在地上，抚着自己因在钟楼上受伤而包扎的手臂无声地掉泪。

白楚年也蹲下来，靠在他身边，烟盒已经空了，只能无聊地玩打火机。

"我觉得很委屈。"毕揽星偏过头，快速地用衣袖抹过眼睛，哑声说，"我们已经在尽力保护所有人了。"

"你胸前戴的什么？"

"IOA 特工组自由鸟徽章。"

"做对得起它的事就可以了。"

"……"毕揽星喉结动了动，"是。"

远远地有位老人打着手电筒颤巍巍地走过来，手里提着一个保温桶，白楚年向四周看了看，周围没人，感觉是冲自己来的。

老人在他们面前站住，一见老人手里的保温桶，白楚年下意识地就想躲。

那老太太用手电筒照了照白楚年的脸，用含糊的方言说："是你，我在电视上见着嘞，我家孙孙险些被玻璃砸，你这小伙子给挡嘞。我住这小区，听老张头说你们来了，就出来看看，还好赶上了，上家坐坐吧。"

白楚年愣了愣，在裤子上蹭了两下手站起来："不用，老太太，你住哪单元？我们给你送家去。"

"你说什么？"老太太耳朵不大好，把手里的保温桶往白楚年手里塞，"言会长说你们干员不收礼品不收钱，新炖的绿豆汤拿着喝，解暑败火的。"

白楚年给了毕揽星一个眼神，毕揽星回过神来，拍了拍膝盖上的土站起来，一手帮老太太提东西，一手搀着她往单元门走去。

楼上有家阳台灯亮着，窗台上有个小孩，趴在紧闭的玻璃上朝下面挥了挥手。

白楚年打起精神，仰头笑笑，露出虎牙，给他比了一个"吨"的手势。

随着轰隆声越来越近，一架客机循着航线往蚜虫机场去了。

两人把最后三户人家通知到，一天的工作终于结束了，白楚年要回自己的公寓，与毕揽星在路口分别。

毕揽星在蚜虫市还没有自己的房子，他也不想回总部，这时候夜深人静的，马路上偶尔会过去一辆载人的出租车，毕揽星很想回父母家。

但想起老爸把他扔到蚜虫岛特训基地，撂下话说不训练到能保护自己的程度就不要回家，过了今年的生日他就成年了，现在虽然已经得到了搜查科的职位，但实战上仍然上不下的，他也不想回去，没意思。

公园路边偷偷卖散装烟的小贩还没回家，毕揽星在周围徘徊了一会儿，跟他要了一盒，然后做贼似的跑了，到码头上蹲下，学着白楚年的样子，抽出一根咬在嘴里点燃。

点燃的一瞬间，烟雾熏到了眼睛，火辣辣地痛。毕揽星闭上眼，眼睑慢慢地红了。

这个东西是苦的，味道粘在舌头上吐也吐不干净，也并没有什么大脑被麻痹的感觉，不明白为什么老爸喜欢，锦叔喜欢，楚哥也喜欢。如果说这是大人才能体会到的东西，可楚哥也还是个小孩呢。

毕揽星把烟盒和打火机推远了，盘腿坐在码头上，望着一点一点灭灯的海岸线。

兜里的手机振了起来，毕揽星惊了一下，是个视频邀请，备注"阿言"。他赶快接了起来，视频那一面，陆言也在外面，看样子是在赶路，头上的兔耳朵因为走路太快一蹦一蹦的。

"你又改名字了，'猛男帅兔挺举三百斤胡萝卜'……这叫什么 ID 啊？"

"哎呀，那不重要。我刚刚回总部了，你怎么不在？"

"你是回来看我的吗？"

"走开，谁看你，我也是有任务的。而且有些事我必须回来找白楚年问清楚，他怎么也不在？"

"嗯……"

"你干什么？我还没消气呢，我回来就是要暴打你一顿的，你为什么那么敷衍我？"

"你在哪儿？你听我解释。"

"你不要解释了，我都看见你了！"

毕揽星回过头，暗淡的路灯下，穿淡绿色迷彩半袖和工装裤的垂耳兔站在那儿，遥遥地望着他。

毕揽星刚站起来，陆言踩着吱吱作响的木板朝码头跑过来，一个飞扑撞倒了毕揽星。

两人一起向后倒去，毕揽星手指伸长，藤蔓缠绕到承重的铁柱上，稳稳地将倾倒的身子拉了回来。

"我就知道你在这儿，每次考试考砸了，你都来这儿发发呆。"路上站台和地铁都在播放今天的恐袭新闻，陆言也了解了大致情况，仰起头看他，"你怎么了？"

"没事。"毕揽星说。

"你哭过？"陆言疑惑地打量他，又看见了不远处堆放的烟盒和打火机，似乎一下子从凝固的空气中感受到了毕揽星的压力。

"这是个容易被误解的职业。"毕揽星扶着他的肩膀说，"还好，你今天不在。"

"哪里好了？如果我在，你就不会自己偷偷躲起来难过了。"

"我现在不想回家。"陆言垂手站着，"我去你家住。"

"我也不想回。"

"那我们去酒……"陆言脱口而出，被毕揽星捂住嘴："去楚哥办公室睡，你睡沙发床，我打地铺。"

"欸？不去酒吧吗？我同学家开的，冰球水果茶超好喝，还能加脆啵啵。"

"……"

"……"

第二天清早，白楚年把车开到总部地下车库，和兰波分别从驾驶和副驾驶座下来，车尾却神不知鬼不觉地出现了一个站立的布娃娃。

"刚刚倒车的时候还没有的。"白楚年打量四周，附近如果有人，他一定能听到脚步声，这个布娃娃似乎是凭空出现的。

娃娃有三十厘米高，身上穿着法兰绒的红裙子，背着一个与裙子成套的斜挎包，五官栩栩如生，如果盯着她浅蓝色的眼睛看，总觉得她也在盯着自己。

兰波想走近看一看，被白楚年拉回来："万一有炸弹呢，别去。"

那人偶娃娃像是有灵性似的，机械地转动双臂的球形关节，从自己的斜挎包里拿出一件东西。

是一个透明的安瓿瓶，里面装着橙色的液体。

两人对视了一眼，他们都认识这款药剂。

"NU 营养药剂（nutrition）。"

人偶娃娃将安瓿瓶放在地上，朝前轻轻一推，圆柱形的安瓿瓶便滚到了白楚年脚下。

任务完成，人偶娃娃一蹦一跳地从车库正门离开了。

白楚年捡起安瓿瓶，在衣袖上蹭了蹭灰尘，对着光确认了一下里面的橙色液体，的确是他们曾经在培育基地经常注射的营养药剂。

"用人偶当信使，怎么看都是人偶师在操纵。"

还没来得及仔细研究，一辆宝马 760 缓缓开了进来，不知道今天是什么日子，锦叔平时如果只是送会长上班，是不会把车开进车库的。

陆上锦给言逸开车门的时候显得很愉快，恰好看见白楚年，又看见兰波，愉悦的表情又变得有点不爽。总觉得自己的乖儿子和狂野男孩当朋友，被带着抽烟、喝酒、文身、打耳洞、戴项圈，还要把头上的玩意染成白的，就是不学好。

"你乖点，"白楚年悄声嘱咐兰波，"记得叫叔叔。"

兰波轻声嗤笑："我叫了，他受得起吗？"

"哎，你，别老是惹长辈不高兴。"

兰波点头附和，撸起手臂的绷带："好，我去告诫那个小子不要惹我不高兴。"

"……回来!"

不管陆上锦再怎么看不惯兰波,他脸上也不会表现得太过火,四人还算和谐地乘一趟电梯上了楼。陆上锦和白楚年站在前面,言逸小臂上搭着自己的西服站在靠后的位置,兰波从背后挂在白楚年身上,相当于与言逸并排。

兰波鱼尾偷偷缠绕到言逸腰上,拨弄他发丝间柔软的灰毛兔耳朵,言逸没在意,稍微抖了一下右边耳朵。

陆上锦感觉到了一种诡异的气氛,回头冷淡地瞥了兰波一眼,见他大庭广众之下将整个人绕在自家小白身上,不由得皱了皱眉。

但兰波先开了口:"你有什么意见吗?"

他的声音本身就不像亚体一样温润柔软,而是富有磁性、低沉的,带着一种与身份匹配的威严。

白楚年掐了兰波的尾巴侧面一把:"说什么呢!"

"哼。听说陆言昨晚就回来了,居然不回家,翅膀真是硬了,"陆上锦懒得跟一条鱼一般见识,看了一眼表,"也不知道打个电话,还是小夏特意嘱咐了一声他落地了,我才知道。"

"没事,揽星有我办公室备用钥匙,他俩丢不了。"

毕揽星和陆言打出生起就在一块儿玩,有揽星照顾,陆上锦还是放心的。

路过白楚年的办公室,陆上锦让白楚年把他们叫出来。

白楚年发现门没锁,只是虚掩着,轻轻一推就开了个缝,只见沙发垫被卸下来铺在地上,毕揽星睡在垫子上,陆言只剩条腿搁在沙发上,睡得像只死兔子。

白楚年立刻收回迈进门槛的脚，说里面没人，哄锦叔先去会长办公室等他们，好说歹说才把锦叔劝走。

等锦叔走了，白楚年才抹了把汗开门进去。

俩小崽子还睡呢，踢都踢不醒。

兰波从白楚年肩上探出头："咦。"

地上扔了好些快餐打包盒，还有四个 RIO 酒罐子，白楚年弯腰捡起来扫了一眼："这俩小孩，偷酒喝都只敢偷这个度数的。"

"起来了起来了，"白楚年蹲下来推推陆言的脑袋，"口水都要流到揽星脸上了。"

毕揽星一下子惊醒，陆言还昏昏沉沉的，兰波趴到沙发上，专注地玩陆言的兔耳朵。

白楚年没工夫理他们，坐到电脑前，给从地下车库拿到的营养药剂拍了张照片，先给韩医生发了过去，然后让毕揽星送到楼上检验科。

"哦，马上去。"毕揽星揉了揉眼睛，爬起来就去送了。

"人偶师递过来的东西，我让人给检验科送过去了，你去看看有什么问题。不知道他什么意思。"

过了一会儿，韩行谦回复："收到了。的确是 NU 营养药剂，这种药剂里面含有喂养幼年期和培育期实验体的最优营养物质。普通实验体想存活可以仅食用无机物或者人类食物；如果想得到实力强化，那么有三种办法，吞食同类、吞食人类和注射营养药剂，每个实验体平均要使用三千支营养药剂才有可能达到最强化状态。"

"人偶师大概是想告诉我们，我们应该给实验体们喂食营养药剂了。"

"这种药剂的原料成分很复杂，由于某些原料的稀缺和运输困难，导致产量并不高，而且只有实验体能用。这种药剂的专利在109研究所手中，全世界只有他们能做，也只有他们做得出来。"

"嘿，我又有个新计划，这次一定能拖垮研究所。"

白楚年正沉思着自己的新计划，桌子忽然被重重地拍了一下。

他抬头看去，陆言气势汹汹地站在桌前，睡到翻起来的杂毛还竖在头顶，双手拍在桌面上："陆楚年，我有话问你。"

"什么？你叫我啥？"白楚年推开座椅站起来，"别没事找事，我忙着呢，我去会长办公室，正好你闲得很，也跟我过去吧。"

白楚年往门口走去，陆言嗖地闪现在门口，双手挡住门，悲情地大声道："他们都没跟你说过吗？我是你哥。"

白楚年去拉门把手的手僵住，嘴角一抽。

然后白楚年一把揪住陆言的两只兔耳朵把他提溜起来，任凭陆言悬在空中乱踢乱打。

白楚年腾出另一只手拿出手机发语音："老何，你教疯我一学生，赔我二百，不然这事没完。"

兰波坐在沙发上看热闹，顺便往嘴里回收快餐盒子、饮料罐和垃圾桶。

第三章

单烯宁

"你放开我，放开我。"陆言飞起一脚往白楚年腰眼踹去，白楚年松开手才来得及架住他踢过来的一脚。

"少爷，你看着我，"白楚年撑着双膝俯身给他看自己的头顶，发丝里冒出的狮耳轻轻动了动，"我哪点像你们家人了？"

"又不一定要是亲生的。"陆言煞有介事地托着下巴思考，突然瞪大眼睛，"狮子……难道是小夏叔叔……"

白楚年双手捐住他脸上的两块肉，扯了扯："你有病吧？都不是一个品种的。美洲金猫跟我纯种白狮是一回事吗……不是，我没看不起少校的意思，我就是想说你是个小傻子。"

"那这个怎么说？"陆言从裤兜里拿出录音笔，在白楚年面前按下了播放键。

锦叔的声音从扬声器中传出来："看看，你儿子让条鱼给揍了。"

见白楚年没反应，陆言又放了一遍。

"看看，你儿子让条鱼给揍了。"

办公室里的空气忽然安静下来，录音放了两遍，连兰波都听明白了。

兰波斜倚在沙发里，支着头不冷不热地笑了一声："是我揍的，他想怎样？"

陆言目光灼灼地看着白楚年，等他回答。

"只是一句顺口的话，你不用放在心上。"白楚年抬了抬手，几次想接过那支录音笔，却又垂了下来，"我是锦叔从地下拳场捡回来的。"

"我忘了打过多少场，只记得最后一个对手是个棕熊实验体，可能是有钱老板买来当消遣的。倒也不是打不过，但我两天都没喝过水了，也有点累……锦叔点了我的名字，把我带走了，会长把我送到医学会给我治伤。"

陆言疑惑地仰头看他，他想象不出来白楚年形容的肮脏拳场是什么样，只能用贫乏的经验去猜测是一个像蚜虫岛格斗教室那样的大房间，四周可能有黑色的墙。

"你没见过吧？"白楚年双手插在兜里低头轻松地看着他，"上一场输了的，骨头断了，气也断了；有的气还没断，就直接被扫台子的用扫帚扫到角落里。底下的观众都戴着面具，场面比演唱会还疯，聚光灯都照在我们身上，滚烫地烤着，你站在上面脑子一片空白，疼啊累啊的也感觉不到，唯一最强烈的愿望就是能快点结束去厕所水龙头那儿喝口冰水。"

"……"陆言害怕地摸了摸自己的手肘。

"我在这儿工作也只是想报答他们，我从来没试图融入你们家，也什么都不会抢你的，你不用把我想得太不堪。"

陆言怔怔地站了半天。他其实从来没想这么多，不过就是想把事情问清楚而已，现在反而一下子不知道该说什么。

"你……你……我又不是来跟你分家产的。"陆言偏过头小声嘟囔，"好不容易能当哥哥。"

"总之，我跟你没有半点血缘关系。就算有，你也当不了老大。"白楚年朝他摊开手，"学员非任务期间禁止携带录音设备，交出来。"

"喊，给。"陆言不服气地从兜里掏了掏，把录音笔拍到白楚年手里，转身跑了，抛下一句："我上楼了！"

白楚年掂了掂录音笔，随手揣进兜里，坐回兰波身边。

兰波抬手搭在他肩头，捏了捏他肩头的骨窝，凑近他："你很高兴的样子。"

"没有。"

兰波从他口袋里摸出那支录音笔，夹在指间转了几圈。

白楚年的目光下意识地被吸引到兰波指尖的录音笔上。

兰波端详着他的眼神，将录音笔一端放进了嘴里。

"别闹。"白楚年忽然一把抓住他的手腕，把录音笔夺了回来，塞回兜里。

"我先去一趟检验科，你在这儿等我。"白楚年起身出了门，兰波没再跟着，只是倚在门边瞧着他离开的背影。

白楚年边走边低着头，按动录音笔的播放键，将小扬声器贴在耳朵上听。

然后又播放了一遍，听不够似的，直到录音笔电量过低，开始出现刺啦的杂音。

"你在看什么？"

兰波一惊，韩医生已经站在身边不知道多久了。

"救他的不是我，我好失败。"兰波盯着白楚年身影消失的拐角，面无表情地回答，"他依赖我以外的人。"

韩行谦看见他的鱼尾慢慢泛起烦躁的红色，尾尖焦虑地甩来甩去。

"他从红狸市培育基地回来后状态都没恢复到全盛时期，心事重重。他本来就害怕会长因为那件事怪罪他，现在总部又莫名被袭击受创，他表面上没什么，心里也会怀疑自己的工作能力。"韩行谦说。

"你觉得你比我了解他？"

"了解不敢当，除了日常观察和心理疏导之外，我的伴生能力'圣兽徘徊'能解读他的思想。"

"好吧。"

"你想帮他的话，让他放松放松。"

"怎么做？"

"嗯……多摸摸他。……抚摸。"

"哦。"

大约十分钟后，白楚年拿了一份检验报告从检验科回来，回到办公室坐在沙发上认真翻阅起来。

兰波卷在沙发背上，轻轻揉揉白楚年的头发。

"等会儿，我看完它。"

白楚年慢慢窝进沙发垫里，胸腔里发出微小的呼噜声，紧绷的脊背舒展开来。

突然，白楚年听到写字的沙沙声，一下子睁开眼，看见韩行谦坐在不远处的椅子上，推了推眼镜，在记事本上写下："猫科实验体的有效快速安抚手段：抚摸。测试结果：有效。"

韩医生站起来戴上乳胶手套："我来摸摸。"

"嗯？"白楚年瞪眼让他跟自己保持一臂距离。

"对了，你给我的安瓿瓶夹层里藏着一张字条。"韩医生从口袋里拿出一个透明自封袋，里面是一张写了字的便笺。

不过字迹潦草到只有一些波浪线。

"这写的什么？"

"NU营养药剂主要原料的学名。看来人偶师和我是同行，他很懂这些。这里面大部分原料都属于违禁物，一部分是激素，还有一部分需要从原产地长途运输过来，想过海关可不容易，需要有经验的运输团队，之前是红喉鸟，红喉鸟分崩离析之后，现在研究所雇用的是灵猩世家。

"营养药剂是促进实验体战斗能力发育的一种药物。其实我的研究表明，实验体依靠食用人类食物或者其他有机物、无机物完全能够支撑身体生长，除非没东西吃，实验体本身没有吞食人类或者同类互食的欲望，假如不需要实验体当武器，注射营养药剂就没有什么意义。"

"人偶师这算是合作邀请吗？"白楚年跷起腿盘算，"刚在市区掀起这么些乱子，想合作没门。"

"人偶师的目的我还没摸清楚，不过能确定的一点是，他们想要实验体，就算冒着风险闯IOA总部也要抢夺，那得帮他们一把。"白楚年打开电脑，对照着检验报告和韩医生给出的原料清单写了一封邮件。

言逸正坐在办公桌前，收到了白楚年发来的一封任务申请邮件。

"嗬，接个电话的工夫，我大宝贝又跑哪儿去了？"陆上锦从茶水间回来，坐进沙发里，到处找不着陆言。

"锦哥，帮我看看。"言逸抬头道。

"嗯？"

言逸把电脑转向他："他说的这些原料，你见过吗？"

"没听说过。"陆上锦视力很强，靠坐在沙发里也能看清远处显示屏上的小字。

"不需要这么麻烦。"陆上锦手臂搭在皮质沙发背上，"我早就看过他们的财务报表，因为信誉受损股价走低，改换原料运输团队，不少投资商撤资，研究所的实验体已经在减产了，迟迟没有降价抛售无非是还端着这点产权，想等风浪平稳东山再起。

"但实验体和商品不一样的一点是维护费用奇高无比，他们需要小白说的这种营养药剂来维持生命，除此之外，人力、电力、设备全都需要钱，实验体一旦积压起来，就会指数级地消耗研究所的资金。

"现在各个国家、组织都在怀疑实验体的可靠性还有研究所的信誉，所以购买实验体的数量大幅度减少了，研究所现在最大的资金来源一定是实验体相关的售后品，也就是那些同样昂贵的各种各样的维护药剂。

"他在表格上列了五种药剂：Accelerant 促进剂、HD 横向发展剂、SH 屏蔽剂、IN 感染剂，还有这个 NU 营养剂。我简单看了一下，成分很复杂，原料也很多。我不懂医学，但从字面上看，有一种叫单烯宁的东西，是这五种药剂共用的成分。"

言逸托腮看着他，静静地听。

陆上锦摸出手机，交代助理用空壳公司的名义联络一家新合作的医疗器械公司。

言逸挑眉："艾莲可不傻。"

"的确，能把实验体这种新兴生物体发展成产业链很不容易。"陆上锦简单交代过后扔下手机，"但 109 研究所如果是我的产业，就不会落败到这种地步，即使对手是你。一手好牌打个稀烂，光不傻可当不了商人。"

尽管白楚年一时还不大想上楼，却还是被会长一个电话叫了上去。

会长和锦叔都在，看着茶几上撕开包装的几袋零食就知道陆言也没走远。

会长在办公桌前工作，锦叔正坐在沙发里，膝头托着笔记本电脑，左手拿着咖啡杯，右手时不时敲几个字发给对方。

"你站那儿干什么，那条鱼又把什么设备啃坏了？"

"没……"白楚年攥了攥口袋里的录音笔。

"前些日子你介绍过去的那个渡墨，挺不错的。"陆上锦说，"人们还都不清楚他的底细，这回刚好可以交给他办。"

"您想怎么做？"

"这点小事还用不着我动手，正好教你。"陆上锦勾了勾鞋尖，示意他过来坐下，把电脑屏幕偏向他，"渡墨负责去跟研究所的销售方谈合同，他以前是个小狱警，没什么交易经验，我可是教过你怎么谈判的。"

的确，这几年白楚年没少跟着锦叔出去，有钱人只要凑在一块儿，那不管是应酬吃饭还是海岛度假，都在不停地吸纳信息和伙伴，耳濡目染下白楚年也学会了一招半式。

他记得自己刚回来时坐锦叔的车，车驶过一个不知名小县城时，他见十字路口有个卖糖葫芦的，于是好奇地趴在窗边看，那时候锦叔顺口与他闲聊："看着人多，这儿可卖不出去，红绿灯周围不好停车，不如往前走两步。"

陆上锦见他出神，轻踢了他一脚："记着，见了对方，先开口要营养药剂六万支，开价就压到最低。"

白楚年想了想："平均每个实验体生长到成熟期需要的营养药剂最大数是三千支，我们这里近二十个实验体就够用了，您是想……实验体干脆就不还了，咱们扣下？"

"我让你好好跟我学，你非来干特工，你也就卖个糖葫芦到头了。"陆上锦重重揉了他脑袋一把，"我们要的是感染药剂，要他能做出来的最大数，一次性拿货。"

锦叔把话说到这个地步，白楚年再想不明白就没脸在这房间里待下去了，若有所思地点了点头："懂了。"

会长忽然抬起头："新消息，灵猩世家已经取了货，暂存在冷库中了，三百吨单烯宁原料，他们应该会在自己的工厂中提炼出成品再分别运送到研究所的各大制药工厂。"

当了几年言逸的下属，任务不需挑明，只需要几秒眼神交会白楚年便能心领神会。

陆上锦微弯唇角："给他炸掉。"

下班回家，白楚年懒得脱衣服就一头栽到床上，把录音笔放到床头的感应充电器上充电。

一回头，兰波正趴在鱼缸边阴郁地看着他。

"怎么啦？饿没？冰箱里还有俩西红柿我给你炒了。"

兰波吐出两个蔫绿的西红柿蒂。

"……晚点把我囤的小火锅煮了吧，太累了，躺会儿躺会儿，晚上还有任务呢。"

白楚年从床上爬起来，站在衣柜旁脱衣服。

白楚年脱掉上衣扔到衣柜里，低头看见自己腿边的鱼尾变成了半透明的红色。

他回过头，与兰波视线相接，兰波的眼瞳拉长成了骇人的竖直细线，微启的嘴唇间隐约可见变为锯齿状的尖牙。

这是生气了。

"又生气了，怎么脾气那么大？"

"你想要爸爸，我也不是不能当。"

"……这哪儿跟哪儿啊？"

"hen。（好的。）"

"哎，你置什么气呢？你有父母，不觉得高兴吗？"

"不觉得，我不记得他们的样子了，只记得两双手一遍遍刮掉我的鳞，我也是会痛的，我不喜欢他们。"

"那我也不喜欢他们。你之前打我那么凶，怎么现在不动手了？"

"我不打你，言逸就会惩罚你很重，他见你伤了，才会心软。"

"也就是罚我写写检查嘛，严重的话就开除我，会长肯定不会体罚的。"

"会关禁闭。在黑暗的小房间里一直待很久。你不喜欢狭窄黑暗的地方，我知道。"

"嗯，我不喜欢。"白楚年说。

兰波一愣。

"多管教我。"

放在枕边的手机响了起来，是一个陌生的号码，白楚年按了接听，但没先开口。他们的常用设备都是 IOA 技术部研发加密的，外界根本无法窃听和查询位置，绝对安全。

一位亚体的声音从扬声器中传出来。

"我现在正要去和研究所的药物代理谈订购的事宜，他们给了我这串号码，说你会告诉我怎么做的。"

"是我。"白楚年回答道，"对话的时候我会提醒你的，记得打开隐形通信器。"

电话对面的渡墨听见这个熟悉的渣男音腔调，当即无语地叹了口气。

渡墨挂断电话，穿着西服，提着公文包，走进药厂代理所在的写字楼。他现在的身份是化立医疗器械公司的经理，虽说是被临时塞的身份，却也得装得够像。

被迫从国际监狱离开之后，他没地方可去，当了这几年狱警，得罪的全是重刑犯，就算犯人进来前已经脱离了组织，有几个漂泊在外的兄弟也不稀奇，碾死一个小小的狱警易如反掌。渡墨背靠的大树倒了，不找一个靠山根本活不下去，就是逃到境外八成也是死路一条。

好在白楚年有点良心，把他推到了陆上锦手里，这对渡墨而言就是一捆救命稻草，必须紧紧抓住了。

由于有过预约，药厂代理知道这是个大客户，笑盈盈地把渡墨迎进了会客室。

负责这单生意的是个三十来岁的亚体，他给渡墨倒了杯茶，要先面谈一下价格再拟定合同。

亚体把药剂价目表推给渡墨，微笑着说："您看看。"

A4 纸上清晰地标注着他们各种代理商品的价格，Accelerant 促进剂和 HD 横向发展剂都写着无库存，余下的 SH 屏蔽剂是一万五一管，IN 感染剂九万一管，NU 营养剂是十四万一管。

虽说渡墨在国际监狱当狱警的时候也算见了些世面，国际监狱里的贪污犯不少，哪个被抄家的时候家底都挺厚实，可一看这些普普通通的药剂的价格，他还是忍不住在心里感叹一句"好家伙"。

他面不改色地暗暗冷静了一下，把价目表推了回去，轻描淡写道："哎，这价目表已经是上半年的了，都是明眼人，知道现在什么情况，拿六万支营养药剂又不是小数目，给个实在价吧。"

研究所现在的情况在行里行外都已经不是秘密了，许多同行都要上来踩一脚的，代理心里也明白，只好道："药剂原料着实珍贵，您诚心来订货，优惠是一定的。"

代理的意思是货款八十四亿，优惠打折都能谈。

渡墨其实觉得这价格也就这样了，毕竟以前都是明码标价的东西，他最多在商场买摆件的时候跟柜员从三千块钱砍到一千五，对于这种数字后面的零都数不过来的货款该怎么砍价他是一脸蒙。

没想到耳中的隐形通信器响了，白楚年说："就八亿。"

渡墨险些骂出声来，他当这是在古玩市场搜罗假货呢，全款八十四亿的药剂，别人给抹个零头就当优惠了，他上来给抹掉一个零外加零头，这小子到底会不会做生意啊？

果然，当渡墨硬着头皮故作镇定地说出这个价的时候，代理脸都绿了，要不是涵养还在，恐怕直接要抄家伙撵人了。

渡墨暗暗吸了一口气，掩饰自己心里没底的事实，挑眉道："现在大家生意都不好做，最近也没什么大订单了吧。"

代理的脸色已经很不好看了，想了想还是给总部打了个电话。

研究所的药物经销部门又把这件事如实汇报给了艾莲。

艾莲正在自己的圆弧形办公桌前剪指甲，这时电脑 AI 的电子音响起，把汇报文件读了一遍。

艾莲轻轻用指甲锉磨平指甲尖锐的前端，冷哼道："陆上锦惯用的手段罢了，自诩精明的黑心商人。现在的形势，谁不知道谁缺货，他们 IOA 刚扣下我二十个实验体，看来是不打算还了啊，还想全培养成顶尖武器，真是财大气粗啊。言逸，你也不过如此，你俩卑鄙得如出一辙。"

名叫"灯"的电脑 AI 机械地说："但我们需要这笔钱，实验体保存设备的维护费用已经超支了，再撑下去，需要自行消灭部分弱小实验体来节省维护费用。"

药厂代理还在与渡墨交锋，过了许久，AI 机械地读出新邮件："对方改为购买 IN 感染药剂，希望以原价 80% 的价格购买。"

艾莲沉思了一会儿。

营养药剂需求量最大，产量却不高，一年也不过产出十四万支，陆上锦想压到最低价购入，无非有三种可能：直接买来喂养 IOA 扣留的实验体；让医学会研究改变部分成分，通过其他渠道售卖；囤积起来做饥饿营销。

现在又换成买感染药剂，大概率是想混淆视听，陆上锦真实的目标还是营养药剂罢了。

感染药剂的需求量并不高，毕竟人们买走实验体不是为了杀着玩的，感染药剂不过是作为一种保险措施，在紧急情况下能制服实验体。

就算陆上锦想要感染药剂来对付研究所的实验体，但只要研究所拿到货款，就有起死回生的机会。

"卖。"艾莲哼笑道，"库存就只有一万支，剩下五万支月底交货，让他把定金付了。"

AI 提醒道："库存的单烯宁数量不足，如果全部用来制造感染药剂，交货之后我们就所剩无几了。"

"灵猈世家已经取到原料了，下个月我们就会收到成品，单烯宁还是充足的。"

"好的。这就去安排。"

最终渡墨以四万五一支的价格谈妥了六万支感染药剂的订单，预付20％的定金，签合同的时候渡墨手都在抖，从来没见过这么多零，有钱人画零都跟画画似的。走出写字楼他才重重地舒了口气，钻进没人的地方对白楚年的坑人指挥破口大骂。

白楚年笑得开心，连连说了几声辛苦了就结束了通信。

同一时间，韩医生家里刚把晚餐摆上桌，萧驯与韩医生坐在吧台一侧，低着头挑动奶白鱼汤里的鱼肉。

韩行谦抬手搭在萧驯后颈，温和地道："我知道，你很不愿意提起自己的家族。"

萧驯微微摇摇头："我觉得我应该已经脱离那个地方了，不想再和灵猩世家的任何一个人有瓜葛。猎选会是快到了，楚哥说，我可以在盛会上证明自己的能力，可我……我不想去。"

"为什么？"

"我没必要向他们证明自己，他们永远不会承认我，承认弱亚体除婚姻以外的价值，况且他们的承认对我来说也没有意义。"

"嗯。这样很好，"韩行谦说，"你已经在向着好的方向开始生活了。而且暗杀行动对你这么大的孩子来说也的确很为难。"

萧驯低垂的眼睫忽然挑起："暗杀？谁？"

"虽然很不幸，但你可以知道。灵猩世家现任大家长，萧长秀，你名义上的祖父。"

萧驯的表情从茫然呆滞逐渐变得激动起来，他圆睁着眼睛，血丝缓慢地爬上他的眼白，搭在膝头的右手不停地做出摩擦扳机的动作。

听白楚年说，当年在 ATWL 考试里，就是萧驯在最后给蛇女目注射了 Accelerant 促进剂，在头部中弹从高台上坠落时还露出了报复成功的快意眼神。

韩行谦一直是不相信的，因为萧驯实在太乖了，一点也不像报复心强到某种病态地步的少年。可蚜虫岛的心理老师又不断用体检结果告诉他，萧驯的确存在强烈的复仇和摧毁欲望。

"好了，好了。"韩行谦将陷入痛苦幻想的萧驯一把拉住，千鸟草气味的安抚因子轻轻灌注进萧驯后颈亚化细胞团[1]中。他温声细语地哄慰："不想了。"

许久，萧驯轻轻抓住了韩医生的衣襟，闷声小心道："我很愿意，请务必让我担任暗杀手。"

灵猩世家是个古老的望族，世代以雇佣猎人为业，百年基业累积下来，在商路上叱咤风云，黑道上也名震四方。可惜老太爷萧有章已驾鹤西去，现任大家长萧长秀也年逾七十，下一任主人的位子还没定下来，本家的儿子们个个狼子野心，表面上兄友弟恭贤孙孝子，暗地里恨不得老爷子今晚就下葬。萧长秀一天不死，萧家儿子们便能明争暗斗一天，从不消停。

车在一座古朴小镇的入口前停下，韩行谦看见前面写着"外来车辆禁止入内"的提示牌，于是拉上手刹熄了火。

他拿了瓶矿泉水拧开瓶盖，递给坐在副驾驶上忧心忡忡的萧驯。

萧驯被一瓶水晃醒了神，垂眼接过来，喝了一大口，轻轻出了一口气。

---

1. 亚化细胞团：可以传递亚化因子。

"别紧张，还记得吗？我们只是来给大嫂看病的。"韩行谦攥住他微微发抖的手腕，"去拿我的药箱。"

温热干燥的手掌覆盖在手腕上，温度从皮肤传进脉搏，萧驯安定了许多，点了点头，下了车，从后备厢将沉重的手提药箱取出来，提在手上。

韩行谦靠在车门边，试了试通信器的信号："我们下车了。"

白楚年："收到，我们也快到了。"

这次行动分了 A、B、C 三组，韩行谦、萧驯在明处接触灵猥世家，白楚年、兰波、陆言和毕揽星分别在暗处搜索灵猥世家的秘密工厂和仓库，把里面的单烯宁搜出来。

走进小镇，一路上见的行人几乎全是灵猥，除了偶尔路过的一些游客和暂住者。

韩行谦穿着白色的工作服，扫视周围的行人，问道："灵猥世家离这儿有多远？"

"从进门开始全都算。"萧驯轻声回答，"本家的房子还远，走路得两个多小时，我们打辆出租车吧。"

"这么大，快赶上一个县级市了。能拍照吗？"

萧驯只浅浅地"嗯"了一声，没什么表情。他对灵猥世家的恨意已经到了有人夸它好，或者给它拍了好看的照片都会反感那个人的程度了。韩医生除外。

一辆出租车被萧驯伸手拦下来，司机是个热情的灵猥亚体，从车窗探出头来："东西放后备厢吧。"

萧驯掂了掂手里的药箱，冷淡道："不了，我拎着。"

韩行谦微微点头道谢，陪萧驯一起坐到了后座，萧驯把药箱放在膝头，手搭在金属面上。

这个动作让韩行谦有点疑惑，灵猩世家看上去民风还挺淳朴的，不至于坐个出租车也要防备行李被偷的样子。

路上司机滔滔不绝地跟他们攀谈："好久没什么客人来了，你们这是要去本家吧？您是医生吧，看着这穿着挺像，是不是给萧家少夫人看癔症去？"

韩行谦笑道："是，听说少夫人病了很久了。怎么，这事大家都知道吗？"

"嗐，那位少夫人一嫁过来就寻死觅活的，闹得满城风雨，谁不知道。萧家财大气粗地压新闻，这种丢人事外面还都不知道呢。那女人也是，现在孩子都生了，还不老实，还当自己是宋家的大小姐呢。"

司机把这事当作消遣谈资，说得眉飞色舞："我也到年纪了，半辈子攒了点钱，过两天娶个乖媳妇回来，我也好多享享福，可别碰上那种疯女人，嫁进豪门还不乐意。"

萧驯默默抠着医药箱上的铁皮，指甲在金属面上刮出轻微的刺啦声。

司机口中的疯女人就是萧驯大哥的老婆，也就是他的大嫂宋枫，萧驯离开灵猩世家不久，大哥萧子驰就结婚了，对象是外家的一位白灵猩亚体，现在已经有了个孩子，但听说也是个小弱亚体。

出租车把他们放在了本家的老房子外，萧驯站在院外，仰望着不远处巍峨的别墅区，房子里住了一个大家族，仿佛隔着绿化带和墙壁能听见里面家长里短的吵闹。

"你认识大嫂吗？"韩行谦问。

"不认识。"萧驯说，"不过她嫁过来一定不是自愿的，在我之前也出去了几个堂哥堂姐，他们都不高兴。本家规定灵猩世家后代血统必须纯正，灵猩只能跟灵猩结婚，谁愿意世世代代都在狗窝里待着？要不是我逃得快，孩子都生了两个了。"

"可你才二十岁。"

"是的，我妈妈十六岁就嫁过来了，她结婚那天上午考完语文交了卷子，中午就直接被婚车接走，说什么都没用。"

"大嫂名字叫宋枫，技术部给的调查资料说，她是宋家把持的一家风投公司的总裁，很厉害的。"萧驯声音冷漠，但听得出是在惋惜。

韩行谦微低下头，眼镜上的细金链轻轻晃动。

"那你如果出去，是不是就算违逆家族训条了？"

萧驯的目光被韩医生温和的笑意晃了一下，默默摇尾巴："我……不在乎那种狗屁家训。"

"所以这算是说'愿意'吗？"韩行谦弯起眼睛。

萧驯怔了怔，发觉自己上了韩医生话里的套，赶快把脸偏到一边，剩下背后的尾巴摇得呼呼生风。

"B组已就位，A组干点正事，完毕。"

白楚年躺在茂密的巨大杨树枝杈间，背着萧驯的狙击枪盒，里面装着一把M25狙击枪和一块高倍瞄准镜，按着耳中的微型通信器说话，兰波缠绕在附近的枝杈上，用水化钢望远镜眺望远处："他们进树林了。"

毕揽星和陆言一边给他们比了一个顺利的手势，一边顺着围墙外的绿化带摸到了别墅后院花园，花园连着一条小路，小路是通往一片白桦林的。

白楚年接起话若："韩哥，好好表现。"

韩行谦笑道："那是一定的。"

白楚年口袋里的手机振了振，是渡墨打来的，过两天就是研究所交货的日子了。

渡墨问："他们快要交货了，钱什么时候打过来？"

白楚年："确定快要交货了，不拖？"

渡墨："我刚从药厂代理那儿回来，他们的货都到了，六万支 IN 感染药剂都在仓库里，正在点数呢。"

白楚年："接下来得拜托你一件事。"

渡墨有种不好的预感。

白楚年："跟他们说我们不要了。"

渡墨："你是不是有病？！耍我呢？"

白楚年嘻嘻一笑："真的，你嘴皮子利索，你去找个理由解释嘛，违约金我们照赔就是，这就给你打过去。"

渡墨："……几亿的定金啊，说不要就不要了，人家可是一分都不退的啊。这是陆总的意思吗？你能做主？"

白楚年："照我说的做就行了，又不花你的钱。好了不说了，我这儿有事呢。等会儿我关机，你没事别给我打电话。"

渡墨："你当我想给你打？我的人生从碰见你开始就再没有过好事。"

电话啪地挂断了。

白楚年把手机揣回裤兜里拉上拉链，朝兰波勾勾手："交易那边差不多快成了，兔子揽星去找仓库，我们先进别墅探探虚实。"

兰波还在拿望远镜张望远处，喃喃道："有人朝他们过去了。"

白楚年轻身跳到兰波身边蹲下，树枝没有发生一丝晃动，他趴到兰波头上，垫着兰波的发顶拿起水化钢望远镜朝韩医生和萧驯望过去。

从别墅里走出来几个人，其中有两个很眼熟，在 ATWL 考试里见过，同和萧驯在一队的队友，萧子遥和萧子喆，估摸着应该是与萧驯同为世家孙辈的堂哥。

萧子遥走在最前面，跟身后的萧子喆有说有笑，商量着去市区的夜总会玩。

不料一出家门就碰上了晦气东西。

萧子遥远远看见站在栅栏外的熟悉身影，立刻眯起眼睛上下打量了一遍，朝身后的堂哥勾了勾手，往不远处的亚体指去："那不萧驯吗，他不是死了吗？哥，你们怎么办事的呢！"

萧子喆瞪了他一眼，让堂弟闭嘴，自己也望过去打量萧驯。看见萧驯他心里也是一冷，知道自己跟大哥的计划落了空。当初他们明明把萧驯交给了一伙猎人，给了他们一笔钱，让他们把尸体处理干净。现在看来那些拿钱办事的贩子根本没把事情办妥，十年一度的猎选会前夕，他出现在灵猩世家绝对不是什么好事，绝对不能让他进萧家的大门。

这么想着，萧子喆大步上前，杵在了院外铁艺栏杆边，皮笑肉不笑地上下扫视萧驯。

萧驯提着医药箱，不卑不亢地直视着二哥的眼睛。

萧子喆抱臂讥讽道："回来了？你的婚事已经黄了，把宋家得罪得不轻。敢拒婚逃跑，不就是跟我们家断绝关系了吗？现在你跑回来就是自讨没趣了。我劝你哪儿来的回哪儿去，等会儿要是被保安打出去可就更没脸了。"

萧驯冷冷地注视着他："从你和萧子驰两人把我送上贩子的车开始，我就跟你们断绝关系了。我来看大嫂，劳驾让路。"

萧子喆注意到了萧驯身边穿白大褂的亚体，看起来是位温和儒雅的医生，不是灵猩亚体，一下子就被触怒了似的，萧子喆冷笑："我以为你多干净，失踪快两年了，回来还带了个外人，明年是不是还要带个杂种回来？"

萧驯眉头紧紧皱到了一块儿。他受惯了兄弟们的白眼挤对，可萧子喆的话锋已经开始针对韩医生了。他默默攥紧医药箱的提手，指节发白。

从通信器中听见他们对话的陆言先开了口："那是谁啊？萧萧，嘴这么臭，这还能忍？揍他！"

白楚年也在通信器中嬉笑："笑死了，他可真够自信的。别忍，今天他们敢动你一根手指头，你韩哥就跟我姓。"

兰波无聊地摇着尾尖："你打不过，我下去。"

韩行谦低头在萧驯耳边轻声道："没关系，打坏了我来治。"

萧驯扬起手将沉重的医药箱抢到萧子喆脸上。萧子喆从没想过他会还手，被一箱子抢翻在地上，半边脸都肿了起来。虽然是弱亚体，但萧驯端惯了大狙的手力量也是不可小觑的。

萧子喆起身反击，但萧驯更快一步，用手提箱底座重重砸在了他肚子上。萧子喆被砸得躺在地上吐出一口秽物来。

不远处看着这一切的萧子遥愣了，连着身后跟着的几个用人都愣了。

萧驯重新提起医药箱，整平衣角，对用人道："劳烦告诉老爷子一声，萧驯回来了。"

第四章

灵猊世家

两人越过对他们怒目而视的萧子遥和萧子喆，在一名用人的引领下朝别墅大门走去。

萧子遥见状，匆匆给他爸打了个电话，把事情原委添油加醋说了一遍。

灵猊世家本家说是别墅，其实规模相当大，由相互连通的建筑结合成一整片的住宅，风格中西结合，从进门的园林绿化开始就彰显出复古的格调，经过一段竹影摇曳的菱形砖路才到正门。

两位保安板板正正地站在执勤亭里，一个盯着监控，一个盯着门口，腰间佩枪，两人个头都有一米九，穿着紧身制服，且都是M2级高阶猛兽强亚体。

用人跑上前去说明了情况，韩行谦把自己的证件拿出来，递进执勤窗里，然后把手机上的预约记录给他们看："我是韩行谦，受邀来为少夫人看诊。"

一直以来给大嫂治疗的是陈医生，而陈医生近日有个重要的学术会议必须远赴德国参加，一时分身乏术，但短时间内也不好找到水平相当的医生接手，恰逢 IOA 医学会的钟医生向他大力推荐自己的得意门生韩行谦，陈医生最相信钟裁冰的眼光，于是欣然答应。

保安凌厉的目光扫视过韩行谦全身，然后将视线移到萧驯手里提的药箱上："您好，您的行李需要过一下安检。"

他们两人也经过了安检，不过耳中装备的隐形通信器是扫描不出来的。

过了安检，两人才顺利进门。用人蹲下为他们清洁鞋底，然后悄悄对身边的另一个用人说了几句话，那人惊了惊，匆匆往走廊深处跑去。

看样子是去通知管事的了。

用人微微低头走在前面，领着客人往会客室去。

房子里面跟韩行谦想象中的不太一样，这里面有种中世纪古堡般的阴森气氛，看上去两侧的壁纸已经贴了许多年，虽然泛黄了，但清洁做得很频繁也很专业，因此完全不显得破败，但灯光并不算明亮，幽暗泛黄的光线照射在两侧挂的油画真迹上。

笔直向前的走廊尽头左拐是一面墙，墙上挂着一幅巨大的长幅油画，看来灵猩世家的现任主人挺喜欢这种奢侈品。

经过长幅油画时，韩行谦忽然在画靠角落的位置看见了萧驯。

画布黑暗的角落中，看上去只有八九岁的萧驯半侧身站在一个女人身边，眼神是极度冷漠哀怨的，脸上也没有一点笑容。

"这是家族画像，是九年前老爷子七十大寿时画的了。"萧驯轻声向他解释，"画我的那天，大哥从阳台倒水下来，所以我不高兴。"

韩行谦摸了摸他的头发以示安慰。

顺着画像上的家庭成员逐个看过去，韩行谦的目光忽然停在了一个面貌二十出头的灵猩弱亚体脸上，甚至以为自己看错了，又认真辨认了一会儿。

"这是……林灯教授？"

灵猩身上穿着医生的白色工作服，脖颈上的听诊器都还没摘，头发是浅蓝灰色的，在脑后留着一段稍长的狼尾，眼睛和蔼地眯成两个月牙，一副好脾气的模样。

眉眼和林灯的确有几分相似，但气质又很不一样。

"你说六叔吗，他叫萧炀，真的有点像林灯医生。我爸爸排行第五，六叔在他们嫡系兄弟里是最小的。"萧驯顺着韩行谦的视线看过去，"抱歉，家里给弱亚体起名的时候都不会用什么好寓意的字，中间也不加家谱字辈。"

"萧炀，他现在在家吗？"

"早就走了。"萧驯说，"八年前他跟齐家的一位灵猩亚体订婚，但新婚当天新人就猝死了，医生说是死于脑出血，大家都挺难过的。六叔在齐家住了一阵子就搬出去独自工作了，现在在哪儿我也不知道，好久没见了。

"不过六叔的对象齐启竹也是个身材很清瘦的，六叔最讨厌身材纤瘦、皮肤白皙的亚体了，所以对结婚对象非常不满意，但明面上笑盈盈的，不说出来。"

通信器里白楚年突然出声反对："白皮奶狗型的亚体怎么了？ K034 年了，你们家这叫什么观念？"

萧驯一怔，微微扬了扬唇角："这种特征在楚哥身上就很好看。"

韩行谦偏过视线看他。

走过门厅，用人又推开一扇门，外边又见了天日，一段木本夜来林荫路通往会客室，树之间插着白色木栅栏，形成天然花园。

韩行谦远远看见花园里站着一位三十来岁的女性亚体，穿着雪白宽松的蕾丝长裙，手捧浇水壶，树叶间隙投下的光带在她又白又细的手腕上留下蜂蜜色的细碎光点。

不过以医生的眼光来看，韩行谦发觉她腰细得很不健康，应该是摘了靠下位置的肋骨并且穿了束腰所致。

"那是三伯母。"

三伯母看见萧驯，先是愣了愣，颤颤地走过来："我一直不信你死了，小孩们总爱乱说话。这两年你去哪儿了？"

萧驯看了一眼韩医生，轻声回答："出去上学。"

"好，上了学长见识。"三伯母放下水壶掐了掐萧驯的腰，担忧地说，"快一尺九了，在外地上学，一日三餐上也得节制一点，不然没人喜欢，你伯父们又要生气。"

韩行谦见萧驯的脸色有点冷，于是温声解围："他在我这儿的饮食很健康，您放心。"

三伯母这才注意到后面跟着的陌生人是外人，有点惊讶，赶快把挽起的袖口拉了下来。她的脸是苍白的，嘴唇泛着粉紫色。

"这位是韩医生，我的老师，来给大嫂看病的。"

"嗯，快去吧。"

离开木本夜来花园，萧驯有些烦躁地重新理了理 T 恤。

"你不太喜欢三伯母？"

"我不讨厌她。"

随着往本家住宅深处越行越远，韩行谦发现，但凡是位弱亚体，不论高矮，全是长腿蜂腰的身材，而且许多人都选择去肋骨，就像外界爱美之人习以为常的割双眼皮、打玻尿酸一样。

跟他们比起来，外界的什么 A4 腰、反手摸肚脐都弱爆了，他们的腰只有巴掌宽，恐怕一阵稍大点的风都能直接给他们拦腰吹断了。

纵使见多识广如韩行谦，这次也被灵猩世家的畸形审美镇住了。

在韩行谦眼里，萧驯的腰就已经算天生纤细的了，是灵猩种族特性使然，应该没有外力干扰过身体生长，但或许正因特立独行才在萧家不好过。

他低下头，悄声安慰："你现在是很健康的样子，也很好看，不许像他们那样做。"

萧驯眼睑酸了酸，嗫嚅着嗯了一声。

"A 组即将进入正厅。"韩行谦竖起衣领遮住嘴唇，把实时位置告诉其他人。

还停留在别墅外树权间的白楚年听到消息，朝兰波勾勾手："我们走。"

兰波顺着枝权爬到白楚年身上，尾尖卷住他的一条腿。

白楚年手里提着萧驯的狙击枪匣，轻身朝连绵的树冠跳过去，固有能力"猫行无声"使他的脚尖稳稳落在细窄的树枝上，竟不会震落一片树叶。

白楚年带着兰波接近别墅，避开正门的两个保安，从别墅侧面绕了上去。

白楚年攀爬时速度极快，如同一道蹿升的白光。兰波叼着狙击枪匣提手，下半身鱼骨之间形成幽蓝电弧，逼近尾尖处放电，在两人身上形成一个穹形屏障。他们经过监视器和红外激光安保系统时，设备瞬间短路，他们离开后设备才恢复正常。

灵猩世家不愧是雇佣猎人世家，别墅的安全系统极其完备，当白楚年爬到建筑中间时，迎面扫过来一张激光扫描网。

执勤亭的保安也发觉了一丝异样的气息，拿着枪往别墅侧面绕过来。

"小白。"兰波松开了狙击枪匣，枪匣坠落时被尾尖无声卷住，他迅速爬上去扑倒白楚年，积蓄电力形成一个圆形屏障，与激光扫描网对抗。

白楚年抿着唇向侧面的一扇窗跳过去，双手一个猫挂悬在了狭窄的窗沿上，摸出吸铁石和细铁丝拨开窗锁翻了进去，在激光扫描网即将接触到他们时把兰波拽了进来，轻轻合上了窗户。

这时，脚下转圈搜寻的保安才抬起头，只看见了宁静的天空。

白楚年松了口气，与兰波说："我们得先找到研究所和灵猩世家签的合同，看看研究所打算把成品销往什么地方。在我允许之前都不要跟保安人员正面冲突，咱们这边要是打草惊蛇，韩哥那边可能会被直接扣住。"

"en。（嗯。）"

白楚年扫视周围环境，这里是个盛放杂物的仓库，架子上堆放着拖把、抹布和水桶。

兰波趴在门缝上看了看门外："有股臭味。"

"什么臭味？"

"体臭。"

"我隐约听见什么声音，好像离我们还很远。"白楚年试了试，门是从外面锁住的，于是蹲下来用铁丝拨动锁孔。兰波甩了一下尾巴，高压电流产生的热量瞬间熔化了门锁。门缓缓打开，他们走出去，兰波又把锁焊了回去。

萧驯提前提醒过他们，灵猩世家住宅内部有特殊保安守卫着一些重要的房间，但里面具体是什么他也说不清，因为从来没见过。

白楚年带着兰波避开来往的用人往宅院深处摸去，这时候从通信器中听到，韩医生和萧驯已经接触到几位家长了，人们的注意力应该都会被他们吸引过去。

果然，几个用人迎面匆匆过来往正厅走去，白楚年带着兰波顺势躲进了一个无人的卧室，避开走廊的用人。

兰波守在门口，白楚年简单看了看这间卧室，看上去是家里某位夫人的卧房，水晶吊灯是个贵重品牌的新款式，整个房间的布置也奢华精致。

靠近书房的一面墙上挂着许多装裱的老照片，结婚照上的灵猩弱亚体微笑着倚靠在自己丈夫身边，周围挂的照片是萧子遥从小到大的成长记录。

看样子这是萧家二伯和二伯母的卧室。

墙上还有几位萧家长辈的合影。白楚年随意一瞥，忽然捕捉到照片上有一张眼熟的脸——站在兄弟们最后的灵猩弱亚体，长相酷似林灯医生。显然就是韩医生和萧驯讨论过的六叔萧炀。

但此人更像他们在红狸市培育基地废墟前见到的，跟艾莲一同下车的那位烟蓝色长发的研究员。

兰波爬过来，托着下巴观察照片上的弱亚体："噢，是那个眯眯眼。"

"你也记得，对吧。"

钟爱魁梧的强亚体，他就是实验体帝鳄、伽刚特尔的设计师，绝不会错。

失踪近两年杳无音信的萧驯突然回家，这件事惊动了家里的长辈，不过他一个弱亚体，分家产时半点威胁也无。他们断定萧驯是为了在明日的猎选会上出风头才回来的，虽然心里多有不爽，但面上都还能保持长辈的风度。

用人直接领他们到了餐厅。说是餐厅，这规模堪比宴会厅了。两张长桌放在宽阔明亮的大厅中，桌上每隔一段距离就摆放着一个插有鲜花的珐琅瓶，用人们正忙碌地往桌上分发餐具，并端上精致的餐食。

韩行谦以为今天有什么大人物要来赴宴，萧驯小声解释："我们家每天都是这么吃饭的。"

一些少爷小姐被请下来，纷纷在长桌前落座，大多是拿着手机安静地坐在自己的座位上。夫人们落座后彬彬有礼地轻声聊天谈笑，聊对方身上新添的珠宝，还有一些关于宋家齐家等灵猩家族的八卦。

基本上等小辈和弱亚体们都坐齐了，强亚体们才一个一个进来，三伯还在打电话，谈生意时中气十足的嗓门在餐厅里显得有点刺耳。

过了一会儿，大厅里小声的谈话就停了下来。

韩行谦循着人们的视线望过去，萧家老爷子和大伯正一同从旋梯上下来。

老爷子萧长秀精神矍铄，古稀之年却身板挺直，灵猩种族特有的劲瘦身材使他不显老态，只有脸上掩不住的松弛皱纹让他看上去有种不可避免的年迈沧桑。

自从老太爷萧有章逝世，整个灵猩世家都在萧长秀的把持下如常运转。有老爷子压制着这几个野心勃勃的儿子一天，灵猩世家就乱不了。

从老爷子萧长秀出现在视线中开始，萧驯就冷冷地盯着他，不像其他眼神敬畏的后辈，他的眼神是不带有尊敬的，甚至右手食指开始轻轻摩挲大腿，做出扣动扳机的微动作。

大伯进厅时敷衍地拍了拍萧驯的肩膀，说了句"回来就好"，看见一身白大褂的韩行谦，微不可察地皱了皱眉，压低声音问："您就是陈老介绍来给小枫看病的韩医生吧，真是年轻有为。"

嘴上这么说，但韩行谦也听得出来他对自己的医术没抱信心，医生这行向来是资历越老越吃香的，不过他礼貌微笑应答："是，我想先去看看宋枫女士，现在方便吗？"

　　"不急，您长途劳顿，先留下吃个便饭。"大伯叫来用人给韩行谦安排座位，就转身去自己的位置落座了。从他的态度上能感觉到他对儿媳妇的病情也没有多么重视。

　　被萧驯抡肿了一半脸的萧子喆敷着冰袋走进来，狠狠瞪了萧驯一眼才落座。

　　在餐桌上，老爷子动了筷子，其他人才开始吃饭。

　　韩行谦也出身书香门第，礼仪举止恰到好处，不过因为他是外人，所以位置没有在强亚体聚集的主位上，而是跟夫人们靠得更近一些。

　　这就更方便他观察灵猊家族的弱亚体了。

　　他们有男性也有女性，比例还算平均，而且每一位都称得上容貌姣美，举止优雅，谈吐得体，但基本不会过来跟外人攀谈，也不会失礼地在桌上讨论一些令客人尴尬的问题。

　　长桌上空了一个位置，等人们用餐快结束的时候一位穿着宽松长衣裤的弱亚体才姗姗来迟，她的脸颊和手脚都有些浮肿，走路需要用人扶着。

　　韩行谦轻易看出她是刚生育过现在又怀孕导致了浮肿，在灵猊世家的弱亚体中间，一个刚生育过的母亲的臃肿身材显得极度突兀。

　　人们用异样的眼光审视她，有位小姐低头偷笑了一声，被身边的母亲瞪了一眼以示警告。

　　"大嫂。"萧驯勉强从她因为浮肿而走了样的容貌中辨认出身份。

　　宋枫不好意思地给其他人道歉，说孩子一直哭，哄好了才过来，时间就晚了些。

萧驯见她不方便，起身帮她拽了下椅子，宋枫便注意到了他，淡淡地笑了："萧驯吗？谢谢。"

她的眉眼并不是柔弱温和的那种类型，而是有些侵略性的挑眉，五官看上去很是干练大气，只是被浮肿遮掩了美貌。

这种长相就不是会在灵猩世家受欢迎的类型。

坐在另一张长桌边的大哥萧子驰离他们并不远，但自己媳妇走路不方便他根本就不在乎，甚至因为别人看着自己媳妇的身材发笑了，脸上便生出一团羞愧和愤恨来，干脆就转过头去不看了。

大嫂脸上的笑容僵硬到消失，她沉默地低下头看着自己盘里的精致餐食发呆。

突然，她惊得直起腰来，匆匆离席去餐厅隔壁的婴儿房里，从保姆怀里把自己莫名其妙哭起来的孩子接过来，胆战心惊地哄了哄，确定孩子没被伤害神经才松懈下来。

韩行谦闭上眼睛感知大嫂的心率、脉搏和呼吸，大致明白她的病情——孕中抑郁——在这种环境下演变得越发严重实在是意料之中的事，这里能把一个原本在公司当总裁的女强人折磨成这种风声鹤唳的憔悴样子。

好在他们的真实目的也不过是在明处吸引人们的视线，不然想治愈大嫂的病实在不容易。

除了大嫂的病，韩行谦还发现了一个奇特的现象，弱亚体们在餐桌上基本上都在轻声谈笑，偶尔往嘴里送食物也仅仅吃一两粒米那么少的量，好像往嘴里送食物只是一种用来表现优雅的表演。

韩行谦很不解，想问萧驯，发现坐在自己身边的萧驯也不怎么动筷，餐盘内的食物半天也不见少。

"弱亚体不会在桌上吃东西的。"萧驯轻声给他解释,"等午餐结束,用人会把饭送到他们卧室的独立餐厅里。"

"为什么?"

"因为大家都穿着束腰,束腰勒得非常非常紧,这样腰才细,吃一点饭胃里就会非常胀。等午餐结束他们再回自己房间解开束腰吃饭,也不能吃太多,吃多就胖了。

"而且就算没穿束腰也不能一直动筷,别人会觉得这个弱亚体贪吃,贪吃就会胖,胖就丑,丑就让长辈觉得丢人,丢人就嫁不出去,嫁不出去就没法给家族带来利益,没法带来利益的弱亚体就没用。"

"放屁。"韩行谦用很低的声音爆了句粗口,这种与现代医学理论背道而驰的礼仪让他觉得非常可笑且愚昧。

萧驯身子震了震,尾巴默默夹到两腿中间,低着头不敢看他。

趁着人们都聚集在餐厅里,白楚年和兰波的行动顺利了许多,因为用人们大多在厨房和餐厅帮忙,像资料备份室这种没什么人来的地方就格外安静。

兰波把几个电闸弄短路来引开备份室附近的保安,白楚年边利索地开锁边轻声打趣:"哟,韩哥说脏话了,不应当。"

再复杂的门锁在白楚年手里也不值一提,他轻推开一点缝隙,戴上眼镜扫视了一遍里面是否有红外线报警器,确定安全后,兰波将电闸恢复正常,在备份室的门关上之前蹭了进来。

"你别乱碰东西。"白楚年戴上了橡胶手套,迅速在档案架上翻找备份过的文件。

"就是这个了。"白楚年从最新的一个档案架上拿下来一本装订好的合同复印件，都是和109研究所签的运输合同，包括一些即将销往境外的药剂成品和原料购买清单，需求量最大的药物"单烯宁"也在其中。

白楚年用微型相机把资料都拍下来传回技术部，盗摄任务就算完成了，一切顺利。

准备撤离时，兰波指着档案架最下面："这里掉了一沓。"

白楚年有点纳闷，捡起来看了看。

这是一沓代加工合同，就是研究所委托灵猩世家把原料运输过来之后，在自己的工厂把原料加工成半成品，然后再送到研究所旗下的各大培育基地，核心技术实际上仍然掌握在研究所手中。

一些基本药剂的原料成分分门别类地写在合同上，白楚年已经将各种药剂的基本成分牢记于心。通过合同上的成分表，白楚年认出了这些原料是用来合成SH屏蔽剂、Accelerant促进剂和IN感染剂的，大致按照吨数计算了一下，似乎有一些原料会剩下，还多出了一些陌生的原料。

他把这些资料也拍照传回了技术部，给韩行谦也发了一份。

没过多久，韩行谦说："这是人工促联合素的原料。我们从你、兰波、金缕虫和他哥哥身上都检测到过一种特殊基因，对身体无害，只会帮助你们在体内建立联系，只不过你们体内的是天然的，它这个是人工的。"

"促联合素……有什么用？"

"强行把两个没什么关系的亚化细胞团联合到一起，让一个亚化细胞团供养另一个，但肯定是有副作用和局限性的，用途范围非常窄。"

"哦。"

合同最后附带着一张模糊的黑白照片的复印件，是一个身材高挑的披着白布的幽灵实验体，双手虔诚地捧在胸前，掌心中捧着一个拳头大的圆润的球形物体。

备注写着：实验体 200 永生亡灵，拍摄于 K034 年 3 月 20 日。

虽然照片的复印件异常模糊，但白楚年生出了一种怪异的直觉，让他忍不住一直盯着照片上永生亡灵双手捧着的那个拳头大的球形物体。

白楚年盯着手中的照片复印件，瞳孔骤然缩紧，浑身都僵硬地轻微颤抖起来。

兰波附耳听着门外的动静，被引走的保安已经发觉异常往资料室赶了过来，现在出去肯定会跟他们打个照面，而资料室是没有窗户的、完全封闭的一个房间，以防外部盗窃。

白楚年也听见了保安急促的脚步声，将合同揣进怀里，一把抓住兰波的手腕，用眼神示意他"过来"，并快速地躲进了资料室里间书架与墙角之间的小空间中。

兰波爬上了天花板，依靠电磁吸附天花板内的钢制通风管，因此能像壁虎一样在天花板上行走。

资料室的门被保安用钥匙打开，两名穿制服的保安走了进来，他们胸前都挂着热感扫描器，检测到热感异常的目标就会报警。

保安例行检查了一下资料架，他行走时，兰波同时在他头顶正上方无声爬行，由于人鱼体温极低，热感扫描器没有报警。

但另一个保安接近了白楚年藏身的书架，兰波面无表情地在天花板上跟着他，口中的牙齿变得尖锐，唇角咧开，一张嘴缓缓张开，接近了保安的头。

白楚年屏住呼吸，从战术腰带上摸出一管针剂，在自己手臂上扎了一针，背轻靠在书架侧面，一动不动。

针剂中灌有韩行谦的血清，血清带有天马的 M2 亚化能力"风眼"，注射后能掩藏热感、心跳和气息十分钟。

保安见热感扫描器没报警，顿时放松警惕，转身走了出去，把资料室的门重新锁上了。

铁门合上后，白楚年轻轻舒了口气，靠着书架闭上眼睛，身体缓缓地滑了下去，坐在地上。

韩行谦感应到了自己血清的作用，问他们："什么情况？"

白楚年轻声道："没事。险些跟保安打照面，好在提前把狙击枪匣藏到杂物间的天花板里了。"

"小心点，那血清一次只能给你制一两支，别浪费。"

"嗯。"

通话已经结束，白楚年还木讷地看着地面出神。

兰波轻身落到地面，鱼尾卷住白楚年的身体。小白充当人类特工也有四年多了，怎么还会让自己陷入这种两难的境地？

"那沓纸里有什么？你看到什么了？"

"没什么。我们走。"

"给我。"

"真没什么，就一些药剂原料，你看不懂。"

兰波直接上手从他怀里把合同夺了过去，翻到白楚年刚刚停留的那一页扫了一眼。

他的目光在永生亡灵手捧的圆珠上停留了一会儿，暗蓝的瞳仁抖了抖，软得像要融化了。

白楚年仰头靠着书架，眼睑有些红得充血了。兰波见他这副模样，默默收敛了哀伤，板起脸道："死了也不得安生，不过是个珍珠空壳而已。"

"他们用珍珠给永生亡灵供给能量，否则永生亡灵怎么会成为研究所现存最强的实验体？"白楚年看着天花板笑起来，"快四年了，它一定一直等着我们去接它。"

兰波俯身说："我们是卵胎生，在卵阶段就死亡是绝没有活路的。它真的只是空壳，里面存留了一些我灵魂的残渣，没有思想，不会像你说的那样想。"

"先走吧。"白楚年站起来，有些踉跄地往门口走去，把手里的合同放回原位，检查其他地方有没有留下翻找的痕迹。

回过头时兰波就在身后，他在白楚年耳边低沉地说道："等百年后你生命消亡，我会让他们付出代价，这些年你安稳些。"

"如果我有爸爸，我爸爸肯定会去救我，而不是躲起来当作无事发生。"白楚年抓住他的手腕，瞪大眼睛，声音低低地从牙缝中挤出来。

兰波用力反制住他，将两人的通信器从耳中拽出来关掉，抓住他脖颈的项圈，眼瞳拉长成细线，看上去恶狠狠的，像在威胁，出口却是："够了，从你一声不响地去报复培育基地开始，我就在担心，反叛过火、自尊过火、仇怨过火、冲动过火，为什么这么不听话？如果你是我的臣民，我就会镇压你、磨耗你，直到你失去爪牙为止。"

轻缓而富有磁性的嗓音在耳边把他骂醒了，白楚年低下头："你是不是害怕了？王也会害怕？"

兰波忧心地看向旁处："Siren（塞壬）是无所不能的。失去它，我认了。失去你，不可以。我陪你留在陆地上只为让你高兴，你不要仗着 Siren 的偏心为所欲为。"

"对不起。"白楚年换上乖巧的表情，"你不用担心。我就算死了，也会和大海融在一起的。"

"你不是海，你是泥巴，踩进去陷进去。"

"好好，我是臭泥巴。"白楚年不能在这里释放安抚亚化因子，于是轻轻摩挲兰波的鳍，唇角微扬，"不怕，我又没说要跟他们正面刚。接下来109研究所不会好过了，他们会一点一点感受到的。把通信器戴上，我们去跟陆言、揽星会合。"

当两人重新将通信器戴上时，里面发出了一阵刺啦的杂音。

"楚哥，有麻烦了。"陆言的喘气声很重，似乎在逃跑，"我们已经找到工厂所在地了，但有个怪物守在这儿，他发现我们了。揽星受了轻伤，但没大碍，我们还能撑一会儿，炸弹还没装。"

"是什么东西？"

毕揽星回答："我正在按外形描述检索他的资料，他非常高大，几乎有三米高，青色皮肤，姿态像丧尸。"

"……是伽刚特尔。A3级病毒型实验体，编号436。这是艾莲身边的实验体保镖，是谁把他带过来的……等我，我们马上到，别惊动灵猩世家的人。"

在明处，韩行谦已经去房间里给大嫂听诊了，萧驯还留在会客厅，端坐在角落里听大伯、二伯板着脸训诫，什么刻薄话都说出来了。

老爷子萧长秀坐在正座上，威严地挂着他亮黑色的漆皮拐杖，冷冷地道："小驯，过来。"

大哥萧子驰还记恨着ATWL考试上萧驯出的风头，这时也跟着奚落起来："萧驯，爷爷叫你呢，一声不吭玩起失踪来了，你眼里还有灵猩世家吗？家族脸面被你丢尽了。"

萧驯充耳不闻，站起身走到老爷子面前，抬起眼皮回答："这两年我去上学，见了世面，才知道为什么灵猩世家不准弱亚体学太多东西。因为自己能力强了，就用不着依仗强亚体了，你们担心的不就是这个吗？"

"外边的文化就教你回来跟长辈顶嘴吗?！"萧老爷子高举起拐杖，重重地朝萧驯的右肩砸下来，"你先清醒清醒！"

萧驯对他这副威严面孔有种从幼时留下的惧怕，母亲死于这拐杖底下，这么多年过去了，萧驯好像还能看见干涸在裂纹里的血。

不过是因为周年祭祖时母亲在经期，又不慎踏进祠院，恰好风过灭了一盏灯，母亲就被骂冲撞祖先，这副拐杖的主人当着他的面活活打死了他母亲，血流了满地，有的渍进了地砖缝隙里，三年才刷洗干净。人们却习以为常，深宅大院里死个女人似乎不算什么大事。

几个堂哥乐得看他笑话，萧子喆敷着肿起来的半边脸颊看他受训，心里才觉得出了些恶气，痛快不少。

耳中韩行谦适时提醒："珣珣，我们是来闹事的，不用太客气。摔碎了东西我来重置，得罪了人，大不了你楚哥泯灭了他，我们都在这儿，谁也动不了你。"

拐杖即将落到萧驯肩上时，萧驯一抬手抓住了杖身，顺势一夺。

老爷子被他这番举动惊得一愣，整个灵猩世家，没谁敢在大庭广众之下驳家主的面子，这萧驯真是反了天了。

几个伯父气得当即从椅子上站起来，萧驯站在原地，亚化细胞团里散出一股浓郁的亚化因子，M2级的压迫亚化因子将他们压回了座椅上。

灵猩世家虽说世代以雇佣猎人为业，但多半是当老板去雇用外部有能力、等级高的超级杀手干活，他们更多的是负责其中的运作，眼观六路、耳听八方是他们的专长，归根结底是暗处的生意人。灵猩世家本家的几个儿子都只有 J1 分化能力而已，即使是老爷子，级别也不过 M2 级，其他孙辈就更别说了。

在高手如云的 IOA 和天赋少年集中的蚜虫岛特训基地，萧驯这个级别的确是不够看，但在一个长期与同族和远亲通婚而导致天赋实力日渐衰弱的家族里，萧驯是翘楚般的存在，所以从前在家里才从不敢显露级别。

萧驯把拐杖平放在地上，直视着老爷子说："我来参加猎选会而已，比完就走，不留下碍眼，不值得您动气。等堂哥们输到底裤都不剩的时候您再上火吧，看看这些年捧在手里怕掉了宠出来的强亚体怎么给您长脸。"

分辨出萧驯的级别时，萧子喆的气焰一下子弱了下来，半张着嘴看他。

老爷子还没见过这么狂妄、目无尊长的后辈，还是个弱亚体，顿时火冒三丈，指着萧驯的鼻子，还没斥责出口，一个用人匆匆跑过来，到老爷子耳边悄声报告："六爷回来了。"

老爷子又是一怔，心脏发堵，摆了摆手。

没等用人回去请，一位灵猩弱亚体就插兜走了进来，烟蓝色长发松垮地系住发尾垂在肩头，眯眼淡笑着出现在会客厅。

他应当三十多岁的年纪，不过保养得宜，看上去只有二十五六岁，黑色薄 T 恤外穿了件白色夹克，眼睛眯着像两弯月牙，似乎在极力表现和蔼，但反而令人觉得莫名阴郁。

大伯也许久不见六弟了，乍一见到就露出晦气的表情来。

萧子喆低低骂了一句："倒霉事都赶同一天来，什么运气！"

家里人提起六叔萧炀，都说是灾星，于是萧子喆也耳濡目染地跟着反感。

这句低骂声音并不大，在人多嘴杂的会客室里也不明显，但萧炀似乎注意到了，微微偏头，眯眼笑着看了一眼萧子喆。

萧炀扫视了周围的人们一圈，目光停在萧驯身上，亲切地笑了笑："听说驯驯带医生来给你大嫂看病？有我在，侄媳还用外人看什么病？"

萧驯摸不清他的来意，于是闭口不答。

萧炀笑望向主座上的老爷子："虽说学医也救不了灵猩世家从里烂到外的根，但侄媳无辜，我还是得来看看才放心。"

六儿子表面上春风和气，身上却带着种暗流涌动的嚣张，老爷子一天连着被气了两次，血压升了上来，用人连忙把药拿出来，边喂药边给老爷子顺气。

萧驯觉察出事态有变，趁着人们的视线都聚集在莫名现身的六叔身上，自己悄然往门口退去。

他与六叔擦肩而过，萧炀偏头一笑，借着侧身挡住其他人的视线，用几不可闻的气声对他说：

"我会留在这儿直到原料加工结束，乖宝贝，可别在工厂上动歪心思，我看着呢。"

第五章

时间轴上的兔子

两人一错身，萧驯便觉得远处一切事物的动作都变得缓慢了，耳边的声音从嘈杂变得悠远，远处墙上的钟表像停止了一般，只有钟摆还在异常缓慢地左右晃动。

六叔萧炀的亚化能力是富有灵猩特征的"速率收束"，能控制他周身一定范围内的时间流速。

六叔萧炀现在为 109 研究所工作，他此时来，十有八九是得到了风声，为了保证灵猩世家的工厂能按时将足够的单烯宁供应上去，才特地跑这一趟。他既然来了，就一定不是一个人来的。

想到这一层，萧驯立刻警惕起来，看来必须立刻通知其他人情况有变，务必速战速决离开灵猩世家。

但他此时所处的环境时间流速要比外界快得多，自己这边消息虽说能传递出去，却不知道他们能否接收到。

"萧炀来了。"萧驯执着地低声对隐形通信器中说。

萧炀露出一副嘲弄的表情："当面搞小动作？"

萧驯的反应速度已经算上等，但在萧炀的能力面前还是被比了下去。眨眼工夫萧炀已至面前，一把抓住萧驯的脖颈，指尖缓缓用力，萧驯脸色涨红，挣扎着掰他的手指，喉咙被扣紧，连呼吸都要命地局促。

"在我身边时间要比外面快得多，我现在掐死你，要等多久才会有人发现你的尸体呢？"

"隔壁给侄媳妇看病的独角兽是你朋友吗？你猜他在你尸体烂到什么程度时才能找到你？"萧炀眯眼瞧他。

他们就站在大庭广众之下，萧驯被攥住脖颈挣脱不开，周围来往的人仍在缓慢地交谈行走，像根本不曾注意到他们的异常，在六叔的控制下，萧驯就算是喊出来也不管用。

但只要是亚化能力，使用时就必然会消耗亚化细胞团能量，这样强大的控制能力对六叔亚化细胞团的消耗一定是巨大的，持续时间越长，萧驯脱身的机会越大。

"六叔，你想保护工厂和药剂，为什么不明面上提醒老爷子？"萧驯堪堪忍住濒临窒息的痛苦，强作镇静地问。

萧炀只挑了挑眉，并不回答他。

萧驯继续道："你不想暴露身份吗，不想让他们知道你在为研究所工作？还是……你和艾莲……有什么？"

萧炀的眼神发生了微小的变化。

其实萧驯是在危机之下信口胡诌的，但他的 J1 亚化能力"万能仪表盘"可以辅助他选择准确率最高的那个猜测。

"你和艾莲……你们……你也是灵猩……坏了族内通婚的规矩……所以你……不承认……"

"六叔……有没有人说过，你很像一个人？"萧驯断断续续地问，"也是位医生，和你年龄相仿，长相酷似……而且也曾在 109 研究所工作……要不是林灯教授已经死了，肯定会有人把你们认错的，你见过他吗？"

在世人眼中，林灯教授的确已经消失许久了，萧驯不想把林灯还在总部的事实透露出去。

"嗯？"萧炀手上的力气弱了几分，喃喃道，"……灯？"

萧驯一听这话锋就知道六叔对林灯医生的事并非一无所知，他稍微组织了一下语言，只要能拖延时间，直到六叔撑不住继续收束时间速率，他就能脱身。

萧炀有些不耐烦，甚至可以说有些急切，眯起眼睛淡笑着将萧驯放下来，缓声问："关于这位林灯教授，你都知道什么？"

萧驯抚着喉咙一阵咳嗽，萧炀一改刚刚咄咄逼人的面貌，温和地搭上萧驯的肩膀，从口袋里拿出一块橘子软糖来："跟六叔说说？"

其实关于林灯，萧驯并不知道什么，但这时候不编出点什么就麻烦了。好在关于林灯的私事，白楚年在分享组内情报时提过一些林灯和艾莲的大学恋情，这就是很好的发挥点了。

他们所处的空间时间流速要比外界快得多，在其他地方，时间仍在正常流逝。

隔壁房间里，韩行谦正为大嫂写病历，耳中的隐形通信器中突然发出了一声极微小的噪声，微小到连白楚年都没发觉。

但韩行谦的耳力是从听心音上练出来的，细小的噪声在他脑海中也会被自动分析一番。

韩行谦抬起头，发现大嫂正看着他，视线偏左，似乎她在盯着自己的耳朵。

隐形通信器就粘贴在左耳的耳道内，韩行谦神态自若，心中却担忧她看出了什么。

于是他打开了药箱的第二个夹层，在里面摸索，这里面放的都是一次性注射器和手术刀。

大嫂的神态立刻有些紧张了，焦虑地抚摸着腹部，皱眉问："医生，我病得很重吗？"

"您别担心，"韩行谦关上了药箱夹层，"我只是换一副橡胶手套。"

大嫂这才放松了些。

"不好意思，宋女士，您先稍做休息，失陪一下。"韩行谦站起来欠身道，快步往外走，去调整一下隐形通信器的位置，顺便到大堂去看一眼萧驯的情况。

"没关系，您先忙，我不要紧。我有点累了，您稍后去我卧室吧。"大嫂宋枫望着医生匆匆离开的背影，轻轻抚摸隆起的腹部，低低叹了口气。

韩行谦在往大堂去的路上低声对通信器中道："小白，你们还有时间把狙击枪匣换个位置吗？"

此时白楚年正在往工厂的方位赶过去，情况紧急，根本顾不上辨认通信器中的小噪声，连听韩行谦的话都来不及，只匆匆道："不行。"

"我怀疑那位宋枫小姐有透视眼。"

白楚年略微沉默："是……灵猩亚化细胞团，物种分化方向是速度和视力，透视能力是有可能的，但我们来不及折返了，你们自己想办法转移吧。萧驯怎么这么久不说话，你现在去看看他什么情况。"

他们正在前往工厂协助陆言、毕揽星的路上，那两个小家伙已经遭遇了伽刚特尔，现在又失去联系，白楚年心里没底。

"兰波，别扯我！"白楚年突然叫了一声。

兰波不知什么时候从白楚年脖颈项圈上引出了一条细链，攥在手里拽了一下，白楚年的咽喉被狠狠扼了一下。

白楚年现在思虑的事情正多，只是瞪了兰波一眼让他不要胡闹，并没多说什么。

兰波平白被瞪了一眼，有点生气，又瞪了回去："你不要把气撒在我身上！"

白楚年朝兰波勾了勾手，绕进白桦林里，避开其他人的视线，直线往陆言发来的工厂位置跑过去。

但灵猩世家的占地面积实在令人咋舌，从白桦林到工厂的直线距离足有十六公里，即使开车也不是两三分钟就能赶到的路程。

"别说话。"白楚年做了一个噤声的手势，然后凝神听着通信器里的微小动静。

通信器中插入了一个新信号，是陆言他们的备用通信信号，里面的喘息声很重，而且有回音。

喘息声持续了很久，里面终于有人说话了。

陆言的声音很哑，像是刚经历完一场追逐战："楚哥，我们被逼进保温室了，这里面温度很高，伽刚特尔那些怪物怕高温，他们进不来。揽星现在伤得很重，炸弹还在我身上，我现在要爬通风管去安放。"

白楚年脸色变了："不准，给我撤回来，死兔子，谁让你擅自行动的？"

陆言执着道："保温室离储存室和单烯宁制造室都很近，我只要爬到中心位置就够了。"

"你们已经跟伽刚特尔正面刚起来了？保温室的通风管能随便爬吗？擦

出点火星你身上的炸弹能连你一块儿崩没了，撤出来。还有，伤得很重？很重是多重？红蟹没教过你怎么报状态吗？这种实战能力你还想做什么任务？给我撤出来！"

虽然陆言的 J1 亚化能力"狡兔之窟"的确适合去做安放炸弹的工作，但白楚年对他的能力一直就不是很放心，而且出于一种复杂的心态，他不希望陆言和毕揽星受任何一点伤。

既然实验体伽刚特尔出现了，就说明 109 研究所的成员已经到达灵猩世家准备守卫工厂和原料了。白楚年跟陆言交代的同时，向总部发了援助申请，特工组搜查科其余正在执行任务的外遣队员会就近集合，援助灵猩世家的爆破任务。

这次任务要比想象中艰难，白楚年觉得自己不该带三位（刚转正的）训练生参与的，队员一分散，白楚年不能每个都保护到。

陆言接下来说的话就非常模糊，白楚年听不清，似乎是通信器又一次发生了故障。

"他们到底在多高温的环境下呢……通信器都能烤坏了……我们快走。"

隐形通信器仅仅是粘贴在耳道内的一个微小芯片，防水但不耐热，很难在恶劣环境下使用。这一次为了避免被察觉，所有人轻装上阵，所有可能被扫描出来的设备都没带。

这时候，白楚年的脖颈又猛地紧了一下，兰波又拽了一下项圈提醒他。

白楚年此时心烦意乱，不耐烦道："你别拽我，勒死了。"

"我不控着你，等你疯起来，谁还拉得住？"

白楚年深吸一口气："我哪有？我心里有数。"

"那颗珍珠很严重地影响到你的心态，我觉得，珍珠的照片不是偶然……给你看到的。你不是很在乎这些人类吗？这支小队在灵猩世家全军覆没，你会伤心，对吗？所以别想别的，好好想想办法吧。"

白楚年苦笑，原来自己只要有一点状态不好，以兰波的敏锐他都能立刻察觉到。

仔细想想，的确，永生亡灵的照片出现得十分蹊跷，就像在故意搞他的心态一样出现在明显的位置。

白楚年冷静下来，抿唇思考。

"在逼你恶化。"兰波淡淡地说。

白楚年身体微微一震。

研究所对每个实验体的身体状态是最清楚的。白楚年已经达到成熟期九级，一点情绪波动都有可能使他进入恶化期。他在国际监狱亲眼见识过甜点师是怎样从一只低级蜜蜂恶化成一个势不可当的恐怖实验体的。研究所一旦被逼急了，绝对干得出来这种事。神使若是恶化，全世界都会转过来对付他，如果到了危及大海的地步，连兰波都必须亲手杀他。

这张珍珠照片就是一个警告。

兰波的尾尖卷到白楚年小腿上，轻轻搓了搓："想当爸爸，你的年纪还不够格。等你再长大些吧，什么都会有的。"

白楚年终于彻底冷静下来："知道了，连研究所都有动作了，人偶师居然没动静，我看他们也脱不了干系。后面我挨个整，谁都别想跑。咱们走。"

制药工厂保温室。

某些原料细菌的生存依赖高温，因此工厂内必然设置保温室，室内温度可以高达 100 摄氏度，用以保存特定原料。

陆言将毕揽星扶到角落,然后去温控板前调试温度,将温度调高。

"你休息一下,我看看情况。"陆言一刻不停地跳到保温室的铁门前,透过钢化玻璃窥视外面。

门外挨挨挤挤地站着二十多个人,身上都穿着制药工厂的工作服,脸色是僵青色,双手指甲极长,用力攀抓在铁门上。他们的力量极大,撼动得门连着墙一起晃动,很快墙壁就出现了裂纹,门被他们猛地撞开了。

陆言被这股强大的力量掀得仰面翻了过去,那些僵硬的人已不分青红皂白一拥而上。陆言躲得过一个躲不过另一个,被几个僵硬的人扯住了右手臂和一条腿,他们的力气已经超出了人类的范畴,不过短短几秒陆言就感觉到腿根和腋下撕裂般地疼痛,他们是要把陆言的胳膊、腿活活撕下来。

毕揽星伤得太重,又失血过多,靠在角落几乎昏迷了。陆言拼命往远离毕揽星的方向爬,把这些危险的东西带离他身边。

室内的温度升得很快,几分钟内就升高到了53摄氏度,最靠近加热板的两个僵尸皮肤表皮开始熔化,动作也迟钝起来。

毕揽星已经查过了详细资料,436号实验体伽刚特尔,末位编号6代表召唤型能力,他可以将周围部分普通人以病毒形式同化为僵尸,并使其听从自己的命令,此能力不可逆。

不过这些召唤物有弱点,即惧怕高温,53摄氏度时病毒失去感染力,外在表现是僵尸表皮熔化;当温度达到65摄氏度时,蛋白质变性,病毒彻底失活,感染者死亡。

陆言忍着痛往加热板上猛地一冲,拖着剩下的僵尸一块儿贴了上去,一股热浪袭来,被拉扯着的手脚终于恢复了自由。

顾不上看看自己被加热板烫伤的手背,陆言确认这些人都失去攻击性后,跌跌撞撞地跑回墙角,跪在毕揽星身边,然后迅速地脱衣服。

毕揽星胸前出现了一道将近九厘米的创口,他们正面遭遇了伽刚特尔,那巨大的家伙手中提着一把阔大的铁刀,铁刀抡过来时毕揽星只来得及给陆言放出一次毒藤甲。

毕揽星的呼吸比刚刚更弱了。

"快醒醒,别睡了。"陆言拍拍他的脸,利索地把身上的衣服脱下来,再把里面的迷彩背心撕成布条给毕揽星缠到身上止血。

毕揽星半睁开眼睛,面前的小兔子光着上半身,头发被汗水浸湿,黏糊地贴在脸上,兔耳朵上的毛也黏成了一簇一簇的。他很白皙,本以为白净娇气的小兔子身上也像牛奶一样光滑,却没想到他肩膀靠下靠胸的位置有对称的两层厚茧,这是垫 Uzi(乌兹冲锋枪)枪托的位置。

陆言包扎的手法很熟练,看来上韩行谦的急救课时也没偷过懒,是认认真真记过笔记的。

发觉毕揽星在盯着自己看,陆言脸都憋红了:"你看什么看?我都没穿衣服。"

毕揽星抬手摸了摸他肩下的茧,像是窥探到了陆言的另一面似的,有些意外地小心探究着。

他知道陆言最擅长用双冲锋枪,经常双手持 Uzi。因为 Uzi 射速快、弹匣小,近战威力十分优秀的同时,子弹耗尽时队友来不及支援,陆言必须先做到自保和近身后一击必杀。他短距离射击准确率高达百分之百,而这样的准确率背后是日复一日的训练,冲锋枪的后坐力要比手枪大得多,才会在身上留下经年训练的痕迹。

陆言是最刻苦的,他一直知道。父辈的荣光给了陆言极大的压力,他拼命地想摘掉自己身上言逸和陆上锦的光环,这小兔子实在要强。

"好热……"陆言给毕揽星包扎完，又把黑色的作战服外套穿了回去，去调整保温室的温度，一旦温度低于53摄氏度，门外蠢蠢欲动的僵化感染者就会冲进来，可这样的温度下他们自己也坚持不了多久就会脱水。

"隐形通信器被烤化了，只能靠楚哥循着定位过来找我们了。"陆言抱住毕揽星把布条绕到他腰侧系上一个扣，然后放出一股淡淡蜂蜜味的安抚亚化因子为他疗伤，轻声安慰，"他们一时半会儿进不来，有我呢，别害怕，啊。"

毕揽星身上还是温温的，透着植物的凉意。

"手给我。"陆言给他包完胸前的伤，又包手掌的，毕揽星的手掌被钝刃从中央割开，已经能看见森白的手骨了，不知道有没有伤到筋。

"给你包完我就要去安炸弹了，你别磨蹭。"陆言轻声催促，眼神里却并没有不耐烦。

"楚哥说了，让我们撤。"

"他是为我们的安全考虑。如果不撤走会给其他队友惹麻烦，我肯定撤。但他只是怕我受伤，才让我撤，那我们这一趟就白干了，从楚哥让人去收购药剂消耗他们原料开始的计划，就都白费了……为什么呢，如果功败垂成就只差在我这一环上……我比死了还难受。"

"但你擅自去，如果出了事，楚哥会担全部责任的。"

"我……"陆言忍了许久，眼眶红起来，"我一定能做成。你们都不信我，我看上去那么像一个蠢兔子吗？楚哥，白楚年他最不信我。"

"别哭。"毕揽星抬起刚刚被迷彩布条包扎起来的手，从伤口处缓缓生长出几根墨绿的藤芽，藤芽生长盘绕成熟，结出花苞，开出一束红色的花来。

陆言含泪吃了两大朵。

"你不要吃……这是长在我手骨上的玫瑰，我一直想送你。"毕揽星艰难地扶着陆言的膝头，另一只手抚到胸口的自由鸟徽章上，哑声说，"与队长联络中断，我以副队长的身份命令你，执行任务。"

陆言怔了怔，用力抱了他一下，转身提起炸弹箱往通风口跑去。

"我接应你。"毕揽星抬手，藤蔓疯长，将陆言送进了窗口中。

陆言用 M2 亚化能力"四维分裂"造出了另一个时间轴靠后的垂耳兔亚体实体，实体从陆言身上掉下来，落在地上。

"你在这儿保护揽星，别搞砸了。"陆言指着自己的分身道。

"嗯。"兔子实体应了一声。

陆言的 M2 亚化能力"四维分裂"，是一种召唤型能力，能将第四维时间轴上的自己呈现在三维世界中，宏观看来就是无限分身，但每个分身都不是用来迷惑耳目的幻影，而是具有相同攻击力的实体。

这个能力的弱点是，一旦其中一个实体受到伤害，会连带着所有时间轴后方的实体一起受到伤害。也就是说，如果用来保护毕揽星的这个实体分身受了伤，陆言即使没在现场，身上也会立即出现相同的伤势。

为了避免这种情况出现，陆言才召唤了一个比自己时间靠后的兔子实体出来，召唤时间轴靠后的实体要更加消耗能量，但有个极大的优势，即被召唤出的时间轴后方的兔子实体不管受伤还是死亡都不会影响到本体的状态。

实体分身越多，受伤概率越大，能力维持的时间也越短。只召唤一个实体出来的话，凭陆言的亚化细胞团能量应该能支撑一个小时；如果召唤的是时间轴后方的兔子实体，那支撑时间会减少到四分之一，也就是十五分钟。

通风口的长宽只有 0.35 米，好在陆言体形本来就小，而且兔子这个种族的骨骼也要比其他种族的更柔软，从极狭窄的通风口也能爬过去，但炸弹箱过不去，炸弹箱的宽和高都要比通风口大。

陆言咬了咬牙，轻手轻脚地打开炸弹箱，把里面的遥控炸弹挨个挂在了自己的作战服内外。

这时通风口的温度已经非常高了，一个微小的静电火花都有可能造成不可挽回的后果。生化课陆言是上过的，这种炸弹的爆破伤害性有多强他很清楚，一旦在他身上引爆，灰飞烟灭只要一瞬间。

陆言最后回头看了一眼毕揽星，毕揽星轻轻给他比了一个"能成"的手势，他点点头，转过身缓缓向通风口内爬了进去。

毕揽星远远地坐在墙角微微仰视着陆言的动作，没有出声制止。他现在是以副队长的身份给陆言下了继续执行任务的命令，因此如果任务失败，甚至连累陆言受伤、牺牲，所有的责任都会由他来担。在联盟里这项罪行判得极重：罔顾上级命令，擅自行使权力，结果造成联盟成员死亡的，将处以死刑。

陆言向来心思单纯，对联盟法律也是一知半解，但相关法条毕揽星一一研读过，他很清醒。

爱有太多种表达方式，绝对信任是最难做到的一种。

守在毕揽星身边的兔子实体乖乖蹲在他旁边，身体和他贴在一起。

身上的伤口止了血，毕揽星的脸终于有了些血色，他勉强提起精神淡淡地问："你是什么时间的陆言？"

守在身边的兔子实体如实道："十五分钟后的。"

兔子实体的身体很烫，皮肤泛着烫伤般的红，腿和手似乎都受了伤，抱成一团不愿动。

"如果我碰你，他能感觉到吗？"

"不……不能。我是他时间轴后面的兔子，你碰前面的，他才感觉得到。"

"嗯，好吧。"毕揽星勉强抬起手，摸了摸兔子实体的头，安慰道，"你也很棒。休息十分钟，我们冲出去绕到库房外接应他。"

"好。"兔子实体低着头，兔耳朵动了动，本就通红的脸更红了。

通风口内，陆言的动作非常轻，努力把身体缩到最小，但不让衣服触碰到四壁几乎是不可能的，他能爬进来已经是仰仗兔子的种族优势了。通风口的钢铁壁面被烤得很烫，才爬了几米，陆言的掌心便被烫红了，火辣辣地痛。

继续向里爬，里面的空气也逐渐变得稀薄。陆言深吸了口气，稀薄的空气里充满了铁锈味，滚烫的空气从鼻腔一直烫到肺里。

按印象中他们研读过的工厂平面图来看，从保温室到药物制备室之间有七十三米的距离，中间会经过一个仓库。

在黑暗狭窄的通风口内爬了近十分钟，远离了保温室，陆言终于感到周身的温度开始下降了。

但手腕忽然一软，陆言无力地趴在了管道里，虚弱地呼吸着。

他浑身的皮肤都呈现一种近乎烧伤的红，嘴唇因为口鼻并用的呼吸而起了一层干枯的皮。

陆言眼前有些模糊了，完全是凭着一股没来由的毅力向前爬。

不知爬了多久，肘弯敲击通风道四壁的声音变空了，看来已经到达了仓库的位置。这时候只需要用一次 J1 亚化能力"狡兔之窟"，陆言就能轻易通过空间黑洞落进仓库中，根本不需要冒着触发警报的风险从正面突入。

落进仓库中，陆言才终于能大口呼吸了。他顾不上别的，在黑暗中摸索到中心位置，从身上拆了一枚炸弹下来，粘贴在了货架最底端的隐蔽处。

陆言在这座堆满了不同药剂的仓库中总共安放了三枚炸弹，分别安放在三个不容易被搜到的位置。

不过现在通信器出故障了，陆言跟其他人联络不上，现在的处境十分被动，不能出半点岔子。

在安放第三枚炸弹时，陆言忽然听见了一声粗重的喘息。

他的动作立刻变得更轻，粘贴炸弹时指尖微微颤抖。

粗重的喘息声并未离去，而是与陆言隔着一堵墙，缓缓停了下来。

陆言咽了口唾沫，脚尖轻轻落地，无声地离开自己刚刚所在的位置，然后眼疾手快地蹬腿一跳，双手攀上了自己来时制造的狡兔之窟的边缘。

随着轰的一声巨响，一条粗壮犹如水桶的僵青色手臂打穿了仓库外墙，巨大的手臂摧枯拉朽一般扫倒装满药剂的货架伸了过来，一把扣住了陆言的腿。

伽刚特尔竟就在仓库外等着。

腿上传来骨裂般的剧痛，陆言疯了一样拼命挣扎踢蹬，向狡兔之窟中不管不顾地爬。但那条青筋毕露的手臂抓他就像抓兔子一样轻松，陆言被一寸一寸从狡兔之窟中拖了出来。

情急之下，陆言从大腿根的枪带上摸出微声手枪，朝那巨手的手指连开了几枪，巨手吃痛，松了一下劲。陆言趁机爬回了狡兔之窟中，闭合了黑洞。

重新进入通风管内，陆言拼命朝前爬。后方又是一声巨响，伽刚特尔一拳打穿了墙壁和通风管，顺着通风管就摸了进来，与陆言的屁股只差几厘米，肮脏的指尖拨动了他挤在作战裤外的毛球尾巴。

陆言猛地一蹿，终于爬到了伽刚特尔碰不到的地方，狼狈不堪地向前逃走了。

他转头看了看后面，通风管被砸出了一个洞，但伽刚特尔的手臂已经不在那里了，暂时脱险。陆言趴在通风管里剧烈地喘气，脸颊全埋在臂弯里，左腿痛得厉害，不知道有没有折断。

不多久，陆言抬起头，眼睛通红，用力抹了把鼻子，由于烫伤，眼泪流在脸上像泼盐水一样让皮肤剧痛，他只好一边哽咽着忍住眼泪，一边继续背着炸弹向前爬。前面就是单烯宁制备室，这才是他们这次的主要爆破目标。

心中估算着距离，十米，九米，五米，三米，到了。陆言慢慢停了下来。

隔着通风管，陆言又听见了那熟悉的粗重的呼吸声。

"真是阴魂不散……在制备室堵我呢……"陆言爬了太久，直不起身子，身体麻木起来。这怪物太可怕了，名字也可怕，从此陆言再也不敢玩《植物大战僵尸》。

"等等看他走不走……大不了一块儿死，我还弄不了你了，傻大个……"陆言攥着手里的爆破遥控器喃喃自语，"反正我身上这些炸弹一炸，整个工厂都得上天……不对，我凭什么死呀？楚哥能办成的事，我也能办成。我跟他差在哪儿了？小白兔，大白猫，这也没差什么呀。对，没差什么。"

陆言握着遥控器的手僵硬得一直在打战，腿也跟着哆嗦起来。

"别害怕，陆言，揽星等我呢，失血过多会死的，我得回去救他。对，我不能死，我死了揽星怎么办？就没人陪他一起上课了，好多同学都想跟他坐同桌，那可不行。"

伽刚特尔的呼吸声并未远去。他似乎就在制备室中守株待兔，陆言一出去，很可能直接跟他撞上。单说逃跑陆言还有条生路，若是加上安放炸弹，那就真不好说了。

时间一分一秒地过去。陆言看了一眼手表，已经晚上八点了，外面的天想必已经黑了。资料上说伽刚特尔的视力很差，如果能用夜色掩护，应该能找到机会。

陆言闭了闭眼，翻了个身，通风管道侧边出现了一个狡兔之窟黑洞。陆言摸出一枚炸弹攥在手里，飞快地钻了出去，钻出去的一瞬间先把手中的炸弹粘贴在了一个操作台下，然后就地一滚，离开原地，蹲在地上屏住呼吸。

制备室内只有微弱的一点黄灯，伽刚特尔看见陆言从黑洞中出现，立刻迈开步子追了过来，沉重的脚步每在地上落一步，地面都会跟着发出轰隆的震颤声。

陆言捂住自己的嘴，拼命将身体缩进制备台的阴影里。

伽刚特尔拖着他的巨大铁刀，迈着笨拙沉重的步伐转了过来，半蹲着身体慢慢搜寻。

铁刀拖在地上发出的"刺啦刺啦"的刺耳噪声，离陆言越来越近。

陆言一点气都不敢出，把自己憋到快窒息也不敢发出任何一点声音。

一只庞大的青色的脚落在了陆言身边，散发着一股腐烂的尸臭味。

伽刚特尔路过陆言藏身的制备台，向另一台机器巡视过去。

黑影离得远了，陆言才敢吸气。小口吸了几口气后，他微微翻了个身，从怀里拿出另一枚炸弹，粘贴在制备台中心最下方。

基本上炸毁这些设备，单烯宁就很难留存住了。这时候陆言身上还有两枚备用炸弹，有机会的话可以安放到其他机器上，一并引爆。

陆言缓缓从制备台下退出来。

在向后退时，制备台桌面上的记录本上，一根没盖帽的碳素笔忽然滚了下来，当啷一声落在了地上。

陆言愣了一下，接着就看见不远处那巨大的家伙映在墙上的影子动了一下，然后发出了像大象打响鼻一样的嘶吼声。

"听见了！"陆言爬出来拔腿就跑，他现在有两条路，一是原路返回自己爬进来的狡兔之窟中，然后原路爬回保温室；二是直接从伽刚特尔砸进来的那面墙跑出去。

"要是揽星的话……他会在外面接我。"陆言头也不回地朝破了洞的墙冲了过去。

在保温室等待的毕揽星看了一眼时间，拍了拍靠在自己身边休息的兔子实体："算着时间，陆言应该到制备室了，我们现在出去。"

兔子实体看了一眼守在门口、被高温驱赶着不敢进来的僵化感染者，咬了咬嘴唇："估计有四五十个堵在门口……走。"

毕揽星稍微恢复了些体力，抚着胸前伤口站起来，朝保温室门口快步走去。

他刚准备释放毒蔓荆棘开路，陆言的兔子实体忽然追上来挤到他左手边，将毕揽星挤到了靠门最右侧的位置。

"你省点体力，"兔子实体按住他的手，"等会儿还要接应陆言呢……等会儿一冲出去，你向右走，我向左走，把他们分散开。"

"好。"毕揽星点头，这个战术和他想的一样。伽刚特尔同化出的感染僵尸的行动力很强，但没有思考能力，左右分开跑会让他们暂时陷入混乱，到时候脱身就更容易一些。

"我数一二三，就一起冲。"兔子实体原地小跳了两下，确定自己的腿还跑得动。

"一、二、三，走！"

毕揽星给自己和兔子实体各释放了一个毒藤甲，手中拿着枪顶了出去。毒藤甲能无视强度抵消一次物理伤害，挤出门口这个动作时间不会太久。

僵尸循着血味堵过来，死命啃咬他身上的毒藤甲，毕揽星双手十指生长成藤蔓，扒着墙壁将自己往外拉。

突然一阵失重，毕揽星感到自己背后被用力推了一把，然后因着惯性随着自己的藤蔓飞出去好几米远。

毕揽星趁着惯性向远处撤，回头看了一眼那个兔子实体是不是已经脱身了。

但和他想的不一样。

兔子实体并没有跑，他脱了毒藤甲抱在怀里，无孔不入的僵尸怎么可能放过这口嫩肉，几十张嘴撕咬着兔子实体，短短几秒兔子实体就已经浑身鲜血淋漓。

有强烈的血腥味吸引，这些怪物对毕揽星的兴趣一下子就弱了。

兔子实体被撕裂了一条腿，扯断了一截小臂，兔耳朵血淋淋地搭在发丝间，但他像感受不到痛苦似的，安详地望向毕揽星。

"我存在的时间只有十五分钟，你不用伤心，时间轴上有千千万万个陆言，我们……所有兔子，一岁的、两岁的、十岁的、二十岁的，四十、五十岁的……都喜欢你。"

"听二十五岁的兔子说……那天你手里捧着自己手上长出来的花，我……真想看看。"

"阿言。"毕揽星瞪大眼睛。

"你快去找他呀！"兔子实体闷声哭道。

毕揽星艰难地退了几步，转身朝陆言所在的制备室飞奔过去。

兔子实体见他走了才放心，抱着怀里的毒藤甲闭上眼睛。现在距离实体分身消失的时间不到一分钟了。

编织成毒藤甲的藤蔓缓缓在他身边生长，缠绕包裹着他，用坚韧的根皮抵御着那些僵化者的啃咬，错落的藤网间缓缓开出细密的小花。

毕揽星依靠藤蔓在工厂高墙之间翻越，循着越来越近的嘶吼声判断伽刚特尔和陆言的位置。

翻过制备室的一面墙，伽刚特尔庞大的身躯出现在视线中，陆言被他提着一条腿，拎在空中。

陆言用尽全力将身体从倒吊着的姿态甩了上来，抱住伽刚特尔的拳头，摸出微声手枪朝他的眼睛连开数枪。

伽刚特尔捂住眼睛痛吼，陆言趁机翻上他的后颈，将一枚备用炸弹粘在了他肥厚的亚化细胞团上。

这时候的陆言表情已经近乎疯狂，杀红了眼，丧失理智，此时此刻他心里就一个念头，弄死这家伙。

但手枪根本无法对一个A3级实验体造成毁灭性打击，伽刚特尔很快便恢复了视力，大手向后颈摸来。

陆言远远地看见毕揽星，在安放完炸弹后朝毕揽星的方向一跃而下。

毕揽星立刻放出藤蔓去接。

一只巨大的手掌截在了他们之间，将陆言从半空中捞了回去。

伽刚特尔紧攥着陆言的腰，陆言被攥到肋骨剧痛，五脏六腑似乎都要被从口中挤出来了。

"陆言！"毕揽星的藤蔓缠绕到了伽刚特尔手臂上，用力向下拽，但区区 M2 级亚体的力量无论如何都无法与 A3 级实验体抗衡。伽刚特尔挣断藤蔓，嘴缓缓扩大，扑鼻的恶臭从他渐渐扩大到大于脸宽的嘴中蔓延出来，随后他将陆言扔进了嘴里。

陆言手里攥着引爆器，身体卡在他上下牙之间，对毕揽星大喊："揽星，你回去告诉我爸爸，我杀了一个 A3 级实验体，是我干的！"

就在他要按下引爆器的一瞬，一条藤蔓卷住了他的手腕，随即他身上出现了一套毒藤甲。

伽刚特尔用力咬下，却只觉牙间卡了一个极其坚韧的东西。

身上的毒藤甲一碎，陆言趁机从伽刚特尔口中脱身，毕揽星跳起来接住他，把他按在地上，用身体压住，藤蔓将他们一圈圈包裹起来。

"你可真猛，陆言，我以前小看你了。"毕揽星跪在地上，用脊背撑着上方的藤蔓，纵然知道这些藤蔓挡不住伽刚特尔的钝刀，钝刀下来，首先"一尸两段"的就是毕揽星自己。

陆言喉咙里被血卡着，咳嗽了半天，他虚弱地喘着气笑道："真可惜……白楚年没看见……我要是死了，他一定会在我墓碑上写：这是一个笨蛋兔子，他是被自己笨死的，他就不承认我才是家里的老大，真讨厌。"

"死到临头，别嘀咕了。"毕揽星低下头。

掌心里压着引爆器。

第六章

伽刚特尔

藤蔓密集生长纠缠的声音掩盖了一切，毕揽星撑在陆言身上，跪着微微弓起脊背，闭上眼睛，掌心向引爆器的按钮压下去。

抢占先机引爆，以现在藤蔓的厚度或许能抵挡一次爆炸，毕揽星已经在心中计算了退路，只要能扛住一次爆破，他就能带陆言撤到制备室后方的深水库里。

两人耳边忽然掠过一句恶意轻佻的话："杀他不过动动手指，你们可千万别倒下。"

透过藤蔓细小的缝隙，毕揽星看见了一双细长的手，掰动指节发出咔咔的响声。

白楚年穿着黑色作战服，枪带紧勒着大腿肌肉线条，他摘下手套，松了松颈上勒紧的死海心岩项圈。

致密的藤网被利刃一刀斩断，兰波叼着水化钢匕首，将他们两人从伽刚特尔高高抡起的砍刀下拖了出来。

毕揽星还能勉强站起来随行，兰波便打横抱起陆言，找了一个安全的位置卧下，鱼尾弯起来让陆言枕。

空气中渐渐弥漫起一股浓烈的白兰地压迫亚化因子，以白楚年为中心向四周散开，兰波同时释放了一股白刺玫安抚亚化因子，如同屏障护在毕揽星和陆言周身，这样可使他们免于被压迫亚化因子逼伤亚化细胞团，因为白楚年的白狮亚化细胞团在全外放压迫时，对他们都存在一定程度的物种压制和等级压制。

伽刚特尔一刀砍了个空，沉重的钝刀在地面上砍出一道深深的沟壑，裂纹蔓延了六七米。

他也感受到了这股白兰地压迫亚化因子，迟钝地朝白楚年转过头，无神的漆黑眼睛像深渊一样凝视着白楚年。

伽刚特尔虽然思考能力不强，但能很清楚地辨别出场上谁对自己的威胁最大，立刻就将目标锁定在了白楚年身上，拖着钝刀，朝白楚年一步一步稳健地走去，钝刀在地上拖行，刺啦声让人后槽牙发酸。

伽刚特尔每迈进一步，身上的压迫感便强盛一分，他的亚化因子是大王花，腐尸般的臭味伴随着强烈的压迫感向四周蔓延。

白楚年并没立刻理他，而是先走到兰波身边。陆言枕着兰波的肩窝，沾满血污的手像抓住救命稻草一样抓住兰波的手腕，小兔子浑身烫得厉害，小腿像是伤到了骨头，悬着不敢沾地，脆弱易碎的样子全展现在白楚年面前。

兰波破格允许这肮脏的小东西多吮一会儿自己的安抚亚化因子。

白楚年蹲下来，从脚踝开始检查他的腿骨，似乎只是软组织挫伤，但检查腿上的伤势时，陆言又咳嗽了几声，咳出了几个凝结的血块。

白楚年皱了皱眉，拇指蹭了蹭陆言脸颊上的血渣，手伸进他的作战服中，顺着肋骨向上一截一截地摸。

陆言缩了一下，含糊地说冷。

"啧。"越摸清受伤的情况，白楚年的脸色就越臭。

等给陆言检查完状态，白楚年又把毕揽星扯到面前，轻攥了一下他包扎过的手腕，然后简单扫了一眼他胸前的砍伤，手指轻按周围的骨骼，垂着眼睫问："这儿疼不疼？"

毕揽星轻声吸气："有点。"

"哼，"白楚年冷哼，手背拍了拍他腹部，咬牙道，"翅膀硬了，我的副队长，等会儿再修理你。"

"是。"

陆言吃力地抓住了白楚年的裤脚，轻轻拽了拽。在兰波的安抚亚化因子作用下，他的伤也没有刚刚那么痛了。

白楚年又弯下腰来，双手插着兜淡笑起来："来，叫声哥听，给你出气。"

陆言愤愤地把脸埋回兰波胸前，闷闷低语："你神气什么……忘了被一个J1级恶化期的蜜蜂实验体追着打的时候了？A3级成熟期僵尸实验体……我看你怎么打。"

"那天我出手了？"

陆言怔然回想援助国际监狱和甜点师恶化那天，一直以来，白楚年在队伍中完全处在指挥位，基本上不需要动用任何能力。同为联盟的一员，他们对白楚年的了解其实是最少的。

伽刚特尔的脚步终于逼近到一个危险距离，他双手暴起青筋，为抡起钝刀而蓄力，脚步也从缓慢拖行变成了快步冲锋。

白楚年转过身来，指尖钩住脖颈死海心岩项圈的暗扣，轻轻一扯，项圈锁扣脱落，落在他脚边。

一股前所未有的强横气势从他身上冲出，兰波加大了白刺玫安抚亚化因子的释放，才得以让身边的毕揽星和陆言不受伤害。

有兰波用气息阻隔压迫，毕揽星和陆言无法亲身感受源自白楚年身上的压迫亚化因子产生的压力是怎样的量级。

这股带着迅猛力道的气息出现后，伽刚特尔冲锋的步伐一下子停滞下来。他双手握着钝刀的柄，用两个漆黑的眼球死死盯着白楚年。

白楚年插着兜，缓步朝伽刚特尔迎上去。

他向前迈一步，伽刚特尔就向后撤一步。

这是狮子族群的习性使然。平时狮群的首领悠闲懒散，既不打猎也不做事，但一旦有外来者侵犯领地或是咬伤了狮群里的幼崽和母狮，就会立刻惹怒他。对狮子而言，这种打脸行为不能忍。

兰波一直关注着白楚年的情绪，现在的白楚年虽然表面上和往常一样温和，但实际上已经处于被激怒的状态。

年轻气盛的猛兽类亚体，特别是狮子，非常容易杀红眼，不牢牢控制住是不行的。

兰波将陆言递给毕揽星，脱落在地上的死海心岩项圈熔化成流淌的黑水，在兰波身下逐渐被锻造成一把花纹繁复的椅子，兰波双手搭在扶手上观战，指尖轻点。

死海心岩流淌至白楚年身边，从他脚下升起，形成了四条粗锁链，分别扣在了白楚年的手腕和脚腕上，白楚年的行动范围被死海心岩限制在了一个非常小的范围内，四肢都不能大幅度活动。

死海心岩在地上流淌开，呈现出一个圆形，将白楚年和伽刚特尔圈在中心。黑色圆圈慢慢升起，密不透风的死海心岩扩大成一个半球形漆黑的牢笼，将二人困在了黑暗中，与外界完全隔绝。

直到渐渐看不见内部的情况，陆言揪心起来："兰波……你捆住他是什么意思……你不怕楚哥受伤吗？"

兰波仰靠在悬浮于地表的死海心岩椅中，平静地望着那道半球形屏障，淡漠地道："如果松开链条，十个伽刚特尔都不是他的对手。"

陆言哑然。

毕揽星张了张嘴，轻声问："白狮 A3，9100 号特种作战实验体，代号神使，成熟期九级，对吗？"

陆言揪心地问："为什么不能松开？"

打斗声、他们的气味和身上的血腥味吸引来了太多僵尸，夜色弥漫，黑暗的工厂四周角落无孔不入地拥进低吼的僵化感染者。

兰波尾尖微抬，重重砸落在地面上，一股高压电流从地面呈蛛网式炸开。刹那间，所有导电物体周围的僵尸便被烧成了飞灰，恶臭混着焦煳味在空气中流窜。

"松开就是永别，我舍不得。像蜡烛一样，烧尽了就是尽了，回不去的。"兰波垂下眼睑，水光在碧蓝眼睛里流动，"我们的寿命相差太多，他活着的时候我要好好保护他。"

"我，我也要。"陆言搭着毕揽星的肩，连站立都勉强，嘴里却还要说出些跟自己的憔悴样子不搭边的豪言壮语。

兰波微挑眉，看得陆言不自在地低下头，嘀咕："看什么，说说不行吗？"

"呵。"兰波笑了一声。

两人愣了一下，兰波很少笑，大多数时候都绷着一张冷脸，除非白楚年在身边，不然他对谁都没什么温柔脸色。

兰波摊开手掌，掌心飘浮着一只蓝光水母，水母在空气中游动，飘浮到陆言脚腕边，小触手缠绕在陆言脚上，有种弱电流流过的刺痛，然后水母融了进去。

陆言立刻感觉受伤的腿舒服了许多，也不用再悬着脚尖不敢沾地了。

"不然他等会儿出来还要先关心你，"兰波随手捏了捏陆言毛茸茸的垂耳朵，"小兔子。"

陆言被臊到了，低着头不敢与兰波对视，也不敢看毕揽星，刚刚没反应过劲来还好，这时候迟钝地回想起来，一下子连手都不知道放在哪儿好了。

毕揽星抬手扶他，陆言连连缩手，把手藏到背后去，兔耳朵遮着脸。

兰波一只手托着腮，看着两个小孩闹别扭。

毕揽星站在陆言身后，轻轻用手把陆言的两只兔耳朵捂到他眼睛上，浅浅地笑了一声。

被死海心岩笼罩的空间内听不到任何声响，漆黑的半球形表面隐约浮动，仿佛黏稠的海浪裹挟着溺水的人。

时间一分一秒地过去，与伽刚特尔精神有微弱联系的僵尸潮涌般一波一波袭来，但每一次靠近，兰波只要扬起鱼尾就能用高压电镇压下去。

同样是亚化细胞团，每进化一阶都是实力的飞跃，陆言和毕揽星也是第一次如此近距离地观察战斗状态的A3级实验体，只能说特种作战武器名副其实。

如同死海般的平静持续了十分钟。

"他应该差不多出气了。"兰波起身,身下的死海心岩椅子随着他的动作化成了漆黑的流水,从地面跟着流淌过去。

半球屏障表面的墨色波浪平静下来,从中间分开了一道伸手不见五指的黑暗细缝,兰波进入后,从细缝内流出了一些带着腐臭味的血浆。

陆言忍不住跟着向里张望,被毕揽星的藤蔓捞回来。毕揽星抬手挡住了他的眼睛。

兰波进入这个黑暗的封闭空间后,身上的淡蓝色微光照亮了一方狭小的空间,他像一盏飘浮的蓝灯。

白楚年的位置没有变过,仍旧被死海心岩锁链铐着双手双脚,站在来时的位置上。只不过他身上的作战服被汗水和血水浸湿,眼睛被宝石蓝色覆满,失了眼白,白狮的耳朵和尖牙都还没收回去,一条雪白狮尾高高扬起,挑衅地甩动着。

脚下散乱堆着的是一些碎裂的僵青色尸块和断裂的骨头。

"小白。"兰波唤了他一声,白楚年身子僵了一下,尾巴慢慢垂下去,缩进身体里消失了。

兰波这才靠近他。

白楚年顺从地跟着兰波一起蹲下来,坐在地上,在兰波的抚摸下,发丝里的狮耳也消失了,瞳仁缩小到正常尺寸,回了神。

"我知道你还在因为珍珠不好受,发泄出来也好。"兰波安抚道,"你这么乖,以后什么都会有的。"

白楚年紧绷的身体终于软化,深深吸气。

"你别这样,好像在你面前我老是显得特别不懂事。"白楚年闷声吸了吸鼻子，"可我难过，你为什么能这么冷漠呢？你有心吗，你是不是就没有心？"

"长了二百七十年的心总会硬些，你的心还嫩，所以容易疼。"

"因为珍珠是你身上掉下来的，所以我特别在乎。我觉得我离我想要的家明明很近了，可怎么伸手都抓不到。"白楚年坐在地上，手脚都还被铐着，憔悴地看着地面，"我把培育基地烧了，把给你手术的研究员杀了，现在又冒出来新的，杀不完，怎么都杀不完，人怎么就这么多呢……我要把他们全除掉。"

兰波第一次见到他这样失望又无奈的样子，让人恨不得把什么好东西都拿来摆在他面前，只求他别难受。

"你老是盯着没得到的。"兰波说，"几年前，在培育基地，你想出去，我就送你出去，你怨我，又要想念我。后来你说，喜欢人，要留下，不跟我回去，那我陪你留下。现在我就在这儿，你又开始望着下一件东西，你想要的都很重要，但欲望和贪念是人类的劣根，你不要沾染上还不自知。我守着你，我以为这就是你口中的家人。"

白楚年怔怔地看着他。

"你要珍惜，"兰波垂下双眸，鳞片的柔光映照着他温柔的侧脸，"像我珍惜你一样。"

白楚年无意识地向左下方看，兰波说的话他听进去了，正在调整思维默默地在脑海里衡量。

白楚年想往兰波旁边去，但锁链突然绷紧了，拖住了他的双手，手腕也被扯出了两道红印。

兰波从白楚年眼中看见了一闪而过的难过，从小到大，小白总是被各种人粗暴对待，却还在兰波耳边乖巧地说着喜欢，而兰波居然轻易相信了他口中的"喜欢"，喜欢被管教，喜欢被限制，大概都只能翻译成言不由衷的"怕被抛弃"。

的确，别的使者得到的驱使物都是增强，只有他得到的是束缚和限制，出生就在笼里，到死也不得自由。

兰波轻轻打了个响指，锁链断裂，从白楚年身上脱落，收回到他脖颈上变回项圈。

兰波直起身子，在他的掌控下，满地伽刚特尔的残渣裂骨被死海心岩残暴吸收，就像不曾存在过。他早已习惯给偶尔心狠手辣起来的小白狮收拾残局，甚至觉得这是他应该做的。

白楚年坐在地上，换了个姿势，盘起腿，松松手腕，将其搭在膝头，两颗虎牙从微张的薄唇里露出尖来，眼睛亮晶晶地仰望着兰波。

兰波抬手遮住白楚年终于明亮起来的眼睛，弯下腰轻声说："等会儿就用这个眼神去他们面前充长辈吗？收一收。"

笼罩一整片空场的死海心岩退潮般落在地面，像黑色的水流在地面上流淌。

陆言腿脚还不是十分灵便，踉踉跄跄地朝他们跑过去，四下望望，伽刚特尔已经消失了，除了满地污血，没留下任何痕迹。

毕揽星跟过来，见白楚年若无其事地站着才放了心。

"他跑了吗？"陆言皱起眉，有点陌生地打量白楚年，他身上的作战服浸着血，湿漉漉的。

"杀了。"

"杀了？"陆言瞪大眼睛，足足用了十秒钟才消化了这个消息。

"怎么样，叫声哥不占你便宜吧？"

陆言憋了好一会儿，破罐子破摔道："哥就哥，你神气什么？哥哥哥哥哥哥哥哥，满意了吧！算你长得老！"

白楚年双手插着兜，咂摸了一下这个称呼，爽了。

白楚年随后道："看你跑得挺快……应该是没什么大事。行了，把炸弹给我，我去放，你们在外面等我。快一点，天都黑了，明早之前得搞定。"白楚年摊开手，让陆言把炸弹箱给他。

其实白楚年不过是打算让陆言和揽星多见见实战场面，既然伽刚特尔出现了，他们实在不需要冒着与A3级实验体正面交锋的危险去做任务。再说，他们也做不成，白楚年本来就没打算让他们做成。深入工厂核心安装炸弹这种任务，一般都是由特工组的资深特工来做的。

"已经放完了。"陆言扬起脸。

"嗯？"白楚年抬起眼皮，"核心仓库、单烯宁制备室，都安上了？"

"嗯。"

白楚年用力揉了揉陆言的一头软发："不简单呢。"

陆言脸上尽量矜持谦虚，但眼神里的得意已经把他出卖了。

毕揽星挨近白楚年轻声问："伽刚特尔，干掉了？"

"109研究所的明星实验体……多一个不如少一个。既然伽刚特尔来了，一定是研究所得到了工厂可能被袭击的消息，其他实验体也很有可能在赶来的路上，我们得提前动手了。"

"还走得了吗？"白楚年问。

毕揽星点点头。以他的性格，就算走不了也会默默挺着跟上大部队。他从未给任何人拖过后腿。

"兰波，带人跟我上去。"白楚年忽然矮身，手搭在毕揽星腰带后方，轻轻一抬，把毕揽星扛到肩上，率先往工厂最高处的冷凝塔爬上去。他一只手抓着人，另一只手辅助着两条腿向上攀登，白狮亚化细胞团的固有能力"攀爬"使他向上的速度非常快。

毕揽星哭笑不得："楚哥，我不用你带，我能走。"

白楚年笑起来："我跟兰波一人带一个快一点，我只能扛你，强亚体又重又硬，你以为我想扛你啊？

"别跟我客气，你不是副队长吗，权力可大了，让我这个队长搬运一下，这不是我应该做的吗？"白楚年话里带刺，这小亚体年纪不大胆子不小，挨枪子的事也敢干，这回若不是他和兰波来得快，两个经验不足的特工实习生被 A3 级特种作战武器碾死实在太正常了，白楚年哪儿还有脸回去交差？

毕揽星头朝下被扛着，默默反省自己的冲动。

"当特工要靠脑子，不要靠什么勇气啊无畏啊。尤其是你，身为副队长，你要做的是掌握和修正队员的战术情况，而不是跟他一块儿冲。陆言本来就不是什么聪明兔子，你又不是不知道。"

"我知道他能做成，所以我放他去，"毕揽星执拗地说，"我们是一个队伍，楚哥，你要信他……也要信我。"

他一向谦逊，鲜少顶撞老师和长官。

白楚年松了手，毕揽星指尖伸出藤蔓缠在冷凝塔外的爬梯上，跟白楚年并排向上攀爬，他身上和手上都有伤，但这并不影响他的速度。

白楚年将目光移到与自己并排的毕揽星的脸上。他记得毕揽星今年十八岁了，现在看来五官轮廓已比初见时更加分明和成熟。毕揽星和陆言成长的痕迹都会留在脸上和身上，这莫名勾起白楚年遥远的向往来，他也想让兰波看着自己慢慢改变，从容貌到心性。

可惜，对人类来说这么简单的事情，他做不到。

陆言跟在兰波身边，兰波也没问他走不走得了，直接抱起来向冷凝塔爬了上去，依靠电磁悬浮上升，根本不用费力。

上升速度实在太快，陆言只能紧紧抱住兰波的脖颈，头埋在他颈窝里，紧闭着眼睛避风。

兰波指尖转着陆言挤在裤子外的兔尾巴球玩，发现兔子尾巴居然可以拉很长，它不是一个球，是一个卷成球的条。

可爱。

陆言把脸埋在兰波颈窝里，闷闷地抱怨："我叫了哥这件事白楚年能说一年，烦死了！杀了伽刚特尔就很厉害吗？"

兰波轻声回答："436号伽刚特尔，A3级特种作战实验体，研究所的王牌之一，真的很厉害。"

陆言："……"

兰波："使者实验体得到驱使物会增强，但小白不会，只会削弱，即使这样他也能打败A3级实验体。"

陆言："……"

兰波："他只花了十分钟就干掉了伽刚特尔，厄里斯和黑豹是做不到的。"

陆言："……"

兰波："他的眼睛很漂亮。"

陆言："我们蚜虫岛特训基地的训练生们有个关于白楚年的夸夸群，你要不要去当群主？"

兰波："……"

攀上冷凝塔最顶端，白楚年趴下来，朝兰波伸手。

兰波递给他一块水化钢十六倍镜。

夜幕降临，白楚年闭上一只眼睛，默默向灵猩世家望去，打开通信器，轻声道："韩哥，萧驯，给我报位置。"

蚜虫市郊区。

与陆上锦年少相熟的两位老板常在酒庄偷闲小聚，品品红酒，聊聊天。

毕锐竞点了支雪茄，闭上眼睛品了许久才缓缓吐出来。

夏凭天开口打趣："这是多久没抽了？"

"我家根本不让。"毕锐竞笑着弹了一下烟，"对了，你那招可真有效。我把揽星往特训基地一送，这孩子精气神都不一样了，以往对什么都提不起兴趣似的，就是缺少一点刺激。咱们年轻的时候多刺激，陆上锦那一阵搅和得我们一块儿跟着乌烟瘴气，我现在还记得。"

夏凭天勾唇笑道："嘻，你知足吧……我家的倒是不作，天天扎在实验室里，想听人说句好话比登天还难呢，对自己的学生倒是躬好。"

"哎，陆哥过来了。咦，好像带了个弱亚体过来。"夏凭天隔着落地窗往酒庄外的车旁眯眼瞧了半天，"不是言逸啊，是个小的。怎么这么眼生呢？"

陆上锦带来的亚体恭恭敬敬地给陆上锦拉开了门，然后跟着走进来，看上去很懂规矩。

正端着高脚杯在窗边与人谈笑风生的夏凭天等了许久这张新面孔："哟，几天不见，我陆哥地位见长，如今出门带的人都换了。啧啧，这小身板，经得住言逸端上一脚吗？"

毕锐竞靠在窗边："这话说得，言逸的一脚他自己也接不住啊。"

陆上锦懒得听他们打岔，回头朝身后的亚体抬抬下巴："叫人。"

渡墨连忙鞠了一躬："毕总，夏总。"

陆上锦往沙发里一坐，跷起腿："给你们讲个逗乐事。"

两人无聊透了，凑过来听。

"看这个合同，"陆上锦从渡墨手里抽出两沓纸搁在桌上，"看看我那个好儿子谈的生意。"

毕锐竞拿起一份扫了一眼，乐了："这是小白弄的，还是陆言弄的？"

夏凭天扶着沙发背笑到背过气去。

陆上锦也气笑了："兔球也做不出这种事来，小白干的。八十多个亿的NU营养药剂他上来开口给八亿，别人讲价抹零头，他直接给人家抹了一个零下去。"

"哈哈哈，他可真会讲价啊。"

"别打岔，还没完呢。他拿二十个点订了六万支IN感染药剂，然后呢，毁约，不要了。"

毕锐竞想了想，说："你让我查的单烯宁就是这种药剂的原料吧。六万支感染药剂，估计把研究所库存里的单烯宁都给耗完了……他一下子全不要了，虽说定金拿不回来，可感染药剂本来就不好卖，需求量小，研究所积压这么多卖不出去，资金又不够回血……真损啊……我早说小白有你的风范。"

"我的风范？这还没完呢。他找了个皮包公司，拿半价把那些感染药剂又买回来了。"陆上锦挑眉，"是我教他做商场流氓的？我陆上锦虽说不是什么慈善家，可在生意上也从没故意戏弄过对手，这一招把我的脸都丢没了。有了这俩好儿子，陆氏集团的未来我一点都看不见。"

半晌，夏凭天终于笑得喘过气来，混迹商场多年，这种小儿科的把戏他一眼就能看穿。并非研究所不够谨慎，而是由于有陆氏集团这个名字背书。陆上锦把持国际商联已久，他的名字就象征着信誉。

"一顿饱啊。不过……虽说有拿你名字背书的成分在里面，但这种漏洞百出的合同是怎么谈成的？小白要真有这个本事，那也挺是个人才的。"

"是了，小白是出损招的那个。我们家小白就聪明在这儿了，想出一个馊主意，然后指使别人干。"陆上锦抬手指向站在一边低着头不敢出声的渡墨，"这个才是实地操作的那个人才。"

渡墨见提到自己，连忙摆手："没有没有，能尽微薄之力是我的荣幸。"

毕锐竞叼起一根新烟，点火打量他："小子，你家是做什么的？"

现在屋里坐的这三位渡墨是眼熟的，常常在国际级的商业杂志、商业新闻以及网络头条上看见。被三位商界大佬包围，渡墨简直像落入狼窝的绵羊，只能问什么答什么，于是如实道："祖父以前在华尔街工作，我爸也是。现在家里只剩我一个了。"

毕锐竞给了他一个节哀和询问的眼神。

渡墨默默攥紧裤子，手心里冷汗不停地冒："我十六岁开始在国际监狱工作，今年二十四。"

不过问了一些基本情况而已，毕锐竞和善地安抚了他几句，叫来管家带渡墨去葡萄园透透气。

渡墨出去后，两人问起陆上锦的打算。

陆上锦托着酒杯，随意转着醒了醒："小孩胡闹一次倒也撼动不了什么，就当给小白练手了。虽然实在可笑了些……但言逸应该挺高兴的，研究所一倒霉他就高兴，这次不亏。"

"那这个叫渡墨的……"

"这孩子处境够险的，不靠着我也活不下去。倒是个聪明孩子，可以先用用看，正好幻世风扉缺人。有二心就抹掉，不算什么值得上心的事。喝酒。"

第七章

暗杀任务

————◦————

韩行谦："我已经接近二楼杂物间了。萧炀带着萧驯上楼，我在后方跟随，或许是他能力的原因，我总是追不上。"

白楚年："任务已经暴露，不等明天猎选会了，所有计划立即执行。"

韩行谦："你们被发现了？"

白楚年："负责守工厂的伽刚特尔被我们干掉了，现在的工厂员工全部僵尸化了，很快就会被灵猩世家发觉，我们时间不多了。"

韩行谦："好。"

经过几次换位，白楚年他们顺着冷凝塔离开工厂，逐渐摸近主楼，此时藏匿于距离主楼数百米远的钟楼上。

白楚年趴在钟楼上方，用兰波的水化钢十六倍镜观望主楼的情况。

"是我拖后腿了吗？"陆言耷拉着耳朵，轻声问。

"还真没有，你至少给我们多争取了半个小时的时间，不然就糟透了。"

陆言的兔耳朵又扬起来。

白楚年的倍镜视野中，一位相貌酷似林灯教授的弱亚体搭着萧驯的肩膀上楼，烟蓝色发丝垂在肩头，脸上挂着和蔼的笑。

"是他……萧炀。109研究所的核心研究员之一，伽刚特尔和帝鳄的设计师。"

毕揽星看了一眼手表："萧炀既然来了，大约不会只带一个实验体来，五分钟，我们五分钟内就得撤出灵猩世家。"

"这是在拿萧驯当人质吗？"白楚年观察着主楼的情况，眯起眼睛，轻声道，"兰波，狙他。"

兰波周身空气中的水雾迅速聚集，陆言感觉空气明显干燥起来，脸上都起了一层浮皮。

水滴聚集在兰波手中，一把水化钢透明高精狙逐渐成形，透明子弹落在他掌心中。兰波将子弹安放进弹匣中，拉栓上膛。

又一块水化钢八倍镜成形，被兰波安放上去，他闭上一只眼睛瞄准。

萧炀正在上楼，又位于靠近窗口的一侧，以兰波的狙击技术完全有把握在不伤萧驯的情况下狙杀萧炀。

但狙击镜的十字准星落到萧炀头上时，萧炀没有预兆地转过头来，弯着眼睛笑盈盈地看向窗外，然后抬起手，用食指和拇指凭空做了一个捏取东西的手势。

兰波："他发现了。"

陆言："离这么远，怎么可能？这可是八倍镜。"

但风速、风向和子弹下坠量都算清了，兰波犹豫了一下，选择最佳时机轻扣下扳机。

装有水化钢消音器的高精狙声音并不大，他们所在的位置与主楼距离不近，理应不会被注意到。

枪响之后，玻璃被子弹穿透，看上去子弹命中目标毫无悬念。

数秒后，玻璃窗后的萧炀毫发无伤，微微偏头望向窗外，指尖夹着那枚透明子弹，子弹化为流水，从萧炀指尖消失了。

兰波皱了皱眉。

白楚年在倍镜视野中观察到了萧炀的整个行动轨迹，萧炀似乎能预判到周围的情况，靠狙击根本解决不掉他。

"预知能力……？"白楚年垂眸思忖，要是跟撒旦的能力差不多就太麻烦了。当初在潜艇实验室里，他和兰波两个 A3 级实验体被撒旦这个 M2 级实验体捉弄得团团转。

"既然是灵猩亚化细胞团，大概跟速度有关。"毕揽星适时插话道，"是提高自己的速度，或者降低别人的速度吧。子弹在他面前的速度会显得非常慢，所以击不中，韩哥才追不上他。"

白楚年露出恍然大悟的表情，沉声道："韩哥，萧炀的能力是个时间 buff（增益）。"

韩行谦："嗯。"

这时候韩行谦已经上了二楼，白楚年只能透过小窗口看见他的一点肩头。

在十六倍镜中，白楚年看见韩行谦身上一片白色羽毛静静飘落。

天马亚化细胞团 A3 亚化能力"天骑之翼"，可以消除友方目标身上的负面状态，消除敌方目标的增益状态。

在白楚年的观察下，萧炀头上突然出现了一片柔光羽毛。

白楚年立刻道："右 50 度，2 密位，调 500，风向右左 6，右偏 1/4。"

兰波眯起眼睛："目标确认。"

一声枪响，透明弹壳疾飞，落地化为水渍，主楼内部的萧炀肩头爆开一朵血花，他捂着伤口打了个趔趄。

白楚年："补死！"

兰波已然迅速换弹，又一枪击中萧炀近后颈位置。

"狙也能躲，不愧是灵猊。"兰波一脸不爽，紧皱着眉，黑色尖甲伸出甲鞘，刺啦地抠着水化钢透明狙击枪。

"补不到了，他速度太快了。"白楚年放下十六倍镜，"撤。"

萧炀身上中了两弹，两枚水化钢狙击弹在入体的一刹那就消融成水，他紧抵着墙，身上两个弹孔汩汩流血。若不是他的能力"速率收束"，这两枚水化钢弹就会相继洞穿他的太阳穴和后颈。

被他挟持的萧驯趁机脱离了他的控制，朝走廊跑去。韩行谦就在走廊尽头，萧驯与韩行谦擦肩而过，带起的冷风扬起了韩医生白色制服的衣摆。

萧驯："我去取枪。"

韩行谦手插在白大褂兜里："我去和咱六叔聊聊。"

萧驯一路飞奔，往放置狙击枪匣的杂物间摸过去。他牢牢记着自己的任务，就算是出现纰漏，不得不提前执行，这任务也必须完成。

通往杂物间的走廊被几个打扫居室的用人堵着，想过去就会被不止一个人看见，很容易节外生枝。

萧驯轻靠在一扇卧室门边，侧耳听着里面似乎没有声音，便从贴身的口袋里摸出一根细铁丝，捅进锁孔中轻轻摇动了两下，卧室门被轻轻推开，萧驯侧身钻了进去。

在蚜虫岛特训基地什么都学，这种开锁的小把戏只不过是个入门课。

这是萧驯自幼生长的地方，他对灵猩世家整个构造非常熟悉，只要经过这间卧室，从置物间的天花板能直接通往杂物间的天花板。

萧驯轻手轻脚地贴着卧室墙边缘向里侧移动，顺便扫视了一眼卧室的摆设，卧室里床打扫得很干净，大床边放着一个小的木制婴儿床，房间里飘着一股浅淡的奶香。

萧驯轻身爬上天花板，摸黑爬到杂物间的位置，把白楚年提前放在那儿的狙击枪匣打开，把枪迅速组装起来，背到身上，然后悄声从天花板上跳回卧室，原路返回。

他落地时，听见背后有动静。

萧驯身体猛地一僵，慢慢回头，发现大嫂宋枫穿着宽松的白裙子，抱着婴儿坐在床边，慈爱的眼神从怀里的小婴儿移到了萧驯脸上，看见他背上的狙击枪，神情依然冷静柔和。

"大嫂……"萧驯有点无措，但依旧垂眸冷道，"抱歉，我们不是真心来为你诊治的，请原谅。"

他摘下枪，冷淡地将狙击弹推上膛，虽然枪口朝着地面，却可以随时抬枪杀掉面前的女人。

"我没有病。"大嫂垂眸哄了哄惊醒的孩子，"其实即使有病，也不是一位医生能治好的。"

"小驯，我是第一次见你，但常听家人说起你。"

萧驯眼神有些不耐烦："萧家人嘴里当然不会有什么好话。"

大嫂扯起有些干白的嘴角："他们说你离经叛道，不听家人安排，不为任何人着想，不守婚约，只知道自己在外面逍遥。"

"可是……他们口中何其不堪的你，是我最羡慕的。"大嫂抬起眼皮，目光灼灼地望着萧驯，"我的公司、我的下属、我的合作伙伴、我的竞争对手……自从被押进这里，我就什么都没有了。"宋枫看了一眼怀里的婴儿，苦笑起来，"只剩下他。"

萧驯终于放下戒备，依然无动于衷地看着她。

婴儿又一次大哭起来，宋枫温柔哄慰着抱他起来，身怀六甲的身体让她行动有些迟缓。宋枫抱着孩子慢慢向窗边走去，经过萧驯身边时，不经意落下了一串钥匙。

灵猩世家各个窗屋和阁楼的钥匙。

萧驯捡起钥匙，背枪离开前回头望了一眼大嫂。

宋枫抱着孩子站在窗边，目光落在灯火通明的大堂里，大堂里走动的人影映在宋枫冷漠的眼中。

韩行谦为身中两发狙击弹的萧炀止了血，打了一针肾上腺素。

萧炀的笑容像贴在脸上的假面，受了重伤也不会改变。不过他的增强能力被韩行谦完全克制，不论加快还是减慢时间流速对韩行谦都不会有任何影响。

"别挣扎了，"韩行谦说，"你的能力被我消除三次就会引爆。"

萧炀不再挣扎，索性坐在地上，抚着伤口问："你是 IOA 的医生吗？给我讲讲关于那位林灯教授的事。"

韩行谦："据我的老师说，林灯教授和艾莲女士是大学同窗，维持了很长时间的恋爱关系，后来因为理念不同而分手。林灯教授离开研究所后，艾莲并没有赶尽杀绝，反而替他隐藏了身份，安排他在恩希医院工作。后来是林灯教授返回研究所窃取机密，才被安保人员杀死。听说艾莲处置了那几个开枪的保安，不过耳听为虚，我也不知道是真是假。"

"旧情未了啊。"萧炀弯起眼睛，"没想到，我的老板这么痴情。"

兜里的手机忽然振了一下，萧炀朝韩行谦笑笑，接通了电话。

里面有个急切的声音说："萧老师，陆上锦要的那批货被退了，现在单烯宁供应不上，boss（老板）让您务必保住灵猩世家工厂，千万不能出差错！boss给您多派了几个实验体过去，您一定别出岔子！"

挂断电话，萧炀轻声叹气："又在使唤我了。"

韩行谦听不见他电话中的内容，也无法在萧炀笑盈盈的表情里捕捉到任何信息，但他知道萧炀是在拖延时间，研究所一定还有后招。

萧炀将手机揣回兜里，眯眼笑笑。

白楚年伏在钟楼上，用水化钢八倍镜观望主楼大堂，由于工厂员工全部被伽刚特尔僵化，并且触发了警报，灵猩世家枪械库中的无人机自动飞出，向工厂方向飞去查看情况，灵猩世家内所有保安人员警觉地意识到有入侵者出现，快速列队向主楼围拢过来。

灵猩世家本家的儿子们虽然分化级别都不算高，但他们重经商，有钱有势就不会缺高手替他们卖命。

灵猩世家的保安人员足有上千，最快向主楼聚集来的十几位保安均是M2级亚体，他们的首要任务就是保护本家叔伯子孙的安全。

一直驻守在主楼的两位M2级亚体已经以最快的速度赶到了萧老爷子身边，用防暴盾护着老爷子往安全的地方移动。

白楚年："揽星，你们俩去接他们。"

毕揽星虽然伤势不轻，但只要命令一到，他就能立刻动身。在这么长时间的相处和磨合中他们早已建立了足够的信任，似乎只要白楚年说他可以，他就可以，不用想别的。

白楚年："目标萧长秀正在离开大堂，保安人员还有三十秒接近主楼。

兰波、萧驯，准备狙击，三十秒内任务失败无条件撤离。"

萧老爷子是这次潜入暗杀任务的第二环，灵猩世家已经开始与109研究所合作，一直以来师出无名的IOA就有足够的理由对灵猩世家动手了。有萧老爷子坐镇的灵猩世家秩序不紊，IOA要给他们一个严厉的警告。

兰波眯眼瞄准，水化钢十六倍镜的准星对准了手持防暴盾护在萧老爷子身边的那位穿防弹衣的保安。

兰波作为副狙击手所在的钟楼与萧驯所在的窗屋形成一个六十度夹角，与主狙击手萧驯拉开了距离足够的枪线。

兰波拉栓上弹，水化钢发出类似子弹上膛的咔嗒声："嗯。"

一发透明弹率先洞穿了玻璃，毫不拖泥带水地爆了手持防暴盾的保安人员的头盔。

牢牢护住老爷子的两位保安人员顿时被破开一个缺口，枪响的同时趴在窗屋的萧驯也扣下了扳机。

陆言突然喊了一声："小心身后！"

萧驯所在的位置后方，小窗上无声无息地挂上了一条攀缘索，一位身穿防暴服的灵猩世家保安人员翻窗进屋，手持战术匕首从背后对萧驯锁喉，原本势在必得的一枪没能打中老爷子，子弹落在了地板上，擦出一星刺眼的火花。

萧驯被保安从背后锁住咽喉，于是脑袋用力向后一撞，偷袭的保安被撞开了头，萧驯双腿一蹬窗沿，带着背后的保安一起狠狠撞到了窗屋内的桌沿上。

保安痛叫一声松了手，但经过训练的身手并不会这么简单地就败下阵来。他立刻调整好平衡朝萧驯扑了过去，萧驯捡起狙击枪，长腿跨上窗沿，毫不犹豫地朝窗外一跃。

然后他在空中转身，拉栓换弹，一枪打中了那保安的头。

毕揽星的藤蔓及时生长到合适的高度，陆言一只手攀抓在藤蔓上，朝萧驯伸出另一只手："萧萧！"

萧驯下坠时抓住了陆言的手，被他甩上藤蔓，陆言则靠两人换位时的惯性荡到了窗屋中。

挂在窗上的攀缘索上爬上来更多的保安人员，陆言双手各拿一把微声手枪，面对着窗屋内外十来个全副武装的保安人员。如果是贴脸近战，还没有谁能打服陆言。

"任务超时，撤。"白楚年做了个手势。

毕揽星："他可以。"

萧驯："给我三秒。"

但这时已经有十几位保安人员赶到了主楼保护老爷子，其中拿狙击枪的瞄准了悬挂在藤蔓上的萧驯。

萧驯在柔韧的藤蔓上并非保持不动，而是由于重力作用上下颠簸。他在藤蔓上保持平衡的同时拉栓换弹瞄准，一气呵成。

在地面上与萧驯互相瞄准的保安人员同时扣动扳机，却在子弹出膛的前一秒眉心爆了一朵鲜红的血花，当即倒地。

陆言在窗屋里，打空了手枪里的子弹就开始用匕首搏杀，却丝毫不见落下风，甚至能分出视线瞥一眼萧驯，用很骄傲的语气说："精准射手还敢跟我们正统狙击手对狙，笑死了。"

狙击弹的后坐力加重了萧驯在藤蔓上的颠簸，但并未影响他的状态，萧驯再次推弹上膛，冷淡眯眼，一声枪响，玻璃震颤。

萧老爷子应声而倒，躺在血泊之中。

萧驯："目标确认死亡，任务完成。"

陆言收起战术匕首和报废的手枪，蹭了蹭双手的血污："窗屋清剿完成，准备撤离。"

白楚年怔了怔。

不知道从什么时候起，这些学员已经不再需要他无微不至的保护和指引了。有种说不出的情绪涌上心头。

兰波抬手搭在他的头上，揉了揉："这是养孩子的乐趣吗？我看你长大也有这个感觉。"

白楚年鼓了一下腮帮子，然后泄了气。

"走走走走走，烦人。"

毕揽星接走了萧驯和韩行谦，从陆言清出的窗屋一侧离开了主楼，白楚年和兰波紧随其后，替他们善后。

萧驯还顺手绑了一个人质。

被用枪顶着脑袋挟持着的萧子喆破口大骂："萧驯你个野种！爸妈！快救我啊！"

他一个强亚体，被同族的弱亚体挟持竟然毫无还手之力，脖子被勒得生痛，由于身高差距还时不时被拖在地上。

萧驯级别本就高于他，又在蚜虫岛训练基地经过长时间的严苛训练，同龄人里只要不是格斗特别出挑的或是级别相当的，对上他都不会占上风。

大哥萧子驰先怒了："萧驯！你敢联合外人搞我们！你胆子怎么这么大？！"

大伯父吼道："你这是在造反！萧家怎么会生出你这种吃里爬外的

贱种?!"

三伯父顾忌自己亲儿子的安全,连忙让保安不要开枪,大声喊话稳住萧驯。他怕极了萧驯复仇,把对灵猩世家的恨意全发泄在他儿子身上。

"驯驯!你要想想我们都是为你好,你可不能恩将仇报啊!这样,你既然不喜欢,以后我们都不逼你,你想去哪儿就去哪儿,好不好?"

其他叔伯也跟着劝导乞求。

"不用大发慈悲了,我本来想去哪儿就能去哪儿。等我离开后,会把你的宝贝儿子还回去的。"萧驯一路拖着萧子喆离开了。

离开灵猩世家主楼和庭园之后,萧驯拐进了一个无人的死角,他对灵猩世家十分熟悉,这个位置很隐蔽。

萧驯停下来,松开了手。

萧子喆立刻退远了好几步,捂着嘴痛苦地咳嗽,由于太久的窒息和恐惧,萧子喆腿一软,坐在了地上。

虽然声音颤抖,但萧子喆还是知道萧驯不敢杀自己,他抬手狠狠指着萧驯,色厉内荏地骂道:"你敢动我……我爸不会放过你的……出了萧家,你还不就是丧家犬一个……"

"是吗,那我们呢?"陆言蹲在墙角的废油桶盖上,倒拎着枪,子弹攥在手心里,一枚一枚向弹匣里推,嘀咕:"怎么在这儿会合呀?我找了半天。"

毕揽星坐在自己的藤蔓上,手上的绷带开了,低头缠一缠。

韩医生走近,掸了掸白大褂上的土,手里还拿着手术刀:"让萧炀给跑了。我本来想铰断他两根手指,不过他很识趣地把该说的都说了,放他回去也好,他跟艾莲……好像很有一段故事啊。"他似乎才注意到地上的萧子喆，轻推金丝眼镜，道："哟，这不是我们大侄子吗？"

"大侄子？"墙头传来一声轻佻的笑，白楚年双手猫挂在墙头，发丝里雪白的狮耳动了动，瞄着萧子喆，"你是什么玩意呀，别说话了，打得过吗？快去找个班上吧！"

萧子喆惶恐地看向白楚年的方向，但身后似乎有什么冰凉的东西贴了上来。

兰波卷在身后的废弃水管上，冰冷的尾尖轻轻扫动萧子喆的脸颊："丧家犬吗……又学到了人类的一个新词。"

一股强电流从兰波尾尖蹿过，萧子喆被电晕了过去。

白楚年翻墙进来，抱起兰波朝外跑去："接应的小队已经到了。"

陆言离开时，按动了炸弹的引爆器。

灵猩世家主楼已经乱作一团，尖锐的哭声和怒骂声此起彼伏，只有大嫂的卧室紧闭着门，隔绝走廊外混乱的噪声。

大嫂宋枫还在窗前站着哄孩子，身边多了一个人。

萧炀压着身上还在渗血的弹孔，脸色苍白，身体有些佝偻，不过面容微笑如常。

"侄媳好悠哉，这场好戏看得痛快吧。"

大嫂依旧冷漠地望着窗外。

"来，这个给你，"萧炀从兜里拿出一把手枪，"下面这么乱，你开几枪玩也没人发现。"

大嫂看见那把枪，愣了愣，半晌，轻轻把孩子放回婴儿车里，慢慢返回来，从萧炀手里接过手枪。

"会用吗？"

"不会。"

"我教你，这样，推一下，上膛，然后这里，把准星对准你想打的人，再扣动扳机。它会有点后坐力，你可以用两只手把着，这样稳一点。"

宋枫摸索着抬起枪口，对准了底下混乱的大堂。距离其实很近，就算没经验也无所谓。

砰的一声炸响，在大堂里走动的萧子驰小腿上中了一枪。婴儿车里的宝宝被惊吓到，哇哇大哭起来。

萧子驰就是她的丈夫。

"还挺准的。"萧炀笑着夸赞。

"不准，"宋枫纤细的双手被枪震得发抖，却面无表情，"我想打的是头。"

"好了，过一下瘾就好了。"萧炀想扶她离开，但宋枫忽然扬起唇角，学着萧炀刚教她的那一套，不熟练地推上下一发子弹，双手握枪又扣下扳机，反复数次，子弹有的没中，有的打在非要害上，但每一枪都是冲着她丈夫萧子驰去的。

大堂里更乱了，有人发现了楼上的宋枫，已经带着枪冲上来。

宋枫露出极其痛快的笑意，连孩子哭了都顾不上哄，笑得无比开心。

萧炀袖手旁观，闲聊说："我结婚那晚也差不多是这么做的，可真痛快。"

"走吧，去地下室待会儿。"萧炀扶着宋枫，替她抱起孩子，乘电梯下到了最底层。

地下室也算个防空区域，可以躲避一些空袭和地震之类的。

他们刚进入地下室关上门，一阵非常剧烈的撼动感便从脚下传来，宋枫几乎站不住，只能用双手扶住墙。

孩子尖锐地哭起来，随后才是震耳欲聋的爆炸巨响，楼上玻璃瓷器炸裂的声音接二连三地传来。

爆炸波是从工厂方向传过来的，萧炀清楚地知道，工厂里的原料都保不住了，但也没怎么慌神。他很疲惫，只想见见艾莲，当面问些事。

许久，宋枫轻声问："这也是驯驯做的？"

"差不多。等会儿震动过去我就走了，这次没给小侄孙包红包，下次有机会补上。"萧炀笑眯眯地亲了亲小婴儿，然后交还给宋枫，"枪给你留作纪念吧，里面还有不少子弹。"

他走时，宋枫叫住他："六叔，你去哪儿？"

萧炀摊手："给我老板打工啊。反正只要不在灵猩世家，哪儿都行。"

灵猩世家的工厂已炸成一片火海，白楚年他们脱离灵猩世家地界时，毕揽星的手表报了警。

"警告：有高阶特种作战实验体接近，数量 3，检测亚化因子等级为 M2、M2、A3。"

翅翼的嗡鸣声已经盘旋于耳畔，白楚年知道自己队员的状态都不太好，就算有韩行谦在，也很难继续与三个高阶实验体周旋了。

正前方路口突然驶来两辆吉普，一辆是 IOA 的，另一辆是 PBB 的。

吉普天窗打开，萤从里面探出身来，用力抛出两枚爆闪弹："你们趴下！"

白楚年："快到背光的地方趴下！"

爆闪弹在白楚年他们身后炸开，固化光线向外刺向追击的实验体，于小橙下了车，一朵灿金色海葵在白楚年他们身后绽放，海葵的触丝向四周伸展，毒雾在空中蔓延。

距离最近的飞鸟实验体向下俯冲开始发动攻击，翅膀突然被一股黏黏的蛛丝缠绕住，俯冲的攻势立刻被化解。

白楚年望向不远处的树杈，一具身形颀长的蛛丝木乃伊扶着树枝站立，金缕虫在树下，双手十指上的蛛丝连接着木乃伊的肢体，操纵木乃伊在树枝之间灵活穿越。

飞鸟实验体被金缕虫吸引了视线，尖鸣着朝他冲过去，木乃伊翻身落地，单手抱起金缕虫，抬手放出一张蛛网，发动 J1 亚化能力"法老的茧"。

另一辆吉普车门和天窗一起打开，姓贺的那对双胞胎小狼穿戴着防弹衣和军用头盔，衣冠整肃地端枪冲下来。

何所谓叼着半根雪茄趴在天窗边缘，压着一把 ACR 步枪，闭上一只眼睛瞄准他们身后的飞鸟实验体。

"没个闲时候，爷们又来救你们了，你们 IOA 到底还行不行了？"

第二卷

奉神之谕：神使者

第八章

拟态药剂

———○———

　　贺家兄弟俩把受伤的陆言和毕揽星分别搭到肩上，单手持枪带着伤员往车边撤，PBB 雷霆援护小组的医生飞快下车把他们接上来，就近把他们安置在车内，车里药品充足，设备完善。

　　萤和于小橙就近退到 PBB 的车里，一手抓着横杠，一手端枪探出窗口掩护医生给伤员治疗。

　　韩行谦钩住萧驯的腰，额头隐现雪白独角，轻身一跃便借风滑到了 IOA 的吉普车边，招手让贺家兄弟上车。

　　何所谓喊了一声："走不走？"

　　飞鸟实验体被木乃伊放出的蛛丝紧紧缠住，金缕虫抬枪扫射，子弹洞穿了飞鸟实验体的全身，而弹孔无法像被普通武器击中时那样快速愈合。

　　特殊武器丝爆弹匣拥有击溃实验体的能力，金缕虫收了枪，低头抚摸 AK 弹匣上由雪白蛛丝缠绕、像心脏一样跳动的亚化细胞团。

　　木乃伊走到金缕虫身边，搭着他的肩膀，低头与金缕虫贴了贴额头。金缕虫收起指尖的双想丝，于是木乃伊翻身挂在金缕虫背后，恢复僵硬状态。

白楚年和兰波对视一眼："还剩一个二阶一个三阶，咱俩能搞定。"

兰波搭住他的手腕，淡淡地说："不打了。"

这对平常战术最莽的兰波来说有点反常。白楚年低头看了一眼他的尾巴，脱离水太长时间，又消耗了许多亚化细胞团能量，鳞片有些发干了，他经常这样弯曲鱼骨支撑身体站着，鳞片会有些磨损，鳞片磨损又没来得及生长出新的就会疼。

"好。"白楚年抱起兰波，对金缕虫扬扬下巴，率先踩墙攀上高处，再一跃而下，落在吉普车顶，把兰波塞进 IOA 的车里，自己也从车窗里钻了进去。

金缕虫背着木乃伊挤到了 PBB 的车里。

不等剩下的实验体追击上来，两辆车相继离去，踩足油门高速撤离。

雷霆援护小组给毕揽星和陆言分别包扎，毕揽星身上两处都是外伤，胸前的伤口缝了几针，手上的伤比较重，需要送到医学会进一步治疗。

陆言身上有几处高温烫伤和脏器损伤，腿也存在一部分软组织挫伤，他刚刚一直沉浸在战斗状态里没来得及注意，这时候疼得厉害。医生要帮他脱作战服，他谨慎地把作战服塞给毕揽星，再三交代，兜里有重要的东西，别弄丢了，这才放松下来安心疗伤。

金缕虫抱着陆言，用柔软冰凉的蛛丝敷住陆言身上几处发红的皮肤，他的蛛丝有保鲜能力，可以有效防止溃烂。

"兔兔，"金缕虫低头蹭蹭陆言的头发，"很痛吧。"

"我才不怕，要不是白楚年拦着，我差点就搞定一个 A3 级实验体呢。"

萤和于小橙瞪大眼睛："真的啊？"

"那当然，不信问他去。"陆言一边炫耀着当时的情形，一边又因为确实疼了，有点后怕，说着说着就哽咽起来，抱着金缕虫掉眼泪，搞得金缕虫也难过极了，抱着他一起哭。毕揽星给陆言擦眼泪，木乃伊给金缕虫擦眼泪。

车上的医生哑然失笑，这小家伙的情绪还真是说变就变。

何所谓叼着烟头开车，转了转后视镜，虽然也笑了，但没像从前那样开口嘲讽一下小亚体。这次交换训练中跟 IOA 的小朋友们相处久了，何所谓越来越觉得看似软弱的一群小朋友并非花瓶，越发讨喜可爱起来，想想那两只跟屁虫小狼，叹了口气。

IOA 的车里，白楚年开车，兰波坐在副驾驶位，萧驯被韩行谦抱到了最后排的角落里。

韩行谦："受伤了吗？"

萧驯："一点皮外伤，不碍事。"

几片洁白羽毛挡住了他们的视线，韩行谦侧过身，放出一半羽翼，将车里隔绝出一个小空间，并用 M2 亚化能力"风眼"阻挡了声音外传。

"生气了？"韩行谦微微侧身，靠近别扭地扭转半个身子背对着自己的萧驯。

萧驯闷声回答："嗯。"

"真的在生气？"韩行谦低下头，雪白独角靠近萧驯，"我能读你的心吗？"

天马亚化细胞团伴生能力"圣兽徘徊"，用独角触碰对方头部即可获取对方思维。最初韩行谦也是用这种方式确定白楚年对 IOA 无害的，从而成为第一个敢于亲身接触观察实验体的医生。

萧驯忽然转过身来，指尖推住韩行谦的角，抢先一步使用 J1 亚化能力"万能仪表盘"分析了一遍韩行谦的情绪占比。

这一招来得太突然，韩行谦也没能预料到，更无法在短时间内把自己的情绪掩藏起来。

情绪占比：

歉意 0.2%。

数据一目了然，萧驯保持推着韩行谦尖角的姿势，愣了愣。

韩行谦稍微有点措手不及。好好的小朋友，怎么会分化出这么过分的能力？

萧驯的表情有些微妙，走神的时候指尖无意识地搓了搓韩行谦的角。独角的质感有点像抛光过的贝壳，带有微小的杂色偏光。

万能仪表盘测出的情绪占比又开始变化：

尴尬 10%。

歉意 0。

韩行谦抬手掩饰性地咳嗽了两声。

正在开车的白楚年突然咳嗽："韩哥，你的亚化因子呛死了！"

两只小狼也被突然灌满车内的千鸟草亚化因子呛得头昏脑涨，眼睛都睁不开了。

兰波靠在副驾驶车窗边发呆，萧驯躲到了第二排，这个气味他很受用，浑身都松软舒服起来。

回到 IOA 总部，陆言和毕揽星被医学会的医生们接走，陆言一直不肯走，扶着墙等白楚年，不过先等来了钟医生，便放心地把紧抱在怀里的作战服交给了他。

毕揽星问："里面装了什么？"

陆言小声说："伽刚特尔砍坏了仓库保险箱，我看里面有几个小药剂管，就揣兜里了。放保险箱里的肯定是好东西。"

PBB 队员出现在这儿并非偶然，陆言从 PBB 回来的当天，就有一队 PBB 风暴部队队员负责运送俘获的实验体到 IOA 集中安置，把一直训练、陪伴实验体的交换生和训练生一起带了回来，萤和于小橙都在其中。

何所谓到了就回安置点了，没在总部大楼多停留，知道白楚年得先汇报任务，喝酒的事可以推两天，就是不知道自己家俩狼崽子又跑哪儿去了。

白楚年把兰波放在一楼的休息室门口，把从门口拿的四瓶矿泉水都塞到兰波手里："你等我，我上楼跟组长打声招呼，跟会长也得说一下。会长应该去看陆言了，不一定在。"

兰波点头。

看着白楚年进了电梯，兰波才露出一点疲惫的神色，懒懒地爬上休息室的沙发，看着窗外的黑夜发呆。

二十分钟后，白楚年推门进来，看见兰波靠在沙发一角睡着了，给他留的四瓶水都散乱地扔在地上没喝。

白楚年放轻脚步过去，本来他行走就无声，放轻脚步就更加令人察觉不到。

走近了才发现兰波并没睡，只是倚靠在沙发背上，半睁着眼睛，睫毛上挂着一枚正在凝固的珍珠。这样疲惫的神情从未在兰波脸上出现过。

白楚年蹲下来，拧开一瓶水，慢慢浇在兰波光泽暗淡的鱼尾上，用手指抹开。

鳞片被浸润得重新有了光泽，浇完一瓶白楚年又拧开一瓶，专注得仿佛在保养一颗珍贵的宝石。

兰波尾巴上有一片鳞一直没能长出来，就是他自己拔下来，贴在白楚年胯骨皮肤上的那一片，光泽最亮，也最好看。当时他说每位海族首领一生只长这一片特殊的鳞，看来的确如此。

兰波发觉他在身边，立刻收起了眼神里的憔悴，挑眉逗他。

"回家？"白楚年装作无意摘下他睫毛上的珍珠，揣进口袋里。

"走。"

白楚年笑笑，临走前把休息室的灯关了。

在一片黑暗中，只有兰波的鳞片散发着幽蓝的暗光，白楚年轻轻拍他的背。

"你不是心硬。"

"en？（嗯？）"

"是我让你觉得靠不住，我容易失控做出不冷静的事，所以你根本无法依靠我，所有痛苦的事情全都自己忍着，忍着岩浆，忍着放逐，忍着被剖腹取卵，忍着珍珠变成实验体，忍着所有伤心事。"

"boliea……（我……）"

"今天你嗅到了那个 A3 级实验体的亚化因子，是吗？永生亡灵来了，所以你让我离开。"

"en。（嗯。）"

"你特别想它，是吗？你觉得我会输给他？"

"randi，你总是不知道你对我来说意味着什么。你是海洋、河水、溪流、云层、冰山，加起来的所有。"

"所以你不能任性，"兰波用碧蓝的眼睛凝视着他，"否则我让这些全部消失。"

"你又威胁我，不能服个软吗？"白楚年把兰波固执扬着的脑袋按进自己颈窝里，"我保证，一定活一百多年，行吗？你想啊，普通人类寿命差不多是七十岁，我们这种自愈力强、不会得癌症、容貌生长到成熟期就不再变了的实验体，怎么说也能活个两百多岁吧。实验体从发明到现在，死了的都是被杀的，没听说谁自然老化死亡呢。科学家都没研究出我们的平均寿命，你瞎操心什么呀？你放心，只要我不作死，我就肯定不会死。我答应你，从今天开始我就走稳重路线，绝对不再干那种在你眼里只有倒霉孩子才干的蠢事，行吗？"

兰波忽然紧紧抓住白楚年肩膀处的衣料，鼻尖泛起淡红，瘦削的肩膀轻轻颤动。

"en。（嗯。）"

"好了，别害怕，啊。"白楚年拿出手机，调到自拍功能，"看，头条新闻，神秘人鱼族首领消失多年后被网友拍到在不知名猫猫头怀里哭成二百斤的孩子。"

兰波当场吞下手机。

白楚年走时带上了休息室的门，带着兰波从总部大厅走出去。

现在时间已经是深夜，技术部正在加班处理他们的任务痕迹，并关注着网络上的舆情变化，会长正在病房区陪陆言。白楚年明日再去报告情况也可以，暂时应该没什么事要做，现在可以先回去睡一觉了，明早再来。

"等一下。"

白楚年回过头，看见韩行谦已经换上了 IOA 医学会的白色制服，应该是从医学会那边回来的。

韩行谦："小白，我能问兰波点事吗？"

韩行谦绅士地虚揽了兰波一下，轻声问了个问题，兰波点头。

白楚年狐疑地凑过来："有什么事是尊贵的搜查科长不能听的吗？"

韩行谦没办法，笑了笑："我是想问，兰波，你是不是能快速代谢掉任何药物？"

兰波点头。

"包括感染药剂这种会致实验体死亡的危险药物？"

兰波："en（嗯）。任何，一切，所有，人类的药剂都无法伤害我。"

韩行谦："你确定吗？确定对自身没有任何伤害吗？"

兰波不耐烦地撩拨头发："你在质疑我？"

白楚年听出些端倪，皱眉反驳："韩哥，干吗呀？别拿他做实验成吗？"

韩行谦："是这样，陆言从灵猩世家制备室带回来七种重要药剂的小样，我们检验后，完全确定了其中六种的功能，只剩下一种药剂，虽然明确了成分，但还不能确定功能，我们想让兰波试一下。"

白楚年对韩行谦除了交情还有种敬重感激的感情在心里，平时待他也最和善，这时候却有点冷下脸来。白楚年不是个喜欢把不满挂在脸上的人，但在大是大非面前还是不能忍受。

"IOA给我什么任务我都会做，但这个不行。"白楚年道，"韩哥，别为难我。"

韩行谦也意识到这个想法实属冒犯，这种拿实验体试药的行为跟109研究所做的事有什么区别，不怪小白对自己冷脸。

"抱歉，"韩行谦点了点头，"是我想当然了，没顾及这一层面。"

因为兰波的外貌除了跟人类区别很大之外，还自带一种缥缈的脱俗感。从言谈举止到眼神和一些特殊的能力，兰波给人的感觉是带着某种神格的，似乎永生不死，所以韩行谦会先想到他。

"既然求了，就是很要紧吧。"兰波淡漠地看着他，微抬尾尖，递到韩行谦面前。

韩行谦怔了一下，然后看向白楚年："他是什么意思？"

白楚年轻声叹气："吻他尾尖，意思是臣服于他，做他的信徒，他就满足你的愿望，然后你不能对他不忠。"

韩行谦失笑："不忠指的是？"

白楚年："往水里扔垃圾，或者刷牙的时候开着水龙头，还有吃海鲜刺身、活海胆、活鱿鱼那种。在海滩见到搁浅的鱼必须放回海里，就是鲸鱼搁浅了，你也得诚心去推一把，兰波有难的时候你必须帮，这些都叫还愿。你付出越多还的愿就越大，跟商场积分卡似的，积多了能得到赐福，但不一定什么时候赐给你什么。如果对他不忠就死定了，走在路上会被雷劈死。"

韩行谦在记事本上逐条写下来。

白楚年敲敲他的记事本："信仰要诚心才行，记纸上算怎么回事啊？你把它背下来。"

兰波弯起眼睛看着自己年轻的"传教士"，很少有人愿意虔诚一心地对待他，爱他所爱，恨他所恨，大约是命中注定，小白是作为自己"使者"的存在。

亲吻尾尖是一种恩赐，因为韩行谦一直以来对小白的照顾和保护，兰波很受用。

兰波跟韩行谦走了。

白楚年蹲到凳子上，胡乱甩脑袋。

"我要改几个信条，此信仰传弱不传强，礼节改成亲吻尾尖拍过的地面。"

电梯响了一声，有其他同事加班结束下班了。

一位拖着火红尾巴的赤狐亚体从电梯里走出来，细高跟鞋踩着地面发出干练的回音。

"嘿，楚哥。"赤狐边补口红边跟白楚年打招呼。

"下班啊，风月。"白楚年还没从沮丧情绪里脱离，有气无力地摆了摆手，"天黑了，路上小心点。"

"怎么一脸失恋的表情？"赤狐蹭着唇角的口红眯眼一笑，"我可要去约会了。"

"约会，和谁啊？"

"想和你约，你去吗？"

"哎呀，少扯，快说。"

IOA联盟里弱亚体多，强亚体非常少，长得帅的强亚体早已经被弱亚体抢光了。不过像风月这样的妩媚美人也看不上联盟里这些强亚体，她看着柔软纤细，实际上实力在M2级里都算佼佼者，实力普通的强亚体就更入不了她的眼了。

风月做了个噤声的手势，嫣然一笑："兵哥哥。"

"喊，PBB的啊，行，祝你当军嫂。"

"走了。"风月扬扬手，穿着热辣的包臀短裙走出了总部大厅。

白楚年又等了一会儿，有点坐不住了，干脆也去了医学会。

路过病房，发现陆言的病房门虚掩着，白楚年偏头看了看，发现不光会长在里面，锦叔居然也在里面。

完犊子了。

陆言换了病服躺在病床上，手上扎着输液针，言逸坐在床边，低头削苹果皮。

陆上锦身上的西装还没脱，看来是听了消息立刻从公司赶回来了，站在病床前，弯着腰轻轻抱陆言，亲他脸颊："来，爸爸抱抱，小可怜，早知道这样……"

"呀，我都不小了。"陆言翘起兔耳朵，"早知道这样就怎么了？不让我去蚜虫岛特训基地？"

陆上锦摇摇头，坐到床边有些无奈地看着他："我真恨不能帮你把什么都安排好了，可你就是不听话。"

言逸把苹果切成小块，用签子插了一块递到陆言嘴边："身上还疼吗？"

"不疼了。"陆言嚼着苹果，"其实楚哥当时让我撤来着，是我非不撤，还让揽星替我担风险。"

言逸皱眉："执行任务要听上级的指示，全像你这样胡来不就乱套了？你这次平安回来还好，如果你出了什么事，许多人都要为你的任性付出代价。"

"我知道，我知道，"陆言闷声说，"我以后听他的话，只这一次了。"

"自由鸟徽章可真好看啊，我也想要，我就是想证明，没有你们，我也什么都能做好。"

言逸怔了怔，摸摸陆言的脸颊："是有人说你一直在依靠我们吗？"

"是啊。他们都这么说，安菲亚军校的那些同学。不过蚜虫岛上就没人这么说了，那里谁厉害谁说了算，我厉害，所以我说了算。"

"对不起，这么多年，我应该多问问你身边发生了什么。"

陆上锦搭住言逸的肩头："好了好了。"

言逸无奈地叹息。

"哎呀，我没事，我真没事，你们干吗呢？"陆言着急证明自己没事，爬起来就想给他们跳一段街舞，被陆上锦按了回去。

"你老实点。灵猩世家后续的事交给我。还有研究所，公然对抗我们还是第一次，是在示威吗？"陆上锦拨了一个电话，等待接通时泛起冷光的眼睛眺望窗外，电话由一位亚体接听。

"你去把三年内与研究所对接交易的所有企业整理出来，尽快发给我。"

"好的，陆总。"

言逸瞥他一眼："现在就动手，你损失会很大。可以再拖一阵，损失了这么一大批单烯宁，他们迟早会垮。"

"我管他！这点钱，算买我兔球高兴了。下周你去威斯敏斯特开会，我先给你造个势。"

风月的约会地点在蚜虫市中心商圈的一家西餐厅，她到时，约会对象已经到了。

风月握着全钻手包，细手臂轻轻搭在椅背上，从背后轻点强亚体的肩头。

指尖还未触到他，强亚体便猛地扭过身，一把抓住她的手腕，青色狼目暗光熠熠。风月顺势倾身，一手握住手包开口掉出的一把战术匕首，抵在了强亚体颈侧。

何所谓一见是她，缓和眼神松了手："可别在背后拍我了，不然可能伤了你。"

风月笑起来，将匕首收回手包里，坐到何所谓对面，眼眸弯弯的："开个玩笑，下次一定不会了。"

桌上放了一束玫瑰花，何所谓不大会搞浪漫，觉得风月应该会喜欢就买来了，然后他只是抬抬下巴，什么都没说，实际上心跳得可快了。

风月对这个强亚体很满意，目测一米八五的身高，身材没的挑。刚刚从他衬衫领口稍微瞥见了胸肌，啧，不愧是 PBB 风暴部队出身的，肌肉就是漂亮，长相也有种爷们的帅气。风月虽然也很喜欢白楚年那种轻佻美少年，但何队长明显男人味更足一些。

她刚要拿菜单，桌边忽然冒出两个头。

何所谓脸色一僵："你俩怎么找到这儿来的？"

贺文潇："爸爸。"（低情商）

贺文意："我能姓何吗？"（高情商）

何所谓："嗯？"

风月的表情不太好看，但还是礼貌地问："何队长，这两位是你的……"

何所谓低声骂他俩："你们有病啊？没看见老子约会呢，别捣乱，滚。"

两只小狼崽齐刷刷看向风月。

贺文潇："美女。"（低情商）

贺文意："妈妈。"（高情商）

…………

风月拎起包就走。

白楚年在门外悄声听着他们父子对话，知道会长和锦叔都没发火才放心。

白楚年来时路过毕揽星的病房，看到床头放着一些切好的水果和几本拆掉热缩膜的小说，看来他父母也来探望过了，毕揽星现在正睡着。

白楚年在门口坐下来，沉默地靠墙听着里面教训和哄慰的话。会长难得不那么严肃，锦叔的安抚亚化因子从门缝里溢了出来，圣诞蔷薇的气味无比温柔，即使从 A3 级游隼亚体亚化细胞团里散发出来，白楚年也没感受到任何压迫感和不适，和他的白兰地亚化因子大相径庭。

就算有了孩子，白楚年也不确定自己剧烈凌厉的酒味亚化因子能不能安抚到他。兰波说得没错，他还没到能做父亲的年纪。

越想越低落，白楚年沮丧地低着头坐在地上，气压低得头顶快要升起一团掉雨点的乌云来。

病房门被轻轻拉开，言逸小臂搭着外套走出来，看见白楚年坐在门口，有些惊讶。

"怎么没回家？"言逸弯下腰问他。

"等兰波呢，他在实验室。"

言逸笑笑："实验室和病房区不是离得很远吗？来看陆言和揽星的？"

"嗯，都是我的学员嘛。"白楚年站起来，拍拍裤子上的灰尘。

毕竟是猛兽类，与兔子有着天生的体形差，他一站起来，看着会长的角度就从仰视变成俯视了。

"你没受伤吧？"

"我能受伤？今天就是再来两个 A3 我也照样……"

言逸忽然抬手，摸了摸白楚年的头。

白楚年僵住，忘记收回去的狮耳呆呆地抖了抖。

"兰波在研究所的那段实验视频我看过了，你的我也看过了。"

"……老大，你没罚我、解雇我，我就很感激了，哈哈哈。"

"你是很坚强的孩子。之前的事陆言都和我说了，你不要觉得自己是外人。从你来家里那天起，我们就默认你是我们家的孩子。这话从没对你说过，或许我早该告诉你。我总是忙于工作，和你们沟通得太少了。"

"真的？"白楚年垂着眼皮，应声的时候嗓子哽得厉害。

"嗯，当然是真的。陆言跟我们提起你的时候，说的是'哥哥'，他也很懂事，只是心口不一罢了。这次任务你让陆言停止任务撤离我也知道了，我希望你每次的命令是权衡过他们的真实实力后下的，而不是考虑到他们的父母是谁。"

"是……"白楚年出神地细细品味了一下会长的话。

"任务完成得不错，休息一阵吧。"

陆上锦哄睡了陆言，也从病房里出来，看见小白红着眼睛站在言逸面前背着手低着头一副听训的样子，抬手拍他肩膀："少摆可怜相，臭小子，跟研究所那批药剂的合同谈成这样我还没抽你呢。等这事一了结，你趁早到我那儿上班去，好好跟前辈们学学怎么做生意，听见没？"

"听见了。"

"早点休息吧，啊，走了。"

望着陆上锦搭着言逸肩膀从病房区走廊离开，白楚年轻轻靠到墙边，舒了口气，松了松项圈。死海心岩项圈是用来压制他的亚化细胞团细胞过速发育的，他越感到勒颈和窒息，越说明他身体、精神状态不稳定，越趋近恶化。

白楚年摸了摸自己的头发，发丝上好像还残留着会长手指的温度，他一下子被宽慰了，这些天一直觉得勒颈的项圈也变得宽松了不少。

他往实验室的方向走去，正好碰见走廊里迎面走来的韩行谦。

"韩哥，他没事吧？"

"一切正常，我们也都还在等数据。"韩行谦安慰地拍了拍白楚年的肩头，"别紧张，我觉得他……要比我们曾经想象的更神秘，以我们人类现有的技术根本不可能杀死他，你放心好了。"

"少扯了，哪有那么厉害，他那么小一只。激光、强酸，还有高温，哪个伤不到他？"

韩行谦摇摇头："只要他愿意，他的辐射可以控制光子跃迁，控制电荷，或者掉转磁场。他体内能源源源不断地产生高压电，比任何人类已测出的雷电能量都要高。保守估计他的能量大于世界上现存的任何一座核电站，而且他竟然有接受信徒信仰并且有针对性地回馈愿望的能力。真的，他不只是自然学家观测到的人鱼首领那么简单，他能操纵的领域可能是我们未知的。"

白楚年："……其实是个很软很温柔的小弱亚体而已，你都没见过他用尾巴尖比心，特别可爱。"

韩行谦："是吗，在你眼里是这样的吗？如果是你的话，我们定义你为生物机能数据所能达到的天花板，但兰波这样的生物在人类的字典里，我们定义他为'神'。"

"……"

韩行谦："他虽然在虚弱期被研究所残暴对待，却至今都没复仇，你知道为什么吗？"

白楚年抿唇思考，道："他在憋大招呢？"

韩行谦叹了口气："虽然很难听，但我说的是实话，站在陆地和海洋的角度上来看，人类存在的意义弊大于利，人类消失对地球，尤其是对海洋来说，不会是毁灭，只会是缓慢重生。

"现在看来，兰波虽然愤怒，但还没表现出来。可是从他开始放任潜艇泄漏感染药剂的态度来看，他已经对人类非常不满或者说厌恶了，已然是放任自流、撒手不管的心理。现在我只能希望你活得久一点了，有你在，他还会有所顾忌，做什么事都会考虑你的想法和安全。投鼠忌器就是这个意思。"

白楚年皱眉反驳："这里面哪件事怪得着他？一群人在你的地盘上可劲造，换你，你乐意吗？"

韩行谦笑笑："一提兰波你就跳脚，我没说他不对啊。我只是在其位谋其事而已。算了，你去我办公室躺一会儿，等会儿数据测完我叫你，这次多谢了。"

"哎呀，你少拿他做实验比什么都强。"白楚年接过钥匙，开门进了韩行谦的诊室，打开灯看了一眼表，离天亮也没多久了，他打算索性趴桌上睡会儿。

他坐在韩行谦的靠椅里，低头就看见桌上玻璃板底下压着好几张 X 光片，全是狗狗尾巴的片子，看骨骼形状像灵猩。

"真变态，上班时间看片。还是 X 光片，更变态了。让我趴一堆狗尾巴的 X 光片上，怎么睡得着觉？"

一分钟后，白楚年趴在桌上打起呼噜。

清晨七点钟，有人敲诊室门。

白楚年从昏睡中醒来，睡眼惺忪，双眼皮都比平时深了，趴桌上睡得腰疼腿麻。

"谁啊？"白楚年懒懒地应了一声，拿起桌上的听诊器正要往脖子上戴，忽然想起这是韩行谦的办公室。

诊室门开了，走进来一个穿病服的弱亚体。

白楚年打着哈欠摆手："我不是这儿的坐班大夫啊，还没开张呢，等会儿我给你叫韩哥过来……"

门口的弱亚体穿着条纹病服，缠有绷带的左手插在兜里，右手拿着一盒插着吸管的橙汁，浅金色的短发慵懒地翘起几根，宝石蓝的眼睛如同从银河舀来的水。

这不是重点，重点是他为什么不是爬进来的而是走进来的。

白楚年噌地撑着桌面站起来，视线下移，看见了两条修长笔直的腿，穿着病房统一的灰色拖鞋，纤细的脚趾白得像上了釉的陶瓷。

白楚年带着疑问抬头看他的脸。

兰波举了举手里的橙汁："他们给了我两大箱零食当报酬，真是划算。"

"你发什么呆？"兰波走到大脑"死机"的白楚年面前。

白楚年怔怔地说："你别过来啊。"

以前兰波靠鱼尾撑着身体直立，白楚年就默认兰波的身高在一米七左右，但现在，他站着也就比白楚年稍矮个一两厘米，至少有一米八三，而且同样是宽肩窄腰的挺拔身材，除了腰部削薄纤细之外，他不是联盟里常见的甜美娇小类型的弱亚体。

失去了鱼尾的兰波连带着身上那种神圣感也弱化了许多，他皮肤很白，更像一位金发碧眼的法国青年了。

白楚年躬身打量他的腿，抬手比画："我的美人鱼呢，我那么大一条鱼呢？你去测的那个药剂该不会是……"

"结果是拟态药剂。"兰波轻易搭上他的肩头，把橙汁递到他嘴边，"原来吃正常的人类食物，说流畅的人类语言是这样的感觉，我觉得还不错。"

"那还能恢复吗？你这样怎么回家？"

"能，我可以控制。"兰波伸出一只手，人类形态的手渐渐生长出蹼和尖锐的指甲，随即又恢复成手的形状。

"很实用，我在陆地上就不用在身上缠保湿绷带了，我要保留这个功能，不让药剂代谢掉。"

"我看看。"白楚年拨开他的嘴，果然靠后的鲨鱼牙都变平了，轻轻摸摸，真的不再扎手。

"比之前轻了至少一半，"白楚年掂了掂他的重量，"少了一条三米长的鱼尾巴，你可轻得像片羽毛。"

兰波挣扎了两下，发现根本动不了，情况好像有点没按预期发展。

"你这样，体力上还想跟陆地动物抗衡吗？"白楚轻轻抛起他。

诊室门外由远及近传来脚步声。

"刚刚药剂提取检验的操作都看清楚了吧？把流程记清楚，明天你们每个人都要演示给我看。"

"好的，韩老师。"

韩行谦回到自己的诊室，想着早上白楚年走了的话应该会锁门，就拿备用钥匙直接开了门。

一股剧烈的 A3 级猛兽亚体亚化因子从房间里涌出来，强横的压力直接把韩行谦身后的几个小实习生撞飞了。

实习生们"哎哟，哎哟"地揉着头从地上爬起来，一眼就看见坐在诊桌上的金发青年，一条长腿垂着。

而座椅上的亚体，上半身穿着黑色作战服，里面只穿着一件迷彩背心，微仰着头。

实习生们捂着脸尖叫起来，座椅上的亚体竟然是特工组搜查科长。

实习生们尖叫着全部逃走了，剩下韩行谦一个人抱着一沓数据资料站在门口。

白楚年搓了搓脸，抓了抓头发，吸吸鼻子，刚睡醒似的懒散地说："噢，噢……有点难受，不行，等会儿该上班了。"

白楚年又搓了搓脸，企图把自己搓醒，朝韩行谦伸手："那个，韩哥，快给我找条泳裤，哦，找两条。"

韩行谦冷笑："你要去哪儿？"

"楼下健身房的泳池。"

"你去那儿干吗？"

白楚年站起来："快点吧，我人生中第一次游泳能胜过人鱼的机会来了。"

总部大楼里有专门的休闲区供雇员工作之余健身休息调剂精神，只要有身份卡就能进来，门禁不严，没有卡的跟着有卡的也能进来。

正好赶上训练生交换学习，一些负责带队、平时没什么事的 PBB 军官也喜欢在这里逗留。

萤和于小橙在浅水区泡着，一人拿着一杯奶茶，看跳台上的几个亚体跳水。

跳台上站着一位鲸鲨和一位海葵，身上烙有 PBBs 开头的编码，这是PBB 狂鲨部队的编号字母。

鲸鲨朝海葵递了个眼色："封浪，那小丑鱼看着你呢，怎么，用不用我假装输给你一下？"

海葵哼笑："说得好像不假装你就能赢似的。"

"要不你装溺水好了，他游得特别快，肯定来救你。"

"……还不够丢人的呢，快点，不比我走了。"

亚体身材本就挺拔高挑，部队出身，训练严苛，线条就更加硬朗漂亮了，两位亚体纵身入水，顺着五十米泳道冲刺。

萤抱着于小橙的手臂激动地小声叫唤："魏队好帅啊，天哪！"

于小橙淡定地吸奶茶："这么喜欢他，我去帮你要电话啊。"

"别别别，我不要。"萤低下头，脚尖在池底划拉，"我又没什么引人注目的地方，他注意不到我的，多尴尬。"

"怎么没有，明明有。"于小橙突然把手伸到水里，在萤屁股上拍了一巴掌。

萤的屁股立刻亮起来。

"这多引人注目啊，你现在是全泳池最亮的仔。"于小橙给他比了个赞。

鲸鲨和海葵同时到达终点，从水中扬起身子，扯下泳镜，甩掉脸上的水，封浪转头看过来，魏澜也看了过来，笑了笑。

萤无地自容，一头扎进水里，蹲到泳池的角落里，小亮屁股还发着光。

封浪刚想叫他们过来，余光瞥见门口走进来两个人，有说有笑地边拉伸身体边朝跳台走过去，一时泳池内外所有人的目光都朝他们投了过去。

魏澜低声道："白楚年怎么带了一个陌生人进来？"

封浪眯起眼睛："他身上是什么……亚化标记？何队说了，他一天到晚就会整花活。"

白楚年走上跳台，抻了抻手脚。他只穿着一条黑色的四角泳裤，胸前妖艳的幽蓝鱼纹泛着冷光，边热身边跟兰波讲规则："泳道一人一条，五十米来回，谁先回来摸到这个台子底下的计时器就算赢。"

兰波站在与他相邻的台子上，低头不习惯地拉了拉泳裤的松紧带。

"准备。"白楚年戴上泳镜，弓身双手扶跳台，"不能中途变鱼尾出来，不然算犯规啊。"

兰波直直地站立在跳台边缘，俯视着脚下涌动的水。和海不一样，泳池里的水不会流动，看上去清澈透明，呈蔚蓝色，但只要稍微嗅一嗅就能闻到氯气的味道，伪造出的海洋总会露出马脚，和伪造的宝石如出一辙。

哨声一响，白楚年在空中划出一道完美弧线入水，他是铆着劲要赢兰波的，之前为了请兰波帮忙给蚜虫岛的小崽子们当陪练就答应了这个条件。

兰波被小白认真的表情逗笑了，在白楚年起跳的同时向池中一跃，俯冲入水。

他并不了解人类的游泳姿态，所以仍旧以并拢双腿、合拢双手的姿态向前游，他不需要泳镜也能在水下视物，虽然进入人类拟态后鳃消失了，但闭气时间还是比人类长得多。

所以在岸上观战者的眼里，情况是这样的：白楚年以标准优美的自由泳动作飞快向前游，拖出一串雪白的浪花；他旁边的泳道风平浪静，参赛选手一直保持潜水状态向前冲刺，并且身后拖出一串小而散乱的蓝光水母。

鲸鲨和海葵坐在起点对岸的池沿上看热闹。

魏澜："犯规了吧？"

封浪："你有没有种莫名想跪下来的冲动？"

随着兰波距离他们越来越近，这种感觉渐渐强烈起来。

魏澜也开始感到不自在，摸了摸后颈："有点难受，该不会是等级压制……那亚体能有 A3 吗？"

封浪深深吸了口气："好像是……物种压制。"

魏澜突然反应过来："这味道……他不就是那条鱼吗?! 我还教他叠被。"

封浪托下巴："我还让他站军姿。"

兰波将亚化因子注入白楚年体内替他缓解不适，亚化细胞团还未完全平静，一些浮在表面的亚化因子被水压挤出来导致了溢出。人鱼是所有水生型生物食物链最顶端的物种，对全部水生型生物具有绝对的物种压制，可以说在实力、等级都相当的情况下，人鱼亚化细胞团将完虐水生型亚化细胞团。

反应最强烈的是于小橙，小丑鱼本身攻击力弱，承受能力也远不如鲸鲨和海葵，捂着亚化细胞团一头栽进水里。

封浪眼疾手快地跳进水里一把捞住他，一只手搭着池沿，一只手夹着于小橙的腰，放出一股安抚亚化因子阻隔以兰波为中心产生的物种压制。

被这股清新的橙子亚化因子保护起来后，于小橙醒过神来。

魏澜起了个哄，往远处挪了挪，于小橙还没说什么，封浪就用小臂把于小橙托上了池岸，趴在池沿上哼笑搭讪。

"正好，"于小橙坐在池岸上低头悄声对他说，"快把你兄弟的号码给我一下，我朋友特别喜欢他。"

封浪："……"

各大赛事游泳项目规定出发和转身十五米内必须露出水面换气果然是有道理的，可以有效避免人鱼混进去参赛。

兰波虽然保持着人类拟态，但游动速度丝毫不减，要比白楚年快出整整一个身位。俗话说，瘦死的骆驼比马大，贸然因为一个海洋动物长了腿就觉得游泳能赢人家的想法是草率的。

但在转身时，这个差距突然缩小了。

兰波游得很快，但很难协调人类四肢的平衡，触摸池壁再翻身蹬腿将自己送出去这个动作太复杂了。

白楚年的日常训练里游泳是拿手项目，兰波一卡在转身的位置上，白楚年立刻就超了过去，一双发达有力的小腿用力蹬了一下池壁，灵活地蹿出十米远，兰波才进入返程。

池边看热闹的职员越来越多，看到这个场面就莫名亢奋起来，人群里不乏白楚年的迷妹迷弟，一时加油呐喊声让整个游泳区沸腾起来。

白楚年先触到计时器，他从泳道里直起身来，喘着气扯掉泳镜，回头看兰波。

兰波才摸到计时器，随后从水里站起来，金发贴在额前颈后，发梢滴水，胸口起伏，剧烈地喘着气。

"呸，值得载入史册的好成绩。"白楚年趴在浮标上对着兰波笑得露出两颗虎牙，朝兰波伸出手。

"你……还真够快的……还是年轻人体力更好……一点……"兰波喘着气，手跟白楚年的手重重地握在一起。

"走，上去。"白楚年双手搭上池沿，手臂一撑就爬了上去，转身朝兰波伸出手。

兰波和他相互握住手腕，借力从池沿边爬了上去。

白楚年回望了一眼泳池，在池边坐下，小腿泡在池水里，池水比刚来时更加清澈了，从蓝色褪成了极淡的浅碧色，池水中浮动着几十只小的蓝光水母。

联想到昨晚韩医生说的那番话，白楚年也意识到兰波所谓的"净化"不只是吃点垃圾这么简单，他能让泳池水中的硫酸铜直接大量消失，是真正的"净化"。

兰波注意到白楚年在盯着池水走神，坐过来用肩膀轻撞了他一下："你在可惜那些消毒剂吗？让这里管事的养好这些水母，三五年内这个池子都不需要再换水了。"

"我可惜消毒剂干什么？"白楚年撩了撩池水，"你真的是神啊。"

"嗯，"兰波抬手到他面前，"来信仰我啊，我护着你。"

白楚年说："向你许愿灵不灵啊？"

"你试试。"

"那先来杯气泡水，渴了。"

兰波的宝石蓝眼睛里出现了一丝金色纹路，又立即消失。

"楚哥！来游泳吗？啊啊啊——"

心理科的一个亚体拿着刚买的气泡水路过，跟白楚年打招呼，结果他们俩刚上岸时淋在地上的水被小亚体一脚踩中，刺溜一声摔进了泳池里，手里的气泡水甩飞了，不偏不倚掉在白楚年手里。

没开封的吸管从水面上漂过来。

"呀，谢了啊，小张。"白楚年不客气地捡起吸管插上喝了一口，抬手搭上兰波的肩，"你就糊弄我吧……我都看见你用'锦鲤赐福'了。"

"那你还想要什么？"兰波弯起眼睛。

白楚年跷起一条腿，托腮咬着吸管思考："我想长生不老，这个你行不？"

兰波抿了抿唇，望着水面默默出神。

"别，别，干吗认真呢？我就随便一说。"白楚年凑到兰波脸颊边说道。

"我会用一百年的时间来想办法。"兰波说。

波澜不惊的嗓音中充满笃定，有种安抚人心的力量。

与此同时，109研究所总部。

艾莲疲惫地支着头坐在电脑前，连续熬夜使她眼下的乌青日渐严重，眼角也出现了隐约可见的细纹。

名为"灯"的AI助手发出男性温润的电子合成音："您好，萧炀教授回来了。"

"让他进来。"

办公室的门缓缓地自动开启，萧炀穿着研究员的白色制服走进来，双手插在兜里，胸前口袋里插着两支圆珠笔。

"怎么样？"艾莲惫懒地理了理发丝。

"以往百年来的安逸天堂终于衰败了。"萧炀微笑道，"灵猩世家宿命如此，我也无能为力。"

艾莲抬起眼皮，用凌厉的眼神审视萧炀："你真的很让我失望，你就是这样去办我交给你的事的吗?!"

她抓起桌上的一沓关于灵猩世家工厂爆炸事件的报告，狠狠甩到萧炀身上。

萧炀无动于衷，等艾莲平复下来，才淡淡地开口问："林灯是谁？我们很像吗？"

艾莲一时语塞，细眉紧皱："谁跟你说了什么？"

萧炀反问："您的 AI 叫灯，您的机械秘书也叫灯，您制作的每个实验体都像灯，您把我困在身边，因为我也像灯，对吗？"

艾莲冷眼注视他，并不回答。

萧炀笑了笑："您不爱我。应该早点说的，我也省去一番谄媚的功夫。"

"萧炀。"

"担心担心研究所接下来的供货问题吧，艾莲老师。"萧炀勾起唇角，看热闹似的戏谑道，"没有足够的单烯宁原料，拿不出成品药剂，资金中断，我们该怎么运转下去？还好，这都是您需要考虑的。"

"那个白楚年，没用 A3 能力就轻易杀了我的伽刚特尔，他的驱使者更不是善茬，这样一对实验体，该怎么对付？"萧炀咳嗽起来，白色制服底下的弹孔渗血，浸红了布料。

艾莲轻敲桌面："会有办法对付的。他们有宝贝在我手里，不会轻易放弃的。"

第九章

实验体王国

在艾莲平淡地说出这些话时，萧炀无言地注视着她的嘴，亮面唇釉恰到好处地修饰着憔悴起皮的嘴唇。

自从艾莲坐上了 109 研究所一把手的位置，一箱又一箱的现金和黄金被运进保险库，股票大盘的走势好像坐了火箭，研究员们的薪水从每月一两万提高到年薪百万，下属培育基地像细胞分裂增殖一样悄无声息地出现在各个国家各个城市的每个角落，艾莲的脸频繁出现在各大国际医学周刊和财经新闻上。

这些年跟在艾莲身边，萧炀看着她在各国顶级商人之间游刃有余地交谈，举止进退有度，一张妖媚张扬的漂亮脸蛋下是一颗永不停歇的算计的心。

野心勃勃又手段过硬的女人要比魁梧剽悍的男人更让人心动，萧炀喜欢站在不起眼的地方仰望着她。

打火机翻盖发出声音，接着香烟的气味飘到了萧炀身边。艾莲指间夹着细烟，红唇微动，轻吐了一口烟气。

艾莲靠在流线弧形的白色靠椅中，跷起一条腿，黑色的漆皮细高跟鞋轻轻撞了一下桌面以下的柜门，她终于消了气，让萧炀过来。

萧炀走过去，站在她身边，拿起桌上的烟灰缸递给她，艾莲将烟蒂在里面按灭，然后钩住了他的指尖。

"你受伤了？"艾莲问，轻轻掀开萧炀制服的衣摆，伤处包扎过，只是有点渗血。

"没关系，两发子弹而已，我穿了防弹背心，还不算太严重。"

"那就好。我和林灯的确有一段过往，但那已经是过去的事了。他很好，温柔体贴又很健谈，可惜从他决定背叛我的那一天起我们就没可能了，我们理念不同，在一起也不会有结果，但你不一样，你懂我的苦心。"

艾莲拉着萧炀的手让他坐在自己的椅子上，自己则坐在萧炀的腿上。虽然是这样的姿态，但掌控权仍旧牢牢攥在艾莲手中，蓝玫瑰亚化因子压迫感十足。

"我们应该暂时收手了，陆氏联合各大商业集团制裁我们，言逸又马上要动身去参加国际会议，国际监狱典狱长下了台，现在的国际监狱里插满了 IOA 的人，不可能再做出对我们有利的投票了。单烯宁库存告急，营养药剂短时间内做不出来。我们现在只能先降价抛售一部分普通实验体变现，再停掉一部分培育设备，这样在资金上还能有喘息的机会，否则设备维护和养育实验体就是一笔巨大的开销。"

萧炀说着，扫视了一下艾莲颈上的项链。

艾莲披着西服外套，里面是一件领口随意敞开的白衬衫，铂金锁骨链上缀着一枚廉价的水滴形项坠。学生时代的礼物居然留到现在，看来这项链也是林灯教授送的了。

"降价……不可能的，这一次降了价，之后就提不回来了。"艾莲若无其事地钩住颈间的项链，轻轻一拽，将铂金细链拽断，然后连着坠子一起扔进了烟灰缸里。

"转告各大培育基地，暂时停产幼体，关闭幼体培养设备，然后将现有的培育期实验体合并到规模最大的几个培育基地中，集中培育。"艾莲的语调不紧不慢，和平常没什么两样。

她站起身，向电梯走去，在扫描器边扫了自己的虹膜，然后低声说了一句话，声纹锁解除，电梯门开启，艾莲走进去，摆手让萧炀跟上。

萧炀看着被无情地扔在烟灰缸里，已经被灰白粉末掩盖的项链，轻叹了口气，随后跟着艾莲上了电梯。

电梯门关闭后，日光灯熄灭，变成了消毒杀菌的紫光灯，从电梯侧面伸出了两套锁子甲内衬的防护服和面罩，机械手为两人穿戴整齐。

电梯正好下降到最底层，发出一声提示音："叮咚，您已到达总部培育区。警告，培育区内安置有高等级成熟期实验体，请勿喧哗、跑动以及使用带有闪光和噪声的设备。"

通过数道坚固的密码重门，才进入总部培育区。

萧炀对这些地方非常熟悉，这就是他平时工作的地方。正在各自岗位上工作的研究员轻声跟他们打了招呼就继续工作了。

整个总部培育区的布局和图书馆很相似，培养器并排放置，培育区分为幼体区、培育期实验体区、成熟期实验体区和精英区（安置处于五级成熟体以上的成熟期实验体和亚化细胞团分化潜力在 M2 级及以上的其他培育期实验体），最靠近大门的是幼体区，培养器中容纳的都是一些亚化细胞团特征还很明显的幼崽。

萧炀路过时，一个海豹实验体轻轻拍了拍培养器的透明板，小家伙浑身裹着一层雪白绒毛，还没进化出人类的肢体，完全就是一只海豹幼崽的样子。

萧炀用虹膜解开培养器锁，摘下面罩，把小海豹抱出来，和它贴了贴脸。

经过实验体改造的幼体已经初步具备一定智力和情感，见到自己的培育员就很亲热地想要抱。不过已经到这个时间了，这只海豹还没出现人类特征，之后即便成熟大概率也只是个拟态程度在 1 或者 0 的实验体，虽然服从性高一些，但实力相比其他的会差许多。

和 809 号实验体克拉肯一样，这种从动物开始培养的实验体，如果拟态程度不高就会卖不上价，克拉肯也才卖了几千万而已，跟培育成本比起来几乎就是亏本甩卖的价格。

小海豹对萧炀很依赖，卧在他怀里就打起了瞌睡。萧炀撸了撸它身上的绒毛就把它放回培养器锁上了。

一路上经过了许多培养器，里面的幼崽多半对萧炀很亲昵，萧炀每经过一个都要抱一下哄一下，渐渐就跟走在最前面的艾莲拉开了一段距离。

艾莲目不斜视地向前走，对这些幼体并不感兴趣。

过了幼体区，萧炀快走了两步追上艾莲，跟她谈了谈自己的挽救措施。

"这些幼体我建议出售给我们合作过的商人。它们没什么攻击性，停止供应营养药剂之后就不会再成长了，当宠物是个很好的选择。趁着培养成本还没上去，低价出售可以挽回一部分损失。"

"安全性要怎么保证？"艾莲淡淡地问，"那些商人和贵族炙手可热，如果实验体在家里咬伤了他们的孩子，我们的信誉会受到更大的损害。"

"经过训练的幼体是不会伤人的。"

"谁来训练？"

"嗯……我可以。"

"你有你的工作要做，我给你现在的年薪不是让你来当驯兽师的。"艾莲拍了拍他的肩，往精英区走去。

从成熟期实验体区开始，培养器就各自放置在单人单间的分隔区域里了，每个封闭房间门外标注着实验体的编号、代号、亚化细胞团分化级别和实验体等级。

越向深处走，实验体的级别越高，到了最深处，房间门上的标注已经开始出现分化级别 A3，成熟体级别 8 甚至 9。

艾莲在最后一个房间前停下。

重锁房门上标注着：

特种作战武器 200

代号：永生亡灵

亚化细胞团分化级别：A3

实验体等级：恶化期

艾莲扫描虹膜后在控制面板上输入了一串指令，坚如壁垒的房间正墙缓缓变得透明，直到变成玻璃般的材质，人从外面能够清楚地看见里面的情况。

房间里站着一位清瘦的亚体，他把白色床单搭在头上，裹住身体，一动不动地站在地面上，看起来像万圣节的幽灵。角落中正在运转的机器通过空心管连接到他被床单盖住的身体上，正在向他体内不断注入促联合素。

而他身侧，则飘浮着一颗拳头大的圆润珍珠。

艾莲朝萧炀勾了勾手："你站那么远做什么？培养器足够坚固，他出不来。"

萧炀并不是第一次见这个实验体，但始终不敢靠得太近。这是自实验体出现在世界上以来第一个进入恶化期却没失控的实验体，就因为那颗悬浮在空中的珍珠。这件事如果公开，一定会震惊整个科学界。

　　"那颗珍珠……很不可思议。"萧炀由衷地说。

　　艾莲笑起来："这是从电光幽灵体内剖出来的一颗卵。真的，他真的很伟大。"

　　"我一直在想，既然这颗珍珠拥有控制恶化期实验体的能力，那么它是否能控制恶化的神使呢？"艾莲平静地叙述着自己的构想，"假如能做到，IOA 将不足为惧，我们眼下的困境就迎刃而解了。"

　　萧炀摇了摇头："你真要那样冒险？不如暂时求稳……"

　　"别怕，你应该相信它的强大。"艾莲按了一下通话按钮，封闭房间内响起一阵温和的音乐，唤醒了永生亡灵。

　　永生亡灵醒来，头上仍旧搭着被单，看不到他的脸，他缓缓伸出一双年轻苍白的手，把空中飘浮的珍珠捧到手中。

　　艾莲轻声道："我有任务给你，按我说的做。"

　　"好。"永生亡灵的声音很空灵，嗓音回荡在房间的每一个角落。

　　"真乖。"艾莲夸赞道，"你有什么想要的东西吗？我都可以满足你。"

　　"给我一张纸巾。"

　　永生亡灵缓缓托起珍珠，喃喃地说："我希望，它不要哭了。"

　　艾莲交代任务时，萧炀有眼力见地从她身边退开，大约在外面等了十分钟，艾莲走了出来，事情交代完毕，差不多可以走了。

　　路上，两人又开始讨论接下来的补救措施。

　　"的确应该停产幼体，"萧炀想了想道，"但短时间内关闭幼体培养设备不现实，光总部现有的幼体就有两百多只，如果不作为宠物出售的话，我想不到还有什么合适的方法既能挽回损失又能解决困境了。"

"把培育期实验体的营养药剂都停了，库存的营养药剂都尽着供应精英区实验体。"

"好。那培育期和普通成熟期实验体的供养……"

"直接把现有幼体全部供应给成熟期实验体做饲料，所有培育期实验体，还有成熟期里面低于五级的、不能做饲料的，拿去销毁。"艾莲漫不经心地说。

萧炀脚步一顿，愣了一下。艾莲轻描淡写的一句话，直接决定了价值几十亿的实验体的去留，也决定了上万个实验体的生死。

萧炀停在了一个培养器边，里面的小海豹趴在玻璃上嗷嗷地叫，想引起萧炀的注意，让他过来抱它。

"一次性吗？你打算怎么销毁？"萧炀半晌才问出一句话。

艾莲已经走出去几米远，听他这么问，又折返，利落地拉下海豹实验体所在培养器的电闸。

"就是这样。"艾莲给萧炀做了个示范，转身走了，抛下一句冷冰冰的话："感染药剂不是你发明的吗？去用。"

培养器停止了运转，一时间氧气泵、营养药剂泵、除菌器等仪器全部关闭。

活泼的海豹实验体在窒息中挣扎，最后无力地躺在培养器底不再动弹。

萧炀抬手扶上培养器封闭的玻璃，沉默地站了许久，慢慢地，身体有些脱力了，额头抵在玻璃上，喉结轻轻动了动。

临近中午，IOA总部休闲区的人渐渐多了起来，游泳馆里的亚体越来越多。几乎每个亚体走进来都要先嗅嗅游泳馆的空气，这里面飘浮着一股很好闻的亚体的气味。亚体们受本能驱使，循着这股白刺玫亚化因子纷纷将视线投到了兰波身上。

坐在池沿边谈笑风生的亚体只穿着泳裤，金发湿漉漉地在脑后系成一个鬏，他披着浴巾，抱着一条腿悠闲而坐，身体的肌肉流线和比例与雕刻艺术家的作品一样完美。

如果这位亚体身边坐的不是白楚年，那上来要联系方式的亚体估计已经挤满通讯录了。

白楚年越来越发觉兰波有点万众瞩目的意思，环视了一下四周，一眼就扫到了医学会法医部的赵医生、军备科的徐科长、法务部的老戴，还有武器库管理员小齐，这些部门离东休闲区很远，他们平时都在西休闲区练练器械什么的。IOA总部的亚体职员本来就不多，平时走在路上也见不着几个，好家伙，现在恨不得整个总部的亚体都聚到东休闲区游泳馆了。

人们纷纷过来跟白楚年打招呼。白楚年在这儿工作四年了，还从来没这么受亚体欢迎过。亚体们看似在跟白楚年寒暄，实则在偷摸用余光打量这个美貌亚体的正脸。

"走走走，此地不宜久留。"白楚年趁着一个身边没人的间隙，抓起兰波的手腕就跑。

白楚年钻进亚体换衣间里，兰波看也没看门上的牌子就跟着走进去了。

换衣间里有几个亚体正在换泳裤，一抬头就对上兰波毫不避讳的眼神。

兰波像扫视柜台里的商品一样扫过每个亚体的身体，直到白楚年折返用手捂住他的眼睛，把他带到独立隔间里，锁上了门。

"你跟进来干什么，这里面都是亚体。"白楚年简直无语，捧着兰波的脸挤成各种形状，"你还每个都看一看，好看吗？"

"不如你好看。这具身体是我亲手雕刻的，当然比人类的更好看。"

白楚年伸手捂住了兰波后颈的亚化细胞团，用自己的气息掩盖他身上的白刺玫亚化因子。

兰波看他这副稍显紧张的样子，故意向前迈了两步，白楚年用眼神示意他后退，但兰波根本不听。

白楚年低骂了一声："外面全是同事，你要是敢在这儿不听话，我让你爬都爬不回鱼缸你信不信？"

兰波本来没打算来真的，一听他这话，突然就起了严重的逆反心理，重重攮了他一把。

"疼。"白楚年道，"你怎么回事，我觉得你自从长出腿来就变得越来越嚣张了。"

"拟态拟人程度越高，行为与人类越趋近。"兰波被他挟持着动不了，慢慢摊开失去蹼的手掌，"维持这样的形态让我觉得可以暂时放下作为王的责任和威严，放松一些，真实一些。"

"我不是一个很正经的王。"兰波淡淡地说，"很早我就告诉过你，我是昏君。原来你只喜欢圣洁的塞壬的样子，我懂了，少年是很在乎美好形象的，我果然不应该打破它。"

白楚年眼看着兰波的神情消沉下去，他说这话的神态比以往都正经，就像一个好不容易把孩子拉扯大，结果却被孩子嫌弃自己老了的心酸长辈。

"哎哟，"白楚年哄着，"我的好大王。"

兰波终于抬起眼皮，轻声应了一下。

换衣间外有几个刚进来的强亚体，疑惑地问："怎么回事？我闻着屋里有股弱亚体味。"

白楚年在橱柜里翻了翻，从角落里摸出一管亚化因子阻隔剂，拧开盖子在兰波后颈亚化细胞团上抹了抹，一边小声不满地说："把味道盖盖，这样下去不行，还是别让别人闻出来你是弱亚体了。"

兰波低头任他涂抹。

"这个先给你穿吧。我从我办公室衣柜里拿的，咱俩身材也没差多少，应该合适。平时我也不穿正装，两年前买的，就穿过一两次，还新着呢。"

白楚年给了兰波一套白色西装，不是特别严肃的商务款，款式休闲。

兰波接了过来。衣服上还残留着淡淡的白兰地亚化因子味。

白楚年自己的穿搭就比较随便了，他临来之前从办公室衣柜里随便拿了件橘黄长袖 T 恤和牛仔连帽夹克，擦干身上的水就往头上一套。

白楚年穿完衣服，一抬头看见兰波还没穿好。

"啧，你别磨蹭，快穿啊。"白楚年把毛巾搭在兰波头上。

兰波指尖钩着黑色平角裤的一角，托腮问他："randi，这个要怎么穿？"

白楚年插着兜审视他："你是真不会还是装不会？"

"真的不会。"

"来，给我。"白楚年把平角裤的腰撑起来，"看见上面的两个洞没，一条腿穿一个洞。"

走出换衣间，兰波身上的亚体亚化因子已经完全被阻隔剂屏蔽，没有亚化因子的情况下陌生人很难靠外表来分辨他的性别。

他们离开休闲区时正好是午休时间，走廊里的人渐渐多了起来。

白楚年叼着一根从健身房出来时买的冰棍走在前面。兰波手插在裤兜里迈出电梯，黑色长裤包裹着笔直修长的腿，上身白衬衫外披着一件休闲白西装外套，抬手轻轻松了松领带。

顿时走廊里众多亚体的目光不约而同地投在了兰波身上，炽热的视线跟激光笔似的嗖嗖乱扫。

同在 IOA 总部工作，搜查科长白楚年大家都听说过，虽然几年来也俘获了无数亚体的心，但如今大家对白楚年的幻想早就沉寂了。

但是，这位金发碧眼、身高腿长的帅哥是从哪里来的，这样的禁欲系亚体是真实存在的吗？

"那个，是……新来的同事吗，你是哪个部门的？"有大胆的弱亚体直接就上来搭讪了，"以后就是同事了，介意加个联系方式吗？"

兰波停下脚步，手插着兜低头审视过来搭讪的小朋友，是个身量娇小的松鼠亚体，栗色卷发间竖着两只毛绒耳朵，耳尖上的竖毛一抖一抖的，于是他伸手摸了一把。

松鼠亚体一下子涨红了脸，蓬松的大尾巴卷成一团。

白楚年叼着冰棍杵在一边，看着兰波被一圈同事围住。

为了不让自己亲爱的同事们被这条鱼调戏，白楚年充满正义感地分开人群走过去，搭上兰波的肩膀，翘起唇角说："我丑话说在前头，我兄弟是个海王，你们小心点。"

他这么一说，几个同事有点望而却步了，虽然大家都喜欢帅哥，但人品也是很重要的衡量标准。

兰波偏头看他，白楚年在他耳边轻笑："怎么了，掌管大海的王，简称海王，说错了？"

"没说错。"兰波回了他一个眼神，然后微微躬身凑到松鼠亚体耳边，用只有他们两个人听得见的声音说："小鬼，你太瘦了。"

松鼠亚体当场石化。

他瞪大眼睛，视线从兰波的脸上慢慢转移到白楚年的脸上。

白楚年："啥意思？这么看着我。"

兰波搭上白楚年的脖颈，淡淡地道："走吧。"

"噢。"白楚年纳闷地跟着他走了。

回到办公室，电脑上收到了一封来自韩行谦的邮件。

"珣珣收到了一封匿名举报信。内容写明了109研究所将在本月18号集中销毁一批实验体，地点在红狸市华尔华制药工厂。"

邮件附件有两个。第一个是那封举报信的高清扫描图，原文是打印体，看不出笔迹。第二个附件是一张非正常拍摄的模糊照片，许多实验体挤在狭窄但坚固的运输器中，正在由工人装车准备运走。

"萧驯收到的？"白楚年想了想，把邮件转发给了特工组组长和会长，并附文字："不排除钓鱼陷阱的可能，不建议行动。"

兰波挪到白楚年身边，盯着那张模糊的照片仔细辨认，指尖默默攥紧，扎得手心泛红，脸上却不动声色。

"我看过了，里面没有珍珠。"白楚年在桌下轻轻打开兰波的手，握住。

兰波支着头趴在桌上，对白楚年说："你不用担心我。"

"研究所现在资金链断了，销毁一部分没成熟的实验体来控制成本，这也在意料之中。"白楚年想了想，给技术部发了一条命令：

"人偶师可能还在境内，想办法让他看见这封邮件。"

发布命令后，白楚年靠在椅背上，跷起腿。

"他们不是打着救助的旗号来医学会抢实验体吗，现在有实验体需要救援，我看看他们会不会真的行动。"

阴天天黑得早，窄街的路灯还没亮，只有形形色色的店铺挂出的星灯闪亮，星星点点的光大多只能照亮店铺门前的一块地方，街上还是黑黢黢的。快到傍晚，许多店铺早早打烊了。这条街上治安很差，偷盗抢劫时有发生。

身材曼妙的女人在昏暗的街道上不疾不徐地走着，孔雀绿绸缎旗袍包裹着她玲珑有致的身段。她一只手握着手包，另一只手中拿着一柄精致小巧的羽毛扇，卷发盘起，头上的小缎帽垂下一片黑纱，隐隐遮住她稍显苍白的脸容。

高跟鞋在地上轻踏，整条窄街都回荡着这惑人的声响。

奇生骨看见远处黑暗中出现了几个晃动的人影，几个小流氓坐在堆叠的废弃货箱上，朝奇生骨意味深长地吹口哨。

漂亮的女人在这儿算顶稀罕的物件，他们毫无道德可言。

奇生骨轻哼了一声从他们身边走过，混混们说了几句下流话，然后哄然发笑。

奇生骨抬起白绒小扇遮住口鼻，蹙眉瞥了他们一眼。

下流的笑声戛然而止。

一人惊恐地发现自己胯间的东西不翼而飞了，颤抖着大惊失色地叫起来，其他人被他的惨叫吸引了注意，却发现自己的皮肉也在飞速地从骨骼上褪去。

转瞬之间，货箱上只剩下几具姿态各异的骷髅，微风拂过，白骨化作雪沙无声飘散。

奇生骨走进了窄街尽头的人偶店，门前悬木上的琉璃金刚鹦鹉悠长地叫了一声。

人偶师坐在工作台边，戴着黑色的半掌手套，正在给一只人偶的头上妆，飘落的色粉落在他深棕色带搭扣的皮质围裙上，人偶头脸上的血丝和泛青的毛细血管栩栩如生。

见奇生骨进门，人偶师并未抬头，手上的工作没停，只淡淡地说了一声："回来了。"

奇生骨从手包里摸出一把古老的铜制钥匙，以及伪造的护照和身份证等证件，扔到人偶师的工作台上，有些不满地说："尼克斯，我还以为你让我去加拿大是有什么正经事要做。"

人偶师笑了一声："哪里不正经？"

"你有能买下一整座城堡的钱，伪造证件也滴水不漏，你有这样的财力、能力何必遮掩着不说？"

"在红喉鸟待了这么多年，我总要捞一些好处，不能白干活。我没有遮掩，这不是把钥匙都给你拿着了？"

奇生骨咳嗽了几声："你是把红喉鸟那个恐怖组织从里到外吸干了才肯走的吧。"

"这些已经不重要了。"人偶师问，"怎么样，那里还好吗？"

"挺好的，那座城堡现在像一座实验体王国，你的人偶仆人们把那些还在吃奶的小鬼照顾得十分周到，还有一些成熟体已经相互结合生下了后代……我的头真疼。"

人偶师微笑："挺好的。"

"我累了。"奇生骨疲惫地坐进沙发里，"我以为当初你让我们去 IOA 抢夺实验体只是心血来潮……喀喀……你告诉我在加拿大我能见到许多同伴……就是指那些幼体和培育期的小鬼？你收集他们有什么用？这些实验体级别都不高，没有营养药剂供应，他们长不成强大的成熟体。"

"我喜欢。你有钱的话，你也可以想做什么就做什么。"

"你喜欢他们什么？"

"单纯和感恩。"人偶师将娃娃头放到箱中晾着，靠在椅背上休息，"你们这样的生物寿命长，体力强，情商低，智商高，思维简单，不易生病和死亡，又几乎不会内斗，我们让这样的生物成为陆地生命主体不好吗？"

奇生骨一时无法反驳。

似乎没什么不好。

"你从伯纳制药工厂救我出来，这就是你的私心吗？"奇生骨问。

"嗯，帝鳄告诉我你们曾经在培育基地相识，我就顺便救你出来。不过，没想到那天会和神使、电光幽灵碰上，原本很简单的一件事就变得很麻烦。"

"就这样？你太自信了。不是所有实验体都是你喜欢的样子。"

"我交给你那么无聊的任务，你都办完了，现在坐在这儿，没走，没和我动手，还不够让我喜欢吗？"

"你……"

"我回来了！"人偶店的后门被一脚踹开，厄里斯扛着霰弹枪回来，一屁股坐到人偶师的工作台上，把消光漆瓶子挤得东倒西歪，"哦，孔雀大姐也在啊。"

人偶师无奈地把桌上的东西往里收了收。

魍魉抱着大沙漏亦步亦趋地跟在厄里斯后面走进来，关上了门。

"尼克斯……我，拿到，IOA会长的行程……他，要去……"魍魉还在培育期，说话期期艾艾，厄里斯听得不耐烦，索性替他说了："言逸下周去威斯敏斯特开会，这次肯定又要提取缔研究所、停产实验体的事了，乘的是私人飞机，我们要不要去把飞机炸了？"

魍魉被抢了话，头上的卷毛还被厄里斯胡噜得乱七八糟，有点委屈，抱着玻璃沙漏不说话了。

人偶师从抽屉里拿了一块糖给魍魉："我知道是你调查的。"

"嗯。"魍魉接下糖块，满足地含进嘴里，含糊地说，"尼克斯，我……提升到，M2 级……我有新能力……"

"哦？是什么？"培育期实验体能提升到 M2 级的很少。

"是……'属性互换'……"

魍魉沙漏 M2 级亚化能力"属性互换"，可以使火焰流动，流水燃烧，风熄灭火，无毒变作剧毒。

"很棒。"人偶师又拿出一块糖给他。魍魉乖乖接过来，双手捧着珍惜地吃掉。

"装可怜卖乖。"厄里斯看着魍魉那副呆傻的表情有点不爽，伸手把人偶师抽屉里的糖全抓了出来，塞进兜里。

人偶师看向厄里斯："让你去调查的事怎么样了？"

"我按你说的盯着研究所呢，还不是 IOA 在里面搞事，我都把他们潜入灵猩世家的消息透露给研究所了，居然还是让他们得逞，炸了制药工厂，把单烯宁全毁了。研究所为了省钱，要集中销毁一大批实验体，数量非常多，至少有三万。"

人偶师的眉头渐渐皱紧："时间、地点。"

"应该在红狸市，就在这个月。"厄里斯非常讨厌红狸市，这是他噩梦开始的地方。

放在茶几上的电脑屏幕突然亮起，显示收到了新的邮件。

邮件上是一封匿名举报信的扫描件，言简意赅地写着："109研究所将在本月18日集中销毁一批实验体，地点在红狸市华尔华制药工厂。"

邮件落款是"爱心发射biubiubiu"，无论如何也查不到IP地址。

人偶师一眼便知这是IOA故意发来的消息，他们收到了匿名举报信，却又不想动用人力冒险去验证真假，干脆把消息透露给他们，只要没威胁到人类的安全，IOA基本不会贸然出手。

看来上一次抢夺实验体的事IOA还耿耿于怀，同时也发现了他们对实验体不同寻常的执着。这个主意大概率是白楚年想出来的，他那么记仇，不会轻易放过整他们的机会。

人偶师也有些犹豫。被集中销毁的实验体能力都不会太强，所以看守者的实力和数量应该不会太离谱，但假如这是一个陷阱，他们人手不多，遇到麻烦很有可能得不偿失。

可三万个的数量让人偶师很心动，毕竟国际监狱现在的典狱长和IOA是一伙的，言逸这次参加国际会议拿出的提案极有可能通过，一旦提案通过，那未来一年内研究所就会停产实验体，今后再想得到任何实验体都不容易了。

厄里斯想不到那么长远的事，拍开霰弹枪管上了子弹："你等着，不就是一群实验体小崽吗，我去给你弄回来。"

"嘁。"奇生骨懒懒地坐在沙发里，用小扇子扇凉，没什么想说的。

人偶师摇摇头："我再考虑考虑。你们先回去休息吧。"

奇生骨站起来，拿着手包踩着高跟鞋从后门走了。

"去去去，你也走。"厄里斯把傻了吧唧的魍魉从板凳上提溜起来推出门外，魍魉从门缝里挤进一只手："我的……沙漏……"

"快走吧你，真碍事。"厄里斯捡起沙漏扔了出去，把娇小的魍魉砸出好几步远。

人偶师合上电脑，拿起还没上完妆的娃娃头继续描摹起来。房间里没开大灯，茶几上的三叉烛台燃着忽微的火焰，米白色台灯只照亮了工作台这一小块地方，人偶师低头工作，灯光映在他的侧脸上。

厄里斯坐在工作台边的板凳上，把枪戳在地上，趴在台面上看着人偶师给娃娃上妆，灯光在他眼睛里因为眨眼而闪动。

"你怎么不走？"人偶师问。

"我不困，我不想睡觉。"厄里斯趴着说。

"这次要是真的决定去，可能很危险，行动结束后或许就要离开这儿了。你想去吗？"

厄里斯挠挠头发："我不知道。你说去就去，没有我，你也办不成吧，我是你的使者。"他有点得意地笑起来，露出一排整齐的白牙，牙尖尖的。

人偶师摇摇头："算了，不问你。你没事做就去帮我把垃圾扔了吧，墙角那个麻袋里面的东西不要了。"

"哦。"厄里斯欣然答应，从凳子上跳下来，到墙角提起那个沾了粉尘的麻袋，里面都是一些人偶娃娃的肢体，还没打磨上色。

"都不要了？"厄里斯从里面拣出一个小臂，"这不是还挺好的吗？"

"烧制坏了。有的有裂纹，有的碎了，还有的颜色不对，有的放久了，天气又潮湿，发霉了。"

"嗯……"厄里斯扛起麻袋，从后门出去找到垃圾堆扔了。

人偶师继续给娃娃头上妆，做这样的工作能让他完全静下心来思考事情。

没过一会儿，厄里斯又推门回来了，坐回凳子上，这次他把凳子拉得近了许多，贴着人偶师坐。

人偶师嫌他碍事，抬头瞥了他一眼，然后愣了一下。

厄里斯的浅绿色眼睛哀哀地看着他，唇角耷拉成一个向下的括号，但他本质上是个人偶娃娃，没有精密的泪腺，不会像人一样哭出眼泪来。

人偶师笑出声："怎么？"

"我不想被你装进麻袋里当垃圾扔了。"厄里斯说。

"我为什么要把你扔了？"

"我不知道。我觉得你会把我扔了，当我旧了，发霉的时候。"

"我给你身上上过油了，发不了霉。"

"啊。"厄里斯舒服了许多。

人偶师沉默着给娃娃上妆到深夜，人偶店门外漆黑，厄里斯坐在地上靠着人偶师的腿，头枕在他的膝盖上睡得很沉。

第十章

华尔华制药工厂

　　卧室里半拉着窗帘，墙上的挂表指向半夜两点。白楚年趴在蚕丝被里，赤着上身，两条长腿叠在一起。兰波只穿了一件灰色的无袖背心和居家短裤，坐在他身后，从鱼缸里捞出一只蓝光水母，挤出一坨散发蓝色荧光的黏稠汁水滴在白楚年背上，然后把瘪水母扔回鱼缸里，搓了搓手，把白楚年背上的水母油推开。

　　王竟然在给一只普普通通的小白狮子按背，鱼缸里的鱼和水母都吓呆了。

　　"嗯……疼，轻点。"白楚年闭着眼睛哼哼。

　　兰波放轻了些手劲，双手扶在他肩头轻按："剿杀一伙毒贩而已，有这么累吗？"

　　"有啊。一百多号人呢，两个 A3 级的毒枭头子，剩下的都是 M2。我清完了人，警署警员才敢往里冲。"

　　白楚年趴着伸了个懒腰，手掌心和前脚掌的粉红肉垫闪现了一下，又消失了。

"发工资了，两万五，另外还有三百五十万的奖金。"白楚年拿出一张卡递到兰波面前，"给你，你去海洋馆买大扇贝吧，这个月活多，够买几个大的了。记着给我剩二百的烟钱。"

"en。（嗯。）"

"我不在的这几天你在干吗？一直不回我消息。"

"从蚜虫海开始向东看了看。言逸拨去了一队人，和狂鲨部队一起出海检查深水潜艇感染药剂泄漏之后的残留情况。"

"嗯？你不在家啊。那还顺利吗？"

"技术部研发了净化设备，他们抽水进来，再放出去，感染药剂浓度就降得很低了。只是它们太渺小，和万顷海洋相比，几台机器能挽救的并不多。其实只要我跳下去，水就干净了。"

"啊？"白楚年翻了个身，往床头蹭了蹭，靠坐起来，"你别管，这点东西我们能搞定。等研究所被取缔了，从老板到研究员全得去蹲局子，到时候就让他们到船上参加劳改，抽水，换水，捡垃圾。"

"我还是下去了。"兰波说，"我也不想迁怒 IOA，几个月过去，他们一直在挽救，沿海渔民在海神塑像前参拜，请求尽快解封海域，我已经宽恕他们了，看在你的面子上。"

"那你去收拾潜艇残骸了啊，"白楚年坐直了身子，鼻尖贴近他嗅了嗅，"有没有碰伤？"

"这里，刮破了。"兰波指了指自己的手肘。

皮肤光洁，有伤片刻就愈合了，留不到现在。

"不痛了。"白楚年抬起他的手肘。

兰波注射拟态药剂后一个显而易见的好处是身上的皮肤不容易干燥了，

在蚕丝被里睡一个晚上也不会觉得热和干。

兰波睡醒的时候太阳已经很大了，透过窗帘缝照在被单上。

他揉了揉眼睛，想坐起来。

"大王，来用膳。"白楚年用脚开门进来，用床桌直接端上来一桌海鲜，搁在兰波面前，"我赶早去市场买的，给你做的酱香蛏子、香辣蟹、粉丝扇贝、蒸海螺，喏，这是蘸料。你是不是好久没吃了？"

白楚年邀功似的趴在床边，白狮尾巴在空中甩来甩去。

兰波看着这一桌菜，不由自主地唇角上扬。

他可以因为小白而与整个人类和解，以往对人类的不满和怨气他都可以放下。不过一潜艇的感染药剂泄漏而已，兰波网开一面不再生气，那些在海面上漂浮的石油和沉进海底的垃圾、从人类工厂排出来渗进地下汇入大海的脏水，兰波终于有了清理的兴致。

只要小猫高兴，他什么都可以不计较。

看着白楚年翘起来摇晃的尾巴，兰波忽然起了一丝顽劣心思。他从死海心岩项圈上引出一缕漆黑的流动岩石，液态岩石在他掌心中锻造，最终铸造成了一个晶石铃铛，缠到了白楚年的狮尾尖上。

白楚年甩了甩，铃铛缠得紧紧的，甩也甩不掉，倒是尾巴一动，铃铛就当啷轻响。

"好家伙！这样老子怎么出去见人啊？"白楚年又试着甩了甩，用手也撸不下来，叮叮当当的铃铛声在房间里响个不停。

"表现好就给你摘，表现不好就戴一辈子吧，胸前也钉上铃铛。"兰波一手托腮，一只手剥蛏子肉吃，舔了舔指尖的酱汁，看着白楚年淡淡地笑。

傍晚时分，白楚年收到了特工组组长的邮件，说技术部现在监控不到人偶师的活动轨迹，让白楚年在暗中盯一下情况。言会长已经动身去开会了，会议前前后后怎么也得持续十多天，现在 IOA 总部由组长在盯着各部门的进度。

白楚年从烘干机里拿出干净的作战服，坐在床边穿。

兰波趴在椅背上。

"你没事干就跟我去呗，欺负厄里斯多好玩啊。"白楚年躬身把腿上的枪带勒紧，检查了一下装备。

"明早 IOA 的船会出远海检查污染蔓延情况，明天会下雨，那个区域会聚集许多剧毒水母，我去看一下。"

"是吗，你看过天气预报了啊？"

"我能感觉到低气压。"

"行吧。那我走了，你带上手机啊，我要给你发消息呢。"白楚年单肩挎上装备包，拉开门走了。

"嗯。"兰波趴在床上，慢吞吞地用食指戳手机屏幕，打开相册，里面全是从不同角度拍的照片，有白楚年打哈欠的时候抓拍到的虎牙，白楚年伸懒腰的时候由于太舒服了所以冒出粉色肉垫的脚，以及挂上铃铛的尾巴等等九百多张不同的照片。

他认真挑选了一会儿，选中昨晚睡着后冒出耳朵的白楚年的睡脸，顶替之前的一张肩膀亚化标记照设置成了手机壁纸。

养猫的乐趣。

一辆悍马在荒无人烟的公路上轧着野草飞驰而过，后车斗里堆放着用防水袋裹起来的金边华丽的人偶箱。

帝鳕开车，把袖子挽到手肘上，露出生满坚韧鳞甲的粗壮手臂。奇生骨坐在副驾驶位子上，支着头靠在车窗边合眼小憩，偶尔扇一扇手中的羽毛小扇解闷。

人偶师膝头放着笔记本电脑，电脑屏幕上显示的是一份卫星地图，拉近距离后能观察到红狸市各个角落的情况。他今天没穿西装，身上仍旧是工作时穿的蓝色衬衣和沾着些漆和色粉的皮质围裙。

魍魉在最后排低头抱着玻璃沙漏打瞌睡。

座椅之间离得比较远，厄里斯好几次离开座位，蹲到人偶师身边，用霰弹枪口把魍魉贴在人偶师座椅上的头扒拉开。

他们得到的消息是本月十八号晚上研究所将集中销毁三万个实验体。今天已经十号了，从各处培育基地运输过来的实验体大多已经在红狸市华尔华制药工厂存放完毕。

实验体销毁程序由电脑控制设备运转，并非简单的焚烧处理，而是通过数控切割设备把实验体的肉体和脊椎剥离，血肉和内脏会集中打碎，再用肉块状模具塑形烘干，制成干饲料，供研究所留下的其他高级实验体食用，留下的脊椎统一在活性冷库存放，研究所改造动物实验体时会大量使用。

这样的设备开一次机把一套流程走下来所需要的费用极其高昂，所以人偶师断定研究所会在待销毁实验体存放完毕时一次性开机解决。

他们必须赶在设备开启前赶到华尔华制药工厂。

夜里的风越吹越劲，昏暗的云团积聚起来，把月亮严严实实地遮住。几道细闪电爬过天际，雷声的闷响由远及近，车窗上出现了一些雨丝，雾气也渐渐盖住了玻璃。

厄里斯用手指在车玻璃上画了画，拍了拍人偶师叫他看。

人偶师瞥了玻璃一眼，低头继续研究路线。

厄里斯堆满坏笑的脸垮下来，无聊地把脑门贴在玻璃上看窗外漆黑的夜。

突然，玻璃闪了一下，远处的闪电将夜空骤然照亮，玻璃上出现了一张诡异的黑白笑脸，与厄里斯仅隔一面玻璃。

"啊啊啊啊！"厄里斯猛地一惊，向后仰了过去，定睛一看，其实是一张寻人启事，黑白的脸是寻人启事上的照片。

奇生骨惊醒，不耐道："安静点，别一惊一乍的。"

"哦。"厄里斯摸了摸下巴，借着人偶师电脑的光亮辨认上面的内容。照片上的是一位穿高中校服的亚体，前额长长的刘海散乱地盖住了眼睛，脖颈围着一条宽大的白色围巾，校服规规整整地穿在身上，看上去是那种安静内向的性格。

照片下是父母留下的联系方式和哀求，说孩子与家人吵架后离家出走，从此失去了踪影，希望如果有人看见他们的孩子能拨打××××联系电话告知他们。可惜落款的时间已经是一年前了。

雨势渐凶，寻人启事被雨点打落，被飞驰的悍马甩到了泥土中。

立在公路弯道处的广告牌锈迹斑斑，巨大的广告牌下沿有一根细横梁，白楚年稳稳地蹲在窄细的横梁上避雨，白狮尾巴悬在半空保持平衡。白楚年手里拿了一沓各式各样的寻人启事，一一扫视过。

"近两年失踪人口越来越多了。"白楚年随手把这沓纸折起来一扔，站起来抖了抖尾巴上的雨水，挂在尾梢的晶石铃铛发出悦耳的响声。他在几十米的高空轻身一跃，追着那辆悍马进了红狸市。

白楚年在暗处盯着他们，看着他们把车藏在了华尔华制药工厂附近，算上人偶师，从车上一共下来了五个人，都是熟面孔。

他们各自从后车斗内拿了一个花纹漂亮的箱子，然后分散进入了工厂，厄里斯跟在人偶师身边。

等他们的身影完全消失在黑暗中后，白楚年才从废弃厂房的遮雨棚里走出去，跟进了制药工厂内，顺着铁皮建筑无声地向上爬，最终爬上了最高处的晾晒台。他把自己的踪迹掩藏起来，四下眺望。

这家工厂看起来不是那种生意往来频繁而经常使用的，许多设备和摆设都落了灰，除了几间办公室的灯是亮的，有穿着制服的员工在走动，其他房间都黑着。

工厂最北面的露天操场里停着近三百辆大型货车，货厢紧闭上锁。十来个保安端着 QBZ 步枪在货车之间的过道巡逻，目测都在 M2 级以上。

工厂里有两架探照灯在运转，强烈炫目的光线时有交叉。白楚年观察了一会儿探照灯的照射轨迹，记清楚运作程序就翻身从晾晒台跳了下去，固有能力"猫行无声"使他从高处落地缓冲，不发出任何声响。

探照灯扫了过来，白楚年就地一滚，滚到堆放在地上的打包纸箱后，躲过光线。光线离开的一瞬他立刻从纸箱后滚了出去，轻身一跳，双手扒住停在库房外的一辆拖车的车顶，在下一次探照灯扫过来时迅速爬了上去。整个动作如行云流水，但凡有一步卡住就会被发现。

这也是白楚年没带搜查科其他人一起过来的原因，像这样的刺探调查任务不是哪个探员都能胜任的，基本上都会交给猫科特工。搜查科除了白楚年外，还有一位孟加拉豹猫亚体和一位雪虎亚体是猫科，但那两位特工都在外地执行其他任务，白楚年一时找不到合适的搭档，只能自己来。

他躲开探照灯翻进了厂房背面的阴影中，沿着墙根挪了几步，避开巡逻的保安，然后悄无声息地进入了停满货车的操场。

但保安的巡逻线比他想象的还要密集，白楚年刚盯上一辆位置合适的货车准备查看，就有两个端枪的保安步伐稳健地从两个不同的道口同时走过来。

白楚年立刻翻上了车顶，平躺在上面，避开保安的视线。像这样的潜行调查任务是不可能带新手来的，执行这样的任务需要足够的应变速度和经验，一着不慎就可能造成不可挽回的后果，导致任务失败。

白楚年尽量压低呼吸，因为经验丰富所以不会紧张，心跳和呼吸就不会变重，被发现的概率很小。

隔着一层铁板，白楚年隐约听见了货厢里面微弱的呼吸声。

白楚年竖起耳朵，偏头贴在货厢顶上仔细倾听里面的动静。

除了呼吸声，还有一些微弱的哀叫声，以及肢体相互碰触的摩擦声，痛苦的声音穿过一层密不透风的铁板钻进了白楚年耳中。

保安走后，白楚年从车顶探出头，在探照灯扫过来的一瞬间爬了下去，绷起脚尖钩在车顶上，整个身体倒挂着贴在货车车厢的拉门边。

货厢上了锁，不过在白楚年的 J1 亚化能力"骨骼钢化"面前，上几道重锁都无济于事，白楚年只用两根手指轻轻一捻，锁扣就像泥巴那样被掰开了。

货厢门缓缓敞开，里面的景象让白楚年打了个寒战。

他原本以为，这些实验体会被装在狭小的玻璃皿中，无法伸开手脚，甚至不能翻身，圆柱形的玻璃皿整齐地堆在车厢里，他们不能动，也见不到光。这已经是白楚年能想象到的最痛苦的样子了。

而事实更加可怖，这些实验体被毫无秩序地挤在一个仅比货厢小一圈的大方形玻璃皿中，根本分不清头是谁的脚是谁的。他们就像抓娃娃机里的毛绒玩具一样，把玻璃皿塞得满满当当，玻璃皿底部已经堆积了一层排泄物，脏水浸泡着底层已经窒息而死的实验体，很像被抓进同一个矿泉水瓶里的数百只蝗虫。

白楚年用微型相机拍下了眼前的情况，他依然冷静，但嘴唇有些不由自主地哆嗦，这来源于身世相同而产生的过强的代入感。

白楚年把在工厂里拍的照片都传回了技术部，并附言道："人偶师已经进入工厂，目的或许是这些未成熟的低级实验体，这里的安全级别不够高，他们很可能得手。"

技术部回复："继续追踪。"

各大培育基地得到总部命令后按指示将筛选淘汰的实验体打包装车，从各地运往红狸市销毁，不过由于培育基地众多，销毁的过程也不会太快。

实验室中一片黑暗，萧炀坐在台式电脑前，专注地观察着屏幕上的监控影像，电脑边的身份认证器上放着艾莲的工作牌。

从红狸市传回的影像上分别显示着进入制药工厂的白楚年和人偶师一行人。

萧炀远程控制着制药工厂的监控摄像头，把角度偏离到看不见他们的方向，然后打开探照灯的设定程序，稍微修改了探照轨迹，从操场移开，并且减缓探照速度。

做完了这些，萧炀清除了登录痕迹，关掉电脑，拿起身份认证器上的艾莲的工作牌，在一片漆黑中向门外走。

踏出实验室的自动门时，萧炀脚步微僵，一个冰冷的枪口抵在了他的亚化细胞团上，恶劣的蓝玫瑰亚化因子猛然逼近。

在黑暗中，艾莲从背后贴了上来，一只手揽着萧炀的细腰，一只手拿枪抵着他的亚化细胞团。

萧炀的身体僵硬起来，手中的工作牌掉落到了脚下，他缓缓举起双手，背对着艾莲。

"为什么？"艾莲有些悲哀地把下巴搭在萧炀肩上，轻声问他，"我爱的人总要偷我的东西，你口口声声说你和林灯不一样，你们哪里不一样呢？"

萧炀举起双手，缓缓转过身面对艾莲，仍然弯着月牙形的眼睛，淡笑着解释："把没用的东西送给需要的人，这有什么呢？我经常把家里的矿泉水瓶子攒起来留给捡垃圾的老太太。"

"但你不能……拿我的东西去送给别人。"艾莲用枪口轻蹭萧炀的脸，凌厉的眼神扫过萧炀的脸颊，仿佛无形的刀刃。

萧炀身上散发出一股淡淡的亚化因子，周身被他的 J1 亚化能力"速率收束"笼罩控制，时间错位，萧炀身边的时间流速快，艾莲的动作慢了下来，所有的动作被萧炀尽收眼底。

萧炀从怀中掏出枪，迅速上膛指向艾莲，在她左胸处犹豫了一下，挪到了左肩。

毫无征兆的一声枪响，震得走廊里回声嗡鸣，萧炀的大腿被子弹穿透，身体随着巨大的冲击力向后飞了出去，狠狠撞在墙上，白墙溅上了一片斑驳血迹。

大腿中弹让他站不起来，他后背靠着墙缓缓滑坐在地上，虽然只是皮肉伤，并未伤到骨头，可剧痛依然使他的脖颈和额头都暴起了青筋，隐忍的痛吟被他咽进了喉咙里。

艾莲轻甩枪口的白烟，用滚烫的枪口挑起萧炀的下巴，她身上的蓝玫瑰压迫亚化因子压到萧炀身上，让他痛苦难当。

"想杀人就不能犹豫，否则就会被我抓到机会。研究所前任老板就是这么死的。"艾莲蹲在他面前，阴影笼罩在萧炀身上，A3级亚体的蓝玫瑰亚化因子刺激着萧炀脆弱的亚体亚化细胞团。

艾莲一口咬住萧炀的后颈，轻轻吸咬着。萧炀能感受到自己的体力和亚化细胞团能量在飞速流逝，身体逐渐衰弱下来，连动动手指的力气都没有了。

蜂鸟A3亚化能力"灵魂虹吸"：能量抽离型能力，范围内目标使用亚化能力时将触发虹吸，距离艾莲越近，能量被吸走的速度就越快。所吸收的能量将持续供给艾莲本身使用。

艾莲放开了萧炀，轻轻抹去唇角的血沫。萧炀浑身瘫软到说话都没了力气，被艾莲拽进怀里。

"我很喜欢你，真的。起初只是因为你像林灯，我才对你感兴趣，但现在不是了。你比他懂风情，比他聪明，善解人意，你哪儿哪儿都比他好，所以别做我讨厌的事。"

艾莲轻轻将萧炀鬓角的发丝捋到他的耳后："人到了我这个年纪，会想拥有家庭，你想要的我都会给你，你别让我失望。"

"但那些……实验体是……我养大的……我亲手养大……你不能杀他们……"

艾莲微微挑眉，有些惊讶地看着他："你和那些商品货物有感情？在我眼里他们和军火没有区别。我是个生意人，他们对我来说只是会动的枪，无非是贵和便宜的区别，你很在乎吗？"

萧炀点头："他们很黏我，也信任我。"

艾莲似乎有点明白了，或许那些实验体对萧炀来说是宠物般的存在，一个人会对自己养的小猫小狗产生保护欲和亲情。既然如此，那天自己当着萧炀的面杀了一只海豹幼体，一定伤了他的心。

"好，我答应你。把所有你养大的实验体留下来，不销毁。"艾莲难得有耐心哄人，甚至当面拿出手机，给华尔华制药工厂的负责人打了一个电话。

萧炀没想到她会答应。艾莲是个很固执又强势的女人，极少向别人妥协，萧炀等着她后面的话。

"不过，那些入侵工厂的强盗我得除掉。"艾莲将枪收进兜里，伸手抹了抹萧炀的唇角，"他们都不是你养大的，你应该不会心疼吧。"

萧炀勉强抬起手，艰难地抓住她的手腕："你不能……别再做这个了，真的别再做了，我们走吧。如果言逸把一致通过的公约带回来，国际警署和PBB拿到逮捕令，我们就谁都走不了了，我可不想被抓。"

"是啊。所以要赶在言逸回来之前……把神使带回来，"艾莲淡淡地回答，"其他的你不要再插手，交给我吧。"

萧炀还想再开口，被艾莲伸进口中的一根食指压住了舌头，尖锐鲜艳的指甲划过他的舌尖。

"别再说了，我怕我脾气差，又对你发火。这些天你留在我家里养伤，会有人照顾你。如果你再不经我允许擅自跑出去做出什么蠢事，我可不会再纵容你了。"

"你现在要去做什么?!"

"去实验室挑几个我喜欢的小东西出去干活。我把他们养到A3级，钱和精力都不能白费。"

华尔华制药工厂负责人收到了艾莲的命令，临时调动了一些巡逻保安，从货车里挑出一些实验体保留下来。

放下电话，工厂负责人纳闷嘀咕："都是些废弃的实验体了，挑出来有什么用呢，还得费人力一辆车一辆车地对着名单找，真麻烦。"

办公室的门忽然被敲了两下，负责人看了一眼手表，语气有点不耐烦："谁啊？"

柔美又有些虚弱的女声回答："是您点的特殊服务吗？"

这声音听着酥人骨头，负责人愣了愣神，才反应过来工厂严禁陌生人进出，门外的人不论是谁都相当可疑。他立刻拿起桌上的对讲机准备叫保安上来。

他拿起对讲机时，从柜门上的穿衣镜中看见自己背后站着一个犹如纯白雕塑般的少年，怀中抱着一个玻璃沙漏。

"'两极逆转'。"

魍魉倒转沙漏，流沙从细窄的玻璃颈中流下，负责人手中的对讲机突然发出杂音，无法与外界通信。

那负责人周身的空气也似乎被抽离，他只能瞪大逐渐爬满血丝的眼睛，双手在空中乱晃，徒劳地想要抓住什么东西，终于因为窒息倒在了地上。

魍魉蹲下来，打开玻璃沙漏的顶盖，把尸体装了进去。尸体进入沙漏后自动变成五光十色的流沙，消失得无影无踪。

"你还挺利落的。"这时奇生骨才推门走进来，踩着高跟鞋，走到办公桌前翻找，但没找到想要的东西。

"不在这儿。"

她推开玻璃窗，一根金色丝线刚好随风飘来，挂在了窗棂上，是厄里斯的诅咒之线。

金丝线的另一端传来了一盘钥匙。

厄里斯抽走了丝线，奇生骨便拿着钥匙从窗口一跃而下，旗袍裙摆下缓缓伸出金蓝闪烁的孔雀尾羽。奇生骨轻身落地，空中留下了一道浅淡的星星点点的光带。

魍魉再一次倒转沙漏，落地瞬间重力方向翻转形成缓冲，魍魉也毫无压力地从高楼上平稳落地，在奇生骨身边站了起来。

已经到黎明了，但雨势并未减小，天空也不见光亮，地面积水越来越深。

按照原定计划，魍魉负责去破坏工厂内部的所有报警器、探照灯和摄像头，奇生骨则带着钥匙往停放货车的操场飞去。

当她赶到时，帝鳄已经放倒了四五个 M2 级的亚体保安，他庞大的身躯就像一座山，包覆着鳄鱼的鳞甲，普通的子弹对他根本造不成伤害。

同等级的情况下，成熟期实验体的战斗力要远超普通人，这些保安虽然不是帝鳄的对手，但胜在人多，几个回合下来，帝鳄应付得也有些气喘吁吁。

"姑奶奶，过来帮忙。"帝鳄喘了口粗气说。

"谁让你先动手，好在魍魉小鬼动作快，不然触发报警器就麻烦了。"奇生骨捻开小扇，额头依次亮起六颗金绿蓝三色圆点，随后，在帝鳄额头上也出现了同样的三色圆点。

"'翠黎明'。"

孔雀亚化细胞团伴生能力"翠黎明"：辅助型能力，能使被辐射到的目标发生突变，分为正向突变和负向突变，目标受到辐射后眉心将出现与奇生骨眉心相同的金绿蓝三色圆点。

帝鳄身上的鳄鱼鳞甲顿时疯长增厚，将他身上每一处裸露的皮肤都覆盖保护住，坚韧程度令人咋舌地百倍增长，此时的帝鳄称得上不动如山。

"'霓为衣'。"

奇生骨身后曳地的金蓝孔雀尾羽缓缓展开，一座流光溢彩的屏障将他们二人罩住。对面的保安听到这边的打斗声后都纷纷过来支援，枪械火力甚猛，但子弹击中了奇生骨的霓彩屏障竟被吸收了进去，由岩石亚体操纵冲锋而来的巨石砸在屏障上也如同击中了波浪，缓缓陷了进去。

屏障越吸收越亮，最终到了临界点，奇生骨轻笑了一声："还给你们。"

屏障陡然炸裂，柔软的光屏炸成了锐利的三角碎片，铺天盖地反冲了回去，尖锐的棱角插进防弹衣中，几个保安当即毙命。

孔雀亚化细胞团 J1 亚化能力"霓为衣"：反伤型能力，以自身为中心形成防护罩，能吸收对方 70% 的攻击伤害，并化作爆炸碎片反弹回去。

对方的包围圈被爆裂的碎片打散，帝鳄趁机冲了上去，他身形魁梧，又有奇生骨的突变加成，冲进包围中如入无人之境，杀得对方七零八落。

奇生骨缓步跟在帝鳄身后，踩着一地鲜血，举起小扇掩住口鼻，轻吹了一口气："'雪骸骨'。"

那些仍在挣扎的保安顿时化为白骨，鲜血化为雪白的粉末，被骤雨打散，零落进了泥土中。

解决了眼前的敌人，帝鳄回头朝奇生骨憨笑："小娘们下手真是狠。"

奇生骨扬起碧色眼睫轻蔑地瞥他一眼："滚开。"

帝鳄讪讪地拍了拍自己的嘴："是我不会说话，姑奶奶。"

他们找到最边缘的货车，奇生骨低头在钥匙盘上寻找对应货厢玻璃皿的钥匙，帝鳄一拳一拳猛砸货厢，将货厢砸开一个大洞，用力撕扯开货厢的铁皮，再猛砸里面的特制防弹玻璃皿。

"他妈的，研究所做的东西就是结实啊。"帝鳄边骂边砸，终于砸碎了一块玻璃，里面挤着的实验体就像摇晃的汽水瓶里的汽水从一个小口喷了出来，连着骚臭的排泄物和血污一起流到了地上。

这些实验体窒息太久，几乎都奄奄一息，有的甚至已经冷透了，趴在地上一动不动。

奇生骨皱眉掩住了口鼻，她原本是嫌弃的，可看着那些幼崽在血污里艰难地爬，心里也跟着不安起来。如果没有人偶师，今天被和着血污粪水挤在玻璃皿里哀号的，说不定也会有她一个。

恶心和恐惧同时在胃里翻涌。

帝鳄把背的人偶木箱摘下来，按人偶师给的密码打开。随着箱子开启，里面按顺序摆放的八只小巧的人偶突然睁开眼睛，体内传来清晰的齿轮转动声，灵活地坐起来，从箱子里爬到外面。

它们背后都镂刻着咒文，受人偶师差遣，各自走到实验体面前，叽里呱啦发出一些怪异的声响，那些晕头转向的实验体眼睛里也浮现出跟对应人偶背上相同的咒文。

不过十几秒时间，散乱的培育期实验体和幼体就乖巧地跟随在人偶身后，人偶走向哪儿，他们就跟着去哪儿。

这是人偶师的 M2 亚化能力"无生乐园"，被刻上咒文的人偶会成为人偶师的傀儡，傀儡听从人偶师的调遣；同时具有催眠功能，无自我意识者将被催眠成为人偶的傀儡，和人偶寸步不离。

那些精巧的人偶栩栩如生，摆动球形关节和手脚，清点了身后跟随的实验体数量，然后带着他们往计划好的路线出口走去。

一旦被人偶催眠，这些没什么自我意识的实验体就会一辈子跟着它们，直到人偶师收回咒文人偶，否则他们会跟随到死亡为止。

安排好一辆货车，帝鳄又去砸下一辆。

"不知道尼克斯他们那边顺不顺利，这么多车，得开到什么时候啊？"

"快点，别磨蹭，能弄出来一个算一个。"奇生骨皱眉催促，在满满一整盘钥匙里找出对应货厢的钥匙十分困难，奇生骨终于找到了一枚正确的，打开了玻璃皿，又去找下一个。

厄里斯把钥匙盘传给奇生骨后，站在窗边回收自己的诅咒之线。

昏暗的地上横七竖八地躺着许多穿着工厂制服的人，身体几乎都被霰弹枪打碎了。

厄里斯转头看向人偶师。

他们这一次带上了人偶师的全部家当，那些摆在橱窗里的漂亮娃娃都被搬空了。虽然人偶师看起来很淡然，但厄里斯知道那些娃娃是他做了几年的心血。

这里是工厂机房。

人偶师坐在电脑前，把自己带来的 U 盘插在了主机上，很快便破解了安全网络，挑选出需要的数据拷贝下来。

"促联合素……永生亡灵。"在拷贝时，人偶师在一堆密密麻麻的资料中瞥见了一行特殊的药剂说明。

"人工促联合素吗？"人偶师略一思忖，"艾莲还想人造使者……疯女人。"

数据下载完毕，人偶师收起设备："厄里斯，走了。"

"哦！"厄里斯扛起霰弹枪跳起来，走在前面开路，手一撑窗台，从窗边翻了出去，身上挂着诅咒金线以免坠落。

人偶师也从高处跳下，在厄里斯落地时使用 J1 亚化能力"棋子替身"，转瞬间厄里斯与人偶师的位置互换。人偶师平静落地，厄里斯从半空坠落，在即将砸在地上时被人偶师抓住了缠绕在身上的金丝线，像木偶那样悬空荡了荡，然后稳稳落在了人偶师身边。

厄里斯兴奋地双手举起霰弹枪："哦吧，再来一次！"

人偶师拽着他往操场快步走去。只凭两个实验体去打开三百多辆货车的货厢还是太慢了，得尽快过去帮忙。

骤雨没有停歇的意思，黎明的天空也漆黑如夜，他们的衣服都湿透了，雨水顺着脸颊流淌进衣服里。

四周没有灯光，黑暗中隐约有压力接近。

厄里斯忽然停下脚步，扛着霰弹枪悠哉抬头，吐出文了细线的舌头："尼克斯，有不知死活的家伙想拦我们的路呢。"

人偶师也感受到了那股压力，粗略地在心中估算了一下，轻描淡写地道："你等会儿过来会合。"

"我也要……"厄里斯目送着人偶师离开，直到人偶师的背影被黑暗掩盖。

"……跟着你。"他喃喃嘀咕着没说完的后半句话，情绪低落地转身放出一缕金线，缠绕到高处的建筑栏杆上，将自己的身体带了上去。

"可恶，讨厌尼克斯一分钟。"

第三卷

天使吟唱：重返人间

第十一章

古怪盾牌

━━━○━━━

厄里斯落在废弃厂房三层的阳台上，二十来米远处晾晒台的栏杆上蹲着一个黑影，亚体背光面对着他，身后缓缓伸出一条粗壮的、布满金青色鳞甲的尾巴。

那人陡然睁开眼睛，一双橙红色的眼睛在雨夜里熠熠发光，瞳孔像蛇一样拉长成了一条竖线，薄唇微张，露出口腔内猩红的颜色。

"咒使，"亚体狠戾的眼神在厄里斯身上描摹，"全拟态使者型……看起来不怎么厉害，呵呵，本体是个晴天娃娃吗？"他伸出虬枝般细长的褐金色手臂，爪状的指尖捏着用废麻绳和白塑料袋粗制滥造的晴天娃娃，轻蔑地在厄里斯面前晃。

"你是谁？"

"3316，迅猛龙 A3。"

迅猛龙脖颈上扣着研究所独有的定位圈，可以随时追踪实验体的位置，如果实验体暴走不服从控制，定位圈便会向其后颈注射高剂量的麻醉剂，甚至 IN 感染药剂。

"大叔，是诅咒娃娃。这么落伍的挑衅，你还活在工业革命前吗？"厄里斯抬起浅绿色的瞳仁睨着他，扛起霰弹枪，手腕搭在枪管上，歪头一笑，鲜红唇角长长地咧到颊窝。

迅猛龙眼睛里闪露凶光，发达有力的后腿猛地一蹬，翻越护栏向着厄里斯的位置跳了下来。厄里斯翻身后跃，反手朝迅猛龙落点打了一枪。迅猛龙落地没能接触到厄里斯近点，双脚稳稳地站在了阳台栏杆上。

厄里斯带有球形关节的手指打了个响指，J1亚化能力"霉运降临"悄然发动。迅猛龙脚下的栏杆突然老化崩裂，他站立不稳，用力一跃才攀住了楼房窄沿，肌肉强悍的双臂带动着整个身体翻回了阳台。

迅猛龙一时近不了厄里斯的身，面对着对方的远程武器，心里有些犯嘀咕。他知道使者型实验体是能使用相应驱使者的驱使物的，一般来说，驱使物对实验体造成的伤害非常严重，很难迅速恢复。

他正在思考对策时，厄里斯突然从高一层的阳台探出头来，朝他开了一枪。

迅猛龙一惊，躲避到了旧铁门背面，霰弹分散成细小的散珠在铁门上发出响亮细碎的震响，但造成的伤害并没有迅猛龙想象中那么大。

"不是驱使物？……"迅猛龙扫落肩头的灰尘，将嵌进厚重皮肤的弹头抠了出来。他的身体异常坚韧，普通的枪械根本无法穿透，移动速度也极快，实力远在帝鳄之上。

"这是尼克斯送给我的玩具。"厄里斯趴在阳台上朝他笑，"驱使物？你不配欣赏他的艺术品。"

身后传来窸窣响动，厄里斯微微侧身，发觉身后不知不觉多了两个人。

两个实验体脖颈上都扣着研究所的定位圈。

"嗯？拉帮手……有点过分。"

厄里斯根本不把其他 M2 放在眼里，只对着面前的迅猛龙吐出文了黑线的舌头："我杀过不止一个 A3。"

迅猛龙知道那把枪并非驱使物后，稍稍放下心来，双手锋利坚硬的指甲钉入墙的裂缝中，卷动肌肉紧实发达的身体翻上高台，重重落地，将阳台地面砸出一个碎裂的浅坑。

迅猛龙是萧炀的作品，体形沿袭他以往的喜好，魁梧有力，身高超过两米三，虽不如伽刚特尔体形巨大，然而同是亚体，厄里斯的身形却颀长瘦削，和迅猛龙不是一个重量级。

迅猛龙的主能力是近战格斗，三个亚化能力都增幅在了近战上，他猛蹬地面一跃而起，海碗大的拳头重重地朝厄里斯面门砸过来。厄里斯抬手用小臂接下，这冲来的力道过于猛烈，厄里斯被这股强劲威力冲得后退了几米。

迅猛龙并未打算给他喘息的机会，迅疾转身，粗壮有力的金色龙尾带着一阵呼啸风声朝厄里斯拦腰砍过去。

这是迅猛龙 J1 亚化能力"飓风龙尾"。

这仿佛席卷飓风而来的一尾，光是带过来的一阵凌厉刀锋都能将人拦腰斩断。

灌注着 A3 级强横压力的龙尾扫来，不容人有丝毫躲避的机会。厄里斯迎面受了这一下，飓风撞击发出刺耳的轰鸣，阳台上灰尘四起，碎石飞灰瓦砾乱飞。

"不过如此。"迅猛龙笑起来。

烟雾缓缓散去，迅猛龙的脸色陡然变了。

他坚韧沉重的金色龙尾，竟攥在了厄里斯手中。

"区区七级成熟体，你为什么有胆量挑战我？艾莲老太婆给你的自信吗？"厄里斯空手接住龙尾，将尾梢缠绕在手腕上，用力一拽，迅猛龙一个跟跄，他这样庞大的身躯，竟被一个瘦削的人偶娃娃轻易撼动了。

身后的两个M2级实验体一拥而上，朝厄里斯扑过来，厄里斯的头竟拧了一百八十度，向后盯着他们，摆出一张阴森的笑脸。

两根金色丝线从厄里斯口中飞出，毒蛇般缠绕到了两个M2级实验体的脖颈上。诅咒之线是看得见摸不着的，一旦被缠上根本拆不下来，此时只有彼此拉开距离才能让金线消失。

两个实验体对视一眼，朝不同的方向跑开。

厄里斯突然松开了抓着迅猛龙的手，又一次发动"噩运降临"，迅猛龙头顶的阳台被震裂，轰然塌陷下来。

金光闪烁的诅咒之线另一端缠绕到了迅猛龙强劲有力的脚踝上。

咒使伴生能力"诅咒之线"能使金线连接的目标受到同样强度的攻击，金线每次最多连接十个目标，各个目标之间距离过远（超过一百米）时，金线断裂失效。

厄里斯拍管换弹，一枪击中其中一个M2级实验体的头，血花爆飞，被诅咒之线连接的另一个M2级实验体同时捂着头仰天惨叫，瘫倒在地上。

被坠石砸倒的迅猛龙也感到头颅一阵爆炸似的剧痛，勉强睁开眩晕的双眼，看见自己脚踝上系着一根金色丝线。

厄里斯嫌霰弹枪射速太慢，于是拆下自己小腿上的一根洁白的陶瓷长骨，长骨开刃，厄里斯将其攥在手中，一刀一刀向其中一个M2级实验体身上狠狠戳刺。

那实验体被厄里斯的 A3 级亚化因子压制得动弹不得，他疯狂挣扎着想爬走，但密集如雨点扎下的刀让他无处躲避，哀号声被无情的雨水砸落在地上。

厄里斯在暴雨中狂笑。

被金线连接的另一个 M2 级实验体身上虽无伤口，但也已经浑身断裂，眼神涣散，失去了生机。几乎被剁碎的实验体彻底死亡，被金线连接的实验体虽然还能依靠实验体的强韧特性自愈，但在短时间内也不可能站起来了。

被诅咒之线连接的其中一个目标死亡，金线自动消失。

迅猛龙艰难地从地上爬起来，突然喉头一热，剧烈地咳嗽出一个血块。他皮坚肉厚，寻常武器从外部很难对他造成伤害，但厄里斯的诅咒之线并不对他造成外部伤害，而是让他一起去承受其他脆弱实验体受到的伤害，这无疑是在迅猛龙的弱点上痛砍了致命一刀。

厄里斯从骤雨中起身，一头银发被染得绯红，血和水顺着他的双臂向下流淌。他将手中的腿骨长刃抛到空中，长刃坠落时伸出一条腿，那骨刀便接回了他腿部的球形关节上。

厄里斯回头一笑，脸上的黑红十字线随着笑容浮起而弯折起伏，他朝迅猛龙吐舌头，舌头上的黑线散发莹莹微光。

"'如临……深渊'。"

漆黑的天空犹如一张遮光的幕布，废弃厂房阳台高塔层层叠叠的阴影深深下陷，通往地狱的无底深坑地裂般向迅猛龙蔓延过来。

咒使 A3 亚化能力"如临深渊"，能使范围内阴影区域的地面陷落，堕落入底之人将被永世封存，此生每一秒都会面临人生最恐惧之事。

迅猛龙反身起跳，他的体力还未消耗尽，凭他的耐力和速度在雨中飞奔，竟超过了地狱深渊蔓延的速度，短短几秒便撤出了百米外。

厄里斯借诅咒之线在层叠建筑中穿梭跳跃，追在迅猛龙身后，突然放出一缕金线，缠绕到了奔跑的迅猛龙手腕上。

迅猛龙并不惧他，距离几十米远，他又在飞速跑动，霰弹枪是很难击中他的，而厄里斯的诅咒之线只能连接活物，即使能共担伤害，可附近连只鸟都没有，诅咒之线根本伤不到他。

却不料，诅咒之线的另一端竟然被厄里斯咬在了嘴里。

"给我死。"厄里斯对他露出嘲讽的笑容，然后拿起短管霰弹枪，对着自己的下颌扣下了扳机。

爆裂的枪声被骤雨淹没，迅猛龙只觉下颌骨传来一阵难以忍受的痛苦，半边脸似乎都在经受烈火灼烧。

咒使的疯狂让他感到无比恐惧，厄里斯竟然将诅咒之线缠在自己身上，不惜用伤害自己的方式重创对方。

迅猛龙脚下一僵，追逐的深渊便将他吞没，他双手挂在边缘挣扎着向上爬，突然，左手感到折断似的剧痛，他哀号了一声，坠向了无底深渊。

瞭望台已经熄灭的探照灯上，白楚年用猫坐的姿势蹲在探照灯顶上观察底下的情况。

厄里斯也嗅到了空气中的白兰地亚化因子，仰头朝白楚年望去。

"你怎么在这儿？"

厄里斯的下颌被他自己用霰弹枪打碎了一半，仅剩下半张脸，但缓缓恢复了原状，左手也粉碎得无影无踪，又逐渐从球形关节上生长出一只崭新的手，他拧了拧手腕。

"伤敌一千自损一千，也就只有你干得出来这种事。"白楚年抖了抖埋在发丝里的狮耳，轻声夸赞，"还不错嘛，精彩。"

"恶心。"厄里斯扛起霰弹枪，懒懒转身，"别妨碍我们。"

白楚年指了指耳朵上的通信器："我没想妨碍你们，只是听命令来看看你们在干什么。刚刚我收到撤离指示，艾莲派了五个 A3 级王牌实验体过来，你们好自为之。"

"哈哈哈哈哈，五个又怎样？研究所的明星实验体我杀过太多了。"厄里斯回头朝他吐舌头，忽然又停下来摸着鼻子嘀咕，"只要那条鱼不来，什么事情都很好办。"

"那我撤了，拜拜。"

白楚年转身跳下探照灯，手插着兜轻身点地跳跃，但有一股铁锈气味的亚化因子凌空压了过来，截住了白楚年的去路。

白楚年停住脚步，向着亚化因子的来源方向寻觅。

晾晒台的栏杆外，从昏暗的空中缓缓升起一块石碑大小、青墨色的钢铁，钢铁上镌刻着繁密的花纹。

那块厚重的飘浮的钢铁将透过云层的唯一一丝光亮遮住，阴影吞噬了白楚年。

白楚年仰头看去，飘浮在空中的是一块青墨色的盾牌，盾牌中心嵌着一条完整的人类脊椎，青红相间的神经和血管与盾牌融为一体，脊椎顶端生长着一颗有力地跳动着的亚化细胞团，作为镶嵌在盾牌上的一块红宝石。铁锈气味的亚化因子正是从这颗亚化细胞团中散发出来的。

盾牌居高临下逼近，沉重的压力让白楚年也感到了一丝威胁。白楚年被逐步压近的盾牌逼得向后退去，跳下晾晒台，最终退到了厄里斯身边。

"妈呀，那是活的？"白楚年单手插兜摸着下巴研究天空中飘浮的庞然大物。

厄里斯没理他，而是看着远处的深渊边界咬了咬牙，遍体鳞伤的迅猛龙竟然从深渊边缘缓缓爬了上来。

"另一只手抓住了边缘，所以没掉下去吗？"

"不慌。"白楚年用 IOA 配给他的微型相机给盾牌拍了个照，给迅猛龙拍了个照，然后搭着厄里斯的肩膀自拍了一张合影，打包发给了技术部，在照片下面留言："被堵住了撤不走，给我查这几个的资料。"

技术部跟组技术员回复："OK。"

白楚年拍了拍厄里斯的肩膀："好兄弟，一日为大哥，终生为大哥，我们稍微合作一下。"

厄里斯甩上枪管，在掌心一拍，唇角长长地扬到颊窝，扬起下巴兴奋地应道："Yep！（赞成！）"

白楚年摸出手机，给兰波发了个语音："我放学了，快来接我。"

兴高采烈的厄里斯突然垮起脸。

技术部收到照片后开始加急处理白楚年的诉求，技术部内部技术员分成三组：A 组是有条不紊地维护处理各种日常情况的，B 组是专门处理突发事件的，C 组则是负责跟进每个外出执行任务的特工情况的。

白楚年发回照片后，由 C 组接收，传给 B 组。

技术部最精锐的人员全部集中在 B 组，B 组组员平时工作清闲，没有其他组技术员那么大的工作量，平时也没什么事做，打打游戏看看动漫消磨时间，但只要用到他们了，不论白天、黑夜，工作日还是假期，就算正在蹲厕所也得立刻打开电脑干活。

B 组大佬段扬收到了加急提醒，端着一杯咖啡从休息室里走出来，伸了个懒腰，打着哈欠往自己的工位走去。

爬虫却已经坐在段扬的电脑前，打开了实验体自动识别程序，识别程序正在调整照片的清晰度。

如果换了别人，敢私自进段扬的私人办公室，还擅自动了他的电脑，段扬能当场开始咬人，但看到坐在那儿的是可爱小爬虫，他就一点也不生气了。他甚至曾经亲口允准，小爬虫随时可以用他的办公室。不过爬虫也只是看上了他办公室里的机器，那配置是整个 IOA 技术部里顶级的。

爬虫现在在 IOA 技术部大受欢迎，长期宅在技术部那两层大楼里的技术员们难得见着别的亚体，更何况还是个长得很可爱的小爬虫，一时对他趋之若鹜。特工组也正在考虑是否让爬虫转正成为 IOA 正式探员，加入技术部。

不过相比搜查科而言，技术部的门槛只高不低，除了本身要有过硬的技术实力外，身份还必须经过层层审查，因为技术部内部数据关系到整个 IOA 的运转，外人轻易接触不到。爬虫的身份是个大问题，身为实验体6010"黑客"，身份审查这一项很难通过。

"艾莲派了五个 A3 级王牌实验体去制药工厂支援，白楚年被围了。"爬虫瞥了段扬一眼，总觉得这个边牧亚体没有别人家边牧那么聪明的样子。

在爬虫亚体的帮助下，IOA 技术部成功研发了实验体识别系统，识别精度与 PBB 的军用实验体雷达相差无几，只需要一张模糊的照片就能在短时间内整合出相应的实验体资料，只是还在组内测试阶段，尚未进一步推广。

与实验体识别系统相对应的还有一个特殊武器识别系统，可以通过武器外形和造成的伤口识别出特殊武器，并整合出相应资料。

段扬一手拿着马克杯，从爬虫身后弓下身撑着桌面注视屏幕："现在确认了两个了？"

"嗯，他和咒使在一起，看来暂时联手了。两个对手都是七级成熟体，剩下三个就在不远处，他跑不了，对方是有备而来的。派普通支援也没用，除非派一组A3级特工过去，这些实验体在韶金公馆袭击过我们，杀了我们很多人，重伤了多米诺，实力很强。"

"你让开，我想办法。嗯？你发了邮件吗，发给谁的？"

"魔使。不知道他愿不愿意蹚这趟浑水，但以前我们在韶金公馆时，他总是密切关注着他俩的情况。"

白楚年和厄里斯相背而站，面对着来自前后两方的压力。迅猛龙从深渊中爬了出来，冷笑着举起断裂的左手，以诡异的姿态弯曲折断的手指使之逐个归位长合，恢复了原状。

他使了个障眼法，看似坠入了深渊之中，实则用另一只手攀住了内侧的岩壁，将身体悬挂在厄里斯的视线死角中等待身体自愈。

白楚年面对的青墨色盾牌上的花纹忽然有节奏地隐现了一下青光，青光乍现，沿着花纹游走，盾牌中心逐渐显现出一个蛇发女妖的头颅。

白楚年嗅到了空气中的铁锈气味，里面出现了J1级别的亚化因子。

"这古怪盾牌开始用能力了。"白楚年低声道。

厄里斯看见远处的迅猛龙身上也发出了同样的青光，周身浮起一个椭圆形淡青色的透明光罩，随着迅猛龙的移动而移动。

"噢……这下不是更硬了吗?!"厄里斯抬起霰弹枪，朝沿S形路线飞奔突进的迅猛龙接连射击。

霰弹枪一发一顿的枪声接连在迅猛龙S形进攻的转折点上炸开，迅猛龙蜿蜒避开三发霰弹，迎着最后一发径直朝厄里斯冲了过来。

厄里斯对自己武器的伤害力很熟悉，在此时两人的距离下，正面被霰弹击中，即使是实验体也会出现将近三秒的停顿，只要趁着对方被霰弹阻碍行动和视线时趁机反击就能扭转局势。

但事情并未像他预想的那样发展，子弹被看似虚无但无比坚硬的光罩弹开。被几发霰弹命中后光罩碎裂，迅猛龙毫发无伤，双脚在地面震出两个深坑，长尾迅疾有力地扫了过来。厄里斯右侧肋骨被扫中，身体就像卷进了飓风之中，被撕扯着冲飞，重重撞在了厂房潮湿的墙壁上，墙壁被厄里斯的身体砸出一个巨大的裂坑。

厄里斯将嵌进墙体的身体艰难地拔出来，转眼间迅猛龙已经飞跃到面前，厄里斯抬起枪口开了一枪，可迅猛龙身上又出现了一个光罩，接住了他的子弹。迅猛龙本身的行动没有受到任何阻碍，一脚踹了过来。

厄里斯在这短暂的一瞬间用诅咒之线连接自己和迅猛龙，硬接了这一脚，这一脚着实够猛，厄里斯背后出现裂坑的墙壁受了这一击，当即碎裂倒塌，厄里斯的陶瓷躯干碎了一大块，喉咙里咽下一声痛苦的闷哼。

被诅咒之线连接的迅猛龙，本应和厄里斯同时受到同等的伤害，却被透明光罩尽数防护了，光罩碎裂，迅猛龙并未受到诅咒之线传递的伤害。

盾牌的能力比想象中还要强，它竟然还能防护住间接伤害。

白楚年这边则受到盾牌发出的压力，似乎有万吨重物在他头顶上一寸一寸下坠。

"该死的盾牌太碍事了……"厄里斯支撑着碎裂掉渣的躯干回到了白楚年身边，看上去体力消耗了不少。厄里斯跟白楚年站在一起时，两人共同抵抗盾牌施加的压力就变得轻松了些。

迅猛龙又找到了一个刁钻的角度进攻，厄里斯的枪口一路跟着迅猛龙移动，直到转过身枪管接近了白楚年，白楚年警惕地一把抓住他的枪口。

厄里斯的行动突然被打断，迅猛龙的龙尾趁机扫来，厄里斯只能用诅咒之线吊起身体躲避，两人又被分开，白楚年被盾牌的压迫力压得双腿不得不弯曲下来，险些跪在地上。

厄里斯愣了一下之后突然炸了毛，举起霰弹枪骂白楚年："你干什么干什么？你打我干什么?!"

白楚年才知道厄里斯并没想偷袭自己，是他自己习惯性多疑。他们之间毫无信任，很难联合起来一致对外。

"把你的线给我一半。"白楚年说。

厄里斯从袖口中牵引出一条金色的诅咒之线，线的两端分别缠绕在了两人腰间，将他们连在一起。

诅咒之线连接的目标将会受到同样的伤害，这样就不担心对方会偷袭了。

白楚年腕上的手表忽然亮了一下，显示接收到文件。

技术部发来了两个实验体的详细资料。

【序号1】

特种作战武器编号3316

代号：迅猛龙

本体：古生物基因复原体

分化等级：A3

成长阶段：七级成熟体

首位编号3代表蜥龙型亚化细胞团，中位编号3代表30%拟态，末位编号16代表主能力为近战格斗。

【序号2】

特种作战武器编号6014

代号：雅典娜盾

本体：古希腊盾牌建模体

分化等级：A3

成长阶段：七级成熟体

首位编号6代表无生命物体，中位编号0代表无拟态，末位编号14代表主能力为防御。

备注：附加在盾牌上的脊椎和亚化细胞团属于一位名叫安娜的女性亚体防暴警察，安娜在城市反恐疏散行动中将防暴盾牌留给了平民，以致自己因爆破牺牲，尸体在此前下落不明。

白楚年看着资料，心里生出一阵恶寒，研究所的实验越来越没有下限，从最初将那位自愿捐献遗体为医疗事业献身的癌症少年改造成蛇女目开始，艾莲的良心和底线就被名利吞没了。

"雅典娜盾J1亚化能力'守护'，给友方施加一个能承受一定量伤害的透明护盾，连续使用能力之间需要间隔至少十秒。"白楚年将资料上的能力简介读给厄里斯听。白楚年灵活地跳上栏杆，然而每一次起跳都会受到盾牌的极力压迫，到了一定高度后，白楚年甚至跳不动了，开始手脚并用艰难地向建筑高处爬，指尖竭尽全力抓住头顶的栏杆。

雅典娜盾的伴生能力是"威压"，盾牌会自动向四周散发压迫力，大量消耗敌方的体力，瓦解敌方斗志。

白楚年爬到建筑高处，脚踩在一个浅窗沿上借力，找到一个合适的角度，从大腿的枪带上拔出手枪，瞄准了盾牌上镶嵌的亚化细胞团。

为了保护平民而牺牲的警察……这怎么下得去手？

白楚年犹豫了一秒，还是扣下了扳机。

不知道盾牌是依靠什么去判断攻击来向的，当子弹接近时，盾牌表面镌刻的蛇发女妖花纹忽然亮了一下，盾牌表面变得光滑如镜。

子弹与镜中倒影重合，白楚年猛地一惊，眼看着那枚子弹没进了盾牌中，而子弹的倒影冲出镜面朝白楚年的脑袋飞来。

雅典娜盾 M2 亚化能力"圣镜"：自我保护型能力，感受到攻击时自动形成镜面，原路返还伤害。但在圣镜状态下，雅典娜盾无法使用其他亚化能力。

迎面而来的子弹被一刀劈开，厄里斯顺着缠在白楚年腰间的诅咒金线爬上来，一刀斩碎子弹，骨刀在他掌心飞速打了几个转，接回了小腿的球形关节上。

"你发什么呆？"

"我已经摸清这盾牌是怎么回事了。你替我挡住迅猛龙，等盾牌变成圣镜，用不了别的能力的时候，你就动手。"白楚年与厄里斯擦肩而过，厄里斯抹了一把嘴边有了裂纹的脸颊，张扬地笑道："好！"

白楚年钩着颈间箍着的死海心岩项圈松了松，一股白兰地亚化因子冲破束缚向四周迸发，他深蓝色的瞳孔里涌起海浪，眼瞳微光点点，与兰波幽蓝海洋般的眼睛重合。

受到这股突如其来的白兰地亚化因子冲击，盾牌感受到了一丝威胁，表面的女妖花纹陡然明亮起来。雅典娜盾对自己使用了 J1 亚化能力"守护"，一个庞大的青色透明光罩罩在了盾牌自己身上。

在万吨压力下，白楚年双手牢牢攀抓住栏杆，双腿用力一撑，冲出压迫力形成的牢笼禁锢，顶着无限沉重的压力纵身一跳，跃到空中，划出一道凌厉的弧线，J1亚化能力"骨骼钢化"灌注进左手中，一拳重击在雅典娜盾的光罩上。

巨响过后，光罩炸得粉碎，流金碎屑从昏暗的空中向下流淌，在空中金光熠熠。

白楚年跳进满天金色流光之中，双手抱住雅典娜盾，左手掌心与盾牌上还在跳动的亚化细胞团贴合在一起。

"安娜。"白楚年默念主人的名字，M2亚化能力"泯灭"悄然发动。

虽然白楚年的"泯灭"无法将相同等级的对手压缩成玻璃珠，但在项圈限制下相对提升过威力后，"泯灭"的伤害程度再度叠加。

盾牌边缘渐渐覆盖上了一层玻璃质，像湖面逐渐结冰一样向盾牌中心蔓延，盾牌似乎也会感到痛苦，发出敲击钢铁的嗡鸣。

"泯灭"触发了盾牌的被动抵抗，盾牌表面的花纹迅速消失，转为圣镜，用M2亚化能力抵御白楚年的"泯灭"。

在圣镜的反射下，白楚年自己身上也覆盖了一层玻璃质，剧痛顿时爬满他全身。

"厄里斯……过来！"

雨水落在雅典娜盾的表面，顺着光滑的镜面流淌。在镜中映照出水滴的形状，雨水淌过盾牌上镶嵌的亚化细胞团，滴落到盾牌中心的女妖花纹中，从女妖闭合的眼角淌落。

白楚年将脸颊贴在雅典娜盾的表面，听见她在痛苦嗡鸣中轻声低语：

"我不想伤害你。神使，我自愿泯灭，别再让我伤害任何人。"

白楚年愣住："你还有意识？你跟我走，让IOA的医生们救你。"

"走不了的，我们都无法违抗艾莲的命令……请泯灭我，让我消失。"

如果对方自愿被泯灭，那么即使是 A3 级亚化细胞团也可以在白楚年手中成为一颗玻璃珠。

白楚年忽然发觉自己腰间缠绕的诅咒之线解开了，那金色丝线已经缠绕到了雅典娜盾上，青墨色的古希腊盾牌缠绕着几圈金色丝线，飘浮在昏暗的天空中，竟显出几分圣洁的光辉。

而金线另一端，正朝着被厄里斯逼到近点的迅猛龙飞去。

"等等！别杀她！"白楚年回头吼道。

而厄里斯根本不在乎对手是否无辜，他拿出人偶师的神圣发条，插在自己后颈用力拧了两圈，双手抓住从小腿上拆下的骨刀，从高处跳下，全身的力量都灌注进了双臂，尖锐的刀刃重重插在了雅典娜盾的亚化细胞团上。

驱使物神圣发条对咒使者的全身增幅在 300% 到 600% 之间，经过驱使物加强的咒使的这一击连白楚年都不可能从正面尽数接下来。

在圣镜状态下，雅典娜盾无法使用其他亚化能力，更无法保护迅猛龙，雪白的陶瓷长骨直接没入了雅典娜盾的亚化细胞团中，从亚化细胞团开始，裂纹金光爬满了镶嵌在盾牌上的一整条人类脊椎。

金光四溅，亚化细胞团率先炸出一团血雾，铁锈味的亚化因子溢满了天空，盾牌表面龟裂，内部细碎的咔嚓声不绝于耳，裂纹越爬越深，越爬越细碎。

与此同时，被诅咒金线另一端缠住脖颈的迅猛龙后颈亚化细胞团也炸出一团血花，口吐鲜血惨叫着倒在地上，四肢诡异扭转，身体各处关节崩落。

随着一声炸裂的巨响，雅典娜盾终于四分五裂，青色钢铁碎块在空中迸开，两个青色的透明光罩缓缓从白楚年和厄里斯脚下升起，替他们阻挡着锋利的碎片。

白楚年扶着温暖的光罩仰头望着飞向天空各个角落的雅典娜盾残骸，心中滞涩地生出一阵无力感。

她如果被泯灭，灵魂一定澄澈无比。

"我让你别杀她。"

"为什么不杀？威胁到尼克斯的东西我都要干掉。"厄里斯对自己的所作所为毫无愧疚，找了个屋檐坐下来，双腿垂到空中悠闲地荡来荡去，轻松地吹着口哨把自己的小腿骨举起来，检查上面的裂痕，好在刻有人偶师签名的地方没被磨损。

迅猛龙残破的躯体就倒在他附近，还有一些虚弱的呼吸。

"还没死啊你。"厄里斯抬手将骨刀插进他后颈亚化细胞团中，用力转了转才拔出来，血液飞溅，溅到了厄里斯苍白的笑脸上。

"还剩三个，研究所的王牌实验体也不过如此啊。"

厄里斯陶瓷躯干碎裂处在神圣发条的驱使下修复速度加快了，但他的手和腿都有些轻微战栗，伤处很痛，但他只专心用诅咒金线缝补撕破的衣服，安静地恢复着体力。

白楚年盯着他掉了碴的躯体看。

在人类字典里诅咒娃娃是用来咒杀仇人的，人们用铁钉扎碎他的身体以祈求仇人惨遭噩运，但不知道诅咒娃娃能不能感到痛，毕竟烧制成身体的陶瓷就是他的皮肤和血肉。

雨势小了，云层亮了起来，细密的雨丝冲洗着屋顶和阳台的血迹。

白楚年走过来，与他并排坐在了屋檐上，低头摘自己身上的玻璃质碎片，疼痛和疲惫让他轻轻喘气。

白狮尾巴从体内伸出来，从长进檐内的阔叶树上拧下一片叶子，尾尖卷着叶柄举到头顶给两人遮雨，聚到叶子中央的雨水顺着叶尖淌成一条线浇到厄里斯头上。

昏暗的云层渐渐亮起微光，沉重的低气压从天边袭来，积聚在天边的墨色乌云像是被什么染上了光华颜色，渐渐地，一朵云闪动起光晕，照亮了一小片天空，接近了操场的方向。

两人同时警惕地抬起头。

"我撤了。"白楚年累了，不想再蹚这趟浑水，插兜站起来要走。

突然，一根诅咒之线缠到了他腰上。

厄里斯一手抓着实体化的金线，一手握着霰弹枪，枪口抵在了自己身上，扬起笑脸对他吐舌头："大哥，你不会抛下我走掉吧？留下来帮我保护尼克斯。"

"……"白楚年看着他枪口对的位置和自己腰上缠的诅咒之线，头上冒出两滴冷汗。

第十二章

永生亡灵

◦─────●─────◦

厄里斯拽着实体化的诅咒之线翻越层层叠叠的破烂建筑，白楚年被系在丝线另一端，被迫跟上。

工厂中各类仓库设备众多，操场和他们之间隔着太多障碍物和建筑，厄里斯看不见人偶师，只是偶尔在屋檐和堆弃的老旧货物之间的缝隙中看见一些人偶娃娃，镌刻着咒文的人偶娃娃带着被催眠的实验体幼体，从工厂各个方向的大门离开。

"都走了吗？"厄里斯踮起脚站在高处远眺，喃喃嘀咕，"会等我的吧。"

白楚年只能跟上，站在厄里斯身边打哈欠。

"你为什么给人偶师卖命？"他懒懒地问。

"我没有给他卖命。"厄里斯抬起头，瞥了白楚年一眼，"我觉得他是对的，所以我要跟着他。"

"你怎么知道他是对的？"

厄里斯扛起枪管，两只手挂在枪两端，低头看自己脚上沾了泥土的新鞋子，似乎在思考。

"我觉得他是对的。但是不对也没关系，我喜欢跟着他。"

厄里斯和其他几个实验体一起被卖到红喉鸟的时候，一直被关在仓库里。

红喉鸟恐怖组织的仓库里摆放着枪械弹药，厄里斯和其他几个实验体和普通的枪械一样被安置在武器库中，如果没有人打开武器库，那么这里面通常都是没有光线的。

偶尔有人会打开仓库门，将买卖的武器弹药运进来或是运出去，只有这种时候武器库中才能见到光亮。厄里斯每次见到人，就会攥着笼子栏杆朝他们比中指，或是发出惊悚的笑声，在光线昏暗的仓库中，苍白少年猩红的唇舌和狭长的唇角会显得很诡异。

因为固有能力是"噩运"，凡是接近厄里斯的人都会倒大霉。红喉鸟的大多数成员也都是第一次见实验体这种东西，对厄里斯抱有很大的敌意和成见，常常重重地踹笼子，用枪托揍他。

厄里斯当然不会任他们欺压，即使戴着控制器，他仍然有一万种方法让对方死无全尸。

短短半个月内，死于非命的红喉鸟成员越来越多。有的因为枪械炸膛被炸死，有的因为炸弹故障被炸上了天，有的只是在床上抽烟就把自己和一屋子室友全都烧死，也有的只是平地走路就被飞来的流弹打漏了脑袋。

红喉鸟的老大一度非常头疼，他知道是厄里斯导致的问题，但钱已经花出去了，研究所也不接受退换货，现在除了销毁厄里斯，就只有硬着头皮养着。

一个 A3 级全拟态实验体过于昂贵，刚买回来还没用就这么销毁，老大实在不甘心，只好求助于自己身边最聪明的谋士："你张罗着买回来的实验体，你去安排妥当。"

那是厄里斯第一次见人偶师。

人偶师没有像其他人一样身穿防护服、防弹衣，手里拿着枪战战兢兢地接近他。他两手空空，只带来了一盏台灯摆在厄里斯身边。

台灯亮起来，照亮了武器库中很小的一块地方。

一直在故意怪叫企图吓唬他的厄里斯突然安静下来，慢慢坐到笼子角落里，尽量靠近台灯所在的位置。

人偶师蹲到笼子前打量他，厄里斯毫不胆怯地跟这个金发碧眼的亚体对视。

没想到这男人会胆子大到把手从铁笼缝隙中伸进来，厄里斯正在盘算着该咬掉他几根手指，那个温热的手掌就轻抚在了他的脸颊上。

人偶师轻声说："我知道你只是怕黑。"

台灯暖白色的光线透过铁笼缝隙拥抱着他，厄里斯不知道这样的感觉意味着什么，只觉得有些困乏，想枕着这只手睡。

不过人偶师没有一直抚摸他，而是出去搬来了一张桌子和一些奇奇怪怪的工具，在武器库里做起娃娃来。

厄里斯才知道，人偶师把自己的台灯拿过来给他照亮，做娃娃的时候就没灯可用了。

人偶师做娃娃的时候很少说话，总是专注地盯着手中的零件，厄里斯也不吵他，只是挤到笼门前，抓着栏杆眼巴巴地望着他。

人偶师终于注意到了他，拿出皮尺，把厄里斯从笼子里放出来，给他量了一遍肩宽、腰围、臂长和腿长，量腰围的时候，人偶师伸出双臂把他圈在臂弯里，再拉紧皮尺看一眼数字，普通的测量动作而已，厄里斯却一直等着被抱起来。

之后的几天里，厄里斯没再回笼子里，每天趴在桌边看着人偶师打版，裁剪布料，手工缝制衣片和花边，最后把成衣和鞋帽穿在他身上。

厄里斯才知道原来在人类的世界里光着身子不够雅观，一度心情低落，介意自己光着身子在人偶师面前晃悠了这么多天。

"我依靠黑暗阴影杀人，可我觉得无聊。"厄里斯仰头看着亮起微光的天空，伸出掌心接空中细密的雨水，"艾莲为什么要把我设计成这样，我根本一点都不喜欢黑夜。"

白楚年漫不经心地跟着他。世界上所有对错都只是人们各执一词而已，分不出高下。

裤兜里的手机振动了一下，白楚年摸出手机看了一眼，兰波回了消息："我还在船上，你找一个可避雨的暖和的地方等我。"

白楚年把听筒贴在耳边，循环听了这句温和的回复两三遍。不知道使者遇到驱使者是不是冥冥之中的一种必然，但流浪的小动物会爱上给自己庇护和温暖的主人顺理成章，不是每个灵魂干净的小狗都能幸运地遇到让自己停止流浪的人。

他们进入操场时，一股强横的威压感迎面冲来。白楚年发现身后不知不觉出现了一个亚体的身影，她飘浮在空中，穿着柔软的棉团蓬蓬裙，皮肤雪白，眼睛也是透明浅淡的乳白色，乳白色头发像针晶一样直直地垂着，一身灰白颜色。

那股强大的威压感就来自这个小女孩的亚化细胞团。

白楚年沉默地盯着这个体形娇小的女孩，用微型相机拍了一张照片发回技术部。

技术部 B 组技术员一直在待命状态，迅速给予了答复：

特种作战武器编号 6017

代号：蚀棉

本体：石棉亚体

分化等级：A3

成长阶段：八级成熟体

首位编号6意味着无生命物（矿石型亚化细胞团）改造，中位编号0代表无拟态，末位编号17则代表主能力为范围伤害。

厄里斯才不会把一个八级成熟体放在眼里，他拿枪口撑了撑小女孩的脸颊："尼克斯不准我再杀小孩了，你走开。"

不过一个八级成熟体而已，白楚年也没把她放在心上，虽然研究所的王牌实验体不少，但他们跟使者型全拟态的顶级实验体比起来实力还是相差许多。

蚀棉展开双手，裙摆在风中飘动，无数乳白细针丝丝缕缕飘来，在空中若有若无地挥洒。

"快走，别被她拖时间。"白楚年掩住口鼻躲过针雨，从高台上跳了下去，落在操场中的一辆卡车顶上，厄里斯紧随其后。

操场上停的三百来辆卡车已经被拆得七七八八。白楚年看见奇生骨和帝鳄正忙碌地将人偶娃娃从盒子里拿出来，然后护送着奄奄一息的实验体幼体离开操场，人偶师也在拿钥匙开锁，把剩下的实验体从车里的玻璃皿中放出来。

白楚年默不作声，跳下车顶，用骨骼钢化后的左手轻易捻碎锁扣和玻璃皿的金属锁，利索地将里面的实验体放出来。

有了他的加入，释放进度就更快了。

人偶师偏头看了他一眼，白楚年叼着从地上捡的柳枝，满不在乎地说："我没觉得你是对的，我做我觉得对的事。"

人偶师淡淡地点头，并没有跟他继续交谈的意思。

操场上还没完全解锁的车还剩十几辆，但他们的时间已经不多了。

天边出现的那朵霞云疾驰着接近了他们，身后一路拖着炫目的彩色光带。

白楚年警惕地转身，回头凝视霞云中裹挟的实验体，看清楚天边踩着云团接近的是一位亚体。

亚体实验体上半身拥有流畅优美的肌肉线条，而从腰部开始，下半身完全是鹿的身体。他戴着银色面具，头上的银白鹿角萦绕着淡淡光晕。

"是他。"白楚年神色微僵。厄里斯闻声也扬起下巴，皱眉凝视远方的鹿实验体，眼神不耐："怎么是他？"

研究所最早生产出的一组 A3 级王牌实验体之一——霞时鹿，即使没在研究所总部待过，白楚年对他也早有耳闻，厄里斯对他就更熟悉。

特种作战武器编号 5519

代号：霞时鹿

本体：白鹿亚体

分化等级：A3

成长阶段：九级成熟体

首位编号 5 意味着有蹄型亚化细胞团，中位编号 5 代表二分之一拟态，末位编号 19 则代表主能力为辅助。

并非他的攻击力多么强悍，而是因为他的能力性质特殊，他在研究所被誉为研究史上最强辅助实验体。

白楚年摇摇头："你们该走了。"

厄里斯扛起霰弹枪："霞时鹿……那又怎样？"

"我得到的消息是艾莲派了五个王牌过来,现在才出现四个。她把霞时鹿都派了过来,那第五个想必实力不会弱。"白楚年看了一眼不远处的奇生骨和帝鳄,"硬扛的话,那两个 M2 级的会折在这儿。"

奇生骨耗费了太多体力,又有些咳嗽了,听见白楚年这么说,扬起羽毛扇遥遥地回敬了他一个轻蔑的眼神:"别太小看人了。"

人偶师望着剩下的还没打开的几辆卡车,并未犹豫就做出了决定:"走了。"

人偶师一下命令,他们立刻抛弃了剩下的卡车,用最快的速度离开。

这时,霞时鹿已经驾着云霞笼罩了他们头顶的天空,鹿角光芒隐现,J1 亚化能力随之发动,一股浓雾从空中爆发,短暂的三秒内就彻底将他们笼罩在了伸手不见五指的浓雾之中。

霞时鹿 J1 亚化能力"雾":干扰型能力,被笼罩目标将在雾中失去方向感、时间感、空间感,一切电子设备失灵,听力减弱,而友方完全不会被干扰。

白楚年在雾中听不见其他人的脚步声,霞时鹿的 J1 亚化能力正好克制他的固有能力"多频聆听",让他失去了猫科实验体的敏锐的优势。

朦胧的白雾中,白楚年隐约看见一个白色的身影掠过眼前。

雪色浓雾中,白楚年只是余光瞥见了那白色的身影一眼,头脑中恍惚猛地眩晕了一下,有一股淡淡的亚化因子气味让他感到熟悉又陌生。

他低下头,脚下的地面不知何时变成了广阔平静的镜面,镜子像水面一样荡漾着波纹,映照着白楚年的脸。

一滴雨水坠落打破了镜面的平静,波纹荡起涟漪,镜中的映象缓缓变成了一颗圆润的珍珠。

珍珠只有拳头大小，却是半透光的，隔着一层莹润的珍珠质。白楚年震惊地看见，珍珠内有一条幼小的白色魔鬼鱼在挣扎游动，幼小的鱼通体呈乳白色，尾尖是嫩红的，脆弱得仿佛轻轻一碰就会破碎。

它实在太小了，白楚年惊惶地跪下来，尽力伸出手去捞它，嘴里轻声哄着："宝贝，你活着吗？过来，快到我这儿来。"

他的手穿过了镜面，镜子里的世界是一片深不见底的海。

珍珠似乎听得懂他的话，缓慢地向他的掌心漂浮。

白楚年上半身几乎都贴在了地面上，手越伸越近，几乎还有一厘米就要触碰到珍珠时，他突然感到手腕一紧，接着脚腕也被冰冷的手抓住。白楚年回头一看，却见镜面中伸出了无数只青黑冒烟的鬼手，尖锐的指甲已经嵌入他的血肉中，而他竟浑然不觉。

有一个空灵的声音在他耳边得意地笑："神使的心智太难控制，只能让你主动伸手进来了。"

成百上千的青黑鬼手如同溺水者乱抓的手臂，抓住白楚年的双手双脚和身体，用力向镜中的世界拉扯。

"什么东西……"白楚年咬牙猛地一挣，几十只鬼手被挣断了，鬼手锋锐的指甲在他身上抓出了许多血痕。

被大力挣断的鬼手发出痛苦幽怨的哭诉声，断裂的截面又快速生长出更多新的鬼手，抓住了白楚年的脖颈。一只手爪深深刻印进了白楚年脆弱的后颈亚化细胞团中，白楚年痛叫了一声，密密麻麻的鬼手趁机裹覆了他的眼睛和口鼻，沉重地坠着他陷入了镜中，镜面消失，又恢复成浓雾覆盖的地面。

白楚年消失了，地面上只留下了他的手机，屏幕一直在闪动，来电显示兰波已经打来了十几通未接电话。

平常六点钟时天已经大亮了，今天却翳翳蒙蒙，厚重的云裹着低气压向地面逐渐压低。

远洋船在一望无际的海面上漂浮，兰波坐在甲板围栏上，两条腿轻轻在空中荡着，他手里攥着手机，心事重重地望着远方天海相接的地方。

船上一半是 IOA 的工作人员，另一半是 PBB 狂鲨部队的队员，狂鲨部队一队被派遣到蚜虫海帮助彻底解决潜艇实验室感染药剂泄漏的问题。

狂鲨部队一队长魏澜和副队长封浪都在船上，他们趴在栏杆边懒懒地眺望远处的海平面。

经过地毯式扫描，他们在海域内发现了近五十艘已经废弃的潜艇，有过半数潜艇实验室的感染药剂已经泄漏光了。整个海面上漂浮着一层怪异的彩色油膜，大量海洋生物的尸体随着涌动的波浪漂浮在海面上，散发着刺鼻的臭味。

封浪摘下贝雷帽攥在手里，轻骂了一句："好家伙，真够缺德的。"

魏澜端着笔记本电脑，依次检查卫星地图上标记的需要清理的位置，叹了口气："得不到各国支持，研究所也做不到现在这么大。等这次国际会议提案通过，PBB 拿到通缉令，直接端了他们老巢，哼。"

韩行谦也在船上，带着医学会的几个实习生正在做水质分析。实习生在调试净化机器，搜查科的几个新转正的训练生也都在，难得的锻炼机会，他们也都不想错过。

韩行谦拿着新出的报告单端详了一会儿："没问题了，只要净化到 3.2 以下就能消除影响，看样子得花上十几天。"

兰波一直沉默地坐着，低头看着海面上漂浮的尸体和污秽。没有他的命令，整个人鱼族群都不会擅自出海净化海域，这是他给人类的一次小小惩罚。不过既然和小白说定了跟人类和解，兰波也不想再端着这股怨气了，他最疼小白，不忍心看着小白两头为难。

他突然开口，喉咙里发出一阵缥缈的、无法分辨男女的奇异吟唱，像鲸鱼的长鸣，又比鲸鸣更优雅神秘。

船员们都愣怔地回过头看向兰波。这样特殊的声音他们只在海洋纪录片里听到过。只有上了年纪的老水手才听得出来，这是海族迁徙时，首领召唤族人所发出的鸣音。

船上的空气凝滞，人们纷纷停下手上的工作，静静地望着坐在栏杆上的兰波，一时间周围变得寂静，耳边只有海浪拍打船身的声音。

忽然，相似的鸣音从远处再次出现，起初是从东方，而后从西方，又加入了南方和北方，从四面八方出现的鸣音和缥缈吟唱此起彼伏，纷纷回应着兰波的呼唤。

不知是谁喊了一声："有人鱼！人鱼在往咱们这边聚集！"

船上的人们炸了窝，一窝蜂挤到甲板上，努力探出头向海中眺望。

平静的海面下，五光十色的鳞片闪动着光辉在朝远洋船聚集，成百上千的人鱼在浅水游动，有的跃出水面，在空中划过一路光华再坠入水中，溅起大片雪白的水花。

除了水中游的，空中还盘旋着长有鳞片翅翼的人鱼。他们没有鱼尾，下半身和飞鸟一样，生有两只尖锐有力的趾爪，翅膀和脚爪上都包覆着彩色鳞片，耳侧长有浮动的鳃。

船员们都被这场景惊呆了，好一会儿才想起摸出手机和单反疯狂拍照。得是什么运气才能遇见这种世纪奇景，竟然在远海遇见了人鱼群，这种经历回去了能吹一辈子。

兰波看着这些人类的震惊表情有点无语，他只是喊停留在附近的一小撮人鱼过来干活而已。

"boliea claya kimo, Siren。（我们听见了您的召唤，王。）"人鱼们用此起彼伏的悦耳音调向兰波见礼。

兰波淡淡地道："nabiya ye。（打扫干净。）"

人鱼们对首领的命令绝对服从，立时在水中分散开来。人鱼们游过的水域渐渐变得清澈。一些人鱼潜入海底，张开长满锯齿尖牙的嘴啃食海底沉没的潜艇残骸。他们的净化能力虽然远不及兰波，但也足够了。

魏澜最先从震惊中反应过来，招呼其他队员加快速度，把调试完毕的净化器吊入水中。人们在甲板上忙忙碌碌，人鱼在海中默默干活。

也有人鱼用鳞翼飞到甲板上暂时停落歇脚，不过他们不敢接近人类，警惕地与每个船员保持着距离，除了韩行谦。

整艘远洋船上，只有韩行谦身边围着人鱼。人鱼收了翅膀，在韩行谦身边徘徊，韩行谦从兜里摸出压缩饼干，掰成小块分给人鱼。人鱼小心地接过来，塞进嘴里吧唧吧唧地吃着。

封浪纳闷地凑过来问："哎，好兄弟，他们怎么只不怕你啊？"

韩行谦淡笑："我信海神啊，皈依海神受庇护，不懂了吧？"

封浪更好奇了，挤着韩行谦非要问个明白。

兰波无聊地坐在栏杆上吹海风，身边忽然挤过来一个海葵亚体，红头发阳光地支棱在头上。

兰波抬眼瞧他，原来是狂鲨部队的副队长。

封浪神神道道地凑过来，小声问他："那个，我也不吃海鲜刺身，在部队里我们还巡视海域呢，总部的珊瑚保育区还是我带队员们弄的……"

兰波挑眉："小子，你想说什么？"

封浪双手合十："我觉得我也能信奉你，拜托了。"既然变成人鱼首领的信徒就能让海洋生物亲近，那小丑鱼岂不是更会被他的帅气吸引了吗？

兰波无奈，伸出手指，让他亲吻了一下指尖。成为信徒后，不能做任何有害于海洋的事，这对兰波而言倒是有益无害。

吻过兰波指尖后，封浪双手攥拳"吔"了一声欢天喜地地走开了。兰波忽然发现身边里里外外已经挤了一圈船员，像演唱会上等着要签名的粉丝一样围在他身边，眼巴巴地等着他赐福。

他蓦然笑出声来。陆地上的生物也不全是令他感到恶心厌恶的，有许多跟小白一样心怀热忱的少年讨人喜欢。

他心情欢快起来，轻抬右手，幽蓝的荧光碎屑从他掌心降落到水中。碎屑落入水中时展开，变幻成无数大小不一的蓝光水母，加速净化着污浊的海域。水母在海中破碎成泛着蓝色微光的星尘，人鱼们彩色的鳞片饱和度突然变高，更加五彩斑斓，净化效率肉眼可见地提升了。

兰波刚要放松下来，终于能好好与船上的人类交流几句时，心脏猛地一痛。

他捂住心口，立即被心脏传来的莫大的悲伤情绪笼罩了。

兰波曾切下自己心脏的一角嵌在肋骨上给小白做成耳环，小白的呼吸和情绪他全都听得到。

"兰波……来接我。"沉痛到极点的嗓音在兰波耳边嘶哑地呼唤。

尖锐的心痛从胸腔中升起，兰波蓦地直起脊背，眼瞳拉长成细线，狠戾凶光在眼中一闪而过。

诡异的白雾向四周弥漫，整个红狸市的建筑都笼在了淡淡的雾气中，华尔华制药工厂已经被浓雾完全笼罩。在霞时鹿释放的浓雾中，人们的五感被完全削弱，和瞎了聋了没什么两样。

奇生骨扇动羽扇，将面前的雾气扇散，身边横七竖八地躺着被帝鳄徒手杀死的保安的尸体。M2级的亚体生命力太过顽强，没死的还在地上挣扎着企图爬起来反抗，吃力地抓住奇生骨纤细的脚踝，被奇生骨抬手扬作了骸骨白沙，随风飘散了。

帝鳄在浓雾中焦躁地徘徊，奇生骨也皱起了细眉，在伸手不见五指的浓雾中寻找着其他人的踪迹。在这种情况下，落单太危险了。

一缕金丝线飘了过来，缠绕到奇生骨的指尖，又牵引着去寻找帝鳄。

"大姐头，别走散了。"厄里斯循着金丝线走了过来。

是厄里斯的诅咒之线，诅咒之线可以自动连接到方圆百米内的活物身上。厄里斯就靠着诅咒之线将身边人聚到了一起。

人偶师提着最后一个娃娃皮箱，静静站立："厄里斯，把线收了。"

"哦。"

对方有一个擅长范围伤害的石棉亚体，厄里斯的诅咒之线会使连接到的每个人同时受到相同的伤害。如果连着诅咒之线，一旦被石棉攻击，他们所有人都会受到成倍的伤害。

奇生骨展开小羽扇，额头的金绿蓝三色圆点闪动，伴生能力"翠黎明"启动，厄里斯和帝鳄额头上都浮现出六颗与奇生骨眉心相同的金绿蓝圆点。

翠黎明将会催发友方的正向突变，一受到奇生骨的加强，厄里斯突然感到视觉和听觉都有所恢复，在浓雾中能看见的距离增加了十几米，耳朵也不像被棉花堵住一样听不清东西了。

视线骤然清明，厄里斯敏锐地发觉了十几米开外的模糊影子，朝蚀棉开了一枪，然后立即带着人偶师换了地方。

蚀棉也早已发现了他们。

在霞时鹿的浓雾中，他们自己人是不会被雾气影响五感的，蚀棉可以清晰地看见他们的位置。

那娇小的白裙女孩展开双手，从她柔软的蓬蓬裙中散发出一片晶莹的细丝，悄无声息地逼近他们。

蚀棉 M2 亚化能力"针风化雨"，大量强化过的石棉纤维铺天盖地压了过来。

厄里斯迎着针雨冲了上去，诅咒之线迎风连接到蚀棉纤细的手腕上，他凌空旋身一脚扫向小女孩的腰身。蚀棉转过清冷的乳白眸子，抬手接下了这一脚，被震得接连后退。

但蚀棉的 J1 亚化能力"如沐温柔"是个卸力型能力，厄里斯感到自己重击在她身上的力气就像坠进了棉花里，软绵绵地分散了一大半，蚀棉没受到重伤。

没等蚀棉站稳，厄里斯就迎着她的脑袋踹了过去。咒使者的力量还是压制了蚀棉一头，小女孩应付得很勉强，不过只被她抓住了一个时机，她就又放出了一片石棉针雨。

帝鳄得到了奇生骨的突变加强，身上的鳄鱼皮甲越发厚重，他用自己强悍高大的身体挡在了其他人前面，回头大喝："你们快走！"

但石棉纤维细如针，无孔不入，蚀棉并不会打出一记猛拳过来与帝鳄硬碰硬。细密的石棉纤维钻进了帝鳄的皮甲中，帝鳄感到一阵沁入骨髓的刺痛，浑身皮甲都渗出血珠来。

奇生骨皱眉骂道："蠢货，快退开！"

孔雀尾羽从她裙下展开，奇生骨不假思索地施展了 J1 亚化能力"霓为衣"，炫目的光晕形成保护罩将他们护在了中心。

同样是 M2 级能力，威力不会相差太多，但奇生骨要比蚀棉的分化等级低一阶，想要支撑保护罩就有些力不从心了。奇生骨脸色渐渐变得苍白，咳嗽得也更加厉害，口中咳出的血丝污染了小扇上的羽毛。

人偶师在浓雾中寻找出口的同时观察着周围的气息变化，忽然开口："别扛着，收力。"

奇生骨一怔，下意识地听从人偶师的指令，但这短暂的一秒内已经发生了不可挽回的事故。

一道边缘锋利的彩虹光带在一瞬间就击破了奇生骨释放的防护光罩，光芒炸碎，奇生骨喷出了一口混杂着内脏碎屑的浊血，痛苦地跪在地上，勉强用手撑着才没昏死在地上。

霞时鹿 M2 亚化能力"虹"：引爆所有防护型能力形成的保护罩和盔甲，并对使用能力者 100% 反噬。

浓雾中，那头银角的鹿缓缓显现了一个影子，上身是亚体雄壮的身躯，下身则是白鹿优雅的四蹄。蚀棉小女孩就坐在霞时鹿背上，面无表情地抱着鹿的手臂，含着手指从鹿背后探出头来打量他们。

厄里斯紧贴着人偶师，一手拿着霰弹枪，五指缠绕诅咒金线，另一只手将人偶师护到自己身后，舔了舔嘴唇，勾起舌尖的黑线。

"咒使，你在害怕吗？"蚀棉嘻嘻笑了一声，又一次使用 M2 亚化能力"针风化雨"，散落的石棉纤维在空中蔓延。

霞时鹿的鹿角闪烁银光，他周身环绕的雾气变幻霞光，连带着蚀棉身上也裹缠上一片流光溢彩的颜色。霞时鹿 A3 能力"霞"，作用是增加友方全体能力密度。

漫天的石棉纤维突然增加了一倍，连空气都变得黏稠起来。石棉纤维被微风吹动，悄无声息地降临。

"啊——！"身受重伤的奇生骨凄厉地叫了起来，她身上的毛孔开始向外渗血，染红了碧绿的旗袍裙摆和金绿蓝闪烁的孔雀尾羽。

帝鳄的情况也同样惨烈，浑身鳄鱼皮甲却挡不住无孔不入的石棉针雨，几乎身体一动，就会感到难以忍受的刺痛。

厄里斯回头看了一眼人偶师，人偶师举起娃娃皮箱遮挡着从天降落的针雨，从皮箱里拿出两个医生娃娃，分别扔向了奇生骨和帝鳄。

背后镌刻咒文的医生娃娃灵活地跑向两人，用小玩具针管给他们修复受损的亚化细胞团，并拖着他们向安全的方向一寸一寸离开。看似小巧的人偶娃娃体内被咒文灌注了取之不尽的力量，拖动身躯沉重高大的帝鳄也不在话下。

他们在僵持中不断改变位置，厄里斯虽然在雾中丧失了方向感，但在摸索中把诅咒之线系在了他摸清的出口方向。地上散落着金色的诅咒之线，厄里斯把线头放在人偶师手中，用力推了他一把："顺着线走，我来解决他们。"

人偶师抬头深深看了他一眼。

厄里斯被这隐约带着担忧的眼神惊了一下，对人偶师做了个鬼脸："你的使者无所不能。"

人偶师提着皮箱，抬手搭在厄里斯后颈，替他拧动后颈插着的神圣发条，淡淡地嘱咐道："别纠缠。霞时鹿的能量也有耗尽的时候，先杀蚀棉。"

"我自己来。"厄里斯扬起唇角，脸上的黑红十字线随着他的笑容弯曲，他握住人偶师的手，代替他拧动插在自己后颈的神圣发条。平时只要转动两圈就能起到驱使物应有的作用，这一次厄里斯拧了十圈。

人偶师严厉地抓住他的手："你的机械核心承受不住，住手。"

"我说能就能啊。"厄里斯根本不听他的话，顽劣地挣脱他的手，张开右手，把小腿上的骨刀从球形关节上卸下，紧紧攥在手中，袖口飞出一根金丝线，穿透浓雾连接到霞时鹿的鹿角上和蚀棉小女孩的脖颈上。

这样厄里斯即使无法在浓雾中看见他们，也能凭借诅咒之线绷直的方向和震动判断他们的位置。

人偶师诧异于自己的失态，他花了几秒钟冷静下来，尽力让自己忘记厄里斯受宠若惊的眼神，转身打横抱起重伤的奇生骨，带着还能行动的帝鳄朝出口方向离开。

使者型实验体最强大也是最不可及的优势就是能够得到驱使物的加强，只要使者的生命承受得住，就能得到驱使物的无限加强。

从厄里斯体内散发出的气息此时已经超过 A3 级应有的极限，灭顶的压力让霞时鹿银色面具下的人类面孔也陡然失色。

霞时鹿四蹄不禁开始踩地后退，坐在他背上的蚀棉冷起脸，灰白的裙摆中突然爆开针晶。

蚀棉 A3 能力"沁人心肺"，石棉纤维将从对方身体的每个孔洞钻入体内，从内部摧毁各个器官。

这样伤害巨大的能力得到霞时鹿 A3 能力的加强，铺天盖地的石棉纤维朝厄里斯涌了过去。

厄里斯连躲也不躲，双手紧握着骨刀，迎着针雨凌空下劈，锋利的寒光从雾中闪现，重重一刀落地，削去了霞时鹿的半截鹿角。霞时鹿的 A3 能力骤断，能力增强突然停止。蚀棉愣了一下，突然胸口迎来了重重的一脚，被厄里斯径直从鹿背上扫了下去。

厄里斯落地时双手按住了地面，他微抬眼眸，低低笑了一声："'如临深渊'。"

蚀棉从空中坠落，地面被浓雾阴影遮盖，阴影化为无底深壑，蚀棉的尖锐叫声一路在深壑之中回荡，直到她坠入深处。

深渊地裂迅疾如电，制药厂的房子接连坍塌，墙壁和那些摆放在地上的杂物接连被吸入深壑，甚至操场上的卡车也一辆接着一辆被黑暗吞噬——地狱张开巨口，召唤着岸上的一切向下坠落，再将它们永世封存。

厄里斯用骨刀撑着疲惫的身体跪立在深壑峡谷之外，脚下的深壑边缘还在坠落砾石。与爬满大地的裂痕相比，咒使的身躯无比渺小。

厄里斯身体里扎满了石棉细针，那些细微又黏稠的纤维卡在了他体内的齿轮关节中。厄里斯跪在地上，他能听见自己身体中的零件慢慢被沁入核心的石棉纤维摧毁的声音。

没了蚀棉，任凭霞时鹿再强，一个辅助实验体也无法对厄里斯造成大的伤害了。

"轮到你了。"厄里斯用骨刀撑着身体站起来，慢慢朝霞时鹿走去。

眼前忽然掠过一个白色的身影，只一瞥就激起了厄里斯全部的警觉。他还从未被任何气息惊吓到过，这种气息却让他的后脊生出一股寒意。

这是恶化期实验体的气息。

厄里斯立刻放弃了攻击霞时鹿，横截在那个白色身影追击人偶师的途中，手中骨刀下劈，那白色身影竟缥缈地闪烁了一下，躲开了。

随后，幽灵般的身影抖动了一下身上的白布斗篷，以他为中心发出一种波动，厄里斯脚下便展开了一面水波荡漾的镜子。镜中伸出无数鬼手，嘶哑咆哮着抓住厄里斯的双脚，在厄里斯陶瓷做的双腿上留下深深的指印。

"你是谁？"厄里斯扬手斩断那些碍事的鬼手，放出一缕诅咒之线缠住幽灵飘忽的身体，狠狠拽到自己面前。

但他手中的刀还未动，就又感受到幽灵体内发出的波动，这波动使他灵魂震颤。

幽灵突然出手，厄里斯翻身避开，幽灵抓了个空，又把手缩回了白布底下，跟着厄里斯飞了过去。厄里斯起身时，幽灵闪现在他身后，厄里斯收回了诅咒之线，反手一刀，横切过幽灵的咽喉。

白布被锋利的骨刀削开了一个缝隙，有血流了出来。

隔着白布能够看见幽灵的脖颈被一刀斩断，那颗头呈直角向后折断了，血染红了幽灵身上盖的白布。

厄里斯紧盯着他。

刹那间，幽灵已经折断的脖子突然直了起来，头颅摆正，发出咔咔的骨骼接合声响。厄里斯几乎来不及看见他的运动轨迹，那白色幽灵就到了他面前，从体内发出一阵强大的波动。

厄里斯被震到头颅里嗡鸣剧痛，而他一旦在已经形成镜面的地上停留，镜子里就会伸出无数鬼手抓住他，把他向镜子深处拽去，亚化细胞团仅存不多的能量也在不断被鬼手吸收。

幽灵又消失在浓雾中，厄里斯找不到他的方向了，只能听见幽灵空邈的笑声。

"尼克斯……快走……"厄里斯努力爬起来，却被无数鬼手纠缠着动弹不得，身体不断向下坠，不知要被扯到什么地方去。

"'属性……互换'。"

呆呆的嗓音从厄里斯不远处出现，厄里斯听见了这个熟悉又讨人厌的音调，回头望去。

"赶上了……"魍魉怯怯地抱着玻璃沙漏翻转，弥漫在整个制药厂的迷雾便以他为中心点燃了，火焰飞速吞噬了浓雾，雾气消失，厄里斯的视线终于变得清明。

霞时鹿惊诧地回望突然出现的魍魉沙漏，惊异于这样娇小脆弱的玻璃实验体拥有驱散他的"雾"的能力。

幽灵的全貌展现在了空中，他正在朝人偶师追去。

人偶师抱着奇生骨在障碍物中蜿蜒逃窜，幽灵却能直接穿过墙体和堆弃的货箱，他体内发出波动，人偶师的身体也跟着猛地一颤，奇生骨的裙摆被狂风扬了起来。

幽灵从白布下伸出手，朝奇生骨的腿抓了过去。

砰的一声，一发霰弹在幽灵的指尖炸开，幽灵的右手从虎口处被炸得血肉模糊。

厄里斯在鬼手纠缠中艰难地从地上撑起身子，抬起霰弹枪对着幽灵："尼克斯说，不准看女性的裙底……"

幽灵停滞了一下，炸碎的右手缓缓重生。他似乎看懂了厄里斯对人偶师的珍视，于是恶意飞向了人偶师。

"别动他！"厄里斯竭尽全力也无法挣脱这些从镜子中生长出来的鬼手，只有诅咒金线能从袖口飞出，在幽灵即将离开他身边百米外时，诅咒之线缠到了幽灵身上。

"给我死。"厄里斯狠狠咬牙，拧动了自己后颈上的神圣发条。

发条已经被拧到了极限，又一次被强行拧动，直接带着厄里斯体内的机械核心炸了。

厄里斯的身体冒出一缕焦煳的黑烟，接着，从躯体开始，球形关节崩坏，全部散了架。

幽灵发出一声痛苦的哀叫，身形停滞，从空中栽落到地上，诅咒之线传递的痛苦让他同时承受着厄里斯正在经受的一切。

厄里斯的人偶身体四分五裂，机械核心损坏，内部齿轮不能再咬合，球形关节一个一个从身上掉了下来，小腿、大腿、下半身，甚至左肩，从身上一块一块往下掉。

厄里斯失去了支撑，倒在地上时撞碎了半个陶瓷脸颊，只剩下半个胸腔和一条右臂，吃力地用指尖扒着地面，向人偶师的方向一寸一寸地爬，淡绿色的瞳仁里只映照着人偶师的背影，他恍惚间看见了人偶师堆在工作台角落的麻袋，里面装着人偶娃娃报废的残肢。

报废了。这就是诅咒娃娃有价值的一生。

他想说"别丢下我"，又想起自己催促着人偶师快走，矛盾又难过。

倒在地上的幽灵缓缓拼合肢体，就像永生不死一样，又一次完好无损地站了起来，发出空灵的笑声，在空中飞舞，缓缓坐到了霞时鹿背上。

但厄里斯已经不可能再站起来，眼前一片黑暗。机械核心炸毁，他的眼睛，还有其他一切零件全都会跟着报废。

什么都看不见了，只有那些恶心的鬼手还在锲而不舍地把他向下拽，鬼手是冰冷的，并且在将他向更冷的地方拉扯。

厄里斯放弃了挣扎，不知道死亡之后意识会飘向什么地方，如果几年后尼克斯想起自己，愿意过来捡走他的机械核心碎片就好了。他想成为一件精美的标本，被放在尼克斯的工作台上，每天都被那盏他最喜欢的旧台灯照着。

一双和其他温度不同的手触摸到了厄里斯的陶瓷身体，一下子驱散了浑身寒意。

厄里斯本能地搂住了他，从未感受过的温暖通过破碎的胸腔，传递到一片狼藉的机械核心残骸中。厄里斯没有泪腺，但雨水在他眼眶里积攒，缓缓流淌到脸颊上。

人偶师抱起散落在地上的破烂娃娃，把报废的机械核心和神圣发条捡进兜里。厄里斯只剩下半个胸腔和一条右臂，紧紧搂着人偶师的脖颈。

那些鬼手在人偶师走近时恐惧地缩了回去，并不敢触碰他。

幽灵飘到人偶师面前，白布上画的笑脸上下打量了他一番："咒使驱使者……？"

"永生亡灵，你很有能耐，不愧是恶化期A3，我们认输。"人偶师单手托着厄里斯的残破身体，冷冷注视着他，以往温暾无聊的表情变得阴沉严肃起来。

人偶师松了手，手中的人偶皮箱摔落在地，铜扣咔嗒弹开，皮箱打开，内部布满精密齿轮，齿轮飞转，猛然扩大，撑破了皮箱，扎根在地面上，骤然升起了双人都无法合抱的齿轮机械臂，机械臂升至半空展开，齿轮转动拼合组装成一只巨大的机械手掌，重重地朝永生亡灵拍了下来，带起一阵呼啸的风。

人偶师A3能力"上帝之手"，能操纵齿械铸造核心，赋予无生命物旺盛的生命力。

机械巨手重重砸碎了地面，逼永生亡灵退后，将亡灵和人偶师分隔开一段遥远的距离，人偶师借这一阵狂风翻越了坍塌的高台，回头抛下一句话：

"你伤了他，我倒不会跟你死磕到底。但你伤了神使，我等着看那位难缠的驱使者会不会轻易放过你。"

永生亡灵被庞大的机械手搅乱了路线，一时追不上去，默默仰头望着人偶师消失的地方。

雨已经停了，整座城市都溺毙在了昏暗潮湿的低气压中，地上的污水在向着低洼处流淌。人偶师带着厄里斯在建筑之间穿梭，厄里斯仅剩的一只球形关节手紧紧攀抓着他的脖颈。

"不用抓这么紧，掉不下去的。"

"怕你半路扔了我。像那些做坏的娃娃一样，你扔它们都不眨眼，太可怕了。"厄里斯睁着失神的眼睛，他已什么都看不见了，半张脸都碎没了，另外半张脸上也尽是裂纹，碎片摇摇欲坠。

"不会。"

听他这么说，厄里斯渐渐因为体力不支而松开了紧抓着他衣服的手，身体向下滑落，但被人偶师温热的手掌托了上来，牢牢地扶着。

第十三章

白化魔鬼鱼

高耸入云的机械手臂在空中抓握，看似庞大的齿轮机械却咬合得极为紧密。永生亡灵能穿过墙壁和杂物的身体，竟无法穿越这条机械手臂，被它在空中搅弄，几次因为无法躲避而被机械手臂重重砸在了身体上。

永生亡灵看着人偶师带走厄里斯的残肢，魍魉沙漏在自己眼皮底下逃跑，于是蒙头白布上的面孔涂鸦原本的笑脸开始变化，黑色记号笔涂鸦的眉毛皱起，简笔画的嘴角向下弯，变成了发怒的脸。

他停在空中，体内发出一阵波动，白布下的少年发出一串刺耳的笑声，这声音犹如有形的波动，机械手臂内部的核心开始随着他的笑声共鸣。

机械手臂上的齿械零件发出嗡鸣，动作随之变得迟钝，共鸣的频率趋于一致，齿轮零件便发出断裂的声响，轮盘上的裂纹越来越大。

永生亡灵的笑声突然提高了一阶，那尖锐的笑声使周围的飞鸟当即坠落，小虫栽入水中，色彩鲜艳的鸟羽褪去颜色，花草枯萎，种植在制药厂周围的阔叶树叶片凋零变灰，树干轰然炸裂倒塌。

随着周围的景色逐渐变成灰白的颜色，机械手也停止了摆动，短暂的寂静之后，一个齿轮炸裂开来，整个机械手臂全部崩塌。

"来玩。"永生亡灵嬉笑着朝着距离自己最近的魍魉沙漏飞去。

跑得不如飞得快，何况魍魉只是一个刚升入 M2 级的培育期实验体，跟永生亡灵的能力根本不在一个量级上。

永生亡灵靠近了他，发出一阵灵魂波动。魍魉身体一僵，痛苦地捂着头摔在地上，玻璃沙漏在地上滚了几圈，裂开了一段不小的纹路。玻璃沙漏是魍魉的亚化细胞团细胞延伸，当沙漏破损时，就代表魍魉的亚化细胞团受到了创伤。

永生亡灵飘到他面前，轻盈降落，用虚幻的声音问他："还不跑吗？"

魍魉回头看了一眼正带着厄里斯离开的人偶师，咬紧牙关，抓住地上的玻璃沙漏，在永生亡灵面前翻转过来。

"'属性互换'。"

沙漏中的白色玻璃沙倒流，永生亡灵脚下的水泥地突然流动起来，几乎在一瞬间，永生亡灵的小腿就坠进了化成水的地面中。

但又一股使人灵魂震颤的波动从亡灵体内涌出，魍魉尖叫了一声，玻璃沙漏炸裂，他蛋白玻璃般的身体也裂出了蛛网似的纹路。

永生亡灵飘浮到空中，白布上画的简笔画表情变得阴鸷，永生亡灵朝倒在地上挣扎着艰难撑起来的魍魉俯冲下来。

魍魉恐惧地闭上眼睛，身体蜷缩成小小的一团，不停地颤抖。

一根漆黑的、似乎在流动的细长棍毫无预兆地横在了他们之间，亡灵俯冲时险些撞在这根棍子上，动作一停滞，魍魉的腰间便缠绕上了一段木偶提线。人偶师站在远处的高楼顶上，用力一拽，把魍魉拽走了。

魍魉抱着沙漏碎片，呆呆地被木偶提线拖走。他是背对着人偶师拉扯的方向的，在他的视线中，是浑身血淋淋的白楚年。

永生亡灵飘浮在空中慢慢转过身子，白布上的简笔画表情变得很惊讶。

"嘿，地狱里那么黑，不下来给我当导游吗？"白楚年从刚刚被魍魉沙漏属性逆转后软化成水的水泥地面中爬了出来，身上的作战服破破烂烂，有的口子底下露出已经渗血的皮肤，浑身布满被鬼手撕扯出来的血痕，脸颊上也多了两道血痕。他缓缓站直身子，脸上的伤口缓缓愈合。

横插在地上截住永生亡灵去路、救下魍魉一命的那根黑色棍子熔化了，死海心岩化作漆黑流水向白楚年奔赴而去，缠绕在他脖颈上，恢复成项圈的形状，紧紧箍住白楚年的脖子。

白楚年后颈的亚化细胞团上留下了两道抓伤，这才是他整个人身上最重的一处伤，而死海心岩项圈紧紧箍住他，同时勒紧他亚化细胞团上的伤口，白楚年痛得脚步有些趔趄。

"你是怎么出来的？"永生亡灵歪头打量他，缓缓抬起手，他的手从白布底下伸出来，和那些地面伸出的鬼手一样，都是青黑色的，指甲很尖很长，"我的 J1 亚化能力'船下天使'应该会把你拉到地下河里才对。"

"那你可失算了，整个地上地下的水归谁管，你不知道吧？"

永生亡灵诧异地歪头："归你管？"

"那倒不是。"白楚年挠挠鼻尖，"归兰波管，兰波的就是我的。"

永生亡灵朝他摊开掌心："我的任务是带你回去，跟我走吧。"

"把珍珠还我，我们再谈论跟不跟你走的问题。"白楚年双手插兜，深深凝视着永生亡灵，"我知道你把它带在身上。"

永生亡灵发出尖锐的笑声："珍珠？你说那个爱哭鬼吗？他是我的。"

白楚年的脸色白了两分。如果它会哭，是不是意味着它还活着？

亡灵的表情变得冷漠起来："抢我的东西，我就只能把你的尸体带回去了。"

永生亡灵脚下所踩的平面倏然展开了一面广阔无垠的镜子，从镜中伸出千百只青黑鬼手，在他脚下拼命乱抓，不知想抓住什么。

镜中永生亡灵的倒影却是个长有雪白翅膀，头顶金色光圈的天使，天使脚下伸展着千百只人类的手，正在向天使索要恩赐。

永生亡灵展开双手，镜中的天使也展开了双翼，两重声音融合在一起轻声念道："'死神召唤'。"

白楚年退开了两步，脚下的地面又变成了波光粼粼的镜面。这一次，镜面内部有洁白的石柱和绸缎，天使在神殿中吟唱。

渐渐地，永生亡灵脚下的镜面泛起涟漪，涟漪中心缓缓爬出来一个身材高大的亚体，身后拖着一条粗壮的覆盖着鳞甲的尾巴。

白楚年瞳孔骤缩，这不就是死在厂房露台上的那个迅猛龙实验体吗？不过他的身体没有颜色，原本金色的龙尾此时也是灰色的，整个人看起来像一张立体的黑白照片。

永生亡灵身边另一处镜面又荡漾起波纹，从波纹中爬上来一个小女孩。

蚀棉睁着乳白色没有瞳孔的眼睛盯着白楚年。她的身体也和迅猛龙一样，全身只有黑白，没有其他颜色，看上去死气沉沉，没有任何"生"的迹象。

白楚年只能后退，但身后的退路被霞时鹿挡住。霞时鹿的四蹄在地上缓缓踩动，银色面具下冷声威胁："神使，别反抗。"

永生亡灵 M2 亚化能力"死神召唤"，能唤醒亡者灵魂为自己战斗，亡魂继承亡者生前 70% 的实力，且能受到辅助增强。

　　白楚年被四个 A3 级实验体包围，其中还有一个恶化期的永生亡灵。

　　白楚年用余光观察他们每个人的位置，霞时鹿的鹿角突然闪现银光，一阵浓雾弥漫开来，迅速席卷了整个制药厂。

　　"啧，又来。"白楚年在浓雾中什么都看不见，平时超于常人的听力也被削弱到普通程度。

　　但他作为猫科实验体的警觉仍在。

　　背后吹来一阵微小的风，白楚年当即转身，迅猛龙尖利的双爪从天而降。白楚年抬起小臂，使用 J1 亚化能力"骨骼钢化"，强化过的小臂硬扛下迅猛龙的两拳。白楚年跳起来在空中旋身，迅疾狠戾的一腿凌空扫出。骨骼钢化附加在小腿上，这重重的一腿扫在了迅猛龙的肋骨上，力道不亚于被压路机的实心碾轮砸中。迅猛龙当场半扇肋骨爆裂，被狠狠扫了出去。

　　白楚年警惕地回身，正与蚀棉小女孩迎面碰上，受到增强的石棉针雨压了过来。连厄里斯的陶瓷身体都经不住石棉纤维的摧残，白楚年的血肉之躯就更无法正面抵抗无孔不入的石棉针了，石棉一旦沁入心肺，必然会从内部摧毁他的身体器官。

　　白楚年后颈蔓延出一股白兰地亚化因子的气味，他左手搭在了自己的右臂上，低头默念自己的名字。

　　泯灭无法作用在不承认自己名字的对象上，白楚年于是泯灭自己，浑身皮肤覆上了一层玻璃质，将毛孔全部覆盖起来。石棉针雨铺天溅落，却与白楚年擦身而过，无法伤他分毫。

　　白楚年撕下身上的玻璃质，玻璃质连着血肉一同被扯落在地，浑身血流如注，顺着小臂、大腿与地上的污水流淌到一起。

失血太多让白楚年脸色迅速地灰败下去，踉跄了好几步才勉强站稳身子，血慢慢地止住，从伤口的边缘开始向内愈合。

"该我了……"白楚年摊开左手，死海心岩项圈受他牵引迅速熔化。脖颈上留了一圈项圈继续禁锢，而分出去的一股流动的晶石在白楚年掌心拉长，铸造成一把长柄镰刀，镰刀内部似有流水移动。

白楚年的眼睛里泛起与兰波同化的幽蓝暗光，眼瞳扩大，几乎将眼白填满了。

他脖颈上的项圈感应到白楚年的能量在外溢，自动锁得更紧，并延伸出细密的分支，形成猛兽口枷锁住白楚年尖利的牙齿和下颌。

白楚年迎风一挥，黏稠的浓雾竟被死海心镰斩开了一条裂缝，迅疾堪比猛兽猎食的速度令人无法捕捉他的影子。

距离白楚年最近、气味最明显的迅猛龙首当其冲。

迅猛龙以全身最坚硬的龙尾缠绕身体进行抵挡，那带着呼啸狂风飞来的镰刀利刃横扫而来，迅猛龙突然陷入了死寂之中，耳边隐约听见宁静的海浪在冲刷沙粒，是死海心镰中死水流动的声响。

迅猛龙瞪大双眼，他的上半身与下半身开始错位，被平滑的血线分割开。

那条坚硬的龙尾率先掉落到了地上，截面平滑，一刀斩断，随后才是断开的上半身掉落在地，发出瘫软在地的肉响。

迅猛龙零落成了几块碎块，落在地上，尸体化成青烟消散，回收到了永生亡灵身体中。

被召唤出的亡魂是一次性消耗品，被杀死就会消失，且不能再出现。

白楚年转身向着蚀棉冲了过去，他的速度极快，只能看见一道白色闪电掠过。蚀棉用 J1 亚化能力"如沐温柔"卸去了镰刀的大半力量，但身体还是被斩出了一道深深的缺口，青烟从身体的缺口快速飞散，融入永生亡灵的身体。

白楚年轻身落地，"猫行无声"，不发出一丁点声响，而他左手紧握的死海心镰重重落地，长柄坠入地面，掀起了一阵汹涌风浪，水泥地面以镰刀落地处为中心蛛网式裂开，泥土掀起几米高，将永生亡灵脚下的镜面震碎了。

永生亡灵怔怔地后撤了几步，白楚年突然从眼前的白雾中冲了出来，镰刀横扫，在永生亡灵咽喉前斩过一刀。

幽灵的白布被锋利的寒气生生斩开，白布落地，白布下的少年现出了真面目。

少年身上披着黑白相间的校服，前额的黑发长长的，散乱地盖住了眼睛，隐约能看见他下眼睑发黑，更显得皮肤苍白、颓废，他的咽喉脖颈处文着一串相互连接咬合的骷髅头，和他身上的校服不搭调。

白楚年认出了他的样貌，是之前寻人启事上的高中生。

但这已经不能让白楚年动摇半分了，因为他手上捧着一颗洁白莹润的珍珠，珍珠散发着和兰波相似的荼蘼花的气味。

永生亡灵歪头看他，翘起唇角冷笑："既然你那么想见他，我就让你见一见。"

亡灵抬手，地上的白布便受到召唤飞回了他手中。他轻轻抖了抖白布上的尘土，盖在了悬浮在面前的珍珠上。

在白楚年还有一指之隔就能夺下珍珠时，白布下的珍珠震动了一下，在白布下扩大变形。

白楚年愣住了，永生亡灵抬起下颌，用轻蔑的眼神望着他："我的驱使物，亡灵斗篷，怎么样，惊喜吗？"

亡灵斗篷下的珍珠掀开白布一角，露出一张洁白无瑕的幼稚的脸，他的眼睛是幽蓝色的，瞳孔细长，头发和身体都是雪白的，晶莹剔透，双腿修长。

是个白化魔鬼鱼亚体，全拟态。

"怎么会……"面对这个少年，白楚年根本没有半点伤害他的力气，嘴唇颤抖着，一句话也说不出，不住地后退。

少年陌生地盯着他，朝白楚年冲了过来，轻盈地在空中翻身，迅猛有力的一腿朝白楚年横扫过去。白楚年无处可躲，只能硬扛下来。

白楚年根本意料不到，这重重的一腿竟能让他从小臂到肋骨的骨头震裂，剧痛席卷全身。

少年面无表情地轻声低语："J1亚化能力，'骨骼钢化'。"

"不要。"白楚年眼睑漫上红色，眼睛里爬满血丝，胸腔不断起伏，呼吸变得无比沉重，嗓音都变得哽咽起来。

少年抬起左手，雨后的积水迅速在他掌心聚集，形成一把透明水色唐刀，少年双手握柄刺向白楚年。

他的M2亚化能力竟然是"水化钢"。

白楚年压着伤口迅速挪开，但少年的速度要比消耗过半的他更快一步，水化钢刀刃深深没入了白楚年腹中，鲜血迸飞。白楚年被刀尖钉在地上，嘴角淌下一缕血线。

可他无法攥住死海心镰，无法向他出手，他几次咬牙想还手，但就是做不到。血从白楚年被穿透的背后流到地上，白楚年感到无比疲惫，眼睛几次闭上，又无奈睁开。

白楚年太过虚弱，无法控制拟态，狮尾从身后冒了出来，无力地垂落在地上，尾尖的晶石铃铛响了一声。

少年浑身一震，冷蓝眸子在某一瞬间变得清明，突然就站住不动了，怔怔地低下头，伸出手。

白楚年脖颈上的项圈熔化了，被少年引到了自己手中，他托着那一小块死海心岩，呆呆地陷入了沉思。

白楚年此时已经处在暴走的临界点，突然失去了口枷和项圈的束缚，眼瞳便一下子失了焦，狮耳竖起，尖牙伸长，猛地翻身从地上站了起来，眼白全部被蓝色覆盖，看上去就像一头失控的猛兽。

只听远处一声炮火雷鸣的巨响，透明的四联火箭弹接连从远处飞来，一发命中白魔鬼鱼的胸口，强劲的水化钢炮弹推着他的身体飞出了数十米远。

汹涌的电磁嗡鸣响过，兰波倏然落地，一阵电磁波动以他为中心扩散开来，树木都被撼动。

兰波紧张地抱住双眼失神的白楚年，手掌按在他小腹的伤口上给他止血："randi，我来了，醒醒。"

白楚年无法立刻恢复神志，但在兰波的安抚下，他体内乱窜的能量还是稳定下来了。他缓缓蹲下来，用尽一切力气压制着自己的杀戮冲动。

"醒醒，不会有事的。"兰波心疼地抚摸着白楚年的头发，回头瞥向那位气息与自己极为相似的少年，眼睛里最后的温情渐渐消失，被狠绝取代。

白化魔鬼鱼亚体从外形上来看真的很美，身上披着白布却掩不住神赐的容貌，体态上同样找不出一丝瑕疵，风扬起雪白发丝，露出蔚蓝如海的眼睛，眼睛里流淌着一片星空。

兰波不可遏制地心痛了一下，目光在珍珠少年身上从头到脚扫了一遍，定格在了他的大腿前侧。

少年的大腿和小臂覆盖着一层莹白的鳞片，其中右腿前方有一片鳞片十分特别，莹白之余，还覆盖着一层粉蓝色偏光。

历代塞壬降生时身上都有那么一片与众不同的鳞，这是操纵海洋的符号，象征着首领身份，新的人鱼首领诞生时，上一位将隐退进深海不再出现。

少年被兰波的高爆水弹冲出了几十米外，后背将墙壁撞出了一个巨大的凹坑。他抹掉鼻子底下淌出的血珠，从深坑中跳出来，冷冷敌视着兰波。

这种敌视来自二者"王"的身份冲突，是继承人对现任首领的觊觎和挑战。

少年抬起左手，手中的死海心岩受他控制开始熔化重铸，渐渐铸造成了一盏黑色晶石王冠，被他歪斜地戴在了自己头上。

白楚年眼看着他那么做，手指无奈地扣紧了地面。他知道，现在已经不是轻易能够了结的家庭恩怨了，这显而易见的挑衅举动绝对会彻底惹怒兰波。

果然，兰波眯起眼睛，向前走了两步，蓝色鳞片在他裸露的皮肤上迅速生长，布料下覆盖的双腿也不停地生长鳞片，摩擦裤子发出刺啦响声。

白楚年伸出沾了血的手，抓住兰波的手腕："他什么都不懂，他是……"

"并不是。"兰波打断他，冷声道，"就算是，你看见了吗？鳞都没长齐，他要篡我的位呢。randi，为了他，你连我也不顾及吗？"

白楚年僵了一下，身体内又涌起一阵乱流，让他不得不全神贯注压制自己的能量外溢。死海心镰感应到白楚年的失控，自动熔化成水，流淌到白楚年的脖颈上，化为项圈牢牢控制住他。

"他敢动你，我管教他。"兰波说。

兰波身后拖出一道蓝色闪电，从原地陡然消失，下一秒身形便出现在少年面前。此刻的兰波人耳拉长成鳍耳，双手指尖化成黑色的尖甲，眼瞳拉长成细竖线，鳞片飞速覆盖了他的脸颊和手腕，锋利的人鱼手爪扣在了珍珠少年的咽喉上，哐当一声，将他猛地砸到裂纹的墙上。

珍珠少年被迫用骨骼钢化来抵挡兰波的重击，才能勉强避免自己身体内部受到重创。

但当看见少年的能力时，兰波身上的压迫亚化因子传达出一种愤怒的情绪。他冷蓝的眼瞳闪动，喉咙里挤出低沉狠戾的一句："你还会骨骼钢化，好啊。"

没等珍珠少年恢复意识，兰波就攥着他的脖子把他提了起来，又狠狠甩砸在地上。他们制造出的巨大震动将地面震裂出一道道纹路，石砾和玻璃飞散，他们身上被划开血口又飞速愈合。

珍珠少年在兰波手里落于下风，塞壬对一切臣民的物种压制程度都是最高的。

珍珠少年头上的死海心岩王冠被兰波引回自己手中，重新熔铸成一把闪着寒光的晶石匕首。兰波将其攥在手中，向珍珠少年的脖颈压下去。珍珠少年奋力用双手握住刀刃，紧咬牙关支撑着阻止刀刃没入自己的血肉中。两人暂时僵持住了。

"我不可能把海族交由一个亡魂统治，不要赖在人间不走，孩子，你该在大海中重生，我亲自送你去。"兰波嗓音沉重，带着不可忤逆的威严，眼神深邃，慈怜和决绝并不冲突。

珍珠少年睁着眼睛，直直地与兰波对视，两对幽蓝眼眸视线相对。

"你是谁？我是谁？我该去哪儿？你告诉我。"他的声音清冷，是极地冷海中水面轻碰的碎冰。

疑惑又哀伤的表情让兰波微怔，手下劲力一松。

珍珠少年突然分出一只手猛砸地面，地面顿时凭空积水，大股湍流毫无源头地出现，凝结成尖锐利刃朝兰波刺了过去。

兰波向后跳跃避开，松开了他，但匕首被打落，插在地上。

这孩子的 M2 亚化能力继承了兰波的伴生能力"水化钢"，"水化钢"作为伴生能力，只能将水分子强制压缩形成类似武器用钢中各元素原子的致密排列。伴生能力本身是不具有攻击性的，但"水化钢"在少年的二阶能力上出现了，使他可以凭空创造水，让水成为他身体的延伸，且铸造精度会更高。

珍珠少年捡起落在地上的死海心岩匕首，匕首熔化，在他左手掌心层层变幻堆积，最终铸造成一把黑色晶石 M79 榴弹枪。

他竟然能用死海心岩铸造热武器，这样可怕的铸造精度是连兰波也做不到的。

一发水化钢榴弹朝兰波飞来，死海心岩具有吸食灵魂的能力，那股炽热的吸力将兰波逼到了碎片爆炸范围内。

被死海心岩造的武器爆炸波及，普通人会立刻灰飞烟灭，实验体也绝对会重伤。珍珠少年是下了死手，非要置兰波于死地不可。

海族首领也不全是自行让位，两位塞壬一旦相见，如果不是前首领自愿退位，那必然会发生一场血雨腥风的争斗。只有强者才能统治海族，海族也只承认最强者的领导。

兰波的父亲并非塞壬，兰波与前首领也素未谋面，成年后顺理成章成了新王，除了亲手杀死用诡计篡位的白鲨亚体，还未经历过惨烈的夺权战争。兰波从未想过，第二个对他发起权力挑战的会是这个孩子。

兰波身子一轻，被带离了爆炸范围，白楚年把他严严实实地抱在怀里，一只手压住兰波的头，让他把脸颊埋进自己肩窝，用掌心保护着他的头。

"小心。"

"快走。"兰波感觉到白楚年的身体微弱地痉挛了两下。

白狮的速度极快，远远超过人鱼在陆地上的速度。白楚年在爆炸范围外无声落地，把兰波放下来，自己撑着墙才艰难站住。

他背后还是扎了四五块死海心岩碎片，死海心岩是黑色晶石状的，插在他血肉之中，伤口变黑，血肉不断被晶石蚕食吸收。

死海心岩碎片受到白楚年脖颈项圈的吸引，停止吞噬他的身体，被吸收同化进了项圈中，才没造成更大的伤害。

"呃……"背后的伤口无法愈合，白楚年隐忍的痛吟从齿缝间挤了出来，额头渗出冷汗。

他们躲过了一发榴弹爆炸，但制药厂的仓库和厂房躲不过，被接连发射的几发榴弹掀翻了。里面存放的燃油燃烧起来，引起了一连串的爆炸，震耳欲聋的轰隆声响彻天际。厂房容器炸毁，大量机油和冷却液飞了出来，顺着下坡向制药厂背坡的江水中汇入。冷却塔坍塌，各种颜色的药剂原料在地上流淌，与刚下过雨的地面泥泞混合，形成黏稠的金属色油膜，空气中升起一股刺鼻的令人头痛的气味。

珍珠少年面对崩塌的废墟和吞噬着油污的汹涌江水无动于衷，还在冷漠地给榴弹枪装弹。

兰波都看愣了，睁大眼睛看着这被破坏的一切。

白楚年的痛吟让兰波找回了一丝理智，兰波把手搭在了白楚年后颈，给他足够的安抚帮他加快愈合，蹲下身来，温言哄慰："randi，抱歉，我必须铲除他，这是我的职责。"

白楚年深深低着头，发丝遮住了眼睛，颈上的项圈勒得更紧了。他脖颈的皮肤暴起青筋，被锋利的项圈边缘勒出了几圈血痕。他抬手搭在兰波的手腕上，用沉重的嗓音艰难道："……我明白。"

兰波与他分开，朝涌起波浪的江水走去。珍珠少年看见了兰波的去向，朝同一个方向穷追不舍。

飘浮在空中的永生亡灵也想跟上去，被白楚年从半路截住。

永生亡灵嬉笑着在空中游荡，声音缥缈："真是一场感人至深的好戏。"

白楚年勉强支撑着身子站立，抚着身上的伤口，微仰起头盯着在空中游荡的永生亡灵，嘶哑道："够了，让他安静离开吧，别再折磨他了，算我求你。"

永生亡灵白布上的表情变成了笑脸："你有什么资格求我？"

"是艾莲命令你做的？"

永生亡灵尖锐地笑起来："谁都不能命令我。"

"那我现在就杀了你！"

白楚年声嘶力竭的咆哮使死海心岩锁得更紧，项圈延伸出口枷扣住他的尖牙，并分流出一股黑色流水，在白楚年左手铸造成长柄镰刀。

死海心镰从空中划过，连空气都被短暂地斩出裂缝。永生亡灵在刀光中闪躲嬉笑："为什么要把自己限制住，你把 A3 能力给我看怎么样？否则回去我就要扯断他一条胳膊，让他哭一夜。你要不要给我看啊？"

"我是恶化期，你是成熟体，不用 A3 能力能伤到我吗？"

白楚年终于看透了永生亡灵的意图，他想逼迫自己恶化。

他斜向上一划，镰刀的冷寒光刃斩下了永生亡灵白布一角，白布簌簌飘落，永生亡灵的小腿被划开一道深可见骨的伤痕。

永生亡灵尖叫了一声，从白楚年面前飞远了。腿上的伤口无法愈合，黑烟从伤口中冒了出来，永生亡灵痛得发出一阵刺耳的尖锐声音，声音波动让白楚年头痛欲裂。

白楚年与永生亡灵对峙时，兰波一头扎进了江水中，双腿闭合伸长，鳞片缓缓覆盖在半透明的幽蓝鱼尾上，闪烁幽蓝荧光的鱼尾倏地变成了愤怒的深红色。

珍珠少年也跟着追入水中，从深水中跃起，下半身融合成一条覆满莹白鳞片的鱼尾，腰部的长鳍展开，仿佛一对半透明的翅翼，展露出白化魔鬼鱼人形体的形态。

大量汇入江水的机油和药剂漂浮在水面上，但接触到兰波时，脏污自动净化。兰波周身的江水洁净清澈，更衬得他圣洁不染尘埃。

而白人鱼浑身被油污沾满，在水中游动时有些吃力，惊讶于兰波的净化能力。

"别再徒劳反抗了。"兰波鱼尾一拍水面，被震起的水流掀起高达十米的巨浪，凌空卷下来，尖端钢化成利刺，成为无数倒插的尖刀。

少年潜入水底躲避，掀起水底的卵石和沉没的垃圾，江水更加混浊，水中的鱼虾被吸进了漩涡，过往的江豚被从水底掀出来的生锈鱼叉头插进了身体，江水被泥沙和血污搅得混浊肮脏。少年不择手段，只为抵挡兰波的进攻。

兰波对他越发失望。

他幽蓝的鱼尾亮起微光，一个漩涡从他尾尖出现，并越卷越大，污浊的江水不断被吸入漩涡中，同时变得清澈透明。

漩涡的吸力巨大，吞噬了整片江水，岸边水位下降，留下一片搁浅的卵石。

兰波轻抬手，漩涡便顺着他所指的方向冲了出去。少年的身体被这股坚如磐石的水流冲上天空，水流在空中断成密集尖刺，穿透了少年的身体，将他钉在了空中。

钢化的水浪如同凝冻的坚冰，皎洁清澈的冰刀直插天空，冰柱洁净，不含一丝杂质。

少年身体被穿出了十几个孔洞，穿在尖锐的水化钢柱上怎么都拔不出来，仍在无谓地挣扎。

一道蓝电顺着水柱攀爬上顶端，兰波出现在少年面前，抬手轻抚他的脸颊。

"我曾经无比期待你的到来。小白到现在仍然记着你，夜晚我们聊天时，他看着夜空想给你取名为白蔼星。他盼望你像恒星一样永享亿万年寿命，他想着你时眼睛里装着一片星河。你今天的所作所为可能彻底毁了他，他却不会怪你。"

少年的眼眶红了，眼中慢慢萦起一层水雾，大颗的粉白珍珠从他眼睛里掉落。

"你不该留下，去你该去的地方吧。"兰波抚摸着他的脸颊，少年懵懂地蹭了蹭兰波的掌心："对不起。"

兰波用掌心盖住少年流泪的眼睛，手中引来一把水化钢匕首，刀刃横在少年后颈。

突然，少年的身体灰暗下来，兰波的手只穿透了一片虚无的影子。

永生亡灵捧起双手，灰暗的少年飞回他身边，被他召回白布下。

"你们怎么能弄哭他？"永生亡灵收回白布，盖回自己头上，少年又恢复成珍珠的形状，落回永生亡灵手中。

永生亡灵在空中游荡狂笑："他是我的冥使者，我永远不会放过他。"

兰波落在白楚年身边，以双腿拟态落地。钢化的江水重新坠入江床流淌，水洁净透明，清可见底。

兰波咬牙上前，身边白楚年却被死海心岩项圈勒得爆出一团血花，倒在他身上口鼻流血，几乎昏死过去。

他与恶化期仅有一线之隔，全靠死海心岩项圈禁锢着才没暴走。

"忍一下，你乖。"兰波回身把白楚年抱了起来，白楚年失去了意识，手从身上垂了下去。

兰波仰头阴沉地凝视永生亡灵，死海潮汐在他眼中涌动。

"我也不会放过你。"

251

第十四章

"幻日光路"

○

　　兰波满含愠怒的话音落地，天空中太阳环绕交换，六个日影在空中相连，幻日圈起的整片范围内，顷刻间暴雨倾盆，风暴登陆，江水飞速涨潮掀起万丈波涛，被一股无形的力量牵引着离开江床，龙卷风吸引着水流冲上高空，下落的水流凝冻成钢，就如同万支透明箭齐发，向下直直坠落。

　　A3能力"幻日光路"，引水化钢万箭穿心，兰波还从未对哪个生物动过这样残忍的杀念。

　　永生亡灵的所有逃脱路线都被直下青冥的雷电封死，他急迫中仰头，一支水化钢箭从他眉心穿透了头颅。接着无数透明水箭穿透他的身体，他身上所覆盖的白布被刺得千疮百孔，尖刺入肉发出令人胆寒的血肉撕裂声。

　　永生亡灵从空中栽落，肢体都断成了一截一截的，被残破不堪的白布盖着，瘫在地上不再动了。地上迅速积起的水流冲刷着他的断肢残臂，在暴雨中支离破碎。

　　一道蓝色闪电从云端蜿蜒坠下，劈在永生亡灵的残骸上，肢体被烧得焦黑发臭，碎成了更小的炭块。

兰波的怨气和聚集在云层中的闪电一样，一道紫一道蓝的电光从天边引落，不断劈在永生亡灵被烧成一团焦炭的尸体上。

空气陡然寂静，兰波身后是贯通天地的混沌龙卷风和在云层中跳动的雷暴闪电。

他从白楚年的项圈上引出一缕死海心岩，在手中铸造成匕首，慢慢走向永生亡灵的残渣。珍珠掉落在堆积的炭灰中，毫发无损，熠熠闪光。

兰波单膝跪下来，面对着珍珠，手中的匕首一直在发抖。死海心岩可以连灵魂一同斩断。

"回家吧，大海会教给你该怎样做。"

兰波伸手去触碰珍珠时，手边残留的一片永生亡灵白布翻了过来。

那片白布正好是画着简笔画脸的那一块，在兰波接近时，地上的脸突然变成笑脸："到这个时候还收着力气，是怕打碎珍珠，让他死无葬身之地吗？"

兰波一惊，迅速后退。地上已经被撕成碎片的白布相互吸引拼合，重新密不透风地连接在一起。落在地上的一块零碎的亚化细胞团迅速生长，比实验体伤口愈合的速度还要快。

永生亡灵只靠着一块残存的亚化细胞团，先长出了脊椎，然后是肋骨、四肢，血肉迅速生长，毛细血管和筋脉爬满了苍白的骨骼。

他冲上天空，回头对兰波露出轻蔑的一笑，指尖划过自己脖颈上的一串骷髅刺青，眼睛亮起血红的光。

永生亡灵在空中飘荡，捡起白布从头顶一直罩到脚下，双手捧着珍珠，警惕地不再接近兰波百米之内。

"你还挺厉害的嘛，来玩？"

兰波仰头盯着他，但此时怀里的白楚年陷入了深度昏迷，呼吸时胸腔中都在沉重地嗡鸣，像吹火的风箱一样窣窣作响，嘴角和鼻子不停地向外涌血。如果继续跟这个实验体纠缠下去，说不准小白的身体会先一步崩溃。兰波犹豫许久，还是忍耐着咬着嘴唇抱着白楚年转过身，背对着永生亡灵。

"要走了吗？现在就要走了吗？不继续吗？让我带走他，我可要挖掉他的眼睛，折断他的腿。"永生亡灵捧着珍珠，笑声在空中回荡，从他体内发出一阵一阵的声音波动，附近的树叶变得灰暗，簌簌凋零。

"这笔账，我记着了。你最好真的能永生，今后千年万年我都不会让你好过。"兰波深深地吸了口气，肩膀微微地颤抖，最终抱着白楚年走进废墟中，身影消失不见。

"啊？真走了。"永生亡灵目送着兰波离开，白布上的简笔画脸耷拉下来，满脸无聊。

他低头看了看手里的珍珠，珍珠的表面沾了不少机油和泥巴，脏兮兮、油腻腻的。

"好脏。"

永生亡灵降落在被毁得已经看不出形状的制药厂废墟中，坐在地上，掀起白布一角给它把表面擦干净，珍珠重新变得粉润光滑，污渍都沾在了白布上。

永生亡灵把它举了起来，两条腿在空中晃荡，仰头看它："嘿嘿嘿，他们不要你了啊，没人要，没人要，没人要的大水泡。"

珍珠被他举在空中晃来晃去，表面慢慢浮起一层水雾，水雾从珍珠表面聚集，向下滑落，在底部聚拢到一起，凝结成水滴，水滴越积越大，最后滴落下去，滴落时凝固成一小颗一小颗的粉白珍珠，噼里啪啦落在地上。

"啊啊啊啊烦死了，不准，不准哭。"永生亡灵手忙脚乱地从兜里摸出半包没用完的纸巾，抽出一张糊在珍珠表面，擦来擦去，发出叽咕叽咕擦玻璃杯的声音。

身边不远处的瓦砾散落开，自从兰波出现就躲进了角落的霞时鹿缓缓从阴影中走了出来。

永生亡灵并未看他，尖锐的嗓音嬉笑嘲讽："藏了这么久，我以为你不会出来了。"

霞时鹿戴着银色面具，看不出表情，但声音冷淡："你得罪了塞壬，我可不会等着跟你一起被他报复，人鱼的报复心比你想的要恐怖得多。你看不出来吗？他没继续跟你动手只是因为他抱着神使。"

"嘻嘻，我才不怕。"永生亡灵举起珍珠，在暗淡光线下端详，"他能杀掉我才好，活着可不是什么好事。"

永生亡灵和霞时鹿脖颈上的定位圈亮起了橙灯，发出嘀嘀的提示音。是研究所认为任务完成，在召唤他们回去。

霞时鹿冷道："我们该回去了。"

珍珠终于停止向外渗出水汽，永生亡灵将珍珠小心地放进自己的书包里，用两本高考练习册把珍珠和水杯隔开，嘻嘻尖笑："才不要回去。终于放出来了，我要去一些好玩的地方，哈哈哈哈哈。"

霞时鹿很是诧异，因为一直以来，在研究所里，永生亡灵看上去是非常温顺的，即使身处恶化期，他对研究员们也表现得彬彬有礼，逆来顺受，一副无害的模样。

原来这一切都是伪装。如果一直以来他不是表现得顺从乖巧，那些研究员不会放心地把他放出来。也正因为他的顺从，他才没像其他不慎进入恶化期的实验体一样被销毁。

"我要回去了。"霞时鹿也觉得永生亡灵太过危险，想尽快离他远点，转过身道，"我们颈上的定位圈里有浓缩的感染药剂，定位超出预设范围就会被杀死，你好自为之。"

"喂，别走。"

"什么？"霞时鹿听见永生亡灵叫他，下意识地回头。

只见永生亡灵的影子不知不觉已经紧贴在他背后，手掌抚着他后颈的亚化细胞团，脚下展开了一面广阔无垠的镜面，青黑色的鬼手从镜面中伸出，抓住了霞时鹿的四蹄。

"你——放开我！"霞时鹿惊诧挣扎。

四只鹿蹄被数不清的鬼手攀抓着，霞时鹿竭尽全力挣扎也无法挣脱它们的禁锢。

脚下的地面已经全然被无边的镜面铺满，他每一次挣扎都会在镜面上踏出一圈转瞬即逝的涟漪。

永生亡灵在镜中的倒影是一位翅翼洁白的天使，无数鬼手的倒影是祈求恩赐的人类的手，永生亡灵展开双手，镜中头顶金色光环的天使同时展开双翼，闭目吟唱。

在镜中金碧辉煌的天使神殿里，霞时鹿的倒影却是唯一灰白的东西，与镜中神圣灿烂的金光颜色格格不入。

霞时鹿的眼睛突然失焦，身体被千百只青色鬼手缓缓拉入了镜中。

"'死神召唤'。"

永生亡灵展开双臂，镜中天使与永生亡灵的影子恍惚互换，仅有灰白颜色的霞时鹿从镜中无声地升了起来，与拼死挣扎的霞时鹿真身交换。

"最强辅助实验体……来为我所用吧。"永生亡灵放手嬉笑，"如果不是那条鱼……今天在我身边站着的就是神使了，他可比你有用得多，就算能力削弱到 70% 还是比你们这些废物都强。"

兰波一路抱着白楚年向红狸市外跑去，把白楚年耳朵上的通信器拆下来戴到自己耳中，与技术部跟组人员联络。

跟组人员与白楚年失联了好一会儿，正在紧急呼叫他，兰波接入了通话。

"他受伤昏迷了。"

跟组人员紧张道："你是谁？他在哪儿？"

"我是兰波，他在我怀里。"

跟组人员立刻把他们的定位接入了 B 组，B 组开始调遣距离他们最近的 IOA 特工紧急接应，再把情况传给医学会，让他们提前准备救援设备。

兰波接近红蚜高速口时，一辆车已经停在路边等待，司机是个女人，从车窗内伸出一只夹着细烟的手朝他们晃了晃，手臂上套着 IOA 的钢制臂章。

兰波把白楚年塞进后座，自己也坐了进去。

来接他们的是搜查科干员赤狐亚体风月。

风月身上有几处缠着绷带的伤口，她正在做任务途中，接到技术部的紧急指令后立刻过来支援。风月回头看了他们一眼，叼着细烟道："系上安全带，我们现在就回去。"

"来不及了。找最近的海，没人的地方。"兰波搂着白楚年，掌心抚着他完全褪去血色的脸。

"OK。你们脚底下有药箱。"风月利落地挂挡掉头，目的地定位到最近的海岸线。她调整了一下后视镜，无意间瞥见了后座的金发青年哀伤灰暗的眼神。

她在总部与兰波有过"几面之缘"，也知道他是白楚年的朋友，虽然是个人鱼亚体，却是个极度高傲冷漠的男人，在他的眼睛里你看不到其他人，他总是睥睨着所有人的。

听说他与IOA有合作关系，不过内情只有高层知道，她也只能猜测，那可能就是某个秘密组织的首领了，有些黑手党的首领是欧洲贵族，看他的气质很像。

兰波低下头，在白楚年耳边用人鱼语低声安慰。

白楚年眉头紧锁，嘴角还在向外渗血，他脖颈的皮肤已经被勒得青紫淤血，皮肤撕裂，血污渗进了作战服中。

兰波解开白楚年的作战服，抚摸他身上的伤口，用安抚亚化因子帮助他愈合，指尖掠过他身上的疤痕，按在他胯骨皮肤下的一块凸起上。

他曾经将自己身上唯一一块象征塞壬身份的鳞片嵌在了小白的胯骨上，他预感终究会有这么一天到来，于是用整个大海的灵魂支撑着白楚年的身体。

皮肤下嵌的鳞片亮起蓝光，将周遭的血管都染上了荧光蓝，向四肢百骸蔓延过去。

白楚年的脸色比刚才好了一些，呼吸从凌乱变得平稳，眼睛半合，目光迷离地看着兰波，迟钝地抬起手。

他掌心里紧攥着的一颗小小的、不规则的粉白珍珠不慎掉落，又被他攥回手心里。

"我没事，你别害怕。"白楚年把小颗的粉白珍珠塞到兰波胸前的口袋里，"我给你捡回来的，怕你后悔的时候想它。"

"我永远都不会后悔。"兰波扶住他后颈被勒得血肉模糊的亚化细胞团，板起脸，让自己的表情看上去更加冷漠和平静，"我没事。"

风月在后视镜中发现了尾随自己的可疑车辆，低声说："你们坐稳了。"然后她熟练地从副驾驶位下面捡起一块砖，压在了油门上。她站到驾驶座上，一条腿压在方向盘上保持方向，拿起一把冲锋枪，从车窗向外探出半个身子，面向后方追逐的两辆车开火，爆了其中一辆车的前胎。

兰波回头看了一眼："区区人类，我来清理。"

风月叼着细烟，微微挑眉，红唇轻启："不用，你继续陪楚哥吧，我能搞定。"她修长的小腿压在方向盘上，在宽阔的公路上控制转弯，黑丝袜和红色漆皮高跟鞋在昏暗的光线下反射着光泽。

车越来越快，但并未失控。

风月解决了追兵，把枪口过热的冲锋枪往副驾驶位上一扔，拿开砖头，一脚油门往海岸线开了过去。

车停在了海边，风月身上挂着冲锋枪，倚靠在车门边，风衣下摆随风乱舞，单手拢着打火机的防风火焰点烟。

兰波把白楚年的手臂挎在自己的脖颈上，拖着他走进了大海深处。

白楚年被拖入海中时有一瞬间的窒息，手脚乱蹬，被兰波抓住双手。

兰波赶走鱼群，一直抱着白楚年向下坠，直坠入百米深处的海底荒漠。这里一丁点光线都没有，有的只是兰波鱼尾上的幽蓝光辉和周身游荡的蓝光水母。

白楚年全部的力气都用来抵抗深水的压力，兰波引导着他，一点一点剥离他脖颈上的项圈。

白楚年脖颈的皮肤快被磨烂了，血肉模糊，被海水刺激到伤口，痛得在水中抽搐。

"别摘，我控制不住。兰波，如果我恶化了，你就杀了我。真的，你把我的亚化细胞团留下，带回加勒比海，啊。"

"不会。"兰波说。

项圈一摘，白楚年体内当即迸发出一股无比沉重的压迫气息，紧贴着他的兰波的身体像结冰一样覆盖上了一层玻璃质。

"你离我远一点，泯灭失控很痛的，你在远处等我……"

"一点小伤，不足挂齿。"兰波鱼尾缠绕上他的身体，帮助他释放。

这个过程持续了近三个小时，兰波才带着睡熟的小白游向水面，坐在礁石上休息。

他全身上下挂着一些破碎的玻璃质，玻璃质脱落的地方剥去皮肤的血肉翻出。

白楚年的脸色缓和了许多，也不再吐血，身体状态趋于稳定，头枕在兰波的鱼尾上，呼吸变得平缓。

兰波抚摸着他湿漉漉的头发，忧心忡忡地望着海面。

这样的压制不知道还能持续多久，压制失效的那天，小白恶化，难道他还要亲手斩杀小白？

或是放任他恶化，用自己的能力让他保持"活着"，像永生亡灵一样，神志癫狂，不生不死，在人间游荡。

该选哪一种？

海面宁静，不见一丝风，兰波坐在这座寂寥的礁石上，无言望着远方，忽然想起蓝鲸老爷子曾经跟他说，神注定孤独。

许久，兰波哽咽了一下，喉咙里发出一声邈远悠长的鲸音，悠长的悲鸣传播了几万里。

一颗颗黑色珍珠掉落，断了线似的落进海里，砸出细小的水花。

风月一路护送兰波和白楚年返回 IOA 总部，医学会的车已经在进入市区的关口等着。他们的车一进市区，就被医生们围住，白楚年被搬上了急救车。

兰波本打算随行，但车上的空间已经被设备和医生们占满了，见车上有熟悉的人，是检验科的旅鸽，兰波才没有执意跟过去，留在了风月车上。

他们不像急救车可以走应急车道，进入市区后车流变得拥挤，时不时遇到小规模堵车，慢慢就被磨得没了脾气，只能耐下心来等。

兰波换到了副驾驶位，支着头看着窗外发呆。陆地上的汽车可真多，轿车、跑车、货车，多得让人烦躁，且只能在狭窄的车道上行驶，一点一点向前挪动。兰波很讨厌这样的秩序，他喜欢掀翻挡路的东西，直线向前走。

但人类世界是不一样的，他们尽管知道两点之间直线最短，还是会花许多时间在兜圈子上，这让兰波很是纳闷。

风月见他有些焦虑，打开了车载广播，找到平时自己常听的音乐频道，不过这个频道正在插播午间新闻。

"本台记者为您报道，今日清晨到中午，各沿海城市周边海域内发生多起鱼群暴走冲击渔船事件。蚜虫市沿边浅海区座头鲸群集体搁浅，海底发出不明生物的叫声和异响。有目击者称探测途中偶遇小型虎鲸群，虎鲸群情绪激动，顶翻了探测船，所幸未有人员伤亡。造成此情况的原因有关人员还在调查中，请司机朋友们暂时远离海岸。海滨高速已关闭，具体开放时间请等待后续通知。"

兰波听着这一连串的新闻播报，烦闷地揉了揉太阳穴，轻声自语："gilen boliea。（放过我吧。）"

新闻插播结束，音乐频道继续播放刚播到一半的欧洲中古民谣，舒缓情绪的典雅曲子让兰波稍微舒服了些，表情不像刚才那么凝重了。

"去海边。"兰波说。

"哦？"风月忍不住用余光打量他。这男人不仅好看，而且耐看，从骨相到皮相没有一处瑕疵，声音也有磁性，好听，举手投足间的气质带着一种久经世事的恬淡。所以他大概确实是旧时的欧洲贵族吧。

风月从手扣里拿出一个小的类似感冒冲剂的塑料袋，递给兰波。

兰波垂眼辨认包装袋上的三个字，并不认识。

"酸溜溜。"风月咬开包装，把里面的白色粉末倒进嘴里，轻舔嘴唇，然后露出享受的表情，"这个牌子只有小学门口才有卖，很难找的。"

兰波拿起一包乳酸菌口味的，按照风月的样子撕开包装，把里面的粉末倒进嘴里。

入口即化，酸酸的，感觉身上一阵一阵起鸡皮疙瘩。

好吃。

风月又从手扣里拿出跳跳糖和辣条递给他。风月的妹妹还在上小学，风月每周末去接她的时候总要从门口的小摊位上买许多零食。

车开到了蚜虫市海滨停下。临下车前，兰波抬起手，指尖汇集水珠，水珠中包裹着一只游动的蓝光水母。水珠飘浮到风月面前，落在她掌心里。

"我喜欢你供奉的东西，这是你应得的赏赐。（另外尾巴也很好摸。）"兰波下了车，带上车门，披在肩头的白西服外套被风吹得上下翻飞，他朝海滨沙滩走过去。

风月用两根手指捏住飘浮在面前的水母球，愣了半晌。

所以的确是旧时的欧洲贵族没错吧？

兰波走到海滨附近，整个海滩已经被联盟警署警员清场，拉起了警戒线，几辆警车横在路上，禁止车辆靠近。

沙滩上搁浅了足足二十一头座头鲸，最小的一头体长也有十来米，二十多吨重。这种身躯沉重的大家伙几乎从不在浅海区露面，这一次成群搁浅，生物学家们猜测这预示着大型台风或者其他严重的地质和气候问题，倒还能保持镇定，但渔民们内部已经开始传播各种离谱的末世谣言。

现在这种情况下警员们也手忙脚乱，虽然直到现在鲸鱼们还没死亡，但这样多的数量很难在短时间内完成向深海区回送，如果耽搁太久，在这样的气温下鲸鱼内部很快就会腐败，体腔内气体累积，很有可能发生爆炸。

兰波插兜站在远处，遥遥地望着它们。

虽然鲸鱼没有发出声音，但兰波还是接收到了它们发出的波动。

海滩大屏上转播的新闻中，那些暴乱的鱼群、顶撞探测船的虎鲸群，都在发出相同频率的声音波动，兰波能接收到这些来自不同海域的信号。

现在塞壬的鳞片在白楚年体内，小白受重伤，整个海洋里的生物都开始本能地感到不安，但这些海洋生物的智商不足以让它们分辨"实验体"和"人类"，因此受到威胁时它们表现恐惧的方式就是攻击性变强，对人类的敌意变大了。

因为临时封海而受到波及的渔民们聚集在警戒线外，警员们边维护秩序，边等待上级下达处理命令。

兰波旁若无人地站在海岸上，这引起了警员的注意。正在给搁浅的鲸鱼捆绑牵引绳的警员跑过来，用警棍指着兰波出声驱赶："这里危险！闲杂人等退到警戒线外等候！"

兰波淡淡地道："让你们的人退开。"

有联盟警员认出了兰波，知道他在 IOA 总部工作，但没有上级指令，他们也不敢轻易退开。

兰波并不在乎，他面朝大海，眼睛里闪动着幽蓝暗光。

海水一浪盖过一浪，向沙滩上漫延，很快就越过了涨潮线，短短几十秒就上涨到了鲸鱼身下。鲸鱼们挣扎着拍打鳍翼，溅起的水花打湿了警员们的衣服。

警员们也发觉涨潮速度异于平常，纷纷解开牵引绳，跑到了远离海岸的地方观望。

海水涨到了没过鲸鱼胸鳍的位置，吞没了大半沙滩，鲸鱼开始能勉强移动。

兰波轻抬起手，卷起十几米的海浪凝结成水化钢巨手。涌动着水流的透明手臂缓缓从天而降，内里游动着鱼虾，温柔地将岸上的鲸鱼拢回海中，像母亲从睡梦中醒来，抬起手臂把爬到床边的婴儿拢回怀里，无奈却包容。

鲸群重新入海，发出阵阵起伏的长鸣。

兰波听着它们焦急的嘱咐，叹了口气，指尖微动，海水受他控制，化作柔软指尖轻抚一头幼鲸的头："转告它们，不准再闹，我自然会保护好小猫咪。"

水中浮游起不少蓝光水母，随着海水游荡。它们有秩序地排列，逐渐用身体拼成了一个图案轮廓——披着白布的幽灵。

"今后谁见到他，不计代价地杀死他，我有赏赐，任何参与围杀的都有赏赐。"兰波冷漠地扔下一句命令，转身走了。

　　下午三点，兰波回到了 IOA 总部，直接乘电梯上了医学会所在的楼层。

　　兰波进医学会已经轻车熟路，很快就转到了会议室，几位德高望重的医学会教授和技术部大佬都在里面，钟医生站在屏幕前，正在给其他人做讲解。

　　兰波推开了门，目光冷冷地扫了他们一圈："小白在哪儿？"

　　钟医生见了他，招手请他进去落座。兰波勉强靠剩下的一点耐心走进去，坐在了爬虫身边。

　　爬虫小声说："神使现在情况还算稳定，你先在这儿听一会儿他们说的。"

　　钟医生向兰波示意了一下，继续刚才的讲解，屏幕上显示出了白楚年用微型相机拍下的永生亡灵的照片。

　　"经过检验科和技术部的资料结合，我们已经调查清楚了实验体永生亡灵的情况。

　　"实验体编号 200，代号永生亡灵，全称潘多拉永生亡灵，首位编号2 代表虫型亚化细胞团，中位编号 0 代表无拟态，末位编号 0 代表指引型能力。

　　"经过基因比对，他的亚化细胞团物种是水熊虫，固有能力是'不死之身'。

　　"此时的永生亡灵已经进入恶化期，但与实验体 218 甜点师相比，永生亡灵进入恶显期后没有进入彻底失控的状态，而是受到了一种力量的牵制，这种牵制来源于他手里捧的那颗珍珠。"

　　钟医生放大了画面，将珍珠的特写放在屏幕上。

兰波闭了闭眼睛。

"这颗珍珠的数据我们也已经通过实验体识别系统查到了，实验体编号8107，代号冥使，首位编号8代表水生型亚化细胞团，中位编号10代表全拟态，末位编号7代表主能力是物质能量操纵。

"目前在我们已知的实验体中，只有三位全拟态使者型实验体，这颗珍珠就是第四位。

"冥使和永生亡灵之间存在一种非常类似驱使关系的关系。在这里我说'类似'，是因为我认为他们并非真正的驱使关系，而是依靠促联合素强行建立的驱使关系。"

钟医生从资料夹中拿出一份从灵猩世家资料室中盗取的文件副本交给教授们传阅，其中关于促联合素的内容有高亮标红。

"这颗珍珠能压制住永生亡灵的恶化暴走状态，但目前来看限制颇多，首先二者必须维持足够近的距离，其次必须按时注射促联合素才能维持这样的联系。

"如果永生亡灵进入恶化暴走状态，一定会造成大规模的不可控的破坏，同时也会消耗他自己的生命。假设我们让破坏持续进行，永生亡灵的生命就会在短时间内耗尽。只是目前我们还无法估计破坏的程度和规模。"

钟医生介绍完了永生亡灵的情况，又开始解释白楚年现在的情况。

"白楚年的成长阶段已经达到成熟期巅峰，在恶化的临界点，现在依靠一种名为死海心岩的物质禁锢压制。我希望大家能将思路打开，联系我们手头现有的资料，尽快找出遏制恶化的方法。"

兰波耐着性子听完了，到最后已经有些坐不住。

送走教授们之后，钟医生才领兰波去了观察室，路上不停委婉地给兰波打预防针："小白现在的状态还不算非常稳定，我把他放在了密闭隔离观察室。你放心，我们没有用任何让他不适的药品，只是把他暂时束缚起来，以免误伤为他清洗换药的护士。"

他知道兰波脾气暴，小白更是他的逆鳞，不提前说好了恐怕等会儿兰波进去会气到当场掀桌子。

兰波嫌他啰唆，刚想让他闭嘴，就看见钟医生将密闭观察室的实时监控屏幕转了过来，面向他。

白楚年就在里面的单人病床上躺着，手脚都被特制手铐铐在床头床尾的栏杆上，死海心岩项圈禁锢着他的咽喉，让他不能顺畅地呼吸。口枷锁住了他的下颌和牙齿，他不能说话。除此之外，他还戴着厚实的黑色眼罩和耳塞，亚化细胞团上也贴了亚化因子封闭贴。

白楚年显然很不安，他并未睡着，而是在一片寂静的黑暗中紧绷着身子。

兰波手扶在监控屏幕上，心里细细密密地疼起来。

钟医生轻声说："我们把他接回来之后，他在昏睡中失手泯灭弄伤了一位护士的小臂。虽然他醒来以后一直在道歉，但保险起见，我们也只能先控制住他，才能进行后续的治疗。你进去看看他吧，长时间保持感官剥离的状态对他的身体和心理都会有伤害。"

兰波顾不上听他絮絮叨叨，匆匆跑进了密闭观察室。

密闭观察室内完全隔音，也没有任何光线，是彻底黑暗的。

兰波轻轻坐在了白楚年身边，但由于白楚年无法看见、听见，也无法伸手去摸，他只能感到有人压弯了他的床垫，却感受不到是谁。

兰波伸出手，轻轻用指尖碰了碰白楚年的脸颊。

白楚年很剧烈地抽搐了一下，浑身的神经猛地紧绷起来。兰波清楚地感知到了由白楚年的耳钉传达回自己心脏的极度惊慌和恐惧，即使白楚年表面上看起来状态还没有那么差。

熟悉的温度贴在脸颊上，白楚年轻轻动了动头，身体慢慢放松下来。

兰波先取掉了他的耳塞，俯身在他耳边轻声说："randi，现在是我来接管你，不用怕伤到我，你可以放心休息。"

他的嗓音天生带着安抚人心的力量，白楚年紧绷的身体舒展了一下。

兰波取下他的口枷，长时间被禁锢的下颌酸痛得厉害，白楚年忍不住一直舔嘴唇。

白楚年看不见，就不知道自己的"泯灭"能力在不知不觉地蔓延。

白兰地压迫亚化因子从封闭贴内渗出来，兰波从指尖开始凝结泯灭玻璃质，玻璃质腐蚀着他的皮肤。

兰波对指尖传来的痛苦一声不吭，轻声笑笑："还真把我当大猫了？就这么想要舔毛啊？"

白楚年清醒了些，仰起头，露出勒痕斑驳的脖颈和一寸冷白的皮肤，收起了全部压迫亚化因子，反放出安抚亚化因子，兰波指尖的伤口开始愈合。

白楚年的脸色从苍白变得红润，终于重重地舒了口气，勾起唇角，露出虎牙尖。

"啊，别老这么霸道。我想要舔毛怎么了，天经地义。"

第十五章

恶化临界点

"钟医生没让你帮我解开手铐啊？"

"没。等下要给你包扎。"

"眼罩呢，眼罩拿掉总可以吧。我什么都看不见。"

"不着急。"

兰波低下头，一片一片摘掉手背上由于泯灭溢出而凝结的玻璃质，玻璃质掀开时会带下一层鲜红的皮肉。兰波只是轻微皱皱眉，没吭声。

白楚年发觉兰波不说话了，于是小心地问："我的亚化因子溢出了吗，泯灭溢出了吗？又伤到你了？"

"没有，不用紧张。再放松一点也没关系。"我不是那种脆弱的弱亚体，会被区区一点疼痛伤害到。兰波心里这样想着，却没说出口。他甩掉手背上的血，舔了舔伤口和被血浸湿的指尖，伤口在不断愈合，除了痛倒也造不成什么太大的伤害。

如果没有死海心岩项圈控制着，恐怕给白楚年上药的小护士就不仅仅是伤到胳膊那么简单了。

白楚年被蒙着眼睛铐在单人病床上，看不见兰波的动作，隐约有点心慌。

兰波抬起头，看见了天花板上的监控摄像头，幽蓝瞳仁闪烁起金色纹路，用了伴生能力"锦鲤赐福"。

监控突然发生故障。在密闭观察室外的钟医生愣了愣，拍了拍监控显示器，不光画面没了，声音也听不到了。

"你张嘴。"

"干吗？"

"张开。"

白楚年乖乖张开嘴，一些粉末倒进了他的嘴里，很快就溶化了，酸酸甜甜的。

"这是啥？"

"酸溜溜。"兰波舔了舔包装袋上剩余的粉末，"人类难得的优秀发明。"

许久，白楚年偏过头，用鼻尖蹭了蹭兰波的脸颊。他有一些话想说，但又不知道如何开口。

兰波自然知道他想说什么，表情变得稍微凝重了些，在他耳边轻声解释："randi，有些事情你不懂。今天即使他真的活着，我也必须铲除他。"

"为什么？"白楚年咬了咬嘴唇。

"海族的领导者是唯一的，不像陆地上，每一个国家都拥有许多领导者，错误的决策最多导致一个国家覆灭。海族是不一样的，我掌管着十分之七的世界，但凡行差踏错一点就会让整个海洋覆灭。他长着塞壬的鳞片，却不被大海承认，这是一个悲剧。"

兰波轻声叹气："并非你爱他，就能阻止悲剧，这是连我也做不到的事。你要知道，你生存着，必不会事事遂心。而且我告诉过你，在大海里，没有人会真正死去。"

"我明白。"

"所以，如果下一次我让你送他回海洋安息……"

"我会动手。"白楚年哑声答应。

白楚年的精力耗光了，一股倦意袭来，呼吸平稳了许多。

等白楚年睡着了，兰波才起身走出去。

他走出密闭观察室，钟医生立刻快步上前来，向里面探头望了望："监控是你弄坏的？小白怎么样了？"

"睡着了，你们可以进去给他包扎。"兰波从西服外套口袋里摸出一枚翡翠指环，放在钟医生手里，意思是赔给他修监控设备的钱。

钟医生低头打量掌心里的这枚帝王紫指环，它看上去有些年头了，上面还带有一些海水侵蚀的痕迹，刻印着龙纹，不知道是哪朝皇帝戴过的。这样的文物放在拍卖场要拍出上亿高价吧。钟医生大惊失色，匆匆把东西塞回了兰波的口袋里。

护士们给白楚年包扎了伤口，最重的伤要数他小腹上被水化钢刀留下的一处贯穿伤，以及他背部被死海心岩碎片扎穿的四五处小的伤口。

白楚年睡着之后，护士们的工作就变得顺利多了。护士有条不紊地采血、检查，半个小时就完成了全部工作，将数据和血样等等打包交给了检验科。

又过了半个小时后，检验科将检查报告装订后发回了医学会，到了钟医生手里。

在此期间，兰波就坐在医学会走廊外的候诊椅上，披着白西服外套，抱臂仰着头，靠在墙壁上看着天花板发呆。

来来往往的医生护士都忍不住用余光瞟一眼这个漂亮冷漠的男人，再匆匆走到拐角悄声讨论两句。

钟医生拿着检验报告走出来，坐到了兰波身边。

兰波睁开眼睛，偏头看他。

"现在情况还不算太坏。"钟医生说，"他的承受能力比一般的实验体强。他情绪稳定之后，基本不会无故暴走。只是这段时间不能再使用亚化能力了，要住院观察一阵子。我们正在加紧研究阻止恶化的方法，有新进展的时候我会告诉你。"

兰波听罢，仰起头，闭上眼睛："我都做不到的事情，你们能吗？"

钟医生将检查报告摞在一起，在膝头戳了戳："人类从出现至今，并不是依靠神明活下来的。我们并非一无是处，你有你的能力，我们有我们的智慧。这种智慧有时候会带来灾难，但更多的时候带来的是希望。"

兰波轻哼："我等着。"

白楚年状态稳定后，被转到了普通单人病房。

兰波坐在床边，用水化钢刀给白楚年削苹果。

白楚年靠坐在病床上，身上穿着蓝白条病服，看着兰波削掉了两厘米厚的苹果皮，自己吃了皮，然后把核给了他。

"算了，我带皮吃就行了……"

兰波不想放弃，拿起下一个苹果继续练习，最后一兜子苹果就剩俩了。

有人敲了敲门推门进来，两人抬头望去，是陆言和萧驯，金缕虫背着木乃伊跟在后边。

"嘿！"陆言鬼鬼祟祟地抱着书包，凑到白楚年枕边，翻开书包，把里面的游戏机拿出来，"喏，给你解闷的。"

白楚年拿起游戏机摆弄："看我这好弟弟，没白疼。"

"啊？叫你声哥你还美上了，喊。"陆言白了他一眼，又跑到兰波面前，把书包倒过来，倒出一堆零食给他。

兰波欣慰地捏了捏小兔子的尾巴球。

萧驯说："韩哥听说你受伤，正从蚜虫海往回赶，大概明天就到了。"

白楚年摆手："我又没事，他回来干吗？他不是跟着狂鲨部队清理潜艇实验室去了吗？"

"他很担心。"

陆言拽了把椅子，趴在椅背上坐着晃悠："你安心养伤，报告什么的揽星帮你写呢。他每天忙到半夜，我也想帮他，可是我不会写。"

白楚年喝了口水："你别帮了，你写的十句里面能有八个错别字。"

陆言气到耳朵飞起来。

金缕虫还是不太习惯人多的场合，安静地坐在角落的小板凳上，用毛衣针拉蛛丝给白楚年织手套，木乃伊蹲在对面给他拿着蛛丝线球。

"哎，织毛衣那个，文池。"白楚年叫了他一声，金缕虫蒙蒙地抬起头，眼睛上浮着一层金属色薄膜，木乃伊也随着他的动作抬头，看向白楚年。

"过来，我有事交代你。"

金缕虫老老实实地站起来，跑到白楚年床边，规规矩矩地站着。木乃伊跟了过去，站在金缕虫身后。

"你去组长那里开一张任务书，就说我让你在这月底最后一天中午十二点去码头，乘 IOA 的轮渡去蚜虫岛特训基地。"

金缕虫点了点头，身后的木乃伊默默地拿出铅笔，在掌心写下白楚年叮嘱的时间、地点。

"你到了再联系我，我告诉你要做什么。"

"好。"金缕虫点头。

他们看望过后，让白楚年好好休息，纷纷退出了病房。陆言本来都走出去了，突然又折返，神秘兮兮地趴到白楚年床边，表情特别认真地小声说："喂，最近有个暗杀任务要我和揽星搭档去做。"

白楚年摸摸下巴："暗杀任务对你们来说挺简单的，有揽星肯定不会出岔子。"

IOA 总部停机坪。

白楚年穿着病服，身上披着兰波的外套，悠哉地站在主席台的栏杆边，看着一架架涂装 PBB 标志的武装直升机从天空降落，十来辆大巴秩序井然地停在操场中，身穿迷彩战斗服的 PBB 士兵整齐划一地背着行李包从车上下来，排成严整的队列，等待上级的命令。

PBB 风暴特种部队和狂鲨海军陆战队的队服不太一样。风暴部队的作战服是黑色迷彩，胸前有 PBBw 的标志；狂鲨部队的队服是蓝色迷彩和军绿色的贝雷帽，胸前有 PBBs 的标志。因此从大巴上下来的士兵自动分成了两支颜色不同的矩形队伍。

"真整齐啊，这辈子没见过这么板正的队伍。"白楚年由衷感叹。

"哼，你们 IOA 的散漫劲早就应该改改了。上次交换训练还是有成效的，你带过去的那几个小孩进步挺大，一开始连内务都整理不好，天天因为这个挨罚，都是因为你上梁不正。"何所谓叉着腰，在主席台上慢悠悠地来回溜达，时不时拿出对讲机，把底下动作慢的小组训斥一顿。

"哪儿来这么多规矩……不过拿出来是挺有面子的，不像我的小崽子们，嬉皮笑脸的。"白楚年抱臂若有所思地点了点头。

PBB军队正在以联合演习的名义向IOA集结，这就意味着他们已经在为取缔研究所做准备了，等会长的提案一通过，搜查令和逮捕令会一起下来，国际警署就会逮捕所有研究员，不排除艾莲有狗急跳墙的可能。PBB军队提前集结也只是在为阻止研究所反抗和保护平民做万全的准备。

"你的伤还没好啊，到底有多严重？"何所谓上下打量了白楚年一番，他的小腹和胸膛都裹着绷带，身上穿的也是蓝白相间的病号服，和平时精神抖擞"浪里带贱"的样子大不相同了。

白楚年扶着栏杆，看上去有些精神倦怠。他显然没有恢复到全盛时期的状态，皮肤和纸一样苍白，眼睑和嘴唇都异常发红，看上去比往常瘦削了些。

何所谓不太敢相信，现在的白楚年竟给他一种脆弱的错觉，精气神弱了许多，整个人透着一股"病气"。

"该不会是肺结核吧？别传染我。"

"那必须第一个传染你。"白楚年往何所谓身边蹭了一步。

何所谓皱眉拍了拍他的肩膀："说真的，没事吧？"

"不能说完全没事吧，只能说苟延残喘。"白楚年懒懒地揣着手，"好兄弟，我可能快要没了。我要是真的没了，你帮我照顾好我的学员。兰波就不用你照顾了，平时没事的时候带你的队员去海边捡捡垃圾什么的就行了。"

"喊，呸。"何所谓捡了根草枝叼在嘴里，就知道这小子嘴里吐不出什么人话。

白楚年兜里的手机振动了起来，他拿出来看了一眼，是金缕虫打来的视频电话。

"哟，这么快就到了。"白楚年按了接听。

金缕虫的脸出现在屏幕上，一双覆着金属层的蜘蛛眼撑在镜头前眨巴了两下，腼腆地笑着说："我现在在蚜虫岛特训基地，PBB护送的实验体们也到了，大家都在。"

然后他把电脑交给了木乃伊，木乃伊抱着电脑缓缓退后，镜头才慢慢拉远。

于小橙搂着哈克（实验体7115红尾鵟）的脖颈挤到镜头里："教官……哦哦楚哥，你伤好点了吗？"

白楚年露出虎牙："小破伤，没什么好记挂的。"

哈克看见白楚年，脸垮下来，于小橙强行扯着他的脸让他微笑："哎呀，打个招呼你能死啊？"

哈克不情愿地从牙缝里挤出一句："你好。"

布偶亚体和暹罗亚体拉着他们在交换训练时负责的一对胆小的老公公和老婆婆仓鼠实验体给白楚年看。

他们实在太胆小了，由于之前在PBB时和白楚年接触过，导致现在一看见白楚年的脸就受到惊吓，一头扎进身边的猫咪怀里发抖，差点厥过去。

弱小的实验体对同类强者的恐惧心理很难消除，尤其是在猫与鼠这种极限物种压制下，好在照顾他们的猫咪学员能让他们多少适应一些。

"楚……楚哥……我今天新教会他用拼音打字了，我让他给你表演一下。来，大菠萝，你打个我的名字看看。"萤推来了一个个头巨大的非洲象实验体，一出现就占了大半个屏幕，大块头有点害羞，一个劲捂着脸往萤的身后躲。

"他就是太害羞了。"萤挠了挠头，只好作罢。

边牧亚体站在沙滩上，操控无人机带着那些会飞的实验体幼体在海面上盘旋，腾出一只手跟白楚年摆了摆。

白楚年笑笑："段野，今年年终考核认真点，你哥等着你赶紧过来接技术部的班呢。"

小边牧比了个"OK"的手势："我哥还没秃啊？该秃了。"

PBB从国际监狱回收的十四个实验体，加上PBB原有和俘虏的几个实验体，再加上前一阵子IOA收留的一部分实验体和幼体，经过这段时间的观察和治疗，确定他们不再出现攻击人的欲望，因此全部安置在了蚜虫岛上，让他们试着跟孩子们生活在一起。

在屏幕角落里，无象潜行者在沙滩上正在用手指画蒙娜丽莎，图灵博物馆坐在他身边看书，这两个智商超高的实验体倒很能玩到一块儿去。

蒲公英实验体在哭着追自己被海风吹走的头发，刚玉实验体在海岸边捡贝壳，磨成宝石一样光滑的饰品发给身边的学员们。学员们叽叽喳喳地跟他们玩成了一团。

贺文潇、贺文意突然挤进镜头里，顿时屏幕上只剩下两个鼻子。

"队长呢，队长呢，我们队长呢？我们把实验体护送到了。"

白楚年揽过何所谓的脖颈，把他拉到身边："这儿呢，老何，过来唠两句。"

何所谓板起脸教训："你俩别光顾着玩，训练不能荒废，听见没？"

"知道，队长，我们想你了。"俩小狼崽没心没肺地在屏幕里笑。

"哼，别整那没用的。"何所谓戴上墨镜，咳嗽了一声，把头转到了一边。

白楚年松开何所谓，懒洋洋地举着手机去无人的地方嘱咐了小崽子们一番，才挂断了视频。

挂断视频，手机上的闹钟就响了，到了例行检查身体的时间。他今天放了这么久的风，该回病房了。

住院观察两天后，白楚年的体检结果指标合格，身体各方面的指数都降了下来，暂时保持着稳定状态。只是还没找到彻底压制恶化的方法，医生不准他走出 IOA 总部区域，以免被外界刺激到，并且随时严格监控他的身体情况。

白楚年坐在单人病床上，把工作电脑放在膝头，浏览着 109 研究所最近的动向。因为单烯宁暂时短缺，加上锦叔暗中放出研究所药物短缺、资金链断裂的消息，关于实验体的许多合作都黄了，看上去研究所的口碑也在直线下滑。

昨晚锦叔和会长特意打了视频电话过来关心他的伤情，白楚年有点不好意思，连连说没事，让他们放心。会长还在威斯敏斯特，锦叔推了自己的行程与他同行，白楚年不想让他们远在千里之外还担心自己这边。

现在看来，只要 109 研究所保持这个衰败速度，过不了多久，就算会长这一次的提案仍没通过，研究所也有很大的概率自行崩盘。

技术部段扬说，早上收到了一个人偶娃娃送来的移动硬盘，里面都是 109 员工内部网络才能浏览的内容。人偶师把他们从红狸市华尔华制药工厂盗窃出的资料直接扔给了 IOA，大概是在这次抢夺实验体的行动中大伤元气，很长一段时间内都不打算正面对抗研究所了。

技术部查了人偶师现在的位置，发现他已经不在境内了，开在窄街的人偶店挂上了店面出租的牌子，里面的家具还在，但铁艺展示架上的人偶娃娃都已经搬空了。今早 IOA 北美分部的搜查科干员发消息来，说发现人偶师在加拿大活动的痕迹，不过没什么特殊活动。IOA 总部给予的回复是继续观察。

白楚年浏览了人偶师拷贝的资料，发现研究所并没有完全停止生产药剂，即使在单烯宁短缺的情况下，以保证完成以前的订单，尽量降低损失。

病房门响了两声，韩行谦推门走进来，手里拿着查房册。

"今天有没有什么地方不舒服？"他走到白楚年病床边，俯身抬起白楚年的下巴，检查瞳仁是否发蓝光，再掰开嘴检查牙齿有没有兽向生长，然后按下他的头，检查亚化细胞团有没有异常红肿。

"没不舒服。"白楚年老老实实地任他摆弄。

白楚年懒懒地打了个哈欠，斜倚在病床升起的靠背上："兰波怎么还没回来啊？去食堂买份饭而已……不会又把食堂的大勺吃了吧？"

"他在我老师那儿，来的时候我看见他了。"

"他找钟医生干什么？"

"还能干什么？担心你啊。"

"嗯。"白楚年偷偷凑近韩行谦问，"他背着我跟你们说什么了吗？最近事情多，我怕他难过。"

"放心，他比你成熟得多。他活了这么久，什么大风大浪没见过？他性格硬，又骄傲，就是难过也不会显露出来给我们看的。"韩行谦抽出胸前口袋里的圆珠笔，低头在查房册上记录下白楚年的情况，按铃叫护士进来给白楚年扎上一瓶安抚剂。

"韩哥，你看这个。"白楚年把电脑转过去面向韩行谦，"研究所硬着头皮生产药剂呢。没有单烯宁，这药剂效果不受影响？那我们不是白忙活了？"

"我们研究过单烯宁，已经确认了这种原料在药剂中起的作用。"韩行谦说，"这是一种成瘾性强的安抚剂，能大幅度提高实验体的服从性。"

韩行谦仔细浏览了一遍电脑上关于研究所继续生产药剂的部分，想了想说："没有单烯宁的药剂，本质效果不变，但实验体的服从性会很快变差。实验体是凶猛的，他们卖给各个国家和组织的实验体更是万里挑一的精英，艾莲这是打算赚上一笔快钱然后跑路吗？"

白楚年皱起眉，让技术部给设在各国的 IOA 分部发消息，让他们留意一下那些曾经购买过实验体的国家和组织。

109 研究所总部。

艾莲坐在办公桌前，端着咖啡，看着电脑上传输过来的实验视频。

一串视频都是永生亡灵的训练记录，这是她最强大的作品，不论对手是谁，他都能一击必杀，即使 A3 级实验体也不是他的对手。

不过再强大的实验体也有弱点。

视频中，一直表现得温顺听话的永生亡灵突然试图打破培养箱，但培养箱四角安装有专门对付实验体的液氮冷冻捕捉网，一发液氮炮就冻僵了亡灵，直到身体解冻他才重新恢复行动能力。

液氮捕捉网是艾莲手下武器研究员的杰作，利用北极虾亚化细胞团仿生制造。连神使和电光幽灵都会被液氮炮冷冻，证明这种液氮炮是控制所有实验体的最有效的武器。发明液氮炮的研究员也得到了升职加薪的待遇，艾莲从不会亏待自己手下的天才科学家们。

智能 AI"灯"发出提示音："人偶师团队受重创，厄里斯机械核心损坏，奇生骨反噬重伤，帝鳄内脏损伤，已经逃往加拿大。"

艾莲用指尖抹了一下马克杯上沾的口红："哼……那些无用的实验体幼体就送给他们吧。"

灯又说："我们派出的五个 A3 级王牌实验体折损了四个，迅猛龙、雅典娜盾、蚀棉被厄里斯击杀，霞时鹿被永生亡灵击杀。"

艾莲皱起眉："永生亡灵杀了自己人？"

灯回答："我已经发布了召回指令，但被永生亡灵拒绝了。"

艾莲轻哼："他的确贪玩。你知道该怎么做。"

灯："好的。已经发射液氮捕捉网。"

艾莲看着电脑上传来的实时监控，屏幕上出现了永生亡灵的影像。永生亡灵正在空中漫无目的地飘荡，突然，一架无人机出现，朝他发射了一发液氮炮。

永生亡灵戴着研究所的定位圈，他的位置随时会被追踪，根本无法逃出他们的监视。

永生亡灵被瞬间冷冻僵硬，从空中掉落，摔在了地面上，手和脚直接摔断了，飞出去好几米远。

艾莲看着监控中的画面冷笑："派人去把他带回来吧。"

"是。"

"今天没什么事，我回去看看萧炀。好几天了，他还在跟我绝食怄气，男人真是难哄。"

艾莲离开了办公室，AI 灯负责关闭办公室内的电力，锁闭门窗。

桌上的电脑在关闭之前，还处在实时监控的页面上。直升机从空中缓缓接近，几个穿着防护服的研究员顺着绳索降落，将永生亡灵冻僵的躯体锁进玻璃皿中，直升机带着他们返航。

而旁边不起眼的荒草堆中，永生亡灵冻僵摔断的一截手零落在杂乱的草丛里，手指轻轻动了动。

断手迅速解冻，手指像虫子的肢体一样灵活，在地上飞快地爬，在研究员们收回直升机舷梯时用力一跳，抓住了舷梯末段的横梁。

"嘻嘻。"

IOA 医学会经过多日的探讨，提出了一种认为可行的压制恶化的方法。

"我们和技术部反复研究你传回的视频和照片，发现了一些规律。"韩行谦又站在了白楚年的病床前，这几天，韩行谦一直密切监控着白楚年的身体，毕竟他是白楚年的观察医生，从白楚年来到 IOA 那天起，韩行谦就接手了他，保证他的健康是韩行谦的工作。

白楚年靠坐在病床上，膝头放着电脑。他还有许多工作要做，能抛给揽星做的也只是一些写报告之类的杂活。他眼睛盯着电脑，分出一只耳朵给韩行谦。

"我们派去红狸市的检验科同事带回了更详细的资料，那颗珍珠……"
白楚年转过头看了他一眼。

"抱歉。珍珠质卵壳内包裹着不少和兰波基因相同的物质，研究所利用促联合素将珍珠与永生亡灵强行建立联系，目的是用这些物质保持永生亡灵恶化后的意识。"韩行谦说，"那么我们猜想，兰波也具有相同的能力，而且要比珍珠强大千百倍。我们可以尝试用同样的方式来让你在恶化时保持神志清醒。"

白楚年摇摇头："你没看见永生亡灵的举止，疯疯癫癫的，绝对不是正常该有的样子。我和兰波讨论过，我们不敢冒险。"

"所以我需要促联合素。"韩行谦认真道，"如果能拿到研究所的促联合素，我们就有八成把握解决你的恶化问题。"

白楚年眼睛亮了一下："你真有办法？"

"我们会尽全力救你。"韩行谦不敢居功，IOA 医学会的教授们连夜研讨才确定了这个方案。

"也对，毕竟我也算 IOA 的财产，不能砸在手里。"

"狗屁财产，搜查科没你不行，你给我干到退休。"韩行谦按住他的脑袋，用力揉了揉，"我已经递了申请书到组长那儿，任务书批下来后，我们会派秘密特工去研究所的下属基地找促联合素。这期间你老老实实待在病房里。"

"知道。"白楚年伸了个懒腰，"我真的好闲，连任务都是兰波代班。"

韩行谦拿着查房册走了，白楚年重新躺回床上，舔了舔虎牙，美滋滋地回味韩哥说的"搜查科没你不行"。

"我到了，你在高兴什么？"

电脑扬声器里传出兰波的声音。

白楚年调出兰波的实时影像："啧，你穿这身真帅。"

兰波现在可以保持人形，穿人类的服装，此时身上穿着背后印有 IOA 自由鸟标志的黑色作战服，腰间绑着弹带，右腿箍着皮质手枪带，左腿侧贴着一把水化钢战术匕首，手中握着一把水化钢 QBZ 步枪。

他把微卷稍长的金发用白楚年给的塑料小蓝鱼皮筋随意地扎在脑后，前额的发丝凌乱地随风飘动，紧身作战服贴合兰波的身体流线，显得腰腹削薄干练，双腿笔直修长，即使站在弱亚体堆里也很高挑。

这次任务是帮助联盟警署解决一桩武装抢劫案，团伙作案，人数有十八人，抢劫了设在历史博物馆的宝石巡回展。馆长求助了联盟警署，由于历史博物馆不属于私人财产，展会上的宝石有一多半都来自一些慷慨的贵族，IOA 也破例派遣特工协助破案。

但 IOA 特工组事务繁忙，搜查科更是忙到脚不沾地，国内国外来回飞，连刚转正的训练生们都在任务途中回不来。仅剩的几个有空闲的干员也被派出去调查促联合素了。搜查科的闲人只剩下白楚年一个，而白楚年又被医学会的医生们勒令不准出总部，实在没办法才找兰波代班。

"辛苦了。"

"hen。（好的。）"

兰波摊开手，一个水化钢弹匣凭空落在掌心，被他推进了步枪里。根据联盟警署中金雕警员的远空侦查，他们已经接近了团伙的窝点，兰波放轻了脚步。

合作多年，联盟警员对 IOA 的搜查干员都抱有一种敬畏心理，绝对不敢因为协助干员是弱亚体就看轻人家。任何任务，只要有 IOA 特工协助，那么这次行动就十拿九稳了。此时警员们看着前面手握透明步枪、一脸不屑的兰波，只敢小心翼翼地跟在后面，唯恐拖前辈后腿。

白楚年把实时影像投影到平板上，在病床上换了个姿势，拿两个枕头垫在胸前，趴下来双手抱着平板，影像中的视野就是兰波的视野，没有延迟。

兰波已经进入了城市边缘的废弃大楼，那伙劫匪会在这里分赃，将镶嵌在首饰上的宝石拆下来分成零散的小份，分给走私同伙带出境。

废弃大楼中光线微弱，兰波的视力不强，又没有鱼尾蓝光照亮，看不清楚东西。

"没事，尽管走，我帮你看着。"白楚年戴上外接的头戴式耳机，"你左手边有电线，别绊倒了。"

"这么黑，你能看见？"

"我能听见。"

联盟警署得到的资料说这伙劫匪都是枯叶壁虎亚体，夜视能力极强，这样黑暗的环境对他们有利，而警员们不能擅自打光，以免打草惊蛇。

兰波一路按照白楚年的指挥绕开障碍物，尽管在一片漆黑中他什么都看不见，可小白的指引从未出过差错，他一路上连小石子都没踩到过。

"你把摄像头往下压一点。"

"哦。"兰波抬手把领口的纽扣摄像头向下拧了拧。

白楚年抱着平板，打开了夜视功能，端详着亮起来的画面。

耳机里渐渐能听见极微小的脚步声，白楚年轻声说："拿闪光弹。"

兰波从腰带上拽下闪光弹攥在手中。

"向前走，右手边第一道门。"

兰波放轻脚步，缓缓接近。

"开门，扔进去，关门。"

兰波拔掉保险环，用力拉开上了锁的钢制门，连着门框和门槛一起拽变了形，墙面开裂掉皮，然后把闪光弹滚了进去，反身带上门。

白楚年瞬间摘掉耳机躲避闪光弹爆破的一瞬发出的嗡鸣，然后又戴上："进门。"

兰波拉开了钢制门，里面的人正捂着被闪伤的眼睛开枪乱扫，房间里的枪声混乱刺耳，在空荡黑暗的空间里回荡。

白楚年的听力比视力强百倍，非远程战斗很少使用夜视工具，此时也只是闭上了眼睛，仔细辨别耳机里传来的混杂的噪声。

"蹲下，你左手边有沙发掩体，沙发左前方有一个拿冲锋枪的，干

285

掉他。"

兰波蹲下来，迅速挪到沙发后，伸出枪口挑开了一人的袖口，幽蓝电光顺着水化钢灌入那人的身体。那人突然浑身触电抽搐，瘫倒在了沙发上。

如果要灭口，兰波大可不必这么麻烦，可惜警署要求抓活的，还不能放跑领头的，兰波憋屈极了。

"站起来跑，到你右手边的保险箱后面，把那个拿 AK 的干掉。"

兰波一把抓起刚刚被自己电到昏迷的劫匪当作人盾，在黑暗中跑到保险箱后。保险箱后是个 M2 级亚体，视力恢复得比别人要快，但兰波已经摸到了他近前，抬起匕首划过他的脖颈，一股强电流使他浑身僵硬抽搐，最后昏厥过去。

分赃的房间内一度混乱，突然，白楚年在密集的枪声中听到了一声不起眼的玻璃碎裂响。

"有人跑了，屋里的留给联盟警署解决，去追那个跳窗的。"

联盟警员也冲进了房间里，手拿防暴盾和霰弹枪，大声威吓。

兰波撞开玻璃翻了出去，果然有个劫匪提着手提保险箱逃了，他是壁虎亚体，有"游墙"的伴生能力，在垂直于地面的大楼外壁上跑得飞快。

劫匪疯了似的向前跑，想甩掉兰波，时不时回头看一眼。当他跑出几百米时，再回头看，身后穷追不舍的身影突然消失了。

就在他以为自己逃出生天时，面前横空扬起一条冷蓝鱼尾。兰波本体出现在他面前，放电吸附在大楼内部的钢筋上，鱼尾缠住劫匪的一条腿，嘴角长长地咧开，张开血盆大口，露出里面尖利密集的牙齿。

"啊啊——！"劫匪头子当场被这恐怖的怪物吓到昏过去，手一松，装满宝石的手提箱便滑脱了，从高处掉了下去。

兰波迅速向下爬，鱼尾卷着昏厥的劫匪头子扔回了刚才的房间，身体化作一道闪电向下游走，张开手掌朝手提箱的提手抓过去。

一只小麦肤色的手先他一步抓住了手提箱，黑影稳稳地落在了狭窄的墙沿上。

兰波落在了地上，发出一声电磁嗡鸣。

"拿来。"兰波抬眼冷漠地审视对方，眼神不善。

黑豹站在墙上方的窄沿上，黑色风衣衣摆在风中微微摆动，戴着戒指的食指轻轻拨开手提箱的锁扣，在里面满满堆放着的宝石中挑选了一会儿，挑出展品中那颗最大的红宝石，拿在手中，对着光看了看，然后将手提箱合上，抛还给了兰波。

"抱歉。受人之托，拿去应急，来日会照价赔偿。"

他挑出的这颗红宝石足有 1250 克拉，是这次巡回展上的压轴宝石，未经雕琢镶嵌，形状像一颗心脏。

第四卷

不死不灭：冥使者

第十六章

九潭山

———○———

　　直升机降落在劳伦斯山脉中央，今日暴风雪，只能被迫降落，徒步进山。

　　黑豹跳下直升机，黑色风衣被夹着雪花的冷风吹得上下翻飞，他双手插在风衣口袋里，抬起眼皮，金色猫眼收拢成一条竖线，冷漠地辨认了一会儿方向，向西方缓缓走去。

　　他在崎岖雪地中踩出了一排脚印，只是深一脚浅一脚，因为受了不轻的伤。

　　想从兰波手里抢东西，不脱层皮是不可能的，这还是在兰波半途停下来懒得追了的情况下。

　　黑豹亲耳听到兰波对着耳麦说："randi，没必要因为那么小的石头耗费精神，我从海底给你带来的宝箱里有许多更大的，你随便挑一个红色的给他们算了，我现在只想回家。"

　　他一路偷渡出境，中途在岛屿停留才有人接应，飞往加拿大后，乘上了预留的直升机，几次辗转才带着宝石接近目的地。

　　徒步近一个小时，崎岖山脉之间渐渐出现了一些覆盖着雪的建筑尖顶，从窗中透出暖色的光晕。

继续走了十分钟，才窥见建筑全貌。覆盖着白雪的山间坐落着一整片城堡，城堡尖顶连绵，淡青色的砖瓦与雪色接近，而每一扇窗都向外散发着暖意。

虽然地势偏僻隐秘，但买下这样一整片建筑也需要强大的财力，日常维护费用高得惊人。

黑豹拖着僵冷的身躯走近正门，守在门口的一个与人等高的人偶执事朝他礼貌躬身。人偶执事穿着得体的燕尾服，戴着白色手套，除了肢体上的球形关节外，看上去与普通的白人无异，神态栩栩如生。人偶师对面容和形体的刻画可以用天才形容，足以与当今世界顶级的雕刻家媲美。

黑豹并未多言，轻踏地面，双手钩住外墙的凸起，迅速翻了进去。

墙并不高，却隔绝了外面的暴风雪，墙内毫无积雪，也十分暖和，有一位人偶老人在扫地，人偶园丁在保养庭院的玫瑰。

黑豹回头看向墙外的天空，竟是晴朗无云的蓝天。这里像一个与世隔绝的世界。

门外等候的人偶执事优雅地走进来，关上门，扫去肩头的雪花，对黑豹点头示意，请他进去。

走进城堡的走廊后，屋里的人偶女佣匆匆跑来，给黑豹递上一杯热可可，引他去会客室坐。

周围寂静无声，这些人偶仆人似乎都不会说话，只能按着预设的程序做事。

走廊两侧每隔一段距离就有一扇虚掩着的门，黑豹趁人偶女佣不注意，轻推开一扇门，向内瞥了一眼。

里面的布置看起来像幼儿教室，一些矮小的椅子上稀稀拉拉地坐着几个小孩，嗅到生人气味后，不约而同地转过头盯着黑豹。

他们有的长着一张蟾蜍似的大嘴，有的下半身是蜘蛛，有的身体近乎透明，有的背后长着翅膀。都是实验体。

而幼儿教室最前面的黑板前站着一位穿洛丽塔裙子的人偶老师，在黑板上端正地写下几个简单的英文单词。

黑豹看了几个房间，除了幼儿教室，还有玩具屋，也有正常的成年人的房间，还看见一个成熟期的蜻蜓实验体站在窗边拉小提琴，她穿着款式简单的白裙子，纤瘦的背后垂着两对半透明的蜻蜓翅膀。

她回头看了黑豹一眼，停下正在拉琴的手，对他露出毫无防备的微笑，释放出一点亚化因子作为初次见面的礼貌招呼。

从她的亚化因子里，黑豹判断她的等级很低，攻击性极弱，通常来说这样的实验体会被做成强大实验体的饲料，活不到这么大。

走廊很长，房间众多，黑豹粗略算了算，光是一条走廊的房间里就容纳了上百个实验体和幼体，整座城堡建筑和一个小型城市差不多，最少也能容纳上万实验体。

人偶女佣领着黑豹来到了会客室，鞠了一躬就默默离开了。

会客室的沙发上斜倚着一个女性亚体，穿着碧绿的缎面旗袍，长长的金蓝孔雀尾羽垂到地毯上，轻摇着雪白的羽毛扇，身侧的壁炉里燃烧的火焰在她脸颊上映出暖色红光。

奇生骨抬眼看见黑豹，用扇面掩着口鼻咳嗽了几声。

"你病得更重了。"黑豹在她对面坐下，脊背端正挺直，戴宝石戒指的食指轻轻在膝头敲动。

奇生骨摇摇头："我提前出培养舱，算先天不足，好不了的，新伤摞旧伤，烦得很。这几年你去哪儿了，昼？"

黑豹沉默。

"找到驱使者了？"奇生骨瞥见黑豹食指上的蓝宝石戒指，有些好奇地抬起眉眼打量他，"我以为你的驱使者会是撒旦。"

黑豹偏过头，显然关于这件事他不想多提，冷淡地岔开话题："你打算一直留在这儿吗？"

"留在这儿，没什么不好的。虽然小孩多，但房子够大，也不显得吵。"奇生骨笑了一声，又咳嗽起来。

黑豹不擅长聊天，很快又沉默下来。

"他让我给人偶师送一块宝石。尼克斯在哪儿？"

"他三天都没出工作间了，我让魍魉小鬼去叫他。"

封闭但宽敞的工作间里，井井有条地摆放着制作人偶的工具，墙上排布着木质展示架，上面摆放着许多尚未完工的人偶娃娃，姿态各异，神态万千，只是还没上色，也没有衣服去遮挡一身球形关节。

桌面上铺着翻毛皮防滑垫，这块垫子用了许多年，沾上的色粉和亮油都已经擦不掉了。陈旧的铁艺台灯下，人偶师正埋头工作。

他穿着皮质围裙，戴着一副很薄的黑色半掌手套，雕刻着花纹的银质目镜卡在他深邃的眼窝中，他全神贯注地用细镊组装手中的精细物件，那是一个人偶娃娃的机械核心。

机械核心和人类的心脏形状很像，是纤细繁杂的铜制框架，内部本应有一个红色核心来为整体驱动，核心内部的芯片上复刻了实验体统一移植的战斗记忆，包括对武器构造的了解、近战格斗知识以及屠杀倾向，厄里斯的出厂设定是暴乱实验体，以不和女神厄里斯命名，挑起战争是他的使命。

只要有战争，军火买卖就会越发暴利，红喉鸟恐怖组织定制购买这样一个实验体的初衷正是如此。

承载芯片的主要容器是一块心脏大小的红宝石，在研究所的深海压力井中由数控机床雕刻，并在芯片和宝石之间充满氩气。

买家很难找到相同品质和克拉数的宝石来做仿制品，研究所财大气粗，选用这样的材质作为承载核心的容器，就是为了不让买家盗版或者维修他们的产品，坏了就只能扔掉，重新到他们那里购买新的。

不过这一个机械核心内部已经完全损坏了，放置芯片的红宝石炸得粉碎，芯片也烧毁了一多半，以人偶师炉火纯青的技术也只能复原机械核心的外部框架，数以万计的精密铜丝和芯片构成了类似包裹心脏的血管，人偶师已经日夜不分地修复了三天。

他把床垫从卧室搬了过来，放在工作间的角落里，不过到现在还没用上。他毕竟是个人类，不眠不休地工作让他迅速地憔悴下来。

三个小时过去，人偶师才抬起头，慢慢取下眼眶上的目镜，眼睛一闭便感到酸痛，直起身子，颈椎和腰发出吭吭咔咔的脆响。

人偶师习惯性地看了一眼脚下，想叫睡着的厄里斯让开，别绊着自己的脚，但脚下空空，人偶师木然怔了一下，才僵硬地将目镜放到桌上，站了起来，爬满血丝的混浊眼睛望了一眼角落。

角落的床垫上平放着一个破烂的陶瓷人偶，半张脸都碎没了，剩下的半张脸也爬满了裂纹，没有下半身，只剩下一条右臂，搭在破碎的胸前，胸部也碎了一大半，能轻易看见他空壳一样的胸腔，内部空空如也。

娃娃脸上的妆被擦掉了，一头银发一根根从根部拆掉收拢进自封袋里，坏掉的眼珠也被拆了下来，只剩下空洞的眼眶。他现在就只是一具报废的人偶，和麻袋里装的那些发霉的肢体没什么两样，甚至放在一起都会混淆到挑不出来哪个是他。

"厄里斯。"人偶师叫了他一声。

那具破烂人偶动了动，对他的声音还有反应，不过也仅仅是动一动，和剥皮青蛙的神经反射没什么两样。

但人偶师露出了宽慰的表情，紧皱的眉头舒展开，眉心留下了浅浅的皱痕。

咚咚。

敲门声响起来，人偶师向外看了一眼，门缝下是小魍魉踮起的脚。

"尼克斯，他……来了。"

人偶师应了一声，摘下皮质围裙和手套放在桌上，锁上工作间走了出去。

走进会客室，人偶师一眼便看见黑豹放在桌上的红宝石，以他对材料精准的判断，这块红宝石的克拉数是足够作为厄里斯的新核心的。

"受他之托，我只负责把东西交给你。"黑豹说，"把钱付给 IOA 吧。"

"IOA？"

"宝石是从他们手里抢的。"

"……"

黑豹没什么别的话要说，转身就要离开。

"等一下。"人偶师叫住他，从桌底拿出药箱，拣出一把手术刀和一套缝合针线，"你脱掉上衣。"

黑豹皱了皱眉，但面前这个人看上去是亲和的，他的命令让人无法抗拒，像木偶被提线操纵了手脚一样，黑豹按他所说脱掉了上衣。

兰波在他肩头留下了三条深长的爪痕，严重到无法自行愈合的程度，血还在向外渗，浸透了他的衬衫。

人偶师熟练地用手术刀清理掉他伤口边缘的烂肉，再用医用针线缝合。这是他的本行，娴熟技巧刻印在脑海里，不会轻易忘记。

黑豹原本下意识地咬紧了牙关，却发现并没有任何痛感，有些意外。

"我的伴生能力'造物之手'，就算开膛破肚你也不会受到伤害，缝合就更简单。"人偶师剪断缝合线，收起了药箱，脸上掩不住的疲倦让他看起来十分憔悴。

"你走吧。"

黑豹怔了怔，看了一眼肩头完美的缝合线，捡起自己的风衣，跟着人偶女佣离开了。

送走黑豹，人偶师拿起桌上的红宝石，一言不发地回了工作间。

打开工作间的门，脚踢到了什么东西，低头一看，破烂的陶瓷娃娃趴在门边，吃力地用手肘撑起身体，仅剩的一只右手揑住人偶师的裤角，拽了拽，抬起头，用空洞的眼眶望着人偶师，面无表情，却让人一眼就能看穿他的恐慌。

人偶师淡淡地叹了口气，弯腰捡起厄里斯，把他用黏土固定到半身胸架上，摆放在自己的工作台上，让他能有一个支撑点直起上半身。

然后人偶师重新穿上围裙戴上手套，坐下来埋头工作。

当人偶师准备戴上目镜继续修补核心时，一只球形关节陶瓷手伸了过来，盖住了他的眼睛，陶瓷很凉，冰敷着他因为过度使用而充血肿胀的眼睛。

在这短暂的黑暗中，人偶师不由得想起几天前抢夺实验体行动开始的那一晚，自己看着搬空的人偶店货架，有些动摇和犹豫。

他是人类，偶尔也会怀疑自己坚定的目标和毕生的愿望，这是一种人类的通病，人偶师也不能免俗。

但那时候厄里斯凑到他身边没头没脑地说："我不在乎你是对还是错，我会一直为你打架的。"

在店里，奇生骨常常和厄里斯吵架，那毒舌的女人经常把话说得很难听，从不在乎是否当着当事人的面："尼克斯只是利用你完成自己对人类的报复，像他那样的人有什么是不能割舍的？你以为你是谁，他就是利用你而已，你高兴个什么劲。"

人偶师觉得，她说得对。

但厄里斯总会反驳："他没有利用我，他只是需要我。"撑得奇生骨哑口无言，只能连翻几个嘲讽的白眼。

台灯的灯光只照亮了这一方工作台。

人偶师拆下厄里斯破损的头，放在自己腿上固定住，用细磨针抵住娃娃头前眼角内侧，一点一点地向深处磨。

做泪腺这样精细的活需要极大的耐心，人偶师花了七个小时才做完。

做完后，人偶师直起脊背，动了动酸痛的脖颈，将头安装回原位。

外面的天已经完全黑了，屋外的暴风雪愈下愈烈，狼嚎似的嘶鸣在窗外盘旋。房间里的装饰壁炉烧得很旺，火焰的声音听上去静谧又暖和，让人想在这样的祥和里永久住下，不再走出去。

人偶师合眼休息了一会儿，将红宝石举起来，在脑海中粗略计算如何切割，然后放到一边，用镊子从抽屉里夹出一个微小的芯片，举到灯下端详。

这是雅典娜盾的战斗芯片，和厄里斯之前用的版本相同，可以替换给厄里斯。这芯片是他逃离制药工厂时冒着风险从废墟中捡回来的，芯片完整，意味着其承载的战斗记忆还完整。

人偶师盯着镊子上的这一方小小芯片，出了很久的神。

他思考了很长时间，默默把芯片放回了抽屉，捡起桌上的红宝石，也放进了抽屉，锁了起来。

他把手伸进口袋，攥紧口袋里的手术刀，犹豫着缓慢地摩挲，抬手抚上自己左胸，像在思忖一个重大的决定。

人偶执事送黑豹离开了这片暴风雪中的静谧之地，并赠送给他一条围巾，鞠了一躬便转身消失在风雪中。

黑豹回望了一眼这座城堡，凛冽的寒风裹挟着大团的雪花遮挡了视线，阴郁的天色越来越暗，更显得城堡的每一扇窗散发出的金黄色的灯光温暖明亮。临走时奇生骨邀请他留宿一晚，等暴风雪停了再走，被他用冷淡的表情拒绝了。

那女人完全不是热情好客的性格，被拒绝一次就不再出言挽留，跟在韶金公馆遇见的爬虫和多米诺不一样，那两个小家伙热情又缠人，拖着拽着把他拉进房子里，一遍一遍邀请他住下。

黑豹回忆起来，仍旧固执地认为自己是盛情难却才答应住下，只是自从韶金公馆遇袭，他只在暗中关注过那两个小家伙，知道他们在 IOA 住得很安逸，并没多联系。

暴风雪没有停歇的趋势，温度越来越低，黑豹把人偶执事送的围巾戴上，冻僵的身体回暖了些。

趁着天还没黑，黑豹快步踩着渐厚的积雪往自己直升机的方向寻过去，好在他的方向感很强，视力也不差，至少不会在风雪中迷路。

积雪越来越厚，每一步都深深地踩进雪窝里，用力拔出来才能走下一步，本来一个小时的路程，他走了三个小时，肩上的伤因为人偶师帮助缝合，已经愈合得差不多，只是身体里还有几处严重的骨伤和内脏伤，兰波下手的确狠，如果速度再快一点，大概会把他活活扯成鱼食吞下去。

现在也只有先回到那个人身边去，有驱使物帮助恢复，他身上的伤才能尽快治愈。

他在雪地里徘徊了一阵，眉头越皱越紧。他停直升机的背风坡空空如也，直升机居然无影无踪。

这地方杳无人迹，偷乘飞机的可能性不大，即使有人偷乘，如果没有高超的驾驶技术，在这样的天气下驾驶直升机就是自寻死路。

黑豹向四周望了望，余光瞥见背坡隐约有光线被折射弯了，看上去某一块空气和它后方的石块显得不大自然。

黑豹的眼睛闪过锐利的冷光，身上散发出压迫气息。

那片不自然的透明团突然一头栽到雪地中，双手合十，面对黑豹跪坐在地上，被黑豹的 J1 亚化能力"堕落皈依"控制住，只能保持这个朝拜的姿势动弹不得，本体从透明状态实体化。

他掉下来以后，消失的直升机便出现了。

"实验体 814 空灵狮子鱼，听说因为没什么用就被销毁了，原来没有。"黑豹摇了摇头，不愿搭理这种低级实验体的恶作剧，绕过默默跪坐在地上的亚体，朝自己的直升机走去。

只是与空灵狮子鱼擦肩而过时，黑豹愣了一下，似乎没有感受到任何生命的波动。他回头看了一眼，跪坐在地上的亚体全身只有黑白灰三种颜色。

他看上去就像一张立体的遗照。

黑豹隐隐感到不安，加快速度走到直升机前，右手刚搭到把手上，突然被一股扑面而来的杀意晃了一下，他在雪地中行走了太久，尽管作为猫科实验体的感官仍然灵敏，但手脚都因为极冷而变得迟钝，加上之前在兰波手中死里逃生，过重的伤痛让他的反应变慢了。

一道冷寒刀光闪过，黑豹迅速撤身避开，但那刀速度太快，薄利的冷刃一刀斩来，黑豹只感到右手传来一股麻木的钝痛，三根手指连着半个手掌都被斩断了。

戴着蓝宝石戒指的半个手掌掉落到脚下，喷涌的鲜血立即染红了满地白雪，冒出一缕温热的蒸气，又因为极寒的温度而迅速凝固。

黑豹咬牙忍住右手的剧痛，冷冷盯着前方，才看清面前人的样貌——

实验体 2316 开膛手杰克，一个螳螂实验体，双手从小臂开始完全是锋利的两把折叠长刀。

只是他也和记忆中的样子有很大差别，黑豹在爬虫的实验体数据库中见过开膛手杰克，是个头发碧绿、眼睛鲜红的鲜艳家伙，而面前这个只有灰白颜色。

"我记得你在红狸市培育基地被厄里斯杀死了，你为什么还活着？"黑豹被斩断的右手迅速再生，从骨骼开始生长，血肉和筋脉再逐渐包裹骨骼，眼睛泛起金光，眼瞳拉长成一条冷峻的细线。

螳螂实验体用死寂的眼睛盯着他，没有表情，也没有回答。

黑豹忽然察觉到身后隐没在风雪中的动静，厚重的积雪中，十几个实验体缓缓顶开覆盖的雪被，无声地从地里爬出来。每一个实验体都是灰白颜色，与飘飞的大雪隐隐约约融为一体，让人质疑自己的眼睛是否失去了辨认色彩的能力。

黑豹终于意识到事态的严重性，他顾不上再做毫无意义的缠斗，捡起掉落在地上已经冻僵的断手，躲开螳螂实验体的双刀，手一搭把手，带着身子坐进了直升机中，迅速启动。

螺旋桨旋转起来产生巨大的噪声和躁动的气流，那些从雪中爬出的灰白实验体纷纷朝直升机聚拢过来，数量越聚越多，从十几只变成了几十只，再到上百只，每一只的眼中都只有灰败的冷漠，不见一丝生气。

黑豹冷冷地瞥向他们，将食指贴近嘴唇，做了一个噤声的手势。

一瞬间，包围了直升机的实验体们从最靠近他的实验体开始，一个接一个地双手合十，被一股无形的力量压迫着跪了下去，整个包围圈从内部到外部渐次跪下，双手合十，像在进行着一种诡异的朝拜仪式。

魔使 J1 亚化能力"堕落皈依"，属于沉默型能力，是一种针对动作的禁用，使目标只能保持朝圣的姿势不能移动。

直升机在暴风雪中起飞，被猎猎的寒风吹得左右摇晃，缓缓升空。

而那些被"堕落皈依"控制的实验体中心形成了一个黑洞旋涡，从旋涡中缓缓升起一个庞大的虚影，虚影披着一袭纯黑斗篷，脸是一团黑色的云雾，用虚无的黑烟构成的细长双手握着一柄由绝对黑体构成的拐杖，正立在身前，拐杖并无装饰，只有扶手的位置是光滑的弧钩。

恶魔虚影用力将拐杖立在地上，脚下的黑洞便迅速扩大，蔓延到被"堕落皈依"控制住不能移动的实验体脚下，他们的灰白身体被逐渐染黑，吸收进恶魔虚影脚下的黑洞中。

魔使 M2 亚化能力"末日审判",幻境型能力,有罪者将被送往虚无世界,无罪者将被送往极乐世界。(本质是不同辐射波长对大脑神经的影响。)

黑豹驾驶直升机穿越暴风雪,离开劳伦斯山脉后,天空逐渐放晴,昏暗的光线稍亮了些。

他拿起扔在手边杂物箱里的断手,冻僵的半截断手此时已经解冻,软塌下来。黑豹把断手食指上的蓝宝石戒指撸下来,随手把断手扔下了飞机。

他攥着这枚戒指,指节因为过于用力而泛白,他烦躁地想把它扔到飞机外,最终还是不情愿地戴回了再生的右手食指上。

戒指重新戴上后,他风衣背后透出衣料的荧光绿色蝎尾亚化标记的微光才熄灭,从衣服外看没有什么异样了。

蝎尾图案的亚化标记顺着他的脊骨从上到下刻印得很深,而且会散发绿色荧光,这点荧光看似微小,却能透过任何厚重的衣料,而这枚蓝宝石戒指能压制标记的荧光色,意味着戒指和荧光亚化标记必须选一个出现在身上。

IOA 医学会病房里,白楚年依旧盯着电脑,他手下搜查科的干员几乎都有任务在身,几个刚转正的训练生还是让他放心不下。

"回来了。"兰波推门进来,有些疲倦地走到沙发前,解开腿上的枪带,再解腰带,把脏兮兮的作战服脱了,剩下一个迷彩背心和一条短裤,掀开背心下摆站在窗边吹凉风。

风把他薄汗里的白刺玫香吹到了病床前,白楚年抬起头:"你别站那儿吹风啊,等会儿感冒了。"

兰波歪头笑:"我活了二百七十多年都没感过冒。"

"那也少吹风。"白楚年端起床头的饭盒，"过来过来，给你留的虾饺，韩哥从食堂打包的。"

兰波往病床上一趴，双手撑着床，微微张开嘴。

白楚年给他夹了一个："怎么回事呢，平时嘴张那么大，都咧到耳朵根了，里面的牙跟粉碎机似的，连盆子都能装进去，今天怎么回事呢？"

兰波小口地嚼着虾饺，轻声嘟囔："劫匪头子带宝石跑了，我去追，还没动手呢，我一张嘴他就吓昏了。randi，我很可怕？"

白楚年强忍住笑："多可爱，这样吃饭效率高。"

"你不觉得就行。"兰波又振作起来，咧开满是尖牙的血盆大口，连着饭盒把留的虾饺都吃了，就着床头的电水壶一起。

"对了，抢回来的宝石交给警署了没？"

"给了，顺便回家挑了一个差不多的红宝石给他们。"兰波翻了个身，懒懒地细诉，"我挑的那个红宝石也很大，要比原来那个大，本来馆长都在感谢我了，但原来那个宝石的主人不识抬举，他不要这个新的，就要原来那个，说那个是心形的，有特殊意义。"

"啊，那警署怎么说？"

"他们都看我，我没办法，就把我拿的那个红宝石啃成心形给他。"兰波懒洋洋地抠指尖，"我觉得形状也挺相近了，但原主人就还是不怎么高兴的样子。"

"你当着人面啃的啊？那换谁能高兴。后来怎么弄的？"

"我又当场给他哭了几颗珍珠，你不是说这个挺贵的吗，他拿了以后就高兴多了。就是当时我又哭不出来，挤了好久。"

"唉，"白楚年说，"你不用这样的，追回一多半就算可以了。你是王，你不能这么纡尊降贵，知道没？"

兰波扬起睫毛："我不是为他高兴，我想让你高兴。"

"那也不行，"白楚年说，"不能让你以后都不娇贵了。"

"en。（嗯。）"兰波松开手躺到床上，双手枕在脑后，"那 rando（小猫）抢一块破石头做什么呢，我不想杀他，他应该庆幸，如果当时有我的族人在场，我一定会为了维持威仪杀了他。"

"上一次我在红狸培育基地遇见厄里斯时，黑豹就突然出来劝架。一开始我以为他是为了保护厄里斯，但是厄里斯对我用出'如临深渊'时他也阻止了，他的目的似乎只是不让我们其中一个先死。"白楚年心里有数，"你应该把宝石抢回来的，他抢走红宝石可能是要给厄里斯重做机械核心。"

"你想让厄里斯死吗？"

"谈不上。不过如果他死了，不是我杀的，我比较没有心理负担，毕竟我们才是同类……"

白楚年端起电脑，打开 IOA 的内部网络，找到最上方的通缉罪犯一栏，在整齐排列的逃犯照片中找到了厄里斯和奇生骨的照片，指给兰波看。

"我给 IOA 干活，老大让我做掉谁，我就得接啊。厄里斯和奇生骨都在 IOA 的通缉名单上，除非他们一辈子躲着不出来找碴，老大容忍实验体到这一步已经仁至义尽，肯定容不下他们的。"白楚年咬了咬嘴唇，"当初我一意孤行去爆了红狸培育基地，老大没追究，我不能不识抬举。"

"你不必愧疚，言逸不追究你的过错是因为你能给他做更多的事，你的价值大于他们为你掩盖罪行要花费的精力，你的忠心大于你捅的娄子，"兰波半合着眼，轻轻用指尖卷他的病服，"我不否认他们对你有亲情和恩情，但人类是逐利的，等你长大了就会明白，他们之间靠利益相连，利益冲突时就会爆发战争，历来如此。"

"兰波，别说这种话了。"白楚年说。

"为什么不能说？我要教你懂得这些。"兰波枕着一只手，慢慢合上眼睛，"人类过于自私，实验体又过于感恩，你们应该中和一下，这个世界上不应该只有一个物种制霸陆地，我看不惯。"

"那你还愿意跟 IOA 的船一起出海清理潜艇实验室啊。听韩哥说，你还让船员们吻了你的指尖。"

兰波脸颊微热，把脸埋进枕头里，闷声说："大海是包容的，愿意成为信徒之人，我会庇护渺小的他们。"

"嘴硬。"白楚年回手揉了揉兰波的头发，"累了吧，身上酸不酸？我给你揉揉。"

白楚年分出右手抚在兰波的腰上揉，左手敲键盘调整几个搜查科干员的实时影像。

兰波惫懒地趴在床上，任白楚年的手在腰间轻揉，白楚年的手硬而有力，揉得很舒服。兰波慢慢就困了，脸埋在枕头里困倦地闭上眼睛。

白楚年放出一缕安抚亚化因子哄他休息，白兰地浓郁的酒味沁人心脾。

嘀嘀。

电脑后台运行的二十多个实时影像窗口中，其中一个亮了一下绿灯，响了一声，意味着有特工完成任务，在线上提交了结束任务的申请，需要白楚年听一下任务结果，再决定是否还有任务派发。

白楚年点开窗口，显示陆言提交了任务，实时影像上，陆言跳起来搂着毕揽星的脖颈，把毕揽星拽到跟自己个子相当的高度，开心地在脸颊边比了个"V"字，毕揽星则一脸无奈地替他警戒着周围的情况。

他们执行任务的地点在九潭市，暗杀对象每年这个时间都会到九潭山上香问偈，手上血腥恶事沾得太多，就很容易信奉一些东西来作为心理安慰。

此时他们尚未离开九潭山，远处还是一片郁郁青青的山林景色，一些寺庙错落地坐落在山间，石板路上三三两两地行走着游客，由于距离太远，山路上的人影小得像虫子。

"搞定了，怎么样，快吧？"陆言对着镜头晃了晃战术匕首，随手在作战服胸前刮了刮匕首上干涸的血渣，把匕首插回了腿上的皮扣里。

"别臭显摆，快回来，这么简单的暗杀任务也能做两天。"白楚年嘴上训他，又忍不住扬起唇角露出虎牙尖。

"光路程就一天呢！换你来也快不了啊！"陆言气到兔耳朵飞起来。毕揽星的一只手伸进镜头里，揉了揉陆言的脑袋，把竖起来的耳朵压下去，画面外的声音有点小："好了阿言，接我们的飞机来了，别闹，让楚哥好好休息一会儿，乖。"

白楚年在屏幕前摸着下巴笑："哎呀，揽星给我说说小兔子的尾巴球好不好捏。"

毕揽星一噎，咳嗽了两声，别扭地看向别处，还没说话，陆言的脸先憋红了，拿着纽扣摄像头上下乱跳："你瞎说，才没有！"

仗着隔着屏幕打不着，白楚年最爱逗这小兔子炸毛生气。

实时影像屏幕的右上角有座寺庙，不过距离太远所以在镜头里显得很小，白楚年在晃动的镜头里察觉到那座建筑似乎震动了一下。

"那是什么？"白楚年突然收敛了笑容，认真凝视右上角的寺庙，并放大了影像。

那座建筑的确在震动。

"什么？"陆言闻言回头看了一眼，也注意到了那座颤抖的寺庙，纳闷地挠挠脸，伸手指过去，"揽星，那是什么呀？"

突然，远处的寺庙发出一声巨响，大地松动出现裂缝，一颗狭长的巨大蛇头缓缓从地里顶了出来，有二十多米高，比寺庙高出三倍，土块从它头顶滑落，山间石板路被震裂，从峡谷之间坠落，接着，那颤抖的寺庙腾空而起，仿佛被什么东西从地底托了起来。

那巨蛇发出一声响彻云霄的吼叫，他们脚下的地面都开始颤抖，那股震荡的波动一圈一圈荡了过来，寺庙被从地面连根拔起，一只拥有二十米长脖颈蛇头的巨型乌龟将半个山头都驮在了背上，并发出震透耳膜的吼声。

全身灰白的乌龟驮着背上的山头开始爬动，它犹如宫殿圆柱的大脚一脚就踩烂了一座香堂，山里的香客尖叫着到处逃窜，有不怕死的还在拍视频。

陆言他们的位置离得很远，但也受到了剧烈的冲击，毕揽星用藤蔓带着陆言在山间奔跑，几次差点被猛烈的震动甩下峡谷。

"你们去疏散山上的香客，"白楚年微微皱眉，低声命令，"我派离你们最近的干员过去支援。"

"好，放心吧。"

白楚年给搜查科其他干员发了支援消息和位置，把事件上报给组长，再把刚刚的影像文件传给技术部。

技术部回复说，这是实验体 3014 霸下龙龟的亡灵召唤体，来自永生亡灵 M2 亚化能力"死神召唤"，早在两年前，这个实验体就因为过大的身躯和力量被切割焚化销毁了。

随后，风月的消息也挤了进来："楚哥，我过不去了，我这里也有，一条冒着毒烟的蜈蚣，灰白色的，正在向闹市区爬，不用管我，我能搞定。"

"蜈蚣……是在红狸培育基地死的那个……又是亡灵召唤体……"白楚年咬了咬牙，恨自己现在被医生勒令不能出总部，推推身边的兰波，"醒醒。"

兰波在找回宝石的任务中和黑豹打了一架，对方毕竟是 A3 级使者型实验体，是兰波也无法轻易碾碎的对象，兰波耗磨了许多体力，这时候睡得正沉，连亚化因子都因为疲惫变弱了一些，窝在枕头里咕哝着梦话。

白楚年短时间内找不到人，突然想到借住（软禁）在 IOA 的林灯教授。能救一下急也好。

艾莲的私人住宅在距离研究所总部一个小时车程的别墅区，平时她很少回家，通常住在研究所里，只不过最近回来得频繁了一些，因为萧炀被她关在了家里。

萧炀倒不是绝食抗议，只是一直没什么胃口，常常看着窗外的花园发呆，不知道在想些什么。

卧室门被吱呀推开，艾莲穿着真丝睡裙走了进来，难得没化浓妆，也没穿高跟鞋，看上去不似平常一般咄咄逼人了。

艾莲拿了两杯柠檬水，坐到茶几对面，推给萧炀一杯，然后跷起腿，托腮看向落地窗外的花园。

两人安静地对坐了一会儿，艾莲首先打破了僵硬的氛围，开口道："我仔细考虑了你的建议，可以分出一批比较专业的研究员作为驯养员，把幼体和培育期无攻击力的实验体训练成宠物，然后出售，这样就不需要销毁了。你觉得怎样？"

萧炀弯着眼睛，良善地看着窗外："我都可以，听你的，毕竟你才是老板。你的商业规划轮不到我指手画脚。"

艾莲皱起眉，鲜红的长指甲敲打玻璃杯壁："你到底想怎样？你我已经这个年纪了，不是无理取闹的小孩子了。"

萧炀微笑着推给她一封辞职信。

"我不想干了，放我出境吧，找个地方养老。担惊受怕的钱我已经赚够了，年纪大了，做不来这么刺激的活了。"

"你！"艾莲想发火，又强迫自己忍下脾气，进门之前已经嘱咐过自己多次不要再来硬的，好好沟通，但似乎又失败了。

"你留下。"艾莲靠进椅背里，抱臂谈条件，"我不再和灵猩世家合作，而且帮你除掉灵猩世家现在的几位家长。"

萧炀的眼神闪了闪。他恨灵猩世家，但也厌烦艾莲谈判时高高在上的态度，他们没有什么差别。

"你还是不明白。"萧炀轻笑着叹了口气，"你靠实验体发家，到现在年年富豪榜上有你一席之地，但它们能推你上高楼，一样能推你下地狱。艾莲老师，你太过相信你的运气了。"

艾莲有些窝火，但手机突然响了起来，她没来得及发作，拿出手机看了一眼。

是 AI 助手灯发来的监控文件。

艾莲冷冷地按下播放键，脸色逐渐从红润变得铁青。

监控视频中，几个身穿防护服的研究员将被液氮捕捉网冷冻的永生亡灵带回了总部，重新关进了最深处的透明观察箱里，这种观察箱极为坚固，根本不可能从内部突破，只有研究员的虹膜能打开液压锁。

永生亡灵一直安静地躺在观察箱里，头上盖着白布，身上背着他来时就带着的书包。研究员们检查过，珍珠也安然放在书包里，没什么问题。

监控影像在很长一段时间里都没发生变化，艾莲没了耐心，将进度条拉到了最后。

视频最后，监控屏幕的角落慢慢流出了一摊黏稠的液体，似乎是深红色的。

一只雪白的手用指尖飞速爬动，从画面的边缘爬了进来，那只手上沾满深红的液体，在地面上拖出了一条深红的轨迹。

那只灵活的手弹跳到了永生亡灵观察箱外的数控板上，面对着液压门上的虹膜锁，亮出了掌心里攥着的一颗沾满血的眼球。

"嘻嘻。"

一直无声的视频里突然传出一声空灵的笑声。

第十七章

灰白色实验体

　　研究所总部实验室在大厦底层，深入地面以下数百米，关押着数百个用于繁殖的精英实验体以及成千上万的普通实验体，每个实验体拥有一个小型观察箱，训练和实验之外的时间都会在观察箱里生活。

　　观察箱的制造技术是一位从 PBB 军火设计院逃逸的技术员提供的，艾莲给他最好的待遇，并用尽手段保护他在 PBB 的通缉下安全生活。

　　他发明的实验体观察箱采用军用坦克使用的复合材料，制造出了一种单向玻璃装甲，使其坚固厚实无法从内部被打破，也极难从外部摧毁。据目前的测试来看，需要两发 MMP 导弹才能完全毁掉一个观察箱，普通的枪械弹药根本无法撼动其一分一毫，想开启观察箱，唯一的方式就是使用预设的虹膜锁。

　　而研究员们体内都注射过生命芯片，用以监测生命体征，研究员生命体征发生剧烈变化时就会触发报警器。

　　永生亡灵的观察箱亮起绿灯，系统提示匹配正确，正在开锁，透明的装甲门缓缓向一侧平移开启，由于材料沉重，门开得很慢。

观察箱外的断手抛弃了手中攥着的带血的眼球,在数控板上安静等待,沾满血的手指在边缘轻敲。

而实验室的另一侧,地面已经被斑驳鲜血覆盖,研究员的尸体横七竖八地倒在血泊中,他们的脖颈都以各种不同的姿态被扭断,其中一个研究员的右眼球被整个剥走,只剩下一个空洞淌血的眼眶。

实验室内的报警器刺耳地震响,照明灯变成了红灯,在昏暗的实验室中一闪一闪,巨大的噪声让其他观察箱内的实验体开始躁动,低吼着用身体顶撞着坚固的装甲门。

身穿防弹衣的保安人员迅速带着枪械装备冲进了实验室,只见闪烁的红光中,一只断手在数控板上爬动,食指和中指交替敲打着数控屏边缘,虽无身体,却俨然一副居高临下、游刃有余的傲慢模样。

保安队长一声令下,所有人开枪集火那只断手。然而那断手竟惊人地灵活,依靠指尖在墙壁和电脑之间飞速爬行,借此来躲避子弹,突然借力起跳,在空中划出一道弧线,抓住了一个保安队员的脸。

顿时那队员惊恐地叫了起来,满地打滚想要甩掉深深抠在自己脸上的断手。那断手就犹如抱脸虫一样,指尖极为有力,刻印进了他脸上的骨骼里,并不断用力收紧,直到咔嚓一声,将队员的颅骨捏碎。

断手跳了下来,夺下死亡的保安队员手中的 AK,扣动扳机疯狂扫射反击,一整队保安队员全力对抗一只断手,甚至还稍落下风。

这时,防暴盾牌后方的一名队员大喊了一声:"液氮捕捉网准备就绪,让开!"

前方的保安队员们立刻分开,一发液氮炮从炮筒中发射,在断手附近炸开,霎时白雾弥漫,整个实验室内温度骤降,墙上的温度计度数飞速下降，一股寒气从液氮捕捉网炸开的位置升起，地板和墙壁都凝结了一层冰霜。

断手和AK被结结实实地凝冻在了一起，不再动弹了。

保安队长终于松了一口气，按下对讲机："目标已经制伏，你们上来处理后续事宜。"

"嘻嘻。"

一声空灵的笑在寂静的实验室中乍然出现，液氮炮的白雾散去，永生亡灵观察箱的玻璃装甲门已经完全开启，披着白布的幽灵缓缓走出来，白布上用记号笔画了一个简笔画笑脸。

永生亡灵伸出只剩下一个冒着黑烟的断截面的右臂，地上被冻僵的断手迅速解冻，抖了抖手上的水珠，拿着AK跳到了永生亡灵的右臂上，无缝接合在一起。

永生亡灵抬起步枪枪口，轻笑道："来玩。"

保安队员们毛骨悚然，纷纷后退。保安队长惊恐万分，拿起对讲器急促道："永生亡灵失控了，液氮捕捉网无法制伏，请求支援！请求支……"

话音戛然而止。

这座空间里的呼吸声和心跳声一起消失了。

实验室中回荡起幽灵疯狂的笑声。

艾莲看完AI助手发来的监控视频后，脸色已从铁青变得苍白，而坐在对面的萧炀对总部发生了什么一无所知，指尖轻轻敲着辞职信，喝了一口冰块快要化完的柠檬水。

"艾莲老师，你怎么了？"

艾莲深吸了一口气，细长手指插进一头红发间，低着头闭了一会儿眼睛。往日岁月的疲惫憔悴终于在她明艳的脸上留下了永久的痕迹，不化妆时眉间的川字纹格外明显。

几分钟过去，萧炀已经有些不耐烦，知道艾莲一定不会放他走，心里更加烦躁。

"你打算去哪儿？"艾莲收拾起精神，挺直脊背靠在椅背上，哑声问。

"我在意大利有朋友。"

"不要出境。我们现在的情况不利，你出去很危险。"艾莲把话说得斩钉截铁，仿佛没有一点商量的余地。

萧炀只是淡淡一笑。的确，研究所资金链即将断裂，后续药剂又供应不上，已经购买过实验体的其他国家和组织得不到应有的售后保障和药剂供应，等到买家耐心耗光后，一定会采取一些手段来维护自己的利益，萧炀这时候出境显然是不明智的。

"回灵猩世家吧。那里与世隔绝，很安全。"

"哦？"萧炀眉眼笑着，眼神却不经意流露出分明的恶心。

艾莲摸出一把钥匙，放在萧炀面前，语气不容置疑："不准出境。这已经是我做出的最大让步。至于你回去之后打算做些什么，随便。"

萧炀愣了一下，犹豫了一下，缓缓拿起了桌上的钥匙。这是艾莲别墅里的武器库钥匙。

"滚吧。"艾莲拿走了他放在桌上的辞职信，看了一眼床边地毯上已经收拾好的旅行箱，站起身走了出去。

"保镖会送你走，我回去上班了。"

劳伦斯山脉雪中城堡。

装潢华丽的欧式大厅中，奇生骨斜倚在皮质沙发里，轻轻捻动小扇上的羽毛，无聊地从自己尾羽上剪下一片孔雀羽，粘贴在扇面上。

魍魉小鬼抱着玻璃沙漏坐在地毯上，呆呆地看着墙上摆动的钟，古老的指针指向中午十二点，钟表上的小门慢慢打开，缓缓伸出一个跳芭蕾舞的女孩，放起叮叮咚咚的音乐。

魍魉一下子变得很高兴，蛋白玻璃样的小脸红扑扑的："尼克斯的手……好巧。"

"是。你坐到上面来，地下太凉了。"一个长发的女孩也坐在沙发上，背后垂着一对蜻蜓翅膀，手里拿着小提琴，温柔地看着地毯上的魍魉小鬼。

"哼……可惜没用对地方。"奇生骨轻蔑地试了试新粘好的孔雀羽扇，"他切开胸腔，把自己的心脏拿出来，倒模了一个陶瓷的款式出来，到现在还在打磨。喀喀喀……人类真是异想天开。哦，他能算人类吗？能随便更换老旧的身体器官，本身应该是不会死的吧。喀喀……"

奇生骨懒得跟一个话都说不清的魍魉小鬼聊天，又实在无聊，好在城堡里有不少成熟期的实验体，虽然实力差些，但多少能聊天解闷。

"尼克斯是个很好的人啊，他肯收留我们已经很好了。"蜻蜓实验体担心地说，"尼克斯工作这么久，身体不要紧吗？我去给他送杯咖啡。"

"别管他，做错了哪一步他还要怪你。"奇生骨咳嗽了两声，转头埋怨魍魉小鬼把壁炉的火烧得太呛了。

蜻蜓还是倒了杯咖啡送到了人偶师的工作间，工作台上放置的一个破烂陶瓷人偶迟钝地抬起脑袋，用空洞的眼眶看向她。

人偶师正戴着目镜用镊尖雕刻那颗倒模出来的陶瓷心脏。

心脏精密异常，要全靠手工雕刻出每一个房室和每一根细微的血管，是个极其庞大的工程。人偶师全神贯注地雕刻，甚至无法分出神来抬头看一眼进来的人，因为一旦移开视线，就很难再找到刚刚雕刻的那根血管，就无法接续了。

蜻蜓小心地把咖啡放到不易碰洒的位置，准备退出去。

头顶的吊灯突然晃了一下，蜻蜓警觉地抬起头，刹那间，似乎有什么沉重的东西猛地撞上了城堡的外壁，地面和墙壁剧烈地晃动起来。

蜻蜓什么都来不及想，先抓住了刚放在桌上的咖啡杯，以免咖啡倾洒，滚烫的热咖啡泼洒在了她身上，她咬住嘴唇，忍着痛环视四周，不知道到底出了什么情况。

人偶师也感知到了城堡外部的动静，但他无法抬头，无法从陶瓷心脏上移开视线，甚至不能大声说话，以免手指颤动。

"帮我争取一天时间。"人偶师的鼻尖渗出丝丝汗珠，用极轻的声音说，"这是我唯一的请求。"

蜻蜓怔怔地在原地站了一会儿，悄声退出工作间，替他关上了门，匆匆跟随着从走廊里奔出的人偶娃娃和实验体们冲到了城堡中各个种满朱丽叶月季的阳台上。

从高处向下望，至少上百只通体灰白色的实验体从皑皑白雪中爬了出来，正向着城堡周围聚集。

穿着华丽的人偶娃娃们怀抱枪械接连从阳台上一跃而下，冲出庭院，与拥来的灰白色实验体们厮杀在一起。

蜻蜓愣住了，她从没见过这样的场面，虽说她是实验体，可天生战斗力弱，本身就是作为饲料的存在，她突然不知道现在该做什么。

正在她努力护住身边吓得哭泣的实验体幼体时，头顶掠过一道金蓝光带。她仰头望去，奇生骨从最高处滑翔而下，金蓝孔雀尾羽在空中散开，一个淡金色的保护罩将整个城堡囊括其中。

"哪儿来的小鬼。"奇生骨从旗袍裙摆下摸出两把手枪，双手各持一把，将向墙上爬的实验体准确击落。

"'属性互换'。"魍魉小鬼爬上城堡最上方，将手中的玻璃沙漏倒扣在地上，沙漏逆转，庭院外的积雪突然燃起连绵烈火，积雪中的灰白色实验体被火焰灼烧得凄厉尖叫，在地上打滚企图熄灭身上的火焰。

帝鳄靠着庞大的身躯抵住庭院的门，整个围墙都蔓延上一层坚固的鳄鱼鳞甲。

蜻蜓无措地看着他们，突然，奇生骨回眸看了她一眼，抛上来一把枪，艳靡眼眸微微上挑。

"下来帮忙，吃白食的。"

蜻蜓下意识地振动薄翅飞出阳台，双手接住了那把枪，沉重且滚烫。

她回头望去，阳台上不断跃出已经成长到成熟期的实验体，单手或双手抱着他们使用不甚熟练的武器，蜻蜓隐约听见他们的低语。

"保护尼克斯。"

IOA 医学会病房里，白楚年目不转睛地盯着电脑屏幕，手指飞快地敲击键盘发布调遣命令。他摸出手机，给韩行谦打了个电话。

"韩哥，我申请提前出院，外面有情况，怕他们应付不过来。"

韩行谦立刻拒绝："你刚稳定下来，使用任何能力都有再度暴走的可能，医学会也不会允许你出院的。"

"那我现在去一趟技术部。"

"我去找你。"

白楚年挂断电话，回头趴到兰波身边，揉了揉还在熟睡的兰波的头发："你先睡。"

他匆匆把身上的病服换了，找了件黑背心套在身上，然后穿上兰波脱下来的作战服裤子和短皮靴，边扣腰带边向电梯口走。

他走进电梯，电梯门即将关闭时，韩医生匆匆赶过来，按下开门键挤进电梯里。

韩行谦看见他这身打扮，不由得严肃起来："我没在跟你开玩笑，压制恶化的痛苦你已经尝过了，还想再体会一次？"

"没办法啊。"白楚年枕着手靠在电梯里，仰头看着显示屏上向上跳动的楼层数字，"对了，你不是说找到促联合素就能压制我的恶化吗，找到没啊？"

韩行谦摇了摇头："派到各大培育基地调查的秘密特工陆续回来复命，说没有发现促联合素的存在，看来这药剂太过稀有，只有研究所总部药剂库有少许存量。"

"总部……潜入难度太大了。"白楚年摸了摸下巴。与109研究所对抗多年，IOA技术部早就试图调查过研究所总部的漏洞，可惜研究所的技术员水平也极高，IOA很难破解研究所总部内的数据。

"现在只能等会长的提案通过，只要禁止生产实验体的提案通过，国际警署就会立即发起调查搜捕，扣押所有货物商品和原料，IOA和PBB也会协助搜查，从里面调出一份促联合素轻而易举。"

"按预定会议的时间算来，这周就能出结果了。"白楚年算了一下日期，点了点头，"走，先去技术部。"

技术部的干员们都在电脑前忙碌着，跟组技术员更是焦头烂额，整个技术部所在的大平层都处在繁忙之中。

白楚年出了电梯，直奔段扬办公室，爬虫也在旁边，做着一些助手的工作。

要不是爬虫穿着亮黄色的卫衣比较扎眼，白楚年压根就没看见他，匆忙地打了个招呼，就压到了段扬的椅背上："刚发你的六个市区给我调出来。"

"通信连接。"段扬同时开启了八个显示屏，分别是不同区域的无人机实时监控，监控影像中均有灰白色实验体出现，正在不受控制地随意游走。

白楚年挨个按下通信键："风月，蜈蚣向市区去了，无人机在你一点钟方向三百米处投放了武器箱，里面有液氮捕捉网。"

"收到。"风月的通信讯号时好时坏，电流音刺耳，受到了干扰。

"揽星、陆言，武器箱投放在了断崖松树下，揽星去疏散寺庙游客，陆言去拿武器箱。"

"是。"毕揽星听到命令后，给陆言放出一副毒藤甲，两人反方向飞奔离开。

"这龙龟实验体太大了！"陆言的声音十分急促，在实时影像中，他被巨大龙龟的蛇头追逐缠咬，虽然以垂耳兔娇小灵活的体形和速度优势顺利拿到了空投到松树下的武器箱，但拖着沉重的武器箱无法再从石缝和枝杈中快速穿梭，几次险些被龙龟长满腥臭利齿的巨嘴咬成两段。

"不用怕，朝我标的点跑。"白楚年同时面对着八个不同的实时影像，却丝毫不显慌乱，有条不紊地或用语音或用文字指挥着每一个搜查科特工。

陆言的手表地图上接收到了白楚年标明的目标位置，他对照地图看了一眼山峰侧的一座大型石碑，倒塌的石碑内部有腐蚀坑，与边缘形成反斜坡，是个绝佳的反击点。

龙龟的速度并不比他慢多少，转瞬间蛇头已经追逐到了陆言身后，分叉的舌头舔舐到了陆言的尾巴球。

陆言一直在飞奔逃窜，紧张地大口喘气："它追上我了，跑不到，来不及了……"

"朝前跑，我给你架着，它咬不着你。"白楚年调出对应的无人机操作面板，指尖在键盘上左右滑动。

无人机在白楚年的控制下在山林枝杈间穿梭，下部机舱打开，连续投掷了数发震爆弹，精准的落点全部分布在龙龟蛇头的进攻路线上，震爆弹产生的嗡鸣使它不得不曲起脖颈躲避，而最后一发震爆弹落在了松动的石面上，石面炸裂，石板下的泥土松动，被龙龟粗如城柱的腿踩落塌陷，长满利齿的蛇头在即将接触到陆言的一刹那被栽落的身体拽离了攻击范围。

地面接连塌陷，陆言纵身一跳，双手攀住石碑边缘，翻进了坑里，打开武器箱从里面拿出榴弹炮，熟练装弹，朝一只脚陷入泥土中的龙龟开了数枪。

龙龟被炸得千疮百孔，伤口中冒出黑烟，化成细丝向着一个逆风的方向飞去。

白楚年不仅在指挥陆言和毕揽星这一组特工，八个显示屏上不同的危机情况尽收眼底，在双手驱动无人机轰炸时，他开了其他队伍的麦，有条不紊地连续发布剩余队伍的行动指令，一个不落。

段扬盯着白楚年在键盘上快出虚影的手指动作目瞪口呆。虽然白楚年对电脑技术知之甚少，但他操纵武器的能力可以说无人能比，段扬只教过白楚年使用辅助战斗无人机一两次而已。

段扬也是 IOA 高层之一，很清楚白楚年的真实身份，不由得感叹这种生物着实为战斗而生，万幸这家伙不是敌方阵营的一员，如果对方拥有这样的指挥官，恐怕技术部精英组全员加入才能勉强抵抗他一人，何况白楚年还是个电脑白痴，在以己之长攻彼之短的情况下或许能胜他一筹。

爬虫站在墙边，一手托着笔记本电脑，一手轻敲键盘："现在看来永生亡灵已经濒临失控，应该是太久没注射促联合素的缘故，珍珠对他恶化的压制越来越弱了。因为永生亡灵的能力太过强大，受到他气息波及的地方才会亡灵召唤体泛滥。"

白楚年回头问："你有他的详细资料吗？"

爬虫把电脑转过去："我只有这些。现在只知道永生亡灵的设计理念是'死神'，他身上披的白布就是驱使物，叫作亡灵斗篷，亡灵斗篷能且仅能给珍珠使用，召唤出珍珠的灵魂碎片形成实体，即'冥使者'。"

"他真能永生不死？怎么才能杀了他？"

"……不知道。资料上说，'永生亡灵'是不可磨灭的，化成灰也能重生。他的亚化细胞团原型是水熊虫，这种生物生命力很顽强，加以改造后能做到不死也不稀奇。"爬虫平静地解释，"你应该能理解的，使者的共同点是全拟态，驱使者的共同点是永生，和任何程序的运行都依靠着某种规律一样。"

白楚年托腮沉思了一会儿："段扬，给我查红狸市第一中学高二一班的金曦同学。还有他的家庭住址、曾用住址、父母情况、学籍档案都给我发过来。"

他在红狸市捡到的寻人启事上看见了永生亡灵被改造成实验体之前的样子，不过寻人启事上相关的信息不多。在此之前白楚年也调查过这个学生的资料，不过还没来得及深究，况且一个高中还没毕业的学生实在没什么可深挖的东西。

段扬听罢，把工作发给手下的技术员们，坐等收资料整合："金曦同学……好学生啊，成绩还不错。等会儿我整理一下发给你。噢，这家文身店是他去过的，现在的孩子真是够野。"

"我要去他学校看看，"白楚年接过打印出来的资料翻了翻，"顺便去他家也看看。"

他看了韩医生一眼："韩哥，你要不放心就跟我一块儿去，我看这事不去不成。你多带点安抚剂、镇静剂，我尽量不动手，应该能行。"

韩行谦皱眉想了想，终于点头："我先上报给医学会。叫上兰波吧，有他在还能压制住你。"

"他太累了，先让他睡会儿，等我们到了再叫他，反正他游过来，很快的。"

两人驱车离开后，段扬办公室的门又被推开了。

"谁啊？"段扬最烦别人进他办公室不敲门，回头一看，发现兰波趴在门框边，探出了半个头，睁着宝石蓝的眼睛暗中观察。

白楚年把他的裤子穿走了，兰波醒来后没有裤子穿，只能恢复鱼尾，双手利爪攀抓在墙壁上用以固定身体，抠得墙面都掉了皮。

"我找小白。"他冷淡道。

什么风把兰波吹来了？段扬赶紧赔了个笑脸。

爬虫给兰波看了一下定位："他们去红狸市了，白楚年说等你睡醒再去找他们。"

"嗯。"兰波转身正欲离开，忽然听见段扬的电脑响了一声警示音，回头看去，看见嵌满墙壁的显示屏上的影像切换成了海岸和海岛，以及无边无际的远海。

海面上忽然伸出了一个长长的脖颈，灰白色的蛇颈突出水面，甩了甩头上的海水，张开嘴仰天嘶吼。

爬虫迅速截取画面载入分析数据："实验体 302 蛇颈龙，古生物基因复原体，也是亡灵召唤体。在 K031 年因为体形庞大且需要生活在水中，过度拉高饲养成本而被研究所销毁。研究所的研究也不都是成功的，在实验体生产技术成熟之前，销毁了很大一批能力强、体形大、很难控制的实验体，后来他们才发明了拟态技术。看来这些大型实验体都是拟态技术的垫脚石，研究所把它们销毁后就抛尸大海了。"

段扬打开通信器，逐个分组控制："一组联络远海狂鲨部队，注意疏散渔船啊，威胁不止一个，定位已经全设备共享了；二组通知联盟警署，疏散沿海城市居民，封锁城市周边进出口和高速公路；三组下发文件让各大媒体集中投放新闻先维持稳定；四组把引起恐慌的言论和视频删一删。"

其中一个屏幕上显示的影像是远海水下的情况，在黄昏暗淡的光线中，有人鱼的身影在慌忙逃窜。

不止一条人鱼出现在镜头中，百十来条人鱼分散混乱地横冲直撞，像在被什么恐怖的生物追逐。不久，一个巨物的影子从深海中出现，大片的水泡遮挡了镜头视野，镜头剧烈晃动。很快，镜头里的海水被染得鲜红，黑影消失了。猩红的海水中，半条被咬断的鱼尾缓缓在海水中坠落，白骨森森。

兰波的瞳孔渐渐拉长成一条细线，他神情冷峻地盯着被血腥充溢的屏幕。

爬虫不合时宜地提醒了一句："王，你现在得选一边。"

第十八章

珍珠少年

———○———

自从华尔华制药工厂遭遇毁灭性破坏后，红狸市一直处在半封锁状态，韩行谦出示 IOA 工作证给高速出口的警员才被批准通行。

白楚年坐副驾驶座，手肘搭在打开的车窗沿上，让冷风迎面掀乱头发。

"好久没出门了，憋死了。"

"窗户关上，我开着空调呢。"

"我呼吸一会儿新鲜空气再说。"白楚年用力吸了几口，"你车里有股炒瓜子的味，给我闻饿了。"

韩行谦轻咳。

白楚年好奇地瞄他："向日葵亚化因子？"

韩行谦哼笑了一声。

"噢……"白楚年枕着手靠回椅背，舔了舔虎牙尖。

他们先按照技术部给的地址去了金曦同学的家。在被改造成永生亡灵之前，他就叫这个名字。

技术部给的地址在红狸市一个比较贵的地段，小区绿化做得也很精致。

金曦的家庭条件还算不错，母亲是市医院的主任医师，父亲是副院长。

不过他们扑了个空，家里没人。

韩行谦低头看了一眼表："这个时间肯定在上班。"

白楚年转身按了对面邻居的门铃，最近红狸市治安的确堪忧，直到亮了工作证人家才给开门。

开门的是个绑着家务头巾的保姆，手里拿着拖把，狐疑地从门缝里打量这两个高出自己一个半头的陌生亚体。

白楚年问起金曦家的情况。

那保姆瞥了他们一眼，絮絮叨叨地跟他们唠起来："他家孩子丢了一年了，丢的当晚就报了警，警员说时间不到不给立案，立案之后看监控是被卡车拉走了，没地找去，人家只说回去等结果。夫妻俩起初满街找，半夜才回来，女的哭一整夜，班都不上了。没办法，得生活不是，找了半年没结果又回去上班了，只是还常常半夜哭，身体也怄坏了。"

"你认识那孩子？"

"见过几面，特别有礼貌的老实孩子，学习也好，可惜了。"

"他们家庭是不是经常爆发矛盾？"韩行谦补充问道。

保姆想了想："矛盾？那不能。那孩子老实巴交的，说话都小蚊子声，他爸妈人也好，总有病人家属提着礼物来感谢他们，但是人家从来不收。不过人丢的那天晚上确实是吵架了，还砸东西。"

白楚年摸着下巴："那阿姨你知道他们为什么吵架吗？"

"好像是小孩偷着文身了，让大人骂了一顿。"

"哎，行，谢谢阿姨，你忙吧。"

白楚年又跑到楼上和楼下问了问，得到的说辞都差不多。

"走吧，我们去医院看看。"白楚年圈住韩行谦的脖子，看了一眼他的表，"先打个电话？你们医生上班的时候好像都挺忙的。"

果然，医院前台的护士说两位医生都在手术中。

"那先去学校吧。"

韩行谦启动车子，按技术部给的定位往学校的方向开去。

车停在红狸市第一中学校门口，两人向保安出示了 IOA 工作证，说明来意，进入了校园。

现在是下午三点，学生们都在操场自由活动，教学楼空无一人，只有几个保洁工人在擦拭楼梯扶手。

上楼时，白楚年瞥见了学校贴在墙上的表彰榜，都是历年的学科状元，各自毕业照边写了一段给学弟学妹们鼓励加油的留言。

白楚年一目十行地扫视整面寄语墙，突然在一位名叫陈楠的学生照片边发现了金曦的名字。

这位毕业生的留言是："感谢金曦同学的帮助，我才能取得今天的成绩，今后我也会把这份善意传递下去。"

"金曦失踪的时候才高二，他学习有那么好吗？能帮毕业生补习功课？"白楚年在心里算了算，总觉得哪儿有问题。

韩行谦指向另一个毕业生的寄语："他也在感谢金曦同学。"

他们上了楼，找到了高二年级办公室。

高二一班的班主任正在办公室里捧着保温杯备课，两位便衣干员举着工作证走进来，这架势稍微有点吓人。班主任匆匆放下水杯站起来，怔怔地看着他们。

一听说他们是来打听金曦的情况，班主任一副了然的表情，显然是没少回答关于金曦的事。

"金曦平时表现不活跃，很老实，上课不喜欢回答问题，下课也不爱出去玩。不过同学们都不讨厌他，对他挺好的。我们班班风很正，校园暴力是不存在的。"班主任很自信地说。

"他有什么负面表现吗？比如暴力倾向？"

"怎么会？他虽然性格很内向，但还是乐于助人的，不光去校医院当志愿者，还给学校里的流浪猫做了窝，上次开年级大会校长亲口表扬了他。"

韩行谦问："他在校医院具体负责什么工作呢？"

"一般学校组织开展大型体育活动的时候，偶尔会有学生受伤，他帮忙搬运和照顾一下受伤的同学。他很喜欢做这些事，每次都挺开心的。"

"我看外面寄语墙上有两个毕业生都在留言里感谢金曦，怎么回事？"

"哦，那两个学生都是他爸妈的病人，一个是急性白血病，另一个是肾衰竭。金曦的爸妈德高望重，认识的人都很尊敬他们。"

韩行谦眉梢微挑："都不是短时间内能痊愈的病症。"

"在他失踪前，学校发生过什么不同寻常的事吗？"

班主任的脸色忽然有点不太好看，咳嗽了一声。

白楚年最擅长察言观色，一把揪住话头，深入逼问。

"IOA搜查科和联盟警署有同样的权力，如果你捏造或者掩盖事实，我们有权逮捕你并封锁学校。"

班主任犹豫了一下，极小声地说："一年前有个学生在天台和同学打闹时坠楼身亡，两位学生的家长都很有背景，听说只办理了退学，其他的我不清楚。"

"那时候金曦在做什么？"

班主任回想了半天，翻出去年的点名册看了一眼："哦，他请了假，两天之后回来上课，课堂表现我这里打分很低，感觉他情绪很差，也不知道发生了什么事。对了，许多顶尖医科大学给他发来了邀请函，有的提出降分录取，有的接受直接保送，许诺全额奖学金。金曦的父母是极力支持他走医科的，不过这孩子别扭得很，一所都没答应，他父母还嘱咐我们再多引导一下。其实我问过他为什么不答应这么优渥的条件，他只说不喜欢这个职业，这个我是理解的，我孩子也不想当老师。"

　　白楚年回头跟韩行谦交代："通知警署派人调查这件事。"

　　韩行谦点了头，给技术部发了消息。

　　他们在学校转了一圈，找到了几个学生问话，学生的描述更是添油加醋，不能完全作为参考。而且那几个在运动会上受过伤的学生已经毕业了，暂时联络不上，只能交给技术部去查。

　　回到车上，白楚年一直很疑惑，大家对金曦的评价都是"老实""温暾"，可永生亡灵到底哪儿老实了？老师、同学和保姆口中描述的那个金曦，跟永生亡灵没有一丁点相似之处，甚至截然相反。

　　"我提交申请了，警署应该很快就会派人来查。"韩行谦挂挡倒车，"先去医院看看金曦的父母怎么说。"

　　"得了吧，联盟警署的效率我最清楚了。"白楚年提起衣领上的纽扣麦，大声道，"通知检察组派人直接进警署，那群孙子七拖八拽走不出一步道，我看谁这么大背景，能把警署的嘴都堵了，全给他们揪出来。"

　　白楚年情绪有点激动，关上麦，喘了几口气，拿出药箱里的一支镇静剂，咬着橡胶管扎住手臂，自己打进静脉中。情绪波动也会加剧恶化，他必须时刻小心。

"你没事吧？"

"没事，我有数。"白楚年缓了缓呼吸，"死了个学生这种事也能不了了之，这不是反了他们了吗？"

"别生气。"韩行谦目视前方，慢慢地打方向，"你才在我们中间生活四年，所以才不习惯。人类由一张密集的关系网相互联结而成，藏污纳垢再平常不过。"

"我想起之前保姆说的话，"韩行谦若有所思，"病人家属带礼物上门看望这种事也不稀奇，有的家属比较有门路，能弄到医生的联系方式和住址。只是上门看望的目的一般有两个：一个是病人被治愈后，家属登门感谢；还有一个就是，病人病情危重，家属上门乞求。"

白楚年将镇静剂注入身体，然后解开橡胶管，把东西扔回药箱，另一只手翻看着金曦的资料档案：

金曦，水熊虫腺型，失踪前分化级别为 J1，分化潜力为 A3，J1 亚化能力是"云上天使"。这种由父母结合后发生突变的腺型极为罕见，和韩行谦的天马亚化细胞团一样稀有，水熊虫这种生物生命力极强，甚至拥有超越实验体的自愈能力。

"我差不多猜到是怎么回事了。"白楚年托腮望着窗外飞速后退的行道树，"只是这所学校的校服颜色都是黑白相间，所以我没多想。"

"永生亡灵跟他召唤出的灵魂一样，身上都只有黑白灰三种颜色，"白楚年调出当时拍摄的影像仔细查看，"唯一有颜色的是他脚下镜子里那个祈祷的天使。"

他们到达医院附近，等待着金曦父母的工作结束，一直等到了晚上七点，检察组督察科先发来了回复：

"我们逮捕了涉事警官。据交代，在红狸一中的学生坠楼事件里，肇事学生已经转学，而本应坠亡的学生已经治愈，正在九潭市十三中就读。城市监控拍摄到的带走金曦的卡车，为肇事学生家长手下的员工所有，所以警署才放弃追究。

"经过核实，他们虽然带走了金曦，但很快就完好无损地送了回来，给了金曦百万感谢费。金曦失踪的时间在此之后，在夜晚离家出走后于红狸市郊区被亚化细胞团猎人带走，与两位学生家长均无关。"

白楚年看罢，已经确定自己的猜想是正确的。

他再次给医院打电话询问，前台转接给了金曦的母亲孙女士。

孙女士刚做完一台手术，听说 IOA 搜查科干员接手了自己孩子的失踪案，激动得嗓音哽咽，一路小跑下了楼配合调查。金先生也顾不上脱下无菌服，跌跌撞撞地冲了下来，一见白楚年就抓住他的肩膀，宽阔的大手紧紧攥着他，眼泪在苍老的眼睛里闪动。

白楚年有些冷漠地把他的手从胳膊上拨下来，带他们拐进无人的地方，转过身严肃道："你们先别激动，金曦的位置我们已经定位清楚了。但你们应该知道，案件一旦被 IOA 接手，就说明这件事的影响已经恶劣到不可收拾的地步。我不管你们交给警署的口供是怎样的，我希望在我这里，你们能毫无隐瞒地向我交代事情的真相。"

孙女士张了张嘴，欲言又止，脸色一点点变得苍白："我们很爱他，我很后悔，如果我们多跟他交流而不是吵架……"

白楚年打断她的哭诉："女士，你控制一下。这桩绑架失踪案已经被受理，联盟警署会给你们最终的结果。现在我并不在乎你的心情，此时金曦的行为正对城市造成严重的恶劣影响，我的任务是寻找控制他的办法，所以我要知道他发疯的理由。你懂吗？"

孙女士听罢，瘫靠在金先生身侧，嘴唇一直在颤抖。金先生捶胸顿足，哽咽着和盘托出。

金曦的 J1 亚化能力是"云上天使"，治疗型能力，他不会死，也不会生病，任何伤痛都会自行痊愈，从小到大，身边人都觉得他简直是走了狗屎运，突变出别人花钱都得不到的能力。

突变后的亚化细胞团会比同级别普通亚化细胞团强大，能力影响范围不止他一个人，当他的受伤程度与身边范围内目标相同时，就会激发共鸣治疗，带领伤者一同痊愈。

与他同校的高三生陈楠患上了肾衰竭，找到肾源后进行紧急手术，金曦的父亲亲自操刀。手术一直很顺利，但后期出现了排异反应，那学生病危，家长在医院里哭得天昏地暗，跪在金先生面前乞求。

医者仁心，况且金先生处在最重要的考核前夕，于是回家和儿子商量，能否救那孩子一命。金曦答应下来，摘掉一颗肾，再陪伴陈楠一起生长出新的。这对金曦来说只是在病床上躺几天的事，没什么大不了的，反正有麻醉药也不会痛，很短的时间内他就可以复原。

陈楠痊愈了，又有不同的病人来求金先生。没有尽头的索取金曦都一一答应，金先生也不可避免地一路升迁。

金先生一直觉得儿子是他的骄傲，将来会继承他的衣钵，所以才无法接受儿子去文身店在脖子上文了一串骷髅头，打了耳洞，回家对他大声说，自己不想当医生。

于是父子俩大吵一架，金曦裹上了他的白布围巾，拿上书包夺门而出，一家人从此再没相见。

拥有强悍复原能力的亚体必然是各大亚化细胞团猎人盯梢的对象，尽管在 IOA 的严厉打击下，亚化细胞团猎人几乎销声匿迹，尚在活动的亚化细胞团猎人也行事低调，轻易不出手，但分化潜力足有 A3 的少年值得他们冒一回险。

"我说句公道话，你们是真活该……"白楚年脱口而出。韩行谦捂住他的嘴将他拖回车里，低声告诫："注意 IOA 干员的形象。"

很快红狸市警署就派人把金曦的父母带走了，白楚年命令他们立刻去控制当时与坠楼事件相关的肇事学生和坠亡学生及其家人。按事件发生的时间推断，肇事学生家长强行带走金曦在前，金曦与家人吵架离家出走在后，如果说用自己的身体拯救了父母的病人是令他积怨的根源，那么被逼迫救回坠亡学生这件事就是金曦彻底爆发的导火线。

永生亡灵在不同地区引起混乱，本尊却至今未出现。如果一定要猜测一个他最可能的去向，那当年肇事学生的家会是第一选择。

不过这个学生的家长的确很有本事，连检察组都没第一时间调查到该学生现在就读的学校，他们家把孩子捂得很严实，生怕当年的坠楼事件被重新挖出来曝光。

白楚年坐回车里，摸了摸裤兜，没有烟，在手扣里翻了翻也没有，闷闷地靠在椅背上。

韩行谦开着车，从后视镜里看了他一眼："如果能用你短暂的疼痛去换许多人的生命，你愿意吗？"

白楚年终于在副驾驶的座椅缝里找到一块糖，剥开放进嘴里，无聊地看着窗外向后飞逝的黄昏景色，想了半天说："得加钱。"

韩行谦轻笑。

"这不一样。你是问我愿不愿意，那我可以愿意。你要是不问我，按头逼我去，那我不愿意，我能去也不去，我就犟。"白楚年支着头揉了揉太阳穴，"这下不好办了，天生的疯子好糊弄，被逼疯的可就难了。"

白楚年的手机响了一声，是技术部跟组人员发来的紧急通知，说蚜虫海及远海区域内出现大量亡灵召唤体。向前翻了翻，三个小时前也收到一条不算紧急的通知，说蚜虫海有亡灵召唤体出没。

"先回去。"白楚年说。

他翻了翻未读消息，里面果然有兰波发来的一条，是三个小时前发的，当时他忙于向不同的人搜集关于金曦的情报，没注意到消息。

兰波的语音很简短，只有两秒："kimo ane hilapo jeo?（你需要我吗？）"

只此一句话，没有附带任何其他的信息。

白楚年整合信息的能力很强，一下子就联想到这应该是兰波刚得知海域受创时，向他发来的一个简单、毫无修饰的问句。他不陈述自己的困境，不让小白做选择，只要一个是或否的答案。

白楚年出了神，韩行谦趁等红灯的工夫偏过头，用额头的独角轻点了白楚年的脑袋一下，然后扶着方向盘调笑："珣珣在的话应该能测出来你现在的情绪占比，崇拜至少占了 80% 吧。"

白楚年难得没抬杠，看着前方拥挤的车流反思："兰波真的好强，从身体到心理都是。他从没要求我为他做什么事。"

韩行谦轻松道："在神面前，众生都是蝼蚁，他的身份注定了这种强悍性格，你也不用难过。他拯救族人，也拯救你，不会割舍任何一方。"

"我们先回去。"白楚年右眼一直跳，不安地搓了搓安全带。

蚜虫海紧急封海，沿海住民疯狂抗议。此前因为潜艇实验室药剂泄漏一事刚封过海，渔民们空了几个月毫无收入，除了 IOA 发放的补贴之外，生活无以为继。现在海域刚开放没多久，又要封海，沿海住民们纷纷走上街头抗议。

况且今日出海的渔船尚未归来，在新闻上看见消息的家属们急得快把求助热线打爆了。

技术部无人机已经侦测到，今日出海的渔船全部被困在了蚜虫海远海区，几艘捕捞船已经被掀翻，船员生死未卜。

兰波从码头入海，一路从浅海直入，所过之处只见一道蓝色闪电穿行而过，闪电消失后留下了几只蓝光水母在水中漂浮。

他展开半透明的鳍耳，聆听着万顷海洋中此起彼伏的鸣音。在兰波耳中，大海不是寂静无声的，鱼和海草窃窃私语，尾鳍在水中摇动，海中峡谷的水涡鸣音和鲸鱼、海豚交织着长鸣。

但这一次平和的海洋中夹杂着从四面八方传来的惨叫和嘶吼声，一声遥远的龙鸣在水中产生轻微的震动，兰波感知到这股震动，转身朝着震源的方向游去。

人鱼在水中的移动速度极快，很快便接近了震动的中心。

这里的海水变得十分混浊发暗，海底的细沙都被搅动起十几米，什么都看不清楚，其中夹杂的浓郁的血腥味灌入了兰波的鼻腔。

突然，眼前落下了一道黑影，兰波退了两米，才看清那是半截人鱼鱼尾，被利齿咬断的截面血肉松动，被海水冲刷得泛白，靠近鱼骨的位置还在向外散发血雾。

兰波一惊，循着半截残尾坠落的方向低下头。

海底白沙已经被四分五裂的尸体浸染，上百条人鱼陨落在此，断尾残肢厚厚地在海底铺了一层，汪洋涌动，带起骨肉间漂出的血流，此时的海底犹如地狱的油锅，煎炸着堆积的肢体，炽热地冒着深红蜿蜒的烟。

兰波冷漠地扫视这一切，鱼尾由蓝变红，愤怒的颜色越发深重，蓝色汪洋顿时被一片猩红暗光照亮。

"Siren。"

断裂的珊瑚堆里发出微弱的呼唤声，兰波怔了怔，循着声音的来向向下游去，洁净的双手在尸体碎块中翻找，净化的速度赶不上血流喷涌的速度。

终于，他看见面前出现了一条纤细白皙的手臂，兰波从尸堆中把她抱出来，却发现，她的鱼尾和半个身子都被咬残了，水流过白骨，冲走了骨骼上的一小块残存的血肉。

但她怀里紧紧地用水草包着一个人鱼婴儿，婴儿还在熟睡。

她把怀里的婴儿推给兰波，艰难地用仅剩的一条手臂指向前方，虚弱地说："Siren, goon byang ye。（王，朝那个方向去。）"

兰波弓身抱她一起走，但她从身上扯下了一片好看的鳞，塞进婴儿襁褓中，扫动水流，将兰波送出十几米外，然后缓缓坠落进尸海之中，无法分辨。

兰波低头看了一眼怀里的婴儿，抱着他向前方游去。

这一路的海水都充满了浓重的血腥味，充满敌意的震动和嘶吼也越来越近。很快，兰波的视野中出现了几艘大型远洋船，近十头体形庞大、远超蓝鲸数倍的灰白蛇颈龙围在远洋船附近，一下一下地用蛇头顶撞着船底，船身被撞得东倒西歪，钢铁变形，有的船只动力舱受损，已经寸步难行。

他抱着婴儿浮上海面，远远地望着他们。

海面上停留的最大的一艘是人类的舰船，船身涂装 PBBs 的标志，是 PBB 狂鲨部队的救援船。他们将附近被困的渔民都引到了舰船上，但蛇颈龙实验体距离他们太近了，他们无法发射船上装载的巡航导弹来驱逐，只能靠士兵们用冲锋枪和火箭筒来对付。

蛇颈龙外皮坚固厚实，体形庞大，普通的人类武器对其造成的伤害实在有限，况且他们弹药有限，长时间耗下去总会弹尽粮绝。

兰波冲出水面，高高跃起，企图看清船上的伤亡情况，但他所见的一幕令他愣住，他头朝下坠回水中，静静地在水中浮着。

他看见，在舰船甲板上，不仅有被解救下来的上千渔民，他们披着 PBB 发放的毛毯挤在一起瑟瑟发抖，还有数十条受伤的人鱼躺在甲板上，穿白制服的军医在他们之间跑来跑去，给人鱼包扎伤口固定断骨。

他们语言不通，只能靠手势交流，军医和护士们一边比画着安抚，一边给人鱼打上一针消炎的药剂。许多还有体力的渔民用船上的桶吊海水上来，浇在人鱼们被太阳灼伤的鱼尾上。

他们都是第一次见活的人鱼，怕这种凶猛的生物会暴起伤人，于是小心翼翼地动作，并释放出安抚亚化因子。

军医跑到一位军官面前报告："魏队，药品不够了，现在有十人重伤急需手术，其中包括四条人鱼。"

"知道了，你去吧，去安抚平民。"

军医走后，封浪拎着步枪，作战靴重重地踩着甲板走过来，海上炽热的阳光晒得他只能觑着眼睛："队长，我们定位早发到了，救援什么时候来？"

"怪物这么多，各个海域都可能把援兵截住。"魏澜叼着烟，低头数了数弹带上余下的弹匣，喃喃骂道："妈的，船上的设备都被怪物毁完了，今晚之前老何他们要是过不来，咱命都得搭在这儿。你我死了不要紧，船上上千号平民咱们可怎么交代？"

"等会儿，"魏澜眯起眼睛盯着刺目的日光朝远处的海面望去，"那是什么？"

封浪愣了一下，扶着栏杆向下望，一道蓝色闪电在水中急速靠近他们的船，突然，闪电破水而出，一道幽蓝身影冲出水面，从他们面前跃起，拖着水花的鱼尾划出一道蓝光闪烁的弧线。

魏澜只见那条人鱼抛来一团水草，匆匆向前跑了两步接到怀里，拨开水草一看，是个长着金色小短鱼尾的人鱼小孩。

空中弥漫起一股压迫感强烈的白刺玫气味，封浪首先反应过来："是他，他来了！"

这股白刺玫的气息短时间内笼罩了整艘舰船，威严持重的气息缓缓降下，人鱼们嗅到这股气息后沸腾起来，不顾身上的伤势纷纷爬起来，用特有的空灵迷幻的嗓音轻唤："Siren。"

船上的渔民们吓了一跳，有些恐惧地退到甲板边缘。

人鱼们在甲板上躁动地爬起来，军医们拦都拦不住，他们像受到了神秘力量的召唤，疯狂地朝甲板外爬去，攀上栏杆，纵身一跃，深扎入水。

海面短暂地平静了十几秒，突然，天空中云团迅速聚集，晴朗的天空出现细小的云块，云块相互吸引粘连聚集，快速地遮蔽了高悬空中的烈日，一时间天昏地暗，低气压让人喘不过气来。

眼前突然被一股白光晃住，六道冷蓝闪电从云层中劈下，连绵滚雷由远及近，飓风从远处搅动着旋涡缓缓袭来。

337

围攻舰船的灰白蛇颈龙被一股靠近的压迫力转移了注意力，纷纷扇动巨大的扇叶鳍，掉转笨重的身体，面向压迫冲来的方向嘶吼。

暴雨毫无征兆地降下，犹如一盆从天泼下的水，海面激起水花，打出的水泡化作细微的蓝光水母，轻飘飘地游荡进受伤的人鱼们的身体中。

他们残破的身躯被蓝光修补，虔诚的眼神被幽蓝闪电照亮，人鱼们四散游动，向着同一个方向望去，口中呼唤着 Siren 的名字。

飓风临近时，将海水抽上了高空，通天的水柱富有生命般在海面移动，直到接近舰船时，飓风陡然消失，百米水柱中冲出一个幽蓝的影子。

兰波神情冷漠，鱼尾两侧的薄鳍翼完全展开，在飓风中滑翔，蓝色电光在他薄近透明的鳍翼中游走，他肩上扛一架透明水化钢四联火箭筒，四发透明弹接连发射，分别落在围攻舰船的灰白蛇颈龙身上。

海水被炸上天空，舰船剧烈晃动，船上的士兵和渔民都慌了，面对这样强大的力量，兰波和蛇颈龙一样令人恐惧。

但有一些船员不惧怕，反而跟着人鱼一起朝天空大喊了一声："Siren！干掉他们！"

他们是跟着 IOA 的探测船出海清理药剂泄漏潜艇的那组船员，当时兰波随行，他们还都跟风跑去亲吻了人鱼的指尖。

终于有渔民反应过来，在瑟瑟发抖的人群中间突兀地说了一句："那蓝色人鱼是不是来救我们的？"

听了这话，人们纷纷朝在空中展开鳍翼的人鱼投去惶恐又惊诧的目光。

兰波不在乎任何人用虔诚还是恐惧的眼神看他，他的表情始终如一，冷静、平淡、胜券在握，扫除着海洋中的一切厄难。

封浪和魏澜对兰波最熟悉，深知这条鱼就是来支援他们的，命令船员重新调试武器，准备发射导弹。

蛇颈龙群被兰波驱逐出舰船近点，PBBs 的巡航导弹便紧随其后，锁定目标，追踪进海水深处。

蛇颈龙再皮糙肉厚，一发巡航导弹下去也不可能吃得消，更何况它们是亡灵召唤体，只继承了本体 70% 的实力。

海水汹涌翻腾，亡灵召唤体消逝的黑烟四散飘飞，唯独一头体形最大、头顶生有花纹的灰白蛇颈龙没有死在导弹之下。

最后一发导弹炸裂在它厚实的皮甲之上，浓烟滚滚，四散开来，它仍旧只是仰天嘶吼，没受到伤害。

被触怒的最后一头灰白蛇颈龙用尽全身力量朝舰船船身撞去，以它的体形和重量，这全力的一撞足以将舰船从中间劈开。

而兰波的四联火箭筒如果向它发射，同样会波及舰船。兰波的 M2 亚化能力"高爆水弹"可以无视等级击飞目标。一艘舰船若被击飞，船上人们的生还概率将会是零。

紧要关头，魏澜和封浪只能转身向甲板上所有人大喊："所有人趴下！"

他们最多能做到双手压住身边的人带他们趴下，用身体和亚化能力牢牢护住他们，但船上的其他平民做不到听到命令就迅速反应过来执行，这一撞恐怕会造成一场空前的海难。

阴暗的天空再度被蓝光照亮，兰波冲破海面一跃而起，肩头的水化钢四联火箭筒迅速熔化成水，与引上天空的海水融为一体，在他手中凝结成一柄蓝色水化钢三叉戟。兰波奋力扬手将利刃抛出，电光流动的尖锐利刺深深没进了灰白蛇颈龙厚重的皮甲间。

兰波冷眼凝视着哀嚎的怪物，重新握住长柄，扭转手腕，向上一甩，一戟挑碎了蛇颈龙，灰白碎片满天飞散。

"slenmei kimo。（安息吧。）"

水化钢消散在空中，与暴雨融合在一起，没入涌动的海洋之中。

兰波落回海中，放出蓝光水母把受伤的人鱼们向安全的方向驱赶。

暴雨骤停，乌云尽散，黄昏的光线抛洒下来，晃动的甲板也逐渐平稳，东倒西歪的渔民们挣扎着爬起来，争先恐后地挤到栏杆边努力地望。

渔民们最是迷信，对海的敬畏要比寻常人更深。他们惶恐地东张西望，相互之间小声私语，低低地念叨："海神保佑。"

封浪低下头朝海水中招手："兰波！上来歇歇！让你们家的鱼都上来，等会儿发餐盒了！"

人鱼们纷纷将上半身探出水面，兰波也从水中探出头，拢了一把滴水的金发。

兰波的呼吸很急促，来之前他的体力就已经消耗得所剩无几，搜过近百公里海域寻觅至此，又经历了这样一场战斗，虽然他脸上依旧冷淡平静，实际上却已经很累很累，胸腔一直在嗡鸣起伏。

工程兵进入舰船动力舱维护被蛇颈龙损坏的发动机，不多时，为了将船上的渔民护送上岸，舰船重新启动，向着最近的蚜虫码头行进。

兰波坐在 PBB 狂鲨部队的舰船栏杆上，手里拿着船员发的罐装啤酒，望着远处的海平面，鱼尾长长地垂在船身下。魏澜也拿了一听啤酒背靠在栏杆边，用罐身碰了碰兰波手里的易拉罐："多谢大哥帮忙。"

兰波微微偏头看他："我扔给你的孩子在哪儿？"

魏澜举起啤酒罐指了指不远处用来冰啤酒的水冰箱，那只小人鱼婴儿正混在一堆啤酒罐里开心地扑腾，大张着只长了一颗乳牙的嘴。

受伤的人鱼们此时都在甲板上歇息，后勤兵给平民发餐盒时也给他们各发了一份。人鱼们警惕尽消，小心翼翼地双手接过锡纸盒，甲板上响起一阵吧唧吧唧的吃饭声。

渔民们劫后余生，后怕地端着餐盒，吃了两口却忍不住哽咽起来，用腥咸的衣袖抹眼泪。黄昏的光线照映在他们黝黑发亮的皮肤上，海水晒干后留下的盐粒沾满了他们的手臂和雨靴。

一位老人双手搓了一把脸上的眼泪，望着海上漂浮着的被击碎的渔船残骸。蚜虫市除了是码头城市，交通贸易发达之外，还盛产特级海鲜，每年的海鲜出口量惊人，许多难以捕捞的海味都要靠这些渔民前往远海寻找，许多人世代从事渔业，一艘机械精良的渔船对他们来说是和房子一样昂贵的资产。

前一阵蚜虫海封海，IOA拨了一笔巨款作为给沿海渔民的补贴，但他们无法只靠这微薄的补贴度日，抬头看看，一眼望不见出路的日子令人恐慌。

虽然捡回一条命，但渔民们都高兴不起来，苦丧着脸。

老人还在发愁今年姑娘成家，老两口想给陪嫁一辆好车，现在不知道回家该怎么交代的时候，一根湿漉漉、冷冰冰的尖利手指轻轻碰了碰他。

老人抬起头，对上了人鱼呆呆的迷惑的脸，人鱼双手撑着地面，歪头看他，指了指他手里的餐盒，绿宝石般莹润的鱼尾轻轻拍打甲板。

"kimo, jijimua jeo?（你吃吗？）"

老人愣愣地把手里的餐盒递给他，人鱼连着锡纸盒一口吞下。

人鱼打了个嗝，问他："kimo, glarbo wei?（你为什么难过？）"

老人听不懂，无奈地摇摇头。

人鱼指着他的眼睛："kimo（你），哗啦哗啦。"

老人更迷惑了。

经过长达半个小时的无效交流，老人无奈地笑了笑，摸摸人鱼的头发："我真是傻，和动物聊起天来了。"

人鱼终于觉得自己明白了他的意思，爬上栏杆，回头叫了几声，一头扎入海中。他的同伴们听见呼唤，纷纷跟随着跳下，斑斓的鱼尾在海面拍打出飞溅的水花。

十五分钟后，绿尾人鱼首先冒出头，嘴里叼着一团水草，双手利爪攀着船身向上爬，湿漉漉地爬回甲板，将脏兮兮的水草吐在老人面前。

老人颤着手打开脏污湿滑的水草，猛地瞪大眼睛，里面是黄金和细碎的宝石。

人鱼们接连叼着包裹宝物的水草上来，吐在给自己疗过伤的军医和渔民面前，人们都愣住了。

魏澜也惊讶地张了张嘴，拿起对讲机嘱咐军医们不要接受贵重的礼物，然后回头问兰波："他们送这么多东西上来没事吗？"

"都是从沉船里捡来的垃圾而已，收下吧。"兰波并不在意那些东西，他随手从魏澜腰间抽走手枪，卸掉消音器，朝天开了一枪。

渔民们抱头惊叫，人鱼们也受了惊，兰波又连着开了五枪，受到惊吓的人鱼纷纷从甲板上跳回海中，向四面八方逃窜游走。

"以后见到人鱼就这样做。"兰波将手枪抛还给魏澜，"他们很傻，分不清好人和坏人，所以不要给他们一种人类很好相处的错觉，懂吗？"

魏澜接住自己的枪，抿唇点了点头，靠回栏杆边，灌了一口啤酒："你放心，以后他们再遇上麻烦，尽管找我们海上巡航队求助。"

舰船航行近两个小时后，隐约看见了城市的轮廓，其间遇见了前来支援的救援艇队，他们这边危机已经解除，救援艇就去搜寻其他海域的受困渔民了。

天色已晚，宁静的海面倒映着乌黑的夜空，兰波困乏得厉害，被寒凉的海风一吹更瞌睡。疲惫感袭来，兰波用尾尖卷住栏杆，低着头小憩。

平静的海水忽然涌起暗流，兰波感知到大海的异样，蓦然睁开了眼睛。

舰船下的海面如同结冰，如寒流侵袭般瞬间铺开了一层平滑的镜面，镜面反射着天上的星光。

一只漆黑鬼手冲出镜面，一把抓住了兰波的鱼尾尖向下拽，兰波惊了惊，猛甩鱼尾脱离那只狭长的鬼手。

那只鬼手也像触电一般，迅速地缩了回去。

鬼手却不止一只，像疯长的海草一样飘荡着向上爬，在舰船钢铁的船身上抓出一道道深沟，发出令人牙根发软的刺耳刮擦声。

"永生亡灵。"兰波紧盯着全部镜面化的海面，寻找着永生亡灵的影子。

舰船上警铃大作，甲板上休息的船员们惊醒，迅速戴上装备抓起步枪整齐列队，在魏澜和封浪的指挥下沿着舰船四周拉起严密的警戒线，将平民守在中心，军医和后勤兵都在船舱里保护无法移动的伤员。

突然，一位全副武装的战士惨叫了一声，一只鬼手突然袭击，抓住了他的领口，生生将人从舰船上拖了下去。士兵从最高的甲板上跌落，却没有栽进水里，而是重重地砸在海水形成的镜面上，头颅爆碎，血浆喷溅在镜面上。尸体被无数鬼手包裹吞噬，拉扯进了镜中。尸体沉没时，镜面以下的部分血肉消散，只剩骷髅。

海水固化，舰船航行受阻，速度肉眼可见地慢了下来。兰波无法引出水流钢化成武器，魏澜警惕地靠到了他身边，将一把SCAR-L步枪递给他。

"不要抵抗，逃。"兰波夺下步枪，鱼尾将身边的士兵用力扫向甲板中心，"他不是你们能够抗衡的。"

魏澜眼看着兰波的脸色变了，冷淡漠然的表情变得极其严肃，如临大敌。能让这样一位强者谈及色变的对手，恐怖程度可想而知。他们对于实验体永生亡灵的了解还在纸上谈兵的阶段，没人与这样一个恶化期失控的实验体交过手。

兰波低头向镜中望去，洁净的镜面映出了他的倒影，冷酷英俊的脸庞慢慢腐烂，腐肉骇人地"融化"，从白骨上脱落。

这种把戏还不至于让兰波有任何的恐惧感。

不过，兰波透过镜子深处，看见许多游动的鱼成了骨架，接近这片区域的鱼都成了游走的幽灵骨架，诡异地在镜中游动。

这立刻触怒了兰波，他单手一撑栏杆翻下舰船，落地时电磁嗡鸣缓冲，当他接触到镜面时，成千上万向上攀抓的鬼手像蚂蚁一样从兰波身边退开。

兰波鱼尾高高扬起，带着炫目的闪电重重地拍了下去，一声混沌雷鸣在镜面上炸开，坚固的镜面被劈开了一道裂缝。

海水从裂缝中涌了出来，兰波引出海水，形成一架水化钢轻机枪，震耳的枪声追逐着镜中飘荡的黑影，子弹劈开镜面，冲天的海水掀起一片巨浪。

海水暴雨般降下，密集水雾散开，空中便多了一个披着白布的幽灵，幽灵画着笑脸，发出迷幻的尖笑。

兰波泡在水中，仰头注视他，轻声质问："你到底想干什么？"

亡灵在空中若隐若现，荡来荡去，尖细的声音似笑非笑："你给那些蠢鱼下了什么命令吗？我只要一靠近海，它们就不要命地追杀我。"

"是我的命令。"兰波说。

"那我只能先解决你，以后才好赶路。"

"你有能力的话，可以尝试。"兰波虽然仰着头，给他的眼神却只有蔑视。

亡灵突然爆发出一阵大笑："才不跟你打呢，总有人制得住你。"

他举起一只手，手里攥着一颗洁白莹润的珍珠，然后重重地将珍珠向海中抛去，抓住自己身上的白布一扯，随着珍珠一起扔了下去。

珍珠被白布覆盖，落进水中的一瞬，洁白鱼尾舒展开来，一双幽蓝的眼睛在深夜中熠熠闪光。

在驱使物亡灵斗篷的控制下，珍珠以全拟态人形召唤体形式出现，并在入水后恢复二分之一本体白化魔鬼鱼少年形态。

少年的鱼尾上也生有一片象征塞壬的明亮鳞片，在一片黑暗中时隐时现。

兰波看着他，轻轻摇了摇头："kimo nowa。（你不能。）"

少年迟钝地望着他，僵滞着不动，嘴唇颤颤地张了张，无助地后退。

亡灵乐于看这场好戏，体内突然发出一阵波动，波动的涟漪震颤击中了珍珠少年，少年的眼睛顿时失去焦点，水化钢火箭筒在他双手中成形，一发透明弹朝着兰波发射。

他的"水化钢"作为 M2 亚化能力，要比兰波的伴生能力"水化钢"更强，水化钢破片可以造成大范围伤害，且武器形态切换极快，两发火箭炮发射后，便瞬间改换成了透明加特林。

兰波无法接近他，只能在躲避炮弹和子弹的间隙中寻找机会，加特林射速快，子弹密集，且子弹均由水化钢形成，无穷无尽，兰波越发感到疲劳和力不从心，游速都变得慢了下来。

他潜入水中，看见那孩子洁白莹润的鱼尾泛着微光，身上的塞壬鳞片吸引着周围的水生动物聚集靠近，但所有被吸引来的鱼只要靠近那孩子一定距离，身上的血肉就会从骨架上脱落，变成一具会游动的鱼骷髅。

少年身边的骷髅鱼越来越多，大家都被塞壬的鳞光骗来，然后无声无息地死在他的气息之中。

少年转过头，看见了身边巍峨的舰船，又看了看自己的手。

经过实验体改造，战斗芯片使他对军备武器核心图纸烂熟于心，他捧起一泓海水，朝天一洒，海水被他引动，聚集，上升。

海水形成了巨大的漩涡，水位竟短暂地有下降趋势，舰船剧烈晃动，甲板上的士兵们东倒西歪，眼看着面前的海面缓缓升起一艘透明水化钢舰船，内舱动力室清晰可辨，被海水吸进水化钢中的骷髅鱼同样被铸造进了舰船中，在舰船透明的钢铁外壁中缓缓游动。

永生亡灵坐到了幽灵船上，时不时发出一声嬉笑。

兰波怔怔地看着一艘透明舰船拔地而起，密密麻麻的骷髅架被铸造其中，犹如一个幽灵尸盒。

他捂住左胸，心里更觉痛得厉害。

接连不断的战斗让他的能量消耗见底，他想用 A3 能力，但亚化细胞团已经发烫，无法再透支了，而此时他正同时面对永生亡灵和一位被操纵的塞壬继承人，兰波闭了闭眼。

死去的鱼太多，灵魂汇聚到一起，形成一股死海心岩，流动到少年的手中，拉长成一把黑色的刀。

一声婴儿的啼哭打破了对峙的僵局，那个金色的人鱼婴儿扭着滚胖的身体从存放啤酒的水冰箱里爬出来，咿咿呀呀地哼唧着朝珍珠少年的方向爬过去。

因为少年有塞壬鳞片，所以人鱼婴儿会对他亲近。塞壬是大海的母亲，守护着一切水中的生命，水生动物对塞壬有种本能的依赖。

魏澜已经朝婴儿冲过去，纵身一扑，还是晚了一步。他扑了个空，婴儿直接从栏杆缝隙掉了下去。

兰波在水中化作一道蓝色闪电，从原位消失，转瞬之间便出现在了舰船下，从水中跃起来，双手接住婴儿，再坠回水中，用身体挡住从珍珠体内散发入水中的死亡气息，放出一股安抚亚化因子哄慰受到惊吓的婴儿。只有以兰波为中心的部分海水内，靠近的鱼类才没白骨化，但这个范围已经越来越小了。兰波只感到一阵袭来的困倦让身体麻木。

婴儿不哭了，也不挣扎，小手蜷在胸前，金色的短鱼尾也不再摇了，乖得让人心惊。

兰波的视线向下移，却只看见一片血红。一把漆黑的刀刺在婴儿幼嫩的身体上，血向外喷涌。

兰波心里颤了颤，指尖贴在婴儿柔软的后心，那一点微小的跳动骤然停止。

兰波僵了半晌，才发觉这把黑色的刀是从背后贯穿了自己，从胸口破骨而出。

第十九章

养猫指南

○━━━

　　兰波艰难地偏头，幽蓝眼瞳结了冰般，冷冻的目光看向海面上珍珠扭曲的倒影。

　　少年靠得太近，躲在兰波身边的鱼和他怀里婴儿的尸体都化作游动的骷髅，蓬勃的生命变为灰白，从兰波手中滑脱，落进水中，扑通轻响。

　　死海心岩刀造成的创伤无法快速愈合，且会扩大腐蚀，吸取伤者的生命力。

　　"这是你认为正确的事吗？"兰波哑声问，血从嘴角渗出来，一滴一滴落进水中，被骷髅鱼们争相吞食。

　　少年紧握着黑刀的手颤抖起来，宝石蓝的眼睛蒙着一层薄雾。

　　海面寂静无声，甲板上的人们屏住呼吸，捂着口鼻紧张地目视着这场争夺王位的厮杀。这种级别的战斗连狂鲨部队的特种兵都没有资格插手，更何况他们这些手无寸铁的平民。

　　忽然，有位老人将双手十指交握放到胸前，絮絮叨叨地默念起海神保佑。人们恍然惊醒，一一交握双手放在胸前祈祷。他们做不了什么，只能用最原始质朴的方式表达虔诚。

细微的祈祷声在风中起伏，每一句念词落进海里，便孕育出一只微小的水母，海面泛起点点蓝光，水母朝兰波聚集，汇入他的伤口中。

兰波一把攥住胸前的刀刃，手掌被锐利的刀刃割破，从指缝中渗出血来，贯穿胸口的死海心岩刀被兰波狠狠从胸前抽了出去，鲜血迸射。鲜血飞溅到珍珠少年雪白的脸庞上，才让他的身体有了鲜艳颜色。

"喊。"永生亡灵坐在珍珠用水化钢建造的透明舰船的桅杆上，看着兰波隐隐有愈合趋势的伤口，表情变得阴郁烦躁。

海面上温度渐低，夜雾降临，海面升起浅淡的白雾，并逐渐浓重，覆盖了整片海面。远处的城市轮廓迷失在了雾气中，渐渐地，舰船也被浓雾笼罩，人们甚至看不清彼此的脸。

幽灵船透明甲板上出现了一个人首鹿身的实验体，灰白的霞时鹿被亡灵召唤出来，正在向外释放雾气。

永生亡灵轻飘飘地悠哉地趴在空中，低头对珍珠笑起来："王，这片海是你的，你想怎么样都是对的，他算什么东西？"

透明幽灵船下展开了一面光滑的镜面，永生亡灵在空中飘荡，他所对应的镜面中则是一位飞翔的金色天使，天使展开双手，镜面如海面般涌动，一条灰白人鱼跃出水面，再落回镜中。

成群的灰白人鱼顺着幽灵船透明的钢铁外壁向上爬到甲板上，生有鳍翼的人鱼在天空盘旋，吟唱着变了调的海妖的歌。

魏澜和封浪首先感受到这歌声的诡异，封浪用出自己的 J1 亚化能力"彩色地毯"：屏障型能力，能抵消全部精神伤害以及少量实体伤害。舰船甲板上生长出遍地海葵，柔软的触手轻轻摆动，像保护小丑鱼一样将船上的平民保护起来。

兰波紧攥着死海心岩刀刃，血顺着他的指尖落入水中，挑起眼皮注视着从身边退开的少年，少年急切地想要逃离这里，肩头披着永生亡灵的白布朝透明幽灵船飞去。

"别逃走。"兰波抬手蹭去唇角的血污，"你留下的烂摊子你自己收拾，逃走算什么本事？"

少年不敢看他，不敢与这双威严蔑视的眼睛对视，只需看一眼他便自惭形秽起来。

"这是什么？好有趣。"永生亡灵好奇地鼓捣着透明船上用水化钢同比例制造出来的巡航导弹，操纵着炮管缓缓转向了PBBs的舰船，勾起唇角问穿着海军陆战队作战服的魏澜和封浪："喂，你们是警察吗？我讨厌警察。"

魏澜向后打手势，示意启动防空拦截导弹，但这样近的距离如果真的互投导弹，舰船也同样会被震波击沉。

永生亡灵叫了珍珠一声："嘿，你给我做一个炮弹，我要玩这个。"

少年迟钝地摇头，直觉自己做错了事。

永生亡灵也不计较，飘到珍珠身边，在他耳边轻笑："我给你机会报仇，有什么好怕的？他又没管过你，你难道还要回报他？"

永生亡灵绕着珍珠飘了两圈，转身面对兰波："那我替你做咯。"

兰波咬着牙，胸口的伤虽然止了血，但痛苦并未减弱半分，他无法大口呼吸，因为即便轻微的起伏也会让胸骨剧痛无比。

他感到一阵晕眩，眼前时明时暗，身体和心理都疲惫到了极点。他本应该倒下了，可他无法倒下，他与海洋生命相连，与生俱来的责任注定他直到骸骨粉碎也得护着这涌动的蓝色世界。

兰波闭上眼睛，喉咙里发出一阵悠长的鲸音，长鸣的音调随着海浪送去远方，仿佛在召唤着什么。

所有人都安静了，一声空幻的铃响不知从何处传来。

丁零，丁零，由远及近。

兰波忽然收起进攻的架势，表情变得平静，眼睛弯起冰冷的弧度，扬手将死海心岩刀抛了出去，刀刃铿的一声没入珍珠手边的水中，插在钢化的一块海面上。

珍珠迟疑地捡起刀，死海心岩在他手中铸造成手枪的形态，只有他能用死海心岩铸造热武器，这一点是兰波也做不到的。

他振作精神，将枪上膛，抬起头面对兰波，却猛地一怔。

兰波背后的浓雾与黑暗中出现了一圈巨大的阴影轮廓，轮廓边缘并不平滑，而是细碎的、雪白的。

刹那间，在兰波身后两侧，两只直径足有一米的冷蓝狮眸突然睁开，蓝光明亮如同燃着火焰。

浓雾被驱散，一头凶猛白狮从水中扬起身体，堪比史前巨兽的高大的身影在舰船甲板上遮出阴影轮廓，两只明亮蓝眸拖出两道视觉暂留的亮蓝光带，长长的狮尾危险地摇动，尾梢挂的黑色晶石铃铛丁零轻响。

白狮向前迈一步，脚下就形成一块水化钢以承载他以吨位计的身体。

兰波侧坐在白狮头顶，相比之下渺小的身体看上去与庞大的白狮形成鲜明的反差，鱼尾垂在白狮脸颊边，轻轻用尾尖挠了挠白狮的胡须。

兰波渐渐笑起来，笑得肩膀抽动，令人悚然的笑声在空荡的海面上回荡。他睁开眼睛，幽蓝的颜色变得靛蓝明亮，居高临下的目光冷漠残酷。他露出变得尖锐的鲨状齿，面对着重新捡起刀的珍珠，露出面对挑衅王权的反叛者时的傲慢："你很有本事。那就来推翻我吧，按海族的规矩来，杀了我，坐上这个位置，过去二百年里我剿杀了太多叛徒，不差你一个……喀。"

兰波唇角又溢出血来，胸口的伤被他的笑抽动裂开，血向下淌，落到白狮头上，脏了他雪白的毛发，淌进那颗纯净得犹如蓝色星球的巨大眼睛里，再从下眼睑淌下去。

巨兽白狮身上散发出浓郁的白兰地亚化因子，酒味刺鼻得仿佛十个地下酒窖的酒桶一起泄漏，只嗅一息气味就能让人头晕目眩。

舰船甲板上的魏澜抓住封浪向后退开，紧张道："那是白楚年？"

封浪攥着步枪的双手微微发颤："恶化了。队长，怎么办？"

兰波却没有慌，低头抚摸白狮巨大头颅上柔软的毛发，笃定道："还没有。"

坐在幽灵船桅杆上的永生亡灵陡然飞到空中，表情惊诧："恶显期？"

实验体从成熟期成长至恶化期中间会经历一段恶化初显期，在此期间实验体尚未进入无敌状态，仍然处于可控状态，本体拟态特征大量显现，但体内能量开始积累，实力大幅提升，为恶化期的爆发蓄势。

蚜虫市海岸方向，一艘小型快艇破水而来，速度很快，逐渐接近了舰船。在距离舰船近三十米时，韩行谦抓住正在驾驶快艇的萧驯的腰带，展开天马飞翼将他送上了甲板。

"赶上了。"韩行谦扶着栏杆轻喘了口气，"医学会赶制出了解离剂，能长时间维持恶显期，虽然治标不治本，但救急总是够的。"

这些天钟医生夜以继日地泡在实验室里，韩行谦除了给白楚年做检查之外的时间也全陪在钟医生身边做研究，通过 IN 感染药剂和拟态药剂的结合来研制初代解离针剂。解离针剂在亚化细胞团和脊椎中缓释药效，能不断杀死部分无尽分裂的恶化细胞。

就在一个小时前，钟医生把通过初检的解离针剂交给了萧驯，让他带过去与韩行谦、白楚年会合。那时已经千钧一发，白楚年在车上突然心脏震颤，驱使者与使者之间的灵魂连接使他的精神全线崩溃，与恶化仅一线之隔。

萧驯将麻醉枪架在栏杆上，腰间挂着一排装有解离剂的注射剂，来时已经给白楚年注射了一针，接下来就要观察这一针解离剂的药效能坚持多久，得及时补上一针。

人们恐惧地议论起来，这头白狮看上去比永生亡灵更加危险和恐怖，一个士兵紧张地摸到了导弹指令台，萧驯回头冷道："别动。楚哥不会攻击你们，安静点。"

韩行谦放出两根羽毛，一根飘落到永生亡灵头顶，一根飘落到霞时鹿头顶，天马 A3 能力"天骑之翼"发动，霞时鹿放出的迷雾消失，永生亡灵以伴生能力制造出的阔大到覆盖海面的潘多拉魔镜也被消除，舰船终于得以重新前行。

"保护舰船撤退。"

这是白楚年失去意识前留给韩行谦的命令。

舰船加快速度，向着远离战场的方向行驶，萧驯朝兰波喊了一声："兰波，接着！"

他扣下扳机，将一发解离针剂朝兰波射了过去，兰波抬手接住空中迅速飞来的针剂，藏进了白狮厚厚的茸毛中。

舰船逐渐脱离了危险区域，韩行谦开始帮助船上的军医救助伤员，萧驯替他提药箱打下手，助手的工作做得很熟练。

韩行谦将一位船员脱臼的手臂复位后，看见萧驯垂着眼皮，心不在焉地剪着绷带。

"我以为你不会大声说话的。"韩行谦笑了笑，"刚刚是怎么了？"

萧驯微微一惊，尾巴夹到腿中间，声音像办错了事一样压得很低："我不喜欢他们说楚哥是怪物。"

韩行谦接过他剪好的绷带，给在剧烈晃动中撞伤的渔民包扎，轻声说："你是 IOA 搜查科干员，如果小白恶化失控，上级要求你击杀他，你怎么办？"

"拒绝，然后接受处分。"

"如果你被处分，遣送出境，再也见不到我了呢？"

萧驯想了很久，韩行谦给三个伤员包扎完回头看他，发现他仍旧很苦恼的样子。这孩子死心眼，是个固执的小狗。

直到韩行谦给第四个伤员也处理完伤口，萧驯才说："你教过我从境外偷渡回来的办法。"

原来这么半天不说话不是在犹豫，而是在脑子里复盘偷渡过程呢。韩行谦笑笑："那这几天我得吃住都在实验室里了，努力让你不用面对这样的选择。希望会长能早日带回好消息，只有拿到促联合素，才能完全压制小白的恶化，在此之前一切都还没有定数。"

海面上起了风，两人一起望向远处已经消失在海平面的影子的方向。

舰船离开后，韩行谦脱离了天骑之翼的操纵范围，控制力渐弱，永生亡灵用力一挣便脱离了增益能力被消除的状态，脚下重新展开一面辽阔的镜子，霎时鹿放出迷雾，整片海面都被浓重的迷雾覆盖。

兰波坐在白狮头顶，手掌轻抚雪白未曾沾水的毛发，白狮的整条右后腿没有毛发，而是覆盖着一层碧蓝鳞片，曾经兰波拔下自己的塞壬鳞片插进了小白的胯骨皮肤下，就是为了这一天到来时，小白能多一层禁锢。

鳞片感应到了兰波本尊的存在，形成了一个能量载体，作为桥梁将白狮体内过剩的能量传递到兰波体内，兰波接受了使者的供养，耗尽的亚化细胞团能量充盈起来，他脸上的疲态退去，胸前的伤口缓缓愈合，只是死海心岩留下的创伤不比普通伤口，愈合起来速度极慢。

兰波俯视着珍珠，目光落在他鱼尾上的那片幻彩鳞片上："既然你生有这片鳞，是历年来唯一有资格挑战我的继承者，如果你认为这就是真理，那就做吧，这是公平的战争。"

珍珠抬头望去，自己已经被面前巨大的身影笼罩了，在纯净圣洁的巨兽面前，自己的身体显得渺小而污秽。

白狮尚未成长到雄狮的体态，脖颈上还未生长出鬃毛，紧紧箍着一圈死海心岩项圈，但斜向上拉长的幽蓝眼睛使他看上去带着年轻的凌厉，同样能够震慑人心。而他摇动的狮尾上时而发出清越的铃响，这迷幻空灵的铃音每响一声，就让珍珠清醒一分。

"喂喂，醒醒，别受他蛊惑了。"永生亡灵轻敲桅杆，体内发出一股波动。

波动的涟漪碰触到珍珠的身体，珍珠便重新推弹上膛，一股茶蘼花香从亚化细胞团中爆发，短暂数秒内空中云层凝聚，乌云密布。

霎时，白狮的脚下突然出现了一个圆形十字准星，而云层爆闪，一道紫色闪电斩开云层，直下天空，朝着白狮劈下来。

白狮驮着兰波在海面上奔跑躲避，他四爪落地时，爪下的海面便即刻钢化，水化钢承载着白狮沉重的身躯，使他在海面上疾速奔跑。

　　脚下的那个圆形十字准星一直跟随着他移动，紫色闪电劈落，白狮奋力一跃，才勉强避开这百万伏特的攻击。海面被闪电激起巨浪，白狮被巨浪吞噬，几秒钟后，又破浪而出，雪白毛发未沾湿，只挂着一片晶莹的水珠，随着他抖动身体而淋漓落下。

　　白狮刚躲过一击，脚下竟又汇聚了一个圆形十字准星，云层中紫色闪电跳跃，海面上出现了近十个十字准星，追逐着白狮的身体移动。

　　白化魔鬼鱼A3亚化能力"眩电弧光"：追踪型能力，锁定目标后引动雷电进行精准毁灭打击。雷电由云层中的电子形成，亚化细胞团能量消耗极少。

　　紫电接连从云层中蜿蜒急下，白狮在炽热电光中躲闪奔跑以免被锁定。

　　珍珠双手抱着死海心岩手枪瞄准白狮背上的兰波，在闪电追击下，白狮竟然还有余力分神保护兰波不被子弹命中。

　　狮子的奔跑耐力一般，更何况长时间处在疾跑状态下，小白有些力不从心，张开嘴喘气，发出呼哧呼哧的喘息声。

　　兰波趴到他背上，一手抓住他的死海心岩项圈稳住身体，一只手轻轻抚摸他："别怕，我给你挡。"

　　白狮被十个圆形十字准星锁定，十道闪电集中劈下时，兰波突然弓起脊背，从脊椎骨节处刺出长长的棘刺，展开了一面蓝色背鳍。雷电顺着尖长的仿佛避雷针的鳍刺进了兰波体内，顺着他的骨骼刺啦爬动，在他半透明的鱼尾中流窜聚集。

　　兰波就像在充电一样，鱼尾内部电光由少变多，电流绕着骨骼在血管中流窜，电力逐渐蓄满。

他稍微动了动指尖，海面顿时一阶一阶升起浪梯，白狮踏上了坚硬的水化钢梯，朝着幽灵船最高处的甲板奋力一跃，冷蓝的狮眸在雷电交加的海面上划出两道凌厉的蓝色光带。

在白狮跃上最高点时，兰波从他背上翻身跃起，从他项圈上引出了一小股死海心岩，漆黑的流动晶石在兰波手中交织铸造，从紧攥的掌心里向两侧延伸，铸成了一张弓。兰波凌空搭箭瞄准，背后的天空骤然出现六个太阳，海面同时出现了六个明亮的倒影，夜空辉煌如白昼，十二个日影交相辉映，海面无端刮起飓风，蓄电的云层被狂风驱散，涌动的洋流掀起惊涛骇浪。

魔鬼鱼A3能力"幻日光路"，六个日影环绕范围内极端天气任他操纵。

兰波鱼尾中积聚的电流被引进死海心岩箭矢中，海浪涌起形成水化钢，将珍珠逼得无处可逃。

兰波眯起一只眼睛，眼神冷淡，与看着篡位的叛徒并无两样，与看着朝拜的平民也无差别，平静、悲悯，以万物为刍狗，一视同仁。

"这是我要教给你的最后一件事，永怀敬畏之心。"

珍珠本能地想要逃跑，却无意中与水化钢上倒映的兰波的眼睛四目相对。一种信仰的急迫感没来由地从心底生出，令他想要臣服。

电光霹雳的一箭从珍珠后心洞穿了身体，珍珠身体僵直，双眼瞳孔骤缩，强悍的电流灌进他体内，他幼小的身体根本无法承受，他痛苦凄厉地吼叫，身体化作一缕黑烟，被亡灵斗篷拢到一起，重新凝聚成了珍珠。

珍珠表面破损，远不如从前光滑明亮，显然这次的创伤要比从前严重得多。

白狮庞大的身躯落到透明幽灵船的甲板上，这样沉重的躯体从高处落地竟悄无声息。他仰头嘶吼，体内泯灭溢出，整船的灰白人鱼都被凝结成了玻璃珠，色彩各异，如落雨般坠落进海水中。

恶显期的神使M2亚化能力"泯灭"变成了"泯灭溢出"，不再作用于单体，也不再局限于知道名字的目标，所有等级低于A3的生物都会被瞬间泯灭成玻璃珠，而同等级生物受到的伤害也增加了一倍。

"泯灭溢出"伴随着狮吼朝永生亡灵袭来，永生亡灵半面身体都被玻璃质覆盖，一阵灼烧的疼痛激得他尖叫，他扬手收回珍珠和亡灵斗篷，白布披到头上之后，隔绝了白狮的"泯灭溢出"。

"哼，恶显期，我看你能得意到什么时候，不玩了，我还有事，走了。"永生亡灵朝天空飞去，但他飞过的地方海浪涌起，掀起的几十米高的海浪被水化钢定形，白狮踏着掀起的浪顶疾跑追逐，利爪伸出爪鞘钩着水柱粗糙的外壁向上跳跃攀爬。

永生亡灵回头看了一眼，白布上的简笔画脸皱起眉头，海面形成镜面，镜面中伸出千万只鬼手，藤蔓一般顺着白狮踩踏的水化钢水柱缠绕攀抓，力道强大、数量繁多的鬼手抓碎了水柱，白狮失去了借力点，凌空摔落。

在白狮即将砸落到永生亡灵的镜面上时，远处的兰波一抬手，海浪激起水花，在白狮背上形成一双水化钢鳍翼，他庞大的身躯贴近水面滑翔了几米后鳍翼软化成水消失，白狮飞快地顺着嶙峋的水化钢柱再次爬上高空，纵身一扑，巨口咬住了永生亡灵的右手，叼着他疯狂乱甩。

永生亡灵的右小臂被白狮活活扯断，黑烟从截面处喷涌出来，永生亡灵尖锐地吼叫着飞走。

永生亡灵有强大的再生能力，不仅能快速愈合伤口，还能即刻再生肢体，前提是肢体毁坏，无法回到身上时。

永生亡灵以为自己轻松逃过一劫，不过是断只手而已，这对他来说算不了什么，反正他的手还会自己跑回来。

而很快他就笑不出来了，手臂上断裂的截面竟迟迟没有再生出新的肢体。

白狮叼着那截血淋淋的还在挣扎的小臂落回海面，一仰头，将断手完整地吞了下去。

永生亡灵凄厉的冷笑和诅咒在空中回荡："算你狠……我先去办完我的事再来和你玩。"

永生亡灵有飞翔能力，白狮和兰波都没有，想追上去是不可能了。

白狮望着永生亡灵消失的天空仰头站了一会儿，低头在海面上转着圈嗅闻珍珠的气味，失望地喷了几口气，转头朝兰波跑回来。

兰波坐在漂浮的水化钢上，抬起一只手摸了摸白狮的下巴。

白狮坐下来，低下头让他抚摸，发出响亮的呼噜声，轻轻用毛茸茸的大脑袋拱他，小心地用舌尖舔他胸前流血的伤口，只敢用舌尖，怕舌面上的倒刺刮伤他。

"你能说话吗？"兰波挠了挠他的下巴。

白狮摇头，躺下来四脚朝天露出肚皮给他，把指甲收进爪鞘里，雪白的爪子背面是干净柔软的粉红色爪垫。看样子是想撒娇被摸，但他太大了，兰波根本够不着他的肚子。

看来恶显期本体状态下会丧失语言能力和人类思维，等他体力耗完应该就会恢复人形拟态，不知道体形能不能变小些，现在这个体量怕是连IOA总部的大门都进不去，该怎么接受治疗？

"先回家。"兰波拍了拍他的脸以示奖赏。

白狮翻了个身，轻轻叼起兰波，将他甩上自己的背，在夜空下朝着海岸奔跑过去，巨大的爪子轻踩海面上逐一形成的水化钢，不发出一点声音。

兰波侧坐在白狮背上，鱼尾长长地拖在风中，余留的电光在深夜的海面上留下星光点点。

海面之下，泯灭形成的玻璃珠被白沙掩埋，珊瑚虫聚集过来，一簇簇色彩各异的珊瑚在此处生根。

以小白现在的大小，不光进不去 IOA 总部的大门，进普通公寓住宅区也是不可能了。韩行谦把自己市区别墅的钥匙给了兰波，让他们暂时住在自己家，等小白恢复正常再回来，其间医学会每天可以派车接送医生去给小白做检查。

韩行谦住的别墅区独栋之间相隔很远，而且每一栋都带有面积不小的一片分隔庭院，好在别墅区的其他住户也都是医学会的同事，应该不会给邻居造成太大困扰。

兰波坐在二楼卧室床上，手边放着药箱，鱼尾变成双腿，穿着韩医生送来的家居短裤，嘴咬着半袖下摆，低头用酒精给胸前的伤口消毒。

韩医生嘱咐他用碘伏消毒后再包扎，但兰波不太清楚酒精和碘伏的区别，其实他本身有净化能力，不可能感染，也不需要消毒，但既然韩医生认真嘱咐了，他就照做。

"咝……"兰波紧咬住 T 恤下摆，闷哼一声，酒精接触到伤口，痛得他身体一哆嗦。

罢了。兰波用医用绷带缠住伤口，免得伤口在愈合之前又裂开流血。

"嘤。"

二楼窗外传来窸窸窣窣的响动，兰波回头看了一眼阳台，两只月亮似的清澈大蓝眼睛正看着他。

大白狮的两只前爪轻轻扒在阳台外的墙壁上，粉红色的大鼻尖正对着兰波，鼻翼翕动嗅闻，喷出来的气掀起了房间里的窗帘，吹得兰波金发凌乱。

"坐下。"兰波放下衣摆，光着脚走过去，手一撑栏杆便翻身坐在了上面。

大白狮听话地坐下，尾巴向前卷住两只前爪。

"好孩子。"兰波抬起一只脚，踩在白狮的粉红大鼻子上，有点湿，很柔软，是微凉的。

白狮挪开脑袋，在花园里低头转着圈嗅闻，过了一会儿，他从花丛里抬起头，头上沾了几片叶子，用嘴衔着两枝萨沙天使玫瑰交织成的花环，小心地套在了兰波的脚腕上，然后安静地坐下来，用虔诚的目光注视着兰波。

兰波俯下身，摸了摸白狮的大脑袋："我会珍藏的。"

白色花朵脉络中的水分硬化，以水化钢的形态封存住了原有的颜色，但不会坚硬硌人。

他抱住白狮大大的脸，脸颊贴在上面轻声低语："谢谢你来帮我，我需要你，randi。"

白狮眨了眨眼睛，鬼火似的蓝眼睛一亮一灭，低头在草地上转着圈嗅闻。

临休息前，兰波把藏在白狮毛发里的那一针解离剂给他注射进后颈，然后窝进阳台的吊椅秋千里，陪他在阳台睡了，希望明早小白能恢复原状。

白狮蜷成丘陵似的一大团，睡在庭院的草坪上，头顶盖着兰波给他的一件小小的外套。

　　第二天上午，韩行谦开车过来给小白做检查，萧驯替他拿设备。陆言和毕揽星两人从九潭山赶回来，刚把消灭龙龟实验体的情况报了上去，就听说楚哥险些恶化，兰波受了伤，两人都慌了，说什么也要跟过来看望。

　　毕揽星怀里抱了一个文件袋，这些都是他整理完需要搜查科长签字的报告，楚哥现在病着，他主动承担了大部分报告工作，对搜查科内外的情况了如指掌，这样楚哥回来的时候他能快速交接过去。

　　陆言坐在后座，心事重重地抱着手机，漫无目的地点开几个应用程序再关上，眼睑红红的，忍不住抬头问："昨天我爸爸还打电话来问过，我遮掩过去了，他不会有事吧……不是挺厉害的吗……"

　　"情况还不算太糟，我们还在想办法，至少短时间内还不会出大问题。"韩行谦把车停到了庭院外，没打算停留太久。

　　一行人陆续下了车，进了庭院，韩行谦环视四周，没看见什么异常，于是敲了敲门。

　　开门的是兰波。

　　兰波穿着宽松的 T 恤和短裤，正拿着一条毛巾擦着湿漉漉的头发。

　　"你们来得正好，我刚给他洗完澡，他滚得满身泥巴。"

　　他们走进房子，萧驯提着药箱跟在后面，韩医生向兰波问起小白昨晚的情况。

　　毕揽星提着文件袋走在后面，陆言没拿什么东西，一路小跑在各个房间探头找白楚年。

　　陆言推开卧室门，向里望了一眼，白楚年不在里面，正打算退出去，一回头，有个蓝色眼睛的雪白生物站在矮柜上，和他贴脸相望。

猛兽对兔子的物种压制相当强烈，陆言一下子炸了毛，脚下出现一个狡兔之窟，他跳了进去，从两米外的狡兔之窟里钻出来，怔怔看着在矮柜上坐着，正高贵优雅地舔爪的猛兽白狮，身上还散发着沐浴露的香味。

"白楚年？"白兰地亚化因子没变，陆言还是认了出来。

白狮依旧懒懒地舔毛，头也不抬。

陆言沮丧地回头问兰波："我现在说话他已经听不到了吗？"

兰波拉开窗帘让光照进来："听得到，他只是不搭理你。"

萧驯惊讶道："他还没恢复？"

兰波走过去，吃力地把刚洗干净的白狮抱到床上，白狮没骨头似的，被托着腋下从矮柜上拖下来，身体拉得老长。

"恢复了，但没完全恢复。"兰波若无其事地把挂在自己身上的爪子摘下去，捏住粉肉垫，让他伸出利爪，然后拿出一个水化钢剪子给他剪指甲，再用水化钢锉磨平，免得把韩医生的家具都扯烂。

"我昨晚给他注射了解离剂，今早发现他体形变小了，变得和普通白狮一样，可能还要小一点，但还没恢复人类拟态。"

韩行谦将兰波描述的情况记录下来，这对医学会来说是个重要的临床数据。

他瞥了一眼扔在垃圾桶里的《狮子的习性》，以及放在床上夹满水化钢书签的《如何照顾猫咪幼崽》，托腮分析："显然智商和思维也都没恢复。"

兰波用双腿夹着白狮固定住不让他乱跑，拿着两根棉签给他掏耳朵，白狮很不舒服，叫了两声跑开来，用力甩头。

他年纪很轻，叫声也不如真正的成年雄狮吼叫那般富有震慑力，虽然气势很凶，但是嘤嘤的。

陆言试探着伸手去摸他，白狮骄傲地挺起胸来，展示着还很不明显的脖颈鬃毛。

小白对他们的气味都很熟悉，因此不抱有敌意，反而四脚朝天躺下来，露出肚皮和粉爪垫。

陆言小心地问毕揽星："他这是在干什么？后背痒痒吗？"

毕揽星也蹲下来，打量着说："恩恩这样躺下来是想让我摸肚子。"

陆言常去揽星家玩，知道揽星家有条伯恩山犬，名字还是他给起的，叫哥屋恩。

"是想被摸吗？"毕揽星慢慢地伸手去撸小白的肚子，不料小白突然翻脸，两只前爪抱住揽星的手就咬上去，两条后腿疯狂旋风踹。

"楚哥，楚哥……"毕揽星僵着身子不敢动，手也不敢贸然抽出来，被踹到眼冒金星。

"randi！松口！"兰波注意到他们这边的混乱，立刻站起来呵斥。

小白挨了骂，打了个滚跑走了，轻盈地跳上了飘窗，懒洋洋地抬起一条后腿，低头用舌头打理自己的毛。

好在小白不是真心要攻击他们，毕揽星没受伤，但是吓了一跳，问兰波："我刚刚做错了什么吗？"

兰波点头，手里拿着（看不太懂的）夹满了水化钢书签的养猫指南，戴上一副水化钢眼镜，翻开一页："他躺下露肚子给你是信任你的表现，但你上手摸了就是不知好歹，他的意思其实是让你摸他的头。"

毕揽星："……"

小白趁没人注意，伸爪试探着扒拉毕揽星放在窗台上的文件袋，扒拉一下，又扒拉一下，文件袋勉强在窗沿保持平衡没掉下去。

毕揽星连忙抬头："哎楚哥，那是要你签字的文件。"

小白看了他一眼，把文件袋扒拉到地上，然后欢乐地满屋子跑酷。

毕揽星无奈捂脸，接下来一段时间楚哥的工作怕是都要让他承包了。

小白跑累了停下来，一屁股坐到床上，大家都以为他已经闹够了，终于要休息了，但他突然一个飞扑扑倒陆言，两只前爪踩着他不让他爬起来，叼起他的一只兔耳朵拽来拽去地玩，气得陆言捶地大叫："白楚年！你贱死了！！"

小白的注意力又被萧驯的尾巴吸引，他压低身体，做出埋伏捕食姿态，然后猛地一蹬地板，扑向萧驯的尾巴。

韩医生早一步挡到萧驯身前，一把抓住了小白的项圈，看似温和的表情下，手劲极大，把小白上半身提溜起来，在他耳边缓声道："小公狮子淘气也正常，做了绝育就好了，择日不如撞日，今天怎么样？"

小白哆嗦了一下，从韩行谦手里挣扎出来，躲到兰波身后，若无其事地舔手，过了一会儿实在无聊，就抱着兰波啃他的头。

韩行谦让其他人按住小白，给他抽了几管血带回去化验，然后又补了一针解离剂。在找到促联合素之前，解离剂对小白的控制尤为重要。

"看样子保持本体状态能大量消耗他多余的能量，这样他就不容易因为能量过剩而暴走了。"韩行谦将采集的血样收进保温箱里，和兰波交代后续的打算，"你们在这里多住几天，观察他的情况，我每天都会过来给他采血和补药。等他什么时候恢复人类拟态，你打电话告诉我。"

兰波点头。

韩行谦摆摆手，萧驯提起药箱跟着走了，陆言逃跑似的跑出去，毕揽星捡起踩上爪印的文件袋，无奈苦笑着走了。

注射了解离剂的小白精神变得很萎靡，蔫巴巴地侧躺在床上，四肢摊开，虚弱短促地呼吸。

兰波陪着他躺在床上，一手支着头，一手捏弄着白狮的粉嫩爪垫，按动掌心让指甲伸出来，又收回去。

小白躺了一会儿，吃力地抬起一条后腿给自己舔毛，刚刚被一群人按着抽血，毛都乱了。

兰波托腮看着他认真舔毛。

正在舔毛的白狮愣住，保持着抬起一条腿的姿势僵住了，半个粉红舌尖还没收回去。

兰波笑出声，白狮喷了一口气，转身背对他躺下。

"别生气。"兰波伸手撸他毛茸茸的侧腰，白狮又舒服地发出响亮的呼噜声，转回身不计前嫌地依偎到兰波身边。

在兰波看来，任何生物都是平等的，白楚年现在的状态在他眼里与从前的小白没有分别，他依然很喜欢。

午后，兰波从午睡的慵懒中睁开眼睛，一条线条优美的手臂搭在他的小腹上，年轻帅气的脸庞挨得他很近，毫无防备地在他身边酣睡。

白楚年身上的白狮拟态都消退了，连头发也恢复了正常的黑色，他赤着上半身，半趴在床上，肌肉紧实的腰腹微微扭转，冷白的皮肤在午后的阳光照射下透着一圈橙红。

第二十章

生命之源

兰波看着他，忍不住扫开他挡住眼睛的发丝，轻轻用指节拨动他的睫毛。他半趴的姿势使得挨着枕头的半边脸压出了两道皱痕，兰波用指尖一抹便平了。

白楚年睫毛抖了抖，困倦地半睁开眼睛，看见兰波就躺在身边，放心地又把眼闭上了。

兰波背对着他。

"早安啊。"声音轻小慵懒，哑哑地拖着粘连的尾音。

"已经下午了。"兰波说。

白楚年轻轻"哦"了一声，回头看了一眼表，墙上的钟表贵重典雅，明显不是他的品位："嗯？这谁家，这哪儿啊？"

"韩医生家。"兰波回头瞥他，"是你把我从蚜虫海接回来的，忘了？"

"噢……怪不得有股炒瓜子味。"白楚年又懒洋洋地缩回被窝，闭着眼睛嗅了半天，慢腾腾地说，"有点印象。"

"哦哦，对了。"白楚年突然惊醒，撑起身子让兰波躺平，掀开他的T

恤，看见胸前随便包扎起来的绷带，眉头皱到一块儿，"这样行不行啊，还疼吗？"

"不碰就不疼。"兰波也坐起来，一只手支着床，一只手撩开衣摆，低头看看有没有渗出血来，"没事了，年轻时打打杀杀许多次，这也不算重伤。"

"啧，你现在也年轻呢，在人鱼里按岁数算也不老啊。"白楚年说，"你等会儿啊，我先找条裤子穿。"

兰波指了指矮柜："韩医生刚刚让人送来的。"

白楚年拿了一条穿上，站在穿衣镜前发呆。

兰波探头过来看，扑哧笑了。

内裤上印着卡通猫猫头碎花。

"这啥啊，为啥啊，我得罪他了？"白楚年没办法，又套上一条黑色的外穿短裤，一件普通的黑背心，边套边问："舰船没事吧？没什么伤亡吧？我得回搜查科看看，你跟我回去，让韩哥重新给你包扎一下，你包得太紧了。"

"韩医生说，你现在不能出去，要留在这里直到他们拿到促联合素，彻底稳定你的身体才行。在这之前，你得一直注射解离剂。"兰波只能一五一十地给白楚年讲明他现在的处境，所以就不可避免地要给他讲上午韩医生他们来看他的时候发生的事情。

听完后，白楚年石化在床边，愣了半分钟，缓缓滑倒在床上，脑袋埋在枕头底下。

兰波爬过去晃了晃他，白楚年抽动了一下，闷声哼哼："如果有颗原子弹还有一分钟就在我面前爆炸了，而我只能说一句话，我会说：别救我，谢谢。"

"唉，算了。"白楚年把脑袋从枕头底下抽出来，不放心地掀开兰波的衣摆，"真没事吧，你解开我看看伤口怎么样了。"

兰波脱掉上衣，用水化钢剪刀铰开身上的绷带，一条一条解下来。

"看吧。"

他背后覆盖着满背的火焰狮纹，是白楚年在他身上留下的永久标记，狮纹下压着去不掉的疤痕，但由于狮子亚化标记张狂鲜艳，在它的覆盖下那些暗淡的伤疤已经看不清了。

绷带一条条落到床上，即使是最内层的绷带也没沾上多少血污，最后一层绷带被兰波掀开后，白楚年就看见了他胸前的伤口。

这是一道贯穿伤，从后背一直捅穿胸骨，换作人类，即使不是死海心岩刀这种致命武器造成的伤，也难逃一死，而兰波竟然还能与他谈笑风生。

他的伤口也与普通人的伤口不同，切口边缘整齐平滑，血污全部被净化掉了，周围的皮肤也是干净洁白的。

"唉……"白楚年连连伸手，又担心碰痛他。

"我的身体也很有趣，给你看。"兰波说。

白楚年从尚未愈合的伤口中隐约看见的不是鲜红的血肉，而是深蓝色的、涌动的洋流。

"你摸。"兰波抓住白楚年的手，带着他的指尖接触自己的伤口，缓缓向伤口内伸进去。

白楚年瞪大眼睛："别！你疼啊！"

"不疼，只要不是死海心岩，我就不会受伤。"兰波攥着他的手腕，轻声道，"你闭上眼睛，能摸到好东西。"

白楚年心有余悸，但还是听话地闭上眼睛。他感到自己的手被一股冷冽的海水轻轻冲刷着，兰波的身体里并非充满血肉和器官，而是更为圣洁温柔的——海。

清冷的水流穿过指尖，白楚年感到自己触摸到了无垠的虚空，内心平静下来，呼吸都变得平稳。

忽然，指尖似乎碰到了一个坚硬的、布满棱角的东西，很冷，比周围的温度要低上许多，似乎是一块矿石。白楚年沿着矿石的边缘抚摸，摸到左上方，发现它缺了一角。

缺口的形状就和白楚年此时戴在耳上的鱼骨耳钉上镶嵌的矿石一样。

"这是我的心脏，也是整个星球上水源的源头。之前我切下过一小块给你。"兰波轻笑，"这是我最宝贵的东西，人类会说'使命'，这个词很贴切。"

兰波带着他抽出手，白楚年诧异地看着自己的手，上面没有血，也没有水，但皮肤上的细纹变得非常淡，指甲长长了一大截。

"怎么样，很好玩吧？"兰波用水化钢剪刀给他把指甲剪短，"生者之心，生命之源，和赠予你的死海心岩是相反的。"

"好家伙，了不起……"白楚年惊讶地对比了一下自己的两只手，刚抽出来的那只手看上去和新生儿的一般，平滑洁白，手上的枪茧和疤痕都消失了。

他拿来药箱，拆开一袋新绷带，给兰波细细地贴合皮肤把伤口缠好，在侧腰位置打了一个精致的小蝴蝶结，沮丧地蹭了蹭。

"你怎么还难受，都说了不痛，"兰波说，"我很努力地哄你高兴。"

"我不知道。你想证明你不会死，但我更觉得你脆弱了。你不像是现实中的生物，不会是我自己妄想出来的吧？有点怕，怎么回事？"白楚年释放着安抚亚化因子，让他的伤口能愈合得更快，"我不用哄，睡醒的时候一睁眼就看见你最高兴了。"

兰波笑出声。

楼下的门铃忽然响了。

韩行谦收到兰波发来的消息，说白楚年已经恢复人形拟态，于是放下手头的工作，带上药剂和监测仪器开车往这边赶过来。

仍旧是兰波过来开的门。

兰波心情不错，翘起唇角："你想要什么赏赐？"

"得了，上次你给我老师扔了一件汉朝文物，给他老人家吓坏了。"韩行谦少见他笑，不免被这明艳的容颜晃了下眼睛。兰波的确好看，有种超然物外的美和贵气。

他直接跟兰波上了楼，顺便问："他现在在睡吗？"

"醒了。在阳台吹风。"

兰波推开卧室门，阳台门窗都大敞着，白楚年站在阳台栏杆边，背对着他们，似乎在专注地盯着落在栏杆上的两只麻雀。

"小白。"韩行谦叫了他一声，但白楚年没反应。

兰波也觉察出异样，快步朝阳台走过去。白楚年的左手已经被狮爪取代，出手速度极快，一把按住了栏杆上的一只麻雀，麻雀当即被他的利爪捅穿。白楚年蹲下来，把半死不活的麻雀塞进嘴里吞了下去，舔了舔爪尖的血。

兰波怔住，白楚年猛然回头，两只眼睛眼角上挑，中心已经失去瞳仁，整个眼睛燃着蓝色鬼火，和昨夜狮化的模样很相似。

韩行谦果断道："兰波，按住他！"

他放下设备箱，和兰波从阳台的两个方向一起冲上去，在白楚年正要跳上栏杆一跃而下时把他拖了下来，韩行谦按住他的两条腿，兰波压在他身上，反折他双手，从项圈上引出一条死海心岩链牢牢捆住。

折腾了十多分钟，他们才将险些再次狮化的白楚年控制住，白楚年满地挣扎打滚吼叫，和失控的猛兽没什么区别。

韩行谦擦了一把汗，让兰波按着他，自己拿出一支解离剂，掀开他后背的衣服，指尖顺着脊骨摸到一个位置，将细软针头迅速地扎了进去。药剂注入脊椎，白楚年眼睛里的蓝色鬼火才熄灭，身上的白狮拟态消退，虚弱地侧身瘫在地上，眼瞳涣散，微张着嘴短促喘气。

兰波脸上被他的利爪抓出一道血痕，韩行谦也给兰波处理了一下。

兰波没什么表情，脸上的伤慢慢愈合，目光却暗淡下来，沉默地手搭膝盖坐在地上，看着躺在地上眼神涣散虚弱喘息的小白，轻轻拨了拨他的指尖，喃喃自语："他刚刚还好好的。"

"这就是恶显期，恶化期的前兆，无差别破坏和屠杀是他们的出厂设定，即使小白在我们中间生活了四年，习性已经被人类同化了，却还是不能反抗本能。放他出去就会和永生亡灵一样造成大面积的灾难。"韩行谦拿出监测仪器接到白楚年身上，又给他抽了几管血。

注射过解离剂后，白楚年虚弱得动不了，兰波抱他上床，然后用死海心岩把他的脖颈和四肢都铐起来，再把阳台的门窗都关严实。

"我不打算冒险转移他了，等会儿医学会的几位元老级教授会过来会诊，先等等，你别担心。"韩行谦把监测设备留在了卧室，折腾了半天口干舌燥，去茶水间倒了杯水。

兰波坐在小白对面，端着韩行谦递来的红茶杯，望着窗外出神。

"对了，我听说PBB舰船救回来的那些渔民联名向渔业协会请愿，要为你铸一个雕像放在滨海广场呢。"韩行谦想让兰波心情轻松一点，拿出手机打开网页上的照片给他看，想让他转移一下注意力，不要太焦虑。

"你看，地方都圈出来了，现在沿海城市的居民都在谈论你，新闻也在报道。"

兰波并不感兴趣，仍旧望着窗外，淡淡道："我不需要人来肯定我的价值，也没有他们想得那么无私慈悲，谁也换不回我的小白，我只能看着他一步一步离我远去。"

注射过解离剂后，白楚年恢复了正常，除了精神有些萎靡之外，没出现什么特别的症状。医学会的教授们带着一车检查设备驱车赶到，钟医生进到卧室里，摸了摸小白的额头，安慰了他几句。

德高望重的教授们聚在一楼的会客厅中，韩行谦为他们端上红茶，送上打印出来的血液检查报告，降下投影幕布，用投影仪播放他记录下来的录像。

"他狮化后没有表现出伤人倾向，反而是恢复人形拟态后才出现了狂暴状态，我确定狮化可以帮助他消耗多余能量。"

白楚年病恹恹地趴在二楼的栏杆扶手上，看着韩医生把自己巨狮化状态和幼狮化状态的录像都投影到了大屏幕上，有自己在房间里跑酷、四仰八叉躺在地上露肚皮和竖起一条后腿舔毛的样子，简直是"公开处刑"。

"韩哥……"

韩行谦循着声音抬头望向二楼，白楚年盘腿坐在地板上，两只手扒着栏杆，脸挤在两根栏杆之间的空隙里，黑着个脸看着他。

"哦不好意思，各位稍等。"韩医生迅速地给视频中白狮的关键部位打了一个小小的马赛克。

白楚年脸更黑了。

医生们讨论的重点仍然在促联合素上，在兰波和白楚年二者亚化细胞团存在驱使关系的高契合情况下，促联合素可以将兰波细胞分裂重置的能力共享给白楚年，就像研究所将珍珠体内仅存的一部分兰波基因共享给永生亡灵，借此来遏制细胞疯长的能力那样，兰波本体的遏制能力比起珍珠只高不低。

有位医生提出仿制促联合素，但仍然需要一个样品才能进行下去。研究所雇用的精英研究员皆是国际顶尖的行业大牛，他们集思广益耗费多年研发的促联合素，在没有样品的情况下，IOA 医学会根本不可能在几天之内仿制出来。

兰波站在白楚年身边，手肘搭在木质栏杆上，从白楚年脖颈上的项圈前端引出一条死海心岩细链攥在手中，随时控制，以免出什么意外。

一番激烈的讨论结束后，医生们表示还是要上楼来给白楚年做一次全面检查。韩行谦做了个手势让各位前辈停下："钟教授跟我一起上楼做检查就可以了，各位前辈可以把关注的重点说一下，我记录下来。"

钟医生也点头："那孩子脸皮薄。"

他们带着白楚年回到卧室，关上门，其他教授仍在会客厅翻看着资料，兰波站在卧室门外等。

卧室门不算很隔音，兰波听见韩医生说"把全身衣服脱掉，躺在床上，不要乱动"，小白也很配合，迟疑了一下就照做了。

这话其实很熟悉，在培育基地时他们经常听到研究员对自己这样说，兰波在海里从不穿衣服，培育期的智商也不足以让他有这种羞耻心。但小白不一样，展示身体和被聚众观察会让他很局促，所以他会暴躁，时不时就会咬伤身边的研究员，然后被关进不透光的狭窄禁闭室以惩罚他的暴动反抗。禁闭室中没有光线，狭窄的空间只能蹲着，腿会因为血液不流通而麻木，但任凭实验体在里面拍打喊叫，研究员也不会理会，十个小时时间到了才会放出来。一般被关过的实验体都会变得异常老实，但白楚年从不驯服。

每次从禁闭室回来，虽然没受伤，但他总会低落好一阵子，倦怠地躺在床上。有一次他说，有个研究员往他的禁闭室里扔老鼠，兰波吃了那一箱实验鼠替小白出气，但他也隐约知道，让小白感到恐惧的不全是黑暗，或者老鼠。

做完检查之后，白楚年伸着懒腰送两位医生出来，轻松道："我没事尽量不发疯，实在不行还有兰波管着我呢，你们别着急，也休息休息，钟叔你眼袋都耷拉到地上了，费心了费心了。"

钟医生拍了拍他的肩膀："好了，我们走了，你没事做的话，多跑步，健身，消耗多余的体力，这样就不容易失控。"

"好嘞。"白楚年又抓住韩行谦，"韩哥，你给我买点自热小火锅来，我晚上看电视的时候吃。"

"事真多。我给你带吃的了，你去冰箱里找，够吃一星期的。"韩行谦嘴上骂他，但还是无奈地打电话让人去买小火锅。

医生们拿上了最新的检查报告，确定没问题后起身离开，白楚年站在门边目送医学会的车启动开走，慢慢关上了门。

他一转身，兰波就站在他身后。

兰波装作无意，问他："你没事吧？"

"我能有什么事？"白楚年牵起他的手，拽着他跑到冰箱前，从冰箱旁边的箱子里抽出两瓶常温啤酒让兰波拿着，又翻出一盒韩哥刚放进来的酱香鸭舌，拉着兰波一路小跑到二楼卧室的阳台。

本以为能赶上黄昏落日，没想到天全黑了，天空有些昏暗，看不见几颗星。

兰波坐在阳台的栏杆上，双腿消失，被半透明散发着蓝光的鱼尾取代，尾尖轻轻甩了甩，乌云退散，闪烁繁星挂在洁净的夜空。

白楚年用骨骼钢化的拇指轻松推开啤酒瓶盖，把兰波的尾尖伸进瓶口搅动一下再嗦一口，然后递给兰波一瓶玻璃外壁结了冰霜的啤酒。

兰波接过来，没说话，仰头灌了一大口，品了品，眼睛对着瓶口观察里面的啤酒，得出结论："粮食发酵勾兑液。"

白楚年坐在秋千椅里，长腿搭在地上轻轻推着身体晃动，望着阳台外宁静的花园。

"下次我再失控，你就揍我，把我绑起来，别给别人添麻烦。"

"你发疯的时候不算可怕，我在想，如果我陪着你，你会不会清醒一点。"

白楚年笑起来："可能会，但我怕伤了你，我刚刚有没有伤了你？"

兰波摸了一下脸上已经愈合如初的伤处，摇摇头："没有。"

"那就好。"白楚年晃了晃啤酒瓶，看着里面的泡沫涌起，再一点一点消失，忽然露出落寞的眼神。

"到了恶化期，我也会像亡灵一样，给整个世界带去灾难。"

"不会的。"兰波伸手揉了一下白楚年毛茸茸的黑发，"我保证。"

他嗓音低沉温柔，但白楚年并没因此得到安慰。

不会的，全拟态的白狮只会比亡灵更可怕，他摧毁一座城市只需要几分钟，但即便如此，兰波仍旧抱着一丝侥幸。

白楚年扬起头，眼睛里倒映着夜空上满布的繁星，瞳仁亮亮的："兰波，你现在杀了我，带我回加勒比海吧。我愿意被镶嵌在你的肋骨和王座上，真的。"

兰波被他明亮澄澈的眼睛看得心里泛酸，他用冰凉的啤酒瓶口抬起白楚年的下颌，垂眼道："你理应觉得不公平。如果是我将要死去，我会毫不犹豫地拖上你，跟我沉落进最幽深黑暗的海沟。我会冷眼看着你在我怀里窒息，抽搐，最后溺水死去。如果你逃走，我无法祝你幸福，我希望你孤独痛苦一生，永远铭记我。"

白楚年怔了一下，支着头想了想："你这么干也成。我不能，我拖上你就造大孽了，地球还能不能存在都两说。"

"你想怎样都行，"白楚年站起来，挨到兰波身边，双手搭在栏杆上，"只要别忘了我，求你。"

这话触动了兰波心里紧绷的一根弦，他一把抓住白楚年颈上的项圈，转身用冷冽的眼睛凶戾地俯视他。兰波收紧手指，项圈也跟着收紧，白楚年被勒着被迫仰头，却笑着露出一左一右两颗尖尖的白牙："咦，生气啦？"

兰波声音低哑，带着威胁道："够了，你要是死了，我会把你的骨头垒进王座下的阶梯里，每天踩着你坐上去。"

"……倒也不用这么生气……啊呀，气哭了？别啊，哇，这颗珍珠又大又圆，可以嵌在厕所马赛克上，你都把洗手间的一面墙嵌满了。"白楚年发间冒出一对雪白狮耳，耷拉着贴在头上，一副自知理亏的样子，匆匆用手背给兰波抹了抹眼睛，"我不瞎说话了。"

兰波鱼尾消失，给了他两脚。

酒喝完了，零食也吃完了，白楚年去洗了个澡，爬上床。

他刚要伸手关灯，枕边的手机忽然响了，是毕揽星的视频电话。

"啧，"白楚年趴到床上，按了接听，"你小子最好有正经事。"

看房间背景，毕揽星就坐在搜查科长的办公室里，桌上文件堆积如山。

毕揽星的表情有些严肃："检察组督察科一直在跟进红狸一中坠楼事件，警署已经查清了当时绑架金曦的肇事学生家长的情况，他们把肇事学生送到了英国留学，听说我们在调查的消息后似乎要连夜把孩子接走。楚哥，我已经申请联络 IOA 巴黎分部的搜查干员，但需要你允许。"

"在境外……有点麻烦……"白楚年揉了揉鼻梁，突然惊醒，"英国？威斯敏斯特，会长和锦叔还在那儿。"

兰波侧躺在床上，食指轻轻卷着金发："永生亡灵来找我报复，是因为我命令水生生物追杀他，他是想飞越海洋去寻仇吧。"

白楚年搓了搓脸："揽星，你直接去组长办公室申请跨境搜查，我现在通知老大早做准备。"

蔼蔼观察日记

K037 年 1 月 10 日观察日记

观察者：Dr.Lin（林医生）

白化小魔鬼鱼的活动区在蚜虫岛浅水滩周边，不算尾巴的话，身体与九寸西式餐盘大小相当，表皮白且光滑，人鱼拟态目前还没出现，也只会发出意识流的"daimi"和"daima"的叫声，能力很弱，尾部能放出一点粉紫色电流，只够煎熟两条小鱼给自己吃。

但它自学领悟了一个攻击技能，从水里突然跳起来糊在敌人脸上，简称抱脸杀。

这个时期的蔼蔼以此技能保护自己不受美洲狮的袭击。

K037 年 1 月 26 日观察日记

观察者：Dr.Lin

对一条白化小魔鬼鱼而言，野外生存能力至关重要，需要成年人鱼的教导。

蚜虫岛气候适宜，但一月份依然有些寒冷，水温低，对热带小鱼而言会有些冷。

兰波正在教导它如何度过寒冷时期。他首先团成一个半透明蓝色鱼球，在午后阳光晒暖的沙滩上拱出一个坑，在潮水袭来时，沙粒将鱼球整个埋起来，他便汲取沙粒中储藏的温度。

蔼蔼学着他的动作，把自己团成了一颗粉白鱼球，努力拱进沙子里，把自己埋好。起初它无法掌握要领，一直被海水冲出来，尝试了几次后，才安全地埋在了沙粒中。

他们暂时进入了冬眠状态，一动不动。

傍晚，白楚年左手拎着一个大桶，右手拿着一个赶海耙子，在海岸上寻找踪迹，终于把两颗鱼球从沙滩里耙了出来，用海水涮干净，放进桶里拎回家。

K037 年 2 月 15 日观察日记

观察者：Dr.Lin

卧在沙子里冬眠的蔼蔼被在海岸线捡拾垃圾的学员发现了。

学员们纷纷跑来围观新奇的鱼球，它的直径比网球稍大，表皮带有粉白光泽，手感柔软光滑有弹性。

蔼蔼被吵醒了，从鱼球状态打开，发现自己正在被一群人类围观，身体突然变成粉红色，迅速团成鱼球滚走了，挤进自己埋在海里的珍珠壳子里躲起来，珍珠壳子也一起变成粉红色了。

K037 年 3 月 16 日观察日记

观察者：Dr.Lin

随着身体长大，所需能量越来越多，区区两条小煎鱼已经无法满足蔼蔼蔼的胃口了，蔼蔼开始学习捕猎技巧——张着巨大的嘴在海里游来游去，网罗好吃的浮游生物，用头鳍全部扫进嘴里。

除此之外，兰波会教它吃一些从其他海域漂来的塑料垃圾，第一次吃掉易拉罐后，蔼蔼闹了肚子，哭着游去找白楚年，但被兰波抓了回来，告诉它，既然向海洋索取了食物，就必须感恩和清洁它。

蔼蔼虽然委屈，但听话地吃了一些脏兮兮的易拉罐和可乐瓶。

白楚年知道后哄了小家伙好久，让学员加大蚜虫岛周边的打扫力度，不准海域内有任何垃圾。

K037 年 4 月 27 日观察日记

观察者：Dr.Lin

蔼蔼已经基本掌握了清洁海底的技能，但由于学员们打扫蚜虫岛海岸线的频率很高，所以大多数时候没什么垃圾可吃。

兰波对蔼蔼十分严厉，要求它学会自己在海里觅食，也不准学员们随便投喂蔼蔼。但是蔼蔼肚子饿，遇到来清理海岸线的学员们就软软地抱到人家腿上要东西吃。

"aida（哥哥），aila（姐姐）……"它发出幽弱的叫声。

谁能抵得住一只粉白色的小魔鬼鱼抱着自己撒娇呢？于是学员们常常偷偷在空垃圾桶里夹带零食，例如水果、炸鸡块、小面包和一些膨化食品。两人一组，一人负责放风，盯着附近是否有兰波出没，另一人偷偷走进浅水滩，吹声口哨，蔼蔼就会突然游出来，开心地吃掉学员们带来的零食，然后抖抖尾巴，搅动出的水泡变成粉色发光的小水母，围绕着学员漂浮。

K039 年 12 月 13 日观察日记

观察者：Dr.Lin

蔼蔼终于出现了魔鬼鱼人形体拟态！这真是值得纪念的一天！

他拥有宝石蓝色双眸和一头洁白柔顺的长发，粉白色的鱼尾娇小绮丽，在深海游动时，粉白色的小水母在他身后漂浮追逐。

人鱼普遍喜欢装扮自己，蔼蔼也一样，他执着地翻了十几个海沟，终于找到了一只金灿灿发光的黄金海星，美美地戴到头上，他现在是整个海洋里最漂亮的小人鱼了。

K039 年 12 月 14 日观察日记

观察者：Dr.Lin

危险！蔼蔼又一次在海岸线遭遇了美洲狮！这是他初次以魔鬼鱼人形体状态遭遇天敌！

美洲狮被小魔鬼鱼的美貌震慑住，张大嘴怔了许久。

然后一把揪掉蔼蔼头上的金色海星，红着脸说："那个……你……你头上沾了东西。"

蔼蔼哭着游走了！

图书在版编目（CIP）数据

人鱼陷落 . Ⅳ / 麟潜著 . -- 上海：上海文化出版
社，2024.3
ISBN 978-7-5535-2920-2

Ⅰ . ①人… Ⅱ . ①麟… Ⅲ . ①幻想小说－中国－当代
Ⅳ . ① I247.5

中国国家版本馆 CIP 数据核字（2024）第 027269 号

出 版 人：姜逸青
责任编辑：顾杏娣
监　　制：邢越超
策划编辑：柚小皮
特约编辑：张春萌
营销支持：文刀刀　周　茜
版式设计：潘雪琴
封面设计：有点态度设计工作室
插图绘制：水青山令　温　捌　黯然销魂虫　桃不甜　不语竹　宥
内文排版：百朗文化

书　　名：人鱼陷落Ⅳ
作　　者：麟　潜
出　　版：上海世纪出版集团　上海文化出版社
地　　址：上海市闵行区号景路 159 弄 A 座 3 楼　201101
发　　行：中南博集天卷文化传媒有限公司
印　　刷：三河市鑫金马印装有限公司
开　　本：640 mm×915 mm　1/16
印　　张：24.5
字　　数：280 千字
印　　次：2024 年 3 月第一版　2024 年 3 月第一次印刷
书　　号：ISBN 978-7-5535-2920-2/I.1133
定　　价：52.80 元

如发现印装质量问题，影响阅读，请联系 010-59096394 调换。